# 흥륭한 대원제국의 청사 6

## 大元盛世青史演義

*Их Юань улсын мандсан төрийн Хөх судар*

*The Blue Sutra of the Rise of the Great Yuan State*

**지은이**

**웨.인잔나쉬** V.Injannash, 1837~1892

내몽골 조스틴 출간(현재 요녕성 몽골자치구)의 투메드 서부 지역에서 칭기스 칸의 27대손인 왕친발의 일곱째 아들로 태어났다. 그는 몽골의 뛰어난 사상가이자 문인으로 19세기 몽골문학계를 대표하는 거성으로 손꼽힌다. 그는 원래 시로 창작을 시작하여 100여 편의 사색적이고 철학적인 시를 남겼다. 또 18세부터 소설 창작을 시작하여 『두견새전』, 『붉은 구름 같은 눈물』, 『단층 누각』, 『붉은 눈물을 흘리는 탕힘』 등의 작품을 저술했다. 그의 인생에 고난이 극했던 34세부터 그는 부친의 미완성 원고인 『청사』를 약 20여 년에 걸쳐 완성하는데, 이 작품으로 인잔나쉬는 몽골 역사소설뿐 아니라 몽골문학사에 불멸의 이름을 남겼다. 그는 시인이자 소설가, 미술가, 예술 이론가, 번역가, 뛰어난 역사가로 몽골 민족의 깊이 있고, 폭넓은 정신문화를 유산으로 남긴 대문호로 평가된다.

**옮긴이**

**이안나** Lee, Anna

몽골 구비문학과 몽골문화를 연구해 오고 있으며, 몽골 현대문학 작품을 번역, 출간해 왔다. 현재 한국외국어대학교 몽골어과 학술연구교수. 저서로 『몽골 구비서사문학과 문화의 상관성 연구』, 『몽골 영웅서사시의 통섭적 연구』, 『동몽골의 가치와 미래』(공저), 『몽골의 생활과 전통』, 『몽한사전』(공저), 『몽골 민간신앙 연구』, 『몽골인의 생활과 풍속』 등이 있으며, 『낙타처럼 울 수 있음에』, 『한 줄도 나는 베끼지 않았다』, 『샤먼의 전설』, 『*Сугхян бүсгүйн домог*』(공역), 『*Гэрээ орхисон минь*』(공역), 『몽골의 설화』, 『몽골의 가정예절과 전통』, 『눈의 전설』, 『나뭇잎이 나를 잎사귀라 생각할 때까지』, 『말을 타고 가는 이야기』, 『칭기스 칸 영웅기』, 『몽골 현대시선집』 등의 역서와 30편 이상의 논문이 있다.

**흥륭한 대원제국의 청사 6**

**초판인쇄** 2024년 6월 20일 **초판발행** 2024년 6월 30일
**지은이** 웨.인잔나쉬 **옮긴이** 이안나
**펴낸이** 박성모 **펴낸곳** 소명출판 **출판등록** 제13-522호
**주소** 서울시 서초구 사임당로14길 15 서광빌딩 2층
**전화** 02-585-7840 **팩스** 02-585-7848
**전자우편** somyungbooks@daum.net **홈페이지** www.somyong.co.kr

값 31,000원 
ISBN 979-11-5905-947-6 94830
ISBN 979-11-5905-941-4 (전6권)



이 저서는 2019년 대한민국 교육부와 한국연구재단의 지원을 받아 수행된 연구임(NRF-2019S1A5A7069254)

한 국 연 구 재 단
학술명저번역총서

# 흥륭한 대원제국의 청사 6

## 大元盛世青史演義

*Их Юань улсын мандсан төрийн Хөх судар*

*The Blue Sutra of the Rise of the Great Yuan State*

웨.인잔나쉬 저
이안나 역

시간의물레 출판

## 일러두기

1. 이 역서는 몽골 건국 800주년을 기념해 몽골 현대문으로 출판된 인잔나쉬의 『청사』 I, II, III권을 번역한 것이다. 이 역서는 몽골문자(몽골비칙)로 된 69장 『청사』 1957, 1991년 간행본을 대조하여 몽골 국립대 교수팀이 몽골 현대문으로 옮겨 2005년 울란바토르에서 출간된 저서를 텍스트로 했다.
2. 본 저서는 공간적으로 넓은 지역을 아우르고, 시간적으로 오랜 세월에 걸쳐 벌어졌던 사건을 다루면서, 저자가 다양한 문헌을 인용했기 때문에 고유명사 전사에 통일성을 갖기 어려운 점이 있다. 그러나 몇 가지 원칙을 따랐다. 먼저, 인명이나 지명 등의 고유명사 전사는 가능하면 저자가 사용한 단어를 발음에 따라 전사하는 것을 기본으로 했다.
3. 다만 몽골비칙에서 호환되어 사용되는 자음 д, т에서 д가 끝에 사용되는 경우 т로 전사하거나 т를 д로 전사하기도 했다. 예를 들어, 케레이드를 케레이트, 탕구드를 탕구트 등으로 번역했다. 또 베트국은 원래 '우리나라'라는 의미가 있어, 빈번히 사용되는 '베데국'으로 전사했다. 또 у, ү 역시 호환이 되며, у는 몽골비칙에서 외국어 전사일 경우 ү로 발음되기도 하고, ү가 у로 발음되는 경우도 있다. '탕고트'의 경우 '탕구트'로 전사하는 일반적인 표기를 택하여 사용했다. 그러나 현재 일반적으로 사용되는 인명, 지명 표기가 다르더라도 у를 а나 그밖에 다른 모음으로 바꾸어 전사하지 않았다. 예를 들어, 한국에서 모훌리(Мохули)를 일반적으로 '무칼리'라고 하지만, '훌(хул)'의 у를 а로 전사하기 어렵기 때문에 모훌리 그대로 표기했다.
4. 또 х의 전사 표기가 к로 호환되기도 하지만 특별히 역사적으로 고착된 경우에만 호환된 к 발음을 택하고, 현재 일반적으로 사용되는 단어의 х발음을 그대로 х로 전사했다. 예를 들어, '호빌라이'를 '쿠빌라이'로 '헤를렌'은 '케를렌'이 아닌 '헤를렌'으로 전사했다.
5. 영문 표기의 경우 다음과 같이 했다.

| а | б | в | г | д | е | ё | ж | з | к | и | й | л | м | н | о | ө |
|---|---|---|---|---|---|---|---|---|---|---|---|---|---|---|---|---|
| a | b | v | g | d | ye | yo | j | z | k | i | i | l | m | n | o | ö |

| п | р | с | т | у | ү | ф | х | ц | ч | ш | ъ | ы | ь | э | ю | я |
|---|---|---|---|---|---|---|---|---|---|---|---|---|---|---|---|---|
| p | r | s | t | u | ü | f | kh | ts | ch | sh | i | y | i | e | yu | ya |

6. 본 역서의 각주는 3가지 형태로 이루어져 있다. 인잔나쉬 원저자의 각주는 본문 중에 [**원주**] 표기 후 설명을 달아 주었다. 몽골 현대문으로 옮긴이의 각주는 아래 각주를 달아 주었으며, 설명 앞 괄호 안에 [**몽골 현대문 역주**]라고 붙여 주었다. 역자의 부연 설명이 필요한 경우 [**역자 주**] 표기 뒤에 설명을 넣었다. 또 한국어 역자의 각주인 경우 여타의 표시 없이 아래 각주를 달아 설명을 하거나, 인용한 경우 뒤에 인용 서지를 붙이는 방식을 취했다.

# 옮긴이의 말

몽골학에 뜻을 두고, 몽골을 배움의 터전으로 삼은 지도 어언 25년이 지났다. 몽골에서 지냈던 10년 남짓한 세월 동안 유목민의 생활에 깊이 경도되어, 그들의 삶과 문화를 이해하고자 나름 시간을 잊고 살았던 것 같다. 몽골 생활 가운데 내게 가장 보람되고 기쁨을 주는 일 가운데 하나는 관심 주제에 관련된 도서를 찾고 수집하는 일이었다. 그렇게 모았던 도서 가운데 두툼한 3권의 『청사』도 포함되어 있었는데, 이 책을 언젠가 번역해 보리라는 막연한 생각을 했다.

세월이 흘러 『청사』를 번역할 기회가 왔고, 근 4년 가까운 긴 시간을 소요하며 번역 작업에 매진했지만, 처음부터 이 작업은 내 능력을 넘어서는 일이라는 것을 알았다. 이 저서는 19세기 저서로 무엇보다 현대문이 아닌 옛 문장 형태가 주를 이루어 주술 관계를 파악하는 데도 어려움이 있었다. 단어도 오늘날 쓰임과 다르거나, 쓰이지 않는 사어, 단어 형태가 다른 경우도 있어 번역 작업은 참으로 지난하기 이를 데 없었다. 또 고전 작품이 일반적으로 그렇듯 산문이라도 운문적 요소가 내재되어 있기 때문에 한 문장 안에서도 같은 단어가 반복되어 사용되는 경우가 적지 않아 문장 이해를 더욱 어렵게 했고, 또 사건의 공간적 배경이 광대해 중국이나 그밖에 외국 관련의 전사된 고유명사를 다시 전사하는 데도 어려움이 있었다. 할 수 없는 일을 하고 있다는 자책이 들 때마다 이 책을 저술할 당시 저자 인잔나쉬의 각고의 노력과 인고의 세월을 생각했다.

이 저서는 인잔나쉬가 아닌 그의 부친이었던 왕친발이 큰 뜻을 품고 저술을 시작한 것으로, 처음 8장을 쓰고 청나라 지배기의 혼란한 시대 상황 속에서 생을 마감하게 된다. 그때 인잔나쉬의 나이 11세였다. 이후 상당한 지적 소양을 가진 그의 자식들이 이 저서를 이어서 완성하고자 여러 번 머리를 맞대고 고민했지만, 흩어진 역사서를 정확히 짜 맞추고 시대와 인명, 지명 등을 정확히 찾아내는 데 상당한 시간과 노력이 요구되었기 때문에 집필을 이어가지 못한 채 결국 원고는 오랜 세월 그대로 방치되고 만다. 그러다 인잔나쉬의 삶에 고난의 회오리가 밀어닥쳤을 때 그는 다시 이 저서에 주의를 기울이고, 부친이 저술을 위해 모아둔 문헌 자료들을 샅샅이 살피면서, 부친의 미완성 원고를 이어서 저술하게 된다. 그런데 이 일은 그리 녹록한 작업이 아니었으며, 그의 생애를 바치는 일이 되었다. 그가 저술할 때의 생활을 언급한 것을 보면, "참으로 우둔한 지력으로 마음의 피를 토하고, 어두운 눈이 보이는 대로 수많은 자료를 살피며, 일천한 지식으로 인명과 지명을 찾아갔다. (…중략…) 먹고 마셔도 글을 쓰고, 쓴 글을 보고 또 보고, 살피고 또 살펴 어느 부분에 저술의 큰 사건이 누락되었는지, 구절이 잘못되고 빠지지나 않았는지 온 힘을 다해 자세히 그리고 면밀하게 살폈다. 머리가 희어지고, 얼굴에 주름이 생기고, 살이 빠지고 근육이 늘어지도록 저술 작업에 심혈을 기울였다"라고 했으며, "이것은 진실로 온 마음과 육신, 눈, 손, 오장이 다 지치도록 혼신의 힘을 기울인 작업이었다"라고 했다.

번역 작업이 힘들 때마다 이렇게 혼을 바쳐 저술한 작품을 평이하게 번역할 수 없는 것은 당연한 일이라고 마음을 다지며 번역에 임하곤

했다. 한편 저자는 그의 나이 34세 때인 1871년부터 1891년까지 약 20년에 걸친 인고의 세월을 견디며 작품 완성에 온 힘을 다한다. 인잔나쉬가 이 저서를 쓸 때는 아마도 모종의 큰 힘이 그를 음우하지 않았나 싶다. 칭기스 칸의 28대손이라는 그의 가계 내력이 이를 더욱 분명히 시사해준다.

이 작품은 칭기스 칸이 태어난 1162년부터 약 200여 년 동안의 역사적 사건을 바탕으로 한 120장의 대작이었다고 하나, 현재는 1162~1236년까지의 역사적 사건을 다룬 69장 본이 전해진다. 원래 몽골비칙몽골문자으로 전해지던 필사본이 여러 차례 다양한 방식으로 출간되었는데, 이 번역은 1957년 69장 3권 간행본을 소드빌릭의 1991년 수정본과 대조하여 2005년 건국 800주년을 기념하여 몽골 현대문으로 옮겨 출간된 것을 텍스트로 하였다. 오늘에 이르기까지 이 저서에 대한 다양한 연구가 끊이지 않고 계속되는데, 그것은 인잔나쉬의 정신이 여전히 살아 숨쉬고 있음을 말해주는 것이라 하겠다.

웨.인잔나쉬는 이 작품이 필생의 저술이었던 만큼 독자들의 이해를 돕기 위해 매우 세심한 주의를 기울였다. 먼저 본격적인 서사 이전에 12절의 요목을 기술하여, 책을 읽기 전에 반드시 이 부분을 숙지하기를 독자들에게 권했다. 현재는 8절만 전해지는데, 이 여덟 절에는 이 책을 저술하는 목적과 과정, 저자의 세계관, 독자가 알아야 할 내용 등이 기술되어 있다. 또 나라와 지역, 옛 성읍, 관직, 몽골명 등을 묶은 별도의 사전이 저서 앞쪽에 있었던 것으로 보이지만, 오늘날 그 내용은 전해지지 않는다. 또 이 저서의 보충판이 발견되기도 한 것을 보면 그가 이 저서에 얼마나 큰 의미를 부여하고, 혼신의 힘을 다했는지 알 수 있다.

웨.인잔나쉬는 청나라 지배기인 1837년 내몽골 조스틴 출간의 투메드 서부 지역에서 태어났다. 이 당시는 나라의 주권을 갖지 못한 때로 몽골 민족이 자신의 정체성을 찾기 어려운 시기였다. 이러한 시대적 상황 속에서 이 저서는 이민족의 압제와 멸시에 저항하고, 자민족의 역사를 바로 제시함으로써 몽골인의 민족적 자존감을 회복하고자 하는 목적으로 저술되었다. 또한 수동적이고 타성적인 삶에 익숙해진 몽골인들에게 민족애를 일깨우고, 이를 후대에 전승하여 유산으로 남기려는 원대한 뜻이 있었다. 또한 중국의 편향되고 왜곡된 몽골 역사 기술을 바로잡기 위해 방대한 자료들을 토대로 정확한 서지를 찾아내며 20여 년에 걸쳐 분투했던 이 저서는 몽골 민족의 역사혼을 담은 역사문학의 고전이라 할 수 있다.

한편 내용적으로 민족정신의 회복이라는 거시적인 관점에서 몽골의 12~13세기 역사적 사건을 다루고 있지만, 그 기술방식은 전통적인 몽골의 문학적 기법 이외에 『수호전』, 『삼국지연의』 등의 중국 고전문학의 영향을 받아 기술함으로써 몽골 역사소설의 새로운 혁신을 꾀한 고전으로 평가되기도 한다. 그렇기에 많은 이들이 이 작품을 소설로만 알고 있는 경우도 있다. 이러한 창작기법을 배경으로 이 저서를 역사소설의 범주에 분류하기도 한다. 그러나 인잔나쉬는 부친이 수집한 방대한 역사적 자료에 더하여 자신이 직접 발로 뛰어 모은 여러 언어의 수많은 자료들을 토대로 한 장에 1년의 사건을 시간적 추이로 묘사하고, 사건의 연도나 인물의 서지 등을 정확히 하기 위해 애썼기 때문에 사건이 비교적 객관적이며, 장식적이고 부가적인 내용이 크게 없다고 할 수 있다. 이는 작가 자신이 언급한 내용이기도 한데, 인잔나쉬는 "무슨 여유가 있어 이런 많은 기록에 내용을 더하고 장식할 문구를 넣을 수 있겠는가? 많은 사건을 또 구성해 낼 수 없어 버려지는 자료의 수가 무수히 많은데, 어찌 내용을 덧붙이고 장식하는 일을 하겠는가?"라고 했으며, 인잔나쉬 자신은 이 저서를 몽골 정사라고 언급했다. 실제로 번역을 하면서 내용의 상당 부분이 역사적인 사실에 부합하고 있다는 점이 놀라웠다. 또 사건의 연도와 지명, 인명 등을 최대한 정확하게 하기 위해 힘썼던 실증적인 측면 등의 노력은 이 저서가 결코 역사소설로만 규정할 수 없음을 말해준다.

이처럼 이 작품은 『몽골비사』에 버금가는 역사·문화적 가치를 갖는 저서라 할 수 있다. 칭기스 칸을 주인공으로 하여, 그 가까운 주변의 충성된 장수와 신료들의 협력으로 부족들을 통합하고, 나라를 확대해 간다는 점에서 『몽골비사』와 유사하지만 이 작품은 『몽골비사』에 비해 사건과 인물들이 풍부하게 나타나고, 각 장마다 중요 인물들을 중심으로 인물의 심리와 사건들이 입체적으로 전개되는 소설적 구성을 취한다. 이 작품의 문학적 특징의 하나는 인물 형상화에 생동감을 불어넣어 살아있는 인물로 만날 수 있게 한 점이라 할 수 있다. 예를 들어 테무진이 칸의 보위에 오를 때 『몽골비사』의 경우, 테무진이 칸으로 추대된 세밀한 심리적 과정이 없다면 『청사』의 경우 테무진은 자신이 칸의 자질이 부족하다며 보위에 오르기를 계속 거부하고, 신료들의 간절한 청을 받아들이기까지의 여러 사건들이 상세히 묘사된다. 테무진이 칸이 되기 위한 조건으로 자신이 보위에 오르는 것이 하늘의 뜻인지 천신의 증거를 구하고 확인하는 절차는 저자 인잔나쉬가 바람직하게 여기는 진중하고 올바른 지도자상과 무관하지 않다.

이처럼 구체적인 사료를 바탕으로 12~13세기 당시의 몽골인들의 삶과 풍속, 그 주변 국가들과의 역학적이고 역동적인 관계를 정치 · 사회적인 측면에서 보여주는 이 작품은 문학적 가치 이상의 문화적이고 역사적인 가치를 지닌다고 할 수 있다. 특히 그 서사에는 축시, 찬시, 속담, 전설 등 몽골의 다양한 구비문학의 갈래를 아우르고, 전통적으로 내려오는 몽골인의 풍속, 세계관, 정서, 삶의 방식 등을 보여준다는 점에서 몽골 유목민의 역사 · 문화적 삶을 이해하고 조명하는 데 없어서는 안 될 중요한 자료라고 본다.

이 책의 번역 작업은 참으로 쉽지 않은 일이었으며, 능력이 있어서 번역했다기보다 '시간의 힘'으로 작업을 꾸준히 진행했다고 보는 것이 맞을 것이다. 아직도 해결되지 못한 부분들을 남겨놓고 책이 나오는 데까지 이르렀다. 아무쪼록 이 역서가 몽골에 대한 관심을 갖는 일반인, 학자 모두에게 몽골을 이해하는 유익한 자료가 되었으면 한다. 이 책을 번역하는 데 귀한 시간을 내어주셔서 힘을 보태 주신 몽골 아카데미 학술위원 데.소미야Д.Сумъяа 선생님께 감사를 드리며, 크고 작은 도움을 주신 선생님들께도 고마움을 전한다.

2024년 6월, 역자 이안나

## 몽골 현대문으로 옮긴이의 서문

성조 칭기스 칸의 28대손이자 대문호 왕친발 인잔나쉬는 "몽골 민족 모두가 자신의 근본과 혈통을 알기를 바란다"며, 푸른 몽골의 훙륭한 역사와 성조 칭기스 선조의 비할 데 없는 덕과 복록을 만대에 기리고 남기기 위해 "몸과 말, 마음 깊이 온 힘을 다해" 『청사』라는 이 정선된 작품을 후손인 우리에게 남겼다.

우리 가운데 교육을 받은 사람이라면 누구라도 '인잔나쉬'와 '청사'라는 두 이름을 듣지 못한 사람은 없다. 그렇지만 실제로 역사와 문학 선생들을 비롯해 자국의 역사를 존숭하고, 지식을 가까이하는 존경할 만한 사람, 많은 일반인들 가운데 『청사』를 완전히 이해하며 완독한 사람이 얼마나 될까 하는 점에는 그리 만족할 만한 답을 기대하기 어렵다. 이것은 어디까지나 우리의 적극적인 노력 부족의 소산이다.

우리 몽골에 『청사』를 대중화하여 출간한 적이 전무후무하다. 내몽골에서는 여러 번 출간되었지만, 우리 외몽골 사람들이 기회를 얻는 데는 매번 어려움이 있었다. 그런데다가 전반적으로 언중들이 민족의 언어인 몽골비칙몽골문자에 능통하지 못한 데도 원인이 있었다. 또 몽골비칙을 알고 있다 해도, 이 정도의 대작을 읽고 내용을 이해할 만큼 독서 훈련이 되어 있는 사람이 드물다. 또 고전문의 이해하기 쉽지 않은 단어와 문체, 익숙하지 않은 적지 않은 고유명사, 외국의 지명, 인명을 만나게 되면 곧 어려움을 느끼고, 책을 읽을 용기를 잃거나 어느 정도 보다가 그만두기도 한다. 이러한 정황에 따라 『청사』를 오늘날의 많은 독자들이 읽기에 쉬운 문자로 옮겨 출간할 필요가 대두되어 오늘에 이르렀다.

몽골 대통령의 자문관인 올호노드[1] 야담 돌고르자브는 이러한 필요성을 인식하고, 자신이 주관하는 『우리 몽골』 잡지를 통해 『청사』를 몽골 현대문인 키릴문자로 출간하는 일을 구상하고 기획하여 이 책을 펴내게 되었다. 우리는 이 보람된 일을 도모한 자문관께 깊은 감사를 드린다.

내년은 몽골 건국 800주년이 되는 해이다. 그렇기에 성조 칭기스 칸의 황금 가문의 저명한 작가 인잔나쉬의 『청사』를 우리의 외몽골 독자들에게 전하는 것은 매우 뜻깊은 일이라 생각한다. 성조 칭기스 칸이 세운 대몽골국의 역사를 문학적인 언어로 빚고 저술한 역사소설이 바로 이 작품이기 때문이다. 인잔나쉬가 다시 반복하여 일깨운 저서 편찬의 본래 뜻은 몽골 후손들에게 위대한 군주 칭기스 칸이 온갖 신고辛苦를 겪고, 분투하며 세운 나라의 역사적 진실을 대대로 잊지 않기를 바란 것이다. 또 그 역사를 남기고자 한 것이 그의 진정한 바람이었다.

『청사』를 출간하는 기회를 빌어 독자들을 위해 몽골 민족의 위대한 선구자의 약력과 작품, 본 저서의 필사본과 출간 현황에 대한 대략적인 사항을 소개하고자 한다.

---

1 **[몽골 현대문 역주]** 올호노드는 몽골의 한 씨족으로 유명한 어울룬 왕비의 친정 가계이다. 칭기스 칸은 이 씨족을 자신뿐 아니라 나라의 외가라고 칭하고, 지극히 존중했던 것을 인잔나쉬는 이 작품에서 여러 번 언급했다.

웨. 인잔나쉬 그의 어린 시절의 이름은 하스촐로이다. 청나라 도광제道光帝 17년 4월 16일양력 1837년 5월 15일 조스틴 촐간의 투메드 서부 지역의 '쇼드락 바트 호로'라는 몽골 귀족의 궁전에서 태어났다. 인잔나쉬는 칭기스 칸의 후손이며, 아버지 왕친발은 지역의 부관이었다. '쇼드락 바트 호로' 사람들은 '큰 쇠북'과 '서화書畵'를 수호정령으로 삼아 소중히 여겼는데, 이에 대해 언급한 집안의 가훈시가 있다.

신실한 효를 지극히 행하는
큰 쇠북의 가정
용사가 의에 힘쓰는
서화가 있는 천 년이라네

왕친발은 중심이 곧고 강직한 성품에 문무를 겸비한 인물이었다. 그런 그의 기질대로 네 명의 자식들을 전통적인 가정교육 방식으로 가르쳐, 자식들은 모두 문장에 뛰어난 지식인으로 성장했다. 왕친발은 인잔나쉬가 11살 때 53세의 나이로 운명했다. 왕친발은 1839~1840년에 『청사』의 처음 8장을 저술했다.

어머니 마야요쉬카는 하르친 서부 지역의 한 부마의 딸이었다. 그들 사이에서 8명의 자식이 태어났는데, 그 가운데 큰아들 굴라란사1823~1851와 다섯째 아들 군나촉1833~1866, 여섯째 아들 순웨이단존1834~1898, 일곱째 아들 인잔나쉬 등이 성장했다. 굴라란사는 19세기 몽골의 저명한 시인 가운데 한 사람으로, 불과 스물아홉 해를 살면서 90여 편의 시를 창작한 것이 오늘날에야 알려졌다. 또 그는 중국의 유명한 소설 『수호전』한산기을 몽골어로 번역했다. 인잔나쉬의 둘째 형인 군나측 역시 어려서부터 시를 창작하고, 그림을 그렸다. 시를 쓰는 동시에 시론에 흥미를 갖고 몽골 시와 한시의 특징을 비교 연구했다. 그러다가 1866년 35세 되던 해 운명했다. 왕친발의 여섯째 아들인 순웨이단존은 역사가이며, 실력 있는 번역가이자 시인이었다. 그는 형 굴라란사가 끝내지 못한 『수호전』을 몽골어로 완역했다. 또 역사 대사전인 『통감강목』을 몽골어로 번역하고, 동생 인잔나쉬가 『청사』를 저술하는 일을 돕고 조언해 주었다. 『청사 보충판』의 어떤 장의 앞뒤에 순웨이단존의 시가 삽입되어 있는데, 예를 들어 제47장 말미에 동생을 고무하고 지지하는 시가 있다.

사나운 적을 조복시킬 수 있는 능력자
위대한 성조 칭기스 칸의
신령한 명을 받아
진심으로 이를 저술하고자 했네
무릎 꿇고 들으며, 탄복하고 기뻐한
순웨이단존 나는
빛나는 아우 인잔나쉬의 말처럼
붓의 힘을 자랑스럽게 여기네

인잔나쉬는 자신의 저서의 한 부분을 쓰고, 형에게 그것을 읽고 들려주며 서로 의견을 나누었던 것이 분명하다.

인잔나쉬가 겨우 다섯 살 때 아버지는 그에게 가계의 족보를 외우게 하고, 조상의 행적을 말해 주었으며, 민족에 대한 뜨겁고 친밀한 마음을 되새기게 했는데, 그는 「원뿌리를 잊어서는 안 된다」라는 글에서 이에 대해 언급하기도 했다. '큰 쇠북'과 '서화'를 '쇼다륵 바트 호로'의 수호정령으로 삼아 존귀하게 여기는 집안의 영향으로 아들 하스촐로는 어려서부터 몽골어, 중국어, 만주, 티베트어를 열심히 익하는 동시에 많은 아름다운 그림을 그리고, 그림에 서정을 조화시켜 시를 결합시켰다. 예를 들어, 구름 그림을 그리고, 그 위에 다음과 같은 글을 썼다.

지평선 너머 흰 구름이 일어나
유심히 살피니 구름이 끝없이 이어지고
휘감기고 접히더니 북풍에 날려
깊고 깊은 푸른 바다에 잠기누나

「흰 구름」이라는 시는 그의 활기찬 어린 시절에 쓴 초기 시의 하나이다. 그의 10대 시기에 붓과 먹의 즐거움을 경험하며 쓰기 시작한 시들을 후에 『인잔나쉬의 어린 시절 배운 습작시』라는 제목으로 책을 엮기도 했다. 그 시집에는 「푸른 바위」, 「어머니를 꿈꾼 시」, 「일깨움」, 「고운 무지개가 스미다」, 「해악 많은 붉은 진세」, 「인간 세상을 견디다」, 「혐오스러운 인간」, 「단비 신선한 비」, 「비할 데 없는 아름다움」,

「특별히 깊고 신성한 것」 등 12편의 필사한 시가 우리 시대에 전해져 내려온다. 산문 저서에 삽입된 시들을 포함하면 인잔나쉬는 수백 편의 시를 썼다.

그 시들을 갈래별로 구분해 보면, 축시와 찬시 계열의 시, 애도시, 비애적인 시, 희극적인 시, 교훈시, 애정시, 자연경관을 노래한 시 등 여러 가지 갈래가 있다. 연구자 델게르산은 그가 몽골 시 장르에 이룬 개혁에 관해 다음과 같이 언급했다.

> 인잔나쉬는 몽골 시의 주된 요소인 두운, 운율의 조화, 음보 등의 관습적인 특징을 가능한 한 철저히 따르는 것을 중시하고, 고대 중국 시의 절구, 율시 규범의 엄격한 규칙을 실제적으로 활용했다. 또 이 두 가지 면의 우수한 구조를 하나의 체계로 만들어 창조적으로 사용하고, 몽골 시 범주에서 리듬은 엄격하지만, 구조가 짧고 간편한 하나의 형태를 창조했다.

1847, 1851년에 아버지 왕친발과 큰형이 연이어 사망하고, 쇼다락 바트 호로의 권한과 위엄이 상당히 떨어지고, 어려서 입양된 형 군나촉은 '친 바트 호로' 사람들에게 억울하게 따돌림을 당했다. 또 3년에 걸친 송사로 인해 상당히 많은 재산을 탕진했다.

인잔나쉬는 18세부터1854 『두견새전*Saran Khökhöö-nii namtar*』이라는 첫 번째 중편소설을 썼다. 20~30세 사이에 여러 지역을 돌아다니며 문인들과 만나 묻고, 사회적 삶과 사회의 그릇된 모순을 눈으로 보고, 귀로 듣고, 마음으로 느끼며 직접 체험했다. 이 기간에 『붉은 구름 같은 눈물』1863, 『단층 누각』1865 등의 소설을 창작했다. 그는 30세 이후 삶의 고통을 연이어 겪었다. 형 군나촉이 사망한 뒤 3년 후에 아내 사란볼로르가 죽고, 또 일 년 뒤에 형 순웨이단존이 왕궁의 관직에서 물러났다. 1870년에는 서부 투메드 호쇼에서 농민봉기가 일어나 이 난리통에 인잔나쉬의 가족들이 피해를 입었다. 인잔나쉬는 이 일에 대해 "종살이를 하던 노비들이 집안의 온갖 종류의 재물을 약탈해 가고, 또 장사 밑천을 잃었으며, 곡식과 감자가 부족해지고 처자가 죽었다. 생각하면 너무도 참을 수 없이 분통이 터지고, 생각하면 할수록 더욱 답답해져 거의 병이 날 지경이 되었다"라고 기록하고 있다.

그는 생활의 악화, 슬픈 이별, 그 당시의 불안정한 혼란 속에서 좌절하여, 편히 지내지 못했다. 이러한 상황에도 마음을 굳게 먹고, 1876~1877년부터 소설 『붉은 눈물을 흘리는 탕힘*Ulaanaa ukhilah tankhim*』[2]을 끝냈으며, 34세부터 아버지가 시작했던 『흥륭한 대원제국의 청사』를 연이어 저술하기 시작했다. 1875년에는 『청사』의 초반부 50장을 이미 끝냈던 것이 분명하다. 이 저서를 쓰는 과정은 거의 10여 년 동안 끊어지고, 1883년부터 다시 계속 작업을 이어 1886년경 제69장을 썼을 것으로 생각된다. 또 1891년에 일어난 소대회 폭동을 피해 진저우 시에서 지냈으며, 그 다음 해 많은 책과 글, 작품의 초고를 분실하는 등의 사건으로 인해 병이 들고, 그로 인해 2월 25일 진저우 시의 의원에서 사망했다.

2 여기서 '탕힘(tankhim)'은 '큰 방', '넓은 강당', '부서' 등의 뜻이 있다.

웨.인잔나쉬는 작가요, 시인일 뿐 아니라 미술가이자 예술 이론가, 번역가, 뛰어난 역사가였다. 그는 "몽골 민족문학의 우수한 유산과 전통을 계승, 발전시키려는 목적으로 문학적 모색을 추구하여 새로운 것을 창조하고, 몽골문학의 주제, 유형, 표현 방법, 형태 등을 매우 풍부하게 발전시켰다".

『청사』를 간행했던 내력을 간략히 언급하면 다음과 같다.

-1924년 경전연구소에서 출간한 『칭기스 성조의 기념서』라는 편저에 『청사』의 제16, 18장 가운데 일부를 편집해 포함시켰다. 이 편저를 1925년 템게트가 주관하는 북경의 몽골문헌위원회에서 재출간했다.

-1928년 북경에 있는 몽골문헌위원회에서 『원나라 역사』라는 제목으로 『청사』 앞 12장을 4책으로 하여 인쇄본으로 출간했다. 이 간행본에는 요목이 포함되지 않았다.

-1937년 공훈 교사인 헤.달호자브는 중학교 교과서에 『청사』의 제3, 4장 가운데 일부를 포함시켰다.

-1939년 카이루에 있는 '몽골 오탁 소르갈 호랄Mongol utag sorgaal-yn khural'[3]을 주관하고 있던 부호히식이 필사가인 샤란가를 인잔나쉬의 고향으로 보내 제69장과 요목 제8절을 찾아내, 1939년 석판으로 간행하여 배포했다. 처음의 서언이 없고, 요목이 완전하지 않으며, 어떤 장에는 서두의 표제시가 없기는 하지만 현재 발견된 원본 가운데 가장

3 몽골의 윤리적인 것을 가르치고 교화하는 모임.

온전한 원본이다.

-1944년 촐랄트 할가의 테루궁 노욘 인쇄소에서 『청사』의 제18장을 서언과 요목과 함께 납 활자본으로 출간했다. 이 판본의 서두에는 서언이 있으며, 요목 제8절, 각 장마다 끝에 부기인 평언評言이 있다.

-1957년에 내몽골인민출판위원회에서 카이루의 69장 판본을 바탕으로 부족한 부분을 다른 원본과 출판된 저서에서 보충해 3권으로 출간했다.

-이 간행본을 1979년, 1981년에 각각 출판위원회에서 조금 수정하여 재출간하였으며, 1991년 소드빌렉이 다시 수정하여 세 번째 출간을 했다. 우리는 1957년 간행본과 1991년 수정 원본을 대조하고, 자세히 검토하여 이 역서의 번역 작업을 했다.

-1959년 아카데미 학술위원인 체.담딘수렌은 『몽골문학 100선』에 『청사』 요목의 제3절과 본문 제33장을 포함시켰다.

-1961년 데.차간은 중학교 10학년에서 공부하는 읽기 교과서에 『청사』 제3장의 일부를 포함시켰다.

그밖에 오르길은 중국어로 번역하고, 한긴 곰보자브 교수는 요목을 영어로 번역했다.

『청사』는 1939년 69장 석판으로 출간될 때까지 그리고 그 이후에도 몽골인들 가운데 필사본으로 흩어져 있었다. 현대에 발견된 필사본을 언급하면 다음과 같다.

-제.체웬은 1909년 상트페테르부르크 도서관에서 『청사』의 일부인 15책 필사본이 보관되어 있는 것에 대해 보고했다.

-코펜하겐 왕립도서관에 '대원 울루스의 역사'라는 제목의 『청사』 제29장이 있는 15책 필사본의 영인본을 보관하고 있는데, 카이루에서 출간된 원본과 같다.

-북경도서관에는 18장 12책의 완전하지 않은 필사본이 있다. 이 영인본의 원본이 파리에 보관되어 있다.

-울란바토르 국립도서관에 『흥륭한 대원제국의 청사』라는 제목으로 12책 271행의 필사본이 보관되어 있다. 이것은 한길 곰보자브 교수가 북경 몽골문헌위원회에서 1928년에 출간한 원본과 같은 것이라고 밝혔다. 잠스란자브는 『몽골 문학개론』 3권에 "1914년 노스가이다그단이라는 사람이 호르츠 왕 투덴호르츠 왕 투덴 호쇼는 지금의 수흐바타르 아이막 에르덴차간 솜이다 주변의 도서관에서 『청사』를 발견해 그것을 필사했다. 예전에는 『청사』 필사본들이 상당히 많이 있었다. 임민정부의 초기부터 경전연구소의 연구원들은 웨.인잔나쉬의 작품을 모두 갖추기 위해 조사하고 찾아냈다"라고 기록했다. 이것을 보면 현재 도서관에 있는 필사본은 닥단이 필사한 원본일지 모른다.

-내몽골의 사회과학연구소의 도서관에는 붓과 펜으로 쓴 필사본 원본 8부가 보관되어 있다. 이것들은 1930~1940년대에 필사한 것으로 완전하지 않으며, 어떤 것은 1928년 북경 간행본, 어떤 것은 1939년 카이루 간행본, 1944년 촐랄트 할가 간행본과 부합한다. 다만 부분적으로 단어와 문장을 생략하고, 바꾸어 고친 것이 있으며, 크고 작은 정도의 차이가 있다.

1957년 간행본은 카이루의 판본을 기초로 하여 거의 같은 내용을 포함시키고 있다면, 1981, 1991년 간행본에서는 적지 않은 단어를 수정했다. 1991년 출간된 『청사』 초반부에 있는 편집자의 말에 의하면 "1957년에 출간된 『청사』의 잘못된 단어와 인명, 지명과 적합지 않은 부분을 소드빌렉이 수정하여 바로 잡았다"라고 했다. 간행본의 오자와 한 단어가 엇갈려 있는 것 등을 일정하게 교정하는 것은 올바른 일이라 할 수 있다.

한편 이해하기 어렵거나 의문이 드는 단어를 고치고, 문장 성분의 위치와 단어 결합 조건 등을 바꾸어 문체를 수정하는 등은 작가의 권리를 침해하는 일이며, 작품 원전에 충실해야 하는 요구에 위배된다. 우리가 번역하는 과정에서 이 두 가지 간행본을 대조해 보니, 1991년 간행본에는 제대로 수정되었음을 인정할 만한 것이 있는 동시에 잘못 이해하여 의미를 잃게 한 것, 이해를 돕기 위해 의도적으로 단어를 바꾼 부분도 적지 않았다. 예를 들어, 1957년 간행본에 첫 번째 장의 표제시를

> 하늘로부터 새 시대를 열고, 성조가 세상에 태어났네
> 대지의 힘으로 수증기가 피어오르고, 영웅호걸이 한곳에 운집했네

라고 한 것을 1991년 간행본에는 다음과 같이 바꾸었다.

> 하늘의 힘이 시대를 열고, 성조가 세상에 태어났네
> 대지의 힘과 수증기가 피어오르고, 영웅호걸이 한곳에 운집했네

이처럼 각행마다 단어가 다르고, 내용을 이해하기 어렵게 만들었다. 13~17세기에 활발하게 사용되었던 탈격조사의 '데체~deche, ~에서' 형식을 '다츠daach'라는 단어의 잘못된 쓰임이라고 이해함으로써 '하늘로부터'라고 한 것을 '하늘의 힘'으로 바꾸었다. 또 2행의 '대지의 힘으로'라고 한 것을 시행과 시행을 일정하게 맞추는 대구對句 방식으로 '대지의 힘'이라는 조사가 없는 형태로 생각했던 것 같다.

1957년 출간된 간행본 제8장에 '아! 흥하고 발전하는 나라의 군신은 서로 모두 원수'라고 했는데, 1991년 간행본에는 '원수'라고 한 것을 '은혜로운 자'로 수정했다. 해당 문장을 문맥의 전후 관계에 비추어 생각해 보지 않는다면, 그렇게 고치는 것이 옳은 것처럼 생각될 수도 있다. 그러나 그 부분에 여섯 명의 공훈 대신들 가운데 시리호톡이 전투의 명을 어기고 공격했기 때문에 모훌리 장군이 그에게 처벌을 내리는 내용이 나온다. 그것은 군법을 어기면 그 누구라도 같은 벌을 받게 되며, 칸과 대신, 일반 백성 그 누구도 전혀 차이가 없다. '흥하고 발전하는 나라의 군신'들이 잘못을 했다면 어떤 누구라도 용서하지 않기에 진실로 '서로 모두 원수'였던 것이다. 이렇게 깊이 생각하면 '원수'라는 것은 매우 적합한 단어라 할 수 있다. 또 이 장 앞에서 언급한 것을 확인해 주는 '군주의 법에 우호적인 것을 의지하거나, 군법에 도움을 바라서는 안 된다'라고 한 어구가 있다.

1957년 간행본의 요목 제7절에는 "비유하자면, 오늘날의 일반적인 습속은 자기 일이면서 다른 이의 행위가 잘못되었다고 하기 때문에 여러 가지 충돌이 그칠 때가 없다. 그래서 불경에는 이 세상을 곧 투쟁의 세상, 고통의 세상이라고 했다"라고 했는데, 1991년 본에는 '그칠 때가 없기에'라고 한 것을 '때가 멈추지 않기에'라고 수정했다. 이것은 잘못 고친 것이며, 세상사와 살아있는 자들의 싸움이 결코 멈추지 않고 계속되는 이치를 가리킨 '그칠 때가 없기에'라는 깊은 의미를 잃게 했다.

제51장에는 '끝이 좁은 소매 가리개[4]에 활을 준비하고'라고 한 것을 어미를 바꾸어 '끝이 좁은 소매에 가리개 활을 준비하고'라고 했다. 또 1957년 출간된 책 제3장과 제37장, 1,242쪽에 '봉랍을 녹여 밀봉하고티즈레흐'라고 쓴 것을 새로운 출간본의 1,159쪽에는 '봉랍을 녹여 봉하고롬보더흐'라고 단어를 바꾸었다. 이렇게 단어를 바꾸어서는 안 될 뿐 아니라 비교적 후대의 러시아어에서 차용된 '롬보'라는 단어를 사용한 것은 더욱 도움이 되지 않는다. 그밖에 '시대가 바뀌다'라는 것을 '시대가 지나다', 문어체 '가다에치흐'를 구어체 '가다', '떠나다'로 바꾸었다. 또 '도망치다'의 '조그지흐'라는 단어를 '조그타흐도망가다', '돌아가다에게흐'를 '돌다', '돌아가다에르게흐' 등으로 단어를 바꾸어 쓴 곳이 상당히 많다.

대문호 인잔나쉬는 이처럼 '매우 깊고', '매우 치밀하며', '표현이 매우 적합하고', '매우 집약적으로' 서술한 것을 후대 사람들이 이해하거나 깨닫지 못하고, 자신의 생각대로 수정한 것은 큰 실수라고 할 수 있다. 그러기에 우리는 이 두 간행본의 차이가 있는 곳을 가능한 한 바르게, 최초의 원전에 가깝게 하는 것을 원칙으로 했다.

---

4 여기서는 'холховч'라고 했지만 제51장 본문에는 'халхавч'라 하여 다른 단어를 썼다. 여기서는 본문대로 'халхавч'로 번역했다.

한편 고유명사 가운데 중국어와 몽골어로 섞어 쓴 것을 1991년 간행본에서는 몽골어로만 쓰는 동시에 중국 명칭을 하나의 원칙으로 질서 있게 정리했다. 우리는 많은 독자들에게 좀 더 쉽게 도움을 주고자 하는 생각으로 일정한 규칙에 따라 옮겼다. 예를 들어, '진국'을 '금나라'로 한 것과 같은 경우이다. 또 독자들에게 이해를 쉽게 하기 위해 드물게 나오는 단어의 의미를 분명히 해서 역자의 해설을 대괄호 안에 이탤릭체로 넣어주고, 뒤쪽에 '역주'[5]라고 썼다. 참고로 저자 자신의 설명은 소괄호를 써서 차이를 두었다. 단어 뜻의 자세한 설명과 다른 부가 정보가 있는 해설을 각주로 처리했다. 드물게 나오는 희귀한 단어의 뜻을 분명히 하여 역주와 각주를 독자들이 이해하기 쉽도록 하기 위해 반복해서 넣은 것도 있다. 또 예를 들어, 카이루 판본과 1957년 출간본의 제43장과 제69장 앞부분에 표제시가 없는데, 이 번역본에 있는 두 장의 표제시는 인잔나쉬가 쓴 것이 아니고, 1991년 출간을 준비하는 사람들 가운데서 부족한 부분을 완성하기 위해 삽입한 것이다.

현재 3책으로 몇 번 출간된 69장 『청사』 이외에 30장 『청사』 보충판 즉, '투메드 필사본'이라고 명명하게 된 다른 한 『청사』의 원본을 발견했다. 독일 몽골학자 에.하이시히가 1942년 내몽골에 체류해 있던 기간에 케신게라는 사람이 가지고 있던 1,400쪽 정도의 필사본으로 영인본을 제작했다. 케신게에게 있던 그 원본은 오늘날 어떻게 되었는지 분명하지 않다. 어찌 되었든 내몽골에서 1958년에 10책으로

5 이 역서에서는 '몽골 현대문 역주'라고 표기했다.

제본한 30장 『청사』의 보충판의 한 필사본을 발견했다. 이 필사본의 30장에는 43-72장이라는 번호가 붙어 있다. 학자 에르덴토그토흐는 그 가운데 22장은 69장 『청사』 2책의 36장 뒤에 들어가고, 8장은 40번째 장 뒤에 들어가면 들어맞는다고 했다.

2002년 소드빌렉이 이를 대조해 맞추어 보고 새롭게 얻은 제40~72장이 있는 필사본은 『청사 보충판』이라는 제목으로 후흐시에서 출판되었다. 인잔나쉬는 69장 『청사』를 쓴 다음, 그 72장을 부기, 보충판으로 새롭게 저술한 것으로 그 가운데 처음 39장은 아직 발견되지 않았다. 우리는 이 보충판을 잊지 않고 별도로 번역하여 한 권의 저서로 출간하는 것이 옳다고 본다.

『청사』의 요목 2절에는 이 저서를 읽기에 앞서 12절의 요목을 반드시 읽을 필요가 있음을 언급했다. 그런데 9~12절 항목은 오늘날까지 아직 발견되지 않고 있다. 또 제2절에는 잘못된 몽골 명칭과 옛 몽골 단어를 모두 설명을 붙여 알기 쉽게 하고, 연도와 나이, 시대, 사건을 분명히 구분했다고 언급했다. 그밖에 또 나라와 지역, 옛 성읍, 몽골 이름들을 앞에 모두 묶어서 출간했으며, 훗날 지식인들이 이 글을 볼 때 반드시 앞에 차이점을 언급한 별도의 사전을 자세히 살필 것을 고한다고 했다. 이것을 보면, 요목의 앞에 또 별도의 사전 한 권이 있어야만 한다.

인잔나쉬는 실제로 작품을 쓰고 완성한 다음, 비로소 그러한 별도의 사전을 한 권으로 엮어 마칠 준비를 했던 것 같다. 『청사』의 앞 60장에는 칭기스 칸시대의 사건을, 마지막 9장에는 우구데이 칸이 보위에 오른 다음에 있었던 사건을 다룬다. 인잔나쉬는 이 69장에서 더 나가 작품을 계속해서 썼는지 어떤지 입증하기는 어렵다. 어쨌든 『청사』는 토곤투무르 칸시대가 끝날 때까지가 전체가 아니라고 한다면 쿠빌라이 칸시대를 온전히 쓰려고 계획했던 것은 의심할 여지가 없다. 예를 들어, 연구자 데스라이자브가 주목한 대로 제21장 평언評言에, "쿠빌라이 세첸 칸 세조 성군시대에 나타난 이 바얀 활불의 이름이 또 바얀이다. 그 바얀이 송나라를 공격한 것을 보라" 이 제21장의 바얀은 오래전의 바얀이다. 그 바얀은 나중의 바얀이다. 이 두 바얀은 다르다. 아주 오랜 후에 비로소 바얀이 나타난다고 했다. 쿠빌라이시대에 공로를 세운 대신이자 군대 대장인 바얀이라 자는 역사적인 인물로 실제로 존재했었다는 것을 『원사』는 기록하고 있다.

어떤 학자가 언급한 대로 『청사』는 전체 120장이어야 한다고 했지만, 그것은 실제로 어떤 근거를 가질 뿐 분명하지는 않으며, 그런 자료가 있다 해도 후대에 부록으로 보충한 저서가 이와 관련이 있는지 없는지 분명히 말하기 어렵다.

인잔나쉬는 『청사』를 기술할 때 몽골 역사에 관한 열 가지 종류의 문헌을 인용했다고 요목에 언급했지만, 그 열 가지 문헌의 제목에 포함되지 않은 다른 여러 자료들을 보고 연구했던 것 같다. 제59장 마지막에 몽골 『황금사*altan tobch*』, 제5장에 『일트겔 샤스티르*Iltgel shastir*』, 제27장에 『칭기스 칸 성조의 제문*Chinggis Bogd-yn san sudar*』 등의 저서명이 나오며, 그밖에 보충판에 사간 세첸의 2행시를 인용했다. 제27장에 "우둔한 사가史家인 내가 이 대원제국의 열세 가지의 많은 문헌과 전기

류에서 보니, 칭기스 칸은 인간의 근본 관계를 침해하는 일이 추호도 없었다"라고 했다.

일반적으로 인잔나쉬가 『청사』를 쓸 때 보고 인용한 저서가 풍부했다는 것을 요목 제3장에서 알 수 있다. 그 장을 보면 한 문인에게 성군 칭기스에 대한 많은 것을 세세히 묻자, 그 문인이 "부관이신 그대 아버님께서 모으신 다섯 수레의 책이 있는데, 어찌 다른 사람에게 묻는 것인가? (…중략…) 부관께서 져나르시어 천장에 닿을 정도로 엄청나게 많이 보관해 놓은 자료와 책장 가득히 수집해 놓은 사서가 집에 있는데, 어쩌자고 다른 동네를 돌아다니면서 다른 이에게 물으며 사람을 이처럼 귀찮게 하는 것이오?"라고 하는 등 화를 냈던 것을 언급했다.

그는 요목 제4절에 또 이렇게 언급했다. "그렇게 이 칭기스 성조에 대한 역사적 기록, 전기, 고사는 위구르어, 티베트어, 한어 또 몽골어, 만주어로 된 여러 문헌에 상당히 많이 나온다."

인잔나쉬는 이러한 여러 언어의 역사서를 보고 이용할 때 적당하다고 생각되는 내용을 선택, 발췌하는 소극적인 편집자가 아니었으며, 자료를 서로 비교하고 대조하여, 사건의 인과, 시기, 고유명사가 어긋난 곳을 자세히 추적하고 연구했다. 그는 무엇보다 먼저 역사적 자료에 신빙성이 있는가 하는 원칙을 따르고, 왜곡되고, 잘못된 단어를 찾아 바로잡는 일에 힘썼다. 인잔나쉬의 『청사』를 역사소설이라는 점에서 평가할 때 그가 이렇게 따랐던 원칙을 잊어서는 안 된다. 만약 『청사』에 『몽골비사』 등의 역사서와 맞지 않는 부분이 있다면, 그것은 인잔나쉬가 실제 어느 자료의 정보를 사실에 부합한 것으로 보았는지 그것을 분명히 해야 할 문제이지, 작가가 마음대로 역사적 진실을 변화시킨 것은 아니라고 할 수 있다. 인잔나쉬는 몽골 자료들의 정보를 대조하고 인용할 때 어떤 단어나 문장 그리고 시행을 그대로 포함시키는 것 외에 대부분 자신의 문학적인 창작 방법론으로 그 의미를 잃지 않게 하여 간략하게 요약하거나, 보충하여 자세히 하는 등으로 내용을 다듬어 포함시켰다. 여기에 술의 해악과 유익에 대해 칭기스 칸의 아홉 대신과 고아 소년의 지혜를 겨루는 이야기 부분에서 토르곤 샤르가 한 말을 예로 들어보자. 『칭기스 칸 전*Chinggis khaan-y tsedeg*』[6]에는

지고하신 칸 주군이시여, 말씀해 주십시오
세상의 이 큰 잔치 모임에
마실 것이 없다면
평이하고 무미한 것이 될 것입니다.

라쉬폰착이 저술한 『수정 염주*Bolor erkhi*』에서는

---

6 **[몽골 현대문 역주]** 1925년, 템게트는 북경 몽골문헌위원회에서 『황금 약사』의 원본을 처음 『칭기스 칸 전』이라는 제목으로 출간했다. 이 저서는 전체 196쪽으로 되어 있으며, 처음 126쪽에 『황금 약사』가 포함되었다. 저서 뒤에는 「3백 타이치오드를 굴복시킨 이야기」, 「칭기스 칸의 아홉 대신과 고아 소년이 지혜로 겨룬 이야기」 등 여덟 가지 종류의 이야기를 합본하여 출간했다. 그것은 대개 칭기스 칸의 지혜와 교훈에 관련된 것들이며, 각각에 독자적인 작은 책자였을 것이다. "내몽골의 조스틴 출간의 하르친 서부 호쇼에서 태어난 템게트(1888~1939)는 몽골 납활자본을 스스로 만들었으며, 1922년 북경에서 몽골문헌위원회를 창립했다. 또 꽤 많은 희귀본 저서를 출간하여 널리 보급한 일이 있는 자이다"(이쉬.초이마, 「몽골 연구논문집」, 69쪽). 인잔나쉬는 17세부터 하르친 서부 호쇼(템게트의 고향)의 군왕 세웩도르지의 왕궁에서 지낼 때 왕의 도서관에서 상당한 양의 몽골 역사서를 읽고 연구했다고 한다.

지고하신 칸 주군이시여, 말씀해 주십시오
풍성한 큰 잔치에 술을 마시지 않는다면
무미한 것이 될 것입니다

롭산단잔의 『황금사』에는

지고하신 칸 주군이시여, 말씀해 주십시오
풍성한 큰 잔치 모임에
마실 것이 없다면
사람들이 모여들지 않아 무미해질 것입니다.

라고 했다면 『청사』 제2장에는 다음과 같이 언급했다.[7]

성대한 이 잔치 모임에
세상의 진미가 모두 갖추어져 있어도
흥을 돋우는 데 도움이 되는 좋은 술이 없다면

---

7 **[몽골 현대문 역주]** 우리가 아는 대로 이 역사적 이야기는 다만 롭산단장의 『황금사』, 『칭기스 칸 전』, 『수정 염주』 세 원전에 기록되어 남아있다. 롭산단장의 『황금사』와 『칭기스 칸 전』에는 고아 소년의 이름을 언급하지 않았다면 『수정 염주』에는 대칸이 그에게 '몽골 보하'라는 이름을 붙여주고, 모홀리에게 맡겨 기르도록 한다. 이처럼 아이의 지식과 능력이 탁월했기 때문에 군사를 지휘하도록 한 것에 대해 언급했다. 그러나 인잔나쉬는 그 소년은 바야고드의 13살 된 고아 소년으로 '소치'라는 이름을 가지고 있었는데, 태조가 오요트 세첸(지성을 가진 현자)라는 이름을 하사했다고 썼다. 소치와 오요트 세첸이라는 이름은 인잔나쉬가 작품화하여 지은 이름일 것이다. '몽골 보하'라는 이름은 『청사』 제64장에 금나라 균주성을 에워싸고 싸울 때 그 이름이 한 번 나온다.

잔치가 한낱 평이해져

최고의 잔치 분위기를 잃게 할 것입니다.

또 『칭기스 칸 전』에는

화살의 갓간[8]이 비록 곧아도

오늬와 깃을 벗어나 쏘면 아니 된다네

『수정 염주』에서는

화살의 갓간이 비록 곧아도

오늬와 깃에서 벗어나 쏘아서는 아니 된다네

라고 했다. 한편 『청사』에서는

화살의 갓간이 비록 매우 곧아도 깃이 없어서는 아니 되고

활의 쬠새가 비록 단단하고 힘이 있어도 시위가 없으면 아니 된다네

라고 하여 의미를 확실히 하는 동시에 한 쌍의 대구 형식으로 묘사한 예가 있다.

---

8 오늬 아래 깃을 다는 곧은 부분.

인잔나쉬는 『청사』를 쓸 때 『몽골비사』를 활용했음을 증거할 만한 자료가 작품 속에 상당히 많다. 예를 들어, 『몽골비사』와 그것을 이용한 자료에 기록한 역사적 사건과 어구를 『청사』에서 적지 않게 만날 수 있다. 그러한 예를 대조해 보면 『몽골비사』 164절에 칭기스 칸과 왕 칸이 서로 대화하는 내용을 들 수 있다.

우리를 시기하여
이빨 있는 뱀에 부추김을 받아도
그 부추김에 빠지지 말자
이로 입으로 말하며 서로 믿자
어금니 있는 뱀에게 꼬임을 당해도
꼬임에 넘어가지 말자
말로 대화를 나누며 믿자

이에 반해 『청사』 제6장에는

독사가 물어도 둘이 변치 말고
입으로 의논하며 방법을 모색합시다, 우리가
시기하는 자가 부추겨도 그 계략에 넘어가지 않고
말로 의논하며 방법을 모색하겠나이다, 제가

라고 이해하기 쉬운 말로 문체를 다듬어 표현했다.

또 『몽골비사』 118절에는

형제여, 산 가까이에서 설영하자
말치기가 우리의 움막에 이를 것이다
강 가까이에서 설영하자
양치기, 새끼양치기들이
우리의 먹을 것을 얻을 것이다

라고 자모하가 테무진에게 말한다. 그 말은 『아스라그치의 고사*Asragch nert-iin tüükh*』라는 저서에는 다음과 같이 나온다.

형제여, 산 가까이에 설영하자
말치기들이
쉴 것이다
강 가까이 설영하자
양치기들이
음심을 먹을 것이다

라고 한 것을 볼 수 있다. 또 다른 원전에는 이에 대해 기록하지 않았다. 그 말을 『청사』에서는 다음과 같이 언급했다.

구원의 주군께서는 분을 내지 마십시오

아주 오래 천천히 기다리시면 아실 것입니다
산 가까이 설영하겠나이다, 내가
말치기, 양치기를 쉬게 하겠나이다, 내가
강 가까이 설영하겠나이다, 내가
홀몸인 내 육신을 먹이겠나이다, 내가

『몽골비사』에 예수헤이 바타르가 죽고, 그의 속민들이 주군을 잃고 이동하는 시기에 테무진이 그들에게 떠나지 말 것을 설득할 때 타이치오드의 투둔 기르테는 "깊은 물이 사라졌다. 흰 돌에 금이 갔다"라고 하며 떠나간다. 『청사』에는 또 그 말을 "깊은 호숫물이 마르고, 단단한 바윗돌이 이미 부서졌다"제1장라고 표현했다.

롭산단잔의 『황금사』에는 두 가지 다른 사건에 주르치데이에 관해 언급한 것을 삭제하고 썼는데, 그 가운데 『몽골비사』 제176~208절에 나오는 나이만을 평정한 일, 왕 칸이 사망한 사건, 자모하가 패한 사건, 몽골국을 건립한 것, 천부장들을 제수한 것 등 역사적으로 중요한 사건을 생략시켰으며, 몽골어로 쓰여진 다른 몽골 역사서에도 이러한 내용을 자세히 언급한 것이 없다.

인잔나쉬가 『몽골비사』를 인용할 때 어떤 원전을 사용했는가 하는 문제가 제기된다. 우리가 주목한 바로는 중국어로 된 『몽골비사』를 이용한 것이 거의 분명하다. 『청사』 제60장에는 "또 『대원 울루스의 비사』에 언급한 바로는 잿빛 늑대와 흰 사슴에서 시작되었으며, 25대에 태조를 낳았다고 한다 (…중략…) 많은 중국 사관들이 몽골에 대한 원한을 드러낼 수 없자 (…중략…) 몽골은 원래 잿빛 늑대와 흰 사슴이 관계하여 몽골의 조상을 낳고, 이로써 태조 성군을 낳았다고 멸시하듯 말하며 원한을 풀었다”라고 쓴 것은 이에 대한 분명한 증거이다. 첫째, 『대원 울루스의 비사』라는 것은 『몽골비사』를 가리킨다. 둘째, 잿빛 늑대와 흰 사슴이라는 것은 한자어 번역을 주목한 것일 수 있다.

이 모든 것을 관련시켜 보면 인잔나쉬의 『청사』는 몽골 역사의 다른 문헌과 자료들을 자세히 비교하고, 몽골의 역사서, 연구서와 『청사』의 역사 문헌에 관련된 여러 문제를 분명히 해줄 원전을 연구할 필요가 있다.

이 저서에서는 인물의 구체적인 형상을 더욱 분명히 하는 면에서 역사적 인물의 이름을 바꾸거나 새로이 형상화한 부분이 있다. 예를 들어, 토릴의 딸 차오르 베히를 ‘솔롱고’, 닐하 셍굼의 ‘닐하’를 ‘얄고’라고 한 것 외에 일부 인물의 이름을 중국 자료에 있는 발음과 가깝게 하여 명명한 경우도 있다. 예를 들어, 알탄, 호차르, 다리다이 등의 이름을 아르타, 호소르, 달지다이라고 했다. 만약 이들이 긍정적인 인물이었다면 아르타는 분명 알탄이라고 했을 것이다. 또 보르치, 모호라이, 보로훌 등 일부 인명이 붙여진 내력을 자신의 견해대로 설명했다. 우리는 이 작업을 하는 데 있어 저자가 쓴 대로 보가르지, 모훌리, 보랄 등으로 전사했다.

웨. 인잔나쉬는 몽골시와 한시를 비교하고, 각각의 특성을 살펴 연구하는 데 그치지 않고 한시의 운율적인 특징을 작품의 시에 흡수시켜 몽골 운문에 새로운 개혁을 꾀한 아름다운 시를 적지 않게 썼다. 한편 『청사』를 저술함으로 또 몽골 산문에 새로운 개혁을 꾀하기도 했다.

『청사』에 몽골의 고대 운문 갈래와 축시, 찬시가 상당히 많이 삽입되어 있으며, 그 외에 민요의 성격을 띤 것도 있다. 게.잠스란자브는 "『청사』에 나오는 찬시의 대부분을 이와 같은 리듬과 발음으로 노래할 때 두음을 맞추어 연결하고, 시의 음보와 리듬에 음운의 길이를 호르[9] 가락에 맞추어 노래하자 정확히 맞았다. 그것을 자세히 살펴보면 구비문학의 특징을 갖는다"라고 했다. 인잔나쉬는 속담, 교훈 등을 그와 같이 운을 맞추어 관련된 상징적인 어구를 여러 번 사용했다. 그 가운데 몇 가지 예를 들어보면 다음과 같다.

사내대장부는 갑옷이 없이도 적을 제압하고
뜻을 가진 사내는 맨몸으로 일을 성취한다제1장

장골에 힘 있는 자는 자신의 몸을 부리고
마음에 힘 있는 자는 만인을 부린다제2장

말 무리 속에서 장대를 잡지 않고
가축의 젖에 손가락을 담그지 않는다제21장

사내대장부에게는 뜻이 필요하고
못된 자에게는 몽둥이가 필요하네

9 몽골 전통 현악기.

큰 위엄을 보이지 않으면
큰 자비를 알지 못하네제12장

사람이 태어나면 일대一代
풀이 자라면 가을 한 철제6장

군주의 법은 우호적일 수 없고
군법에 다른 이의 도움을 바라서는 안 된다제8장

성인은 천지를 신봉하고
군자는 인의를 따른다.
범인은 권력과 힘을 따르고
소인은 물질적 이익을 따른다제12장

한 가지 이익을 취하면 하나의 잘못이 있고
한 가지 훈육을 받으면 하나의 노력이 있다제3장

흥기하는 나라의 신하들은
자신의 죄를 드러내 보이고,
망해가는 나라의 군신들은
자신의 잘못을 덮고 지우네제11장

가축의 젖을 젓고 끓이는 것을 멈추기보다
솥 아래 불을 끄라! 제6장

옷이 너무 많아지면 입는 사람의 몸에 짐이 되고
안장이 너무 무거우면 안장 없은 말 잔등에 무게가 되네
지나치게 귀해지면 사람의 마음에 사단이 생기고
의관에 너무 치중하면 나라의 하층민들에게 괴로움이 되네 제39장

일을 성취하는 자식에게는 날라다 모아다 주지 않아도 일을 이루고
일을 이루지 못하는 자식에게는 비록 모아다 주어도 일을 이루지 못한다 제50장

육신의 영혼은 몸에 없고
지혜로운 정신은 가슴에 없다 제47장

중요한 말은 평화로울 때 하고,
치밀한 전략은 여유로울 때 숙고한다 제54장

역사적 사건을 일반적인 이야기로 서술함과 동시에 사건과 일의 내력을 야담, 축시, 찬시, 시와 노래 등 구비문학의 여러 갈래의 형태로 표현하고, 문학적 형상화, 언어의 여러 가지 조화로운 방법을 폭넓게 이용했다. 이것은 고대로부터 전승되어 내려온 몽골의 역사 기술의 한 특징이다. 웨.인잔나쉬 역시 『청사』를 이러한 방식으로 기술했다. 또

표제시와 각 장의 첫머리에 전체 내용을 압축하여 시화하고, 한 장이 끝날 때 독자들의 흥미를 끌면서 문제를 제기했다. 또 연이은 사건 전개를 뒷장에서 보여줄 것이라고 하며 서사의 마지막을 종결짓는 등 고대 중국의 『삼국지연의』와 『수호전』한산기 등의 고전 작품에서 풍부히 만날 수 있는 문체의 한 형태를 이용했으며, 고대 국가의 역사와 황제들의 실록 등 연대기적인 기록과 마찬가지로 각 장의 앞에 어느 왕정의 어느 해인지를 명시했다. 이렇게 웨.인잔나쉬는 몽골문학과 중국 고전문학의 전통과 역사 기술의 특징 등을 창의적으로 결합시켜 몽골문학사에 하나의 혁신을 이루었으며, 또한 몽골 산문문학의 첫 역사문학 작품을 저술하는 데 있어 다방면에서 새로운 변혁을 꾀했다.

웨.인잔나쉬가 『청사』를 쓴 주된 목적을 요약하여 말하자면 다음과 같다. 첫째, 그 시대 몽골 민족을 우둔하고 어리석다고 따돌리며 얕잡던 이민족의 멸시에 저항하고, 민족의 얼을 드높이고자 한 것. 둘째, 귀족과 왕족 가운데 자신의 뿌리를 생각지 않은 채 물질적 이익의 노예가 되고, 대다수의 몽골인들이 자민족의 역사를 알지 못한 채 자기 민족을 혐오하는 시각이 생겨난 것을 비판하고, 이를 일깨워 민족애를 갖게 하려는 것. 셋째, 이민족의 문헌에 몽골의 역사와 풍속을 왜곡시켜 기록해 온 것을 논박하고, 이를 바로잡으려고 한 것. 넷째, 몽골인 모두에게 자신의 원 역사를 알게 하고, 더 나가 이를 후대에 전승시켜 유산으로 남기기 위해 이 책을 저술했다.

웨.인잔나쉬는 군주 칭기스 칸 일대기의 위대한 행적을 문학적으로, 매우 진정성 있게 저술하였으며, "성인이라는 존재는 특별히 진정한 마음에서 비롯된 자를 말한다. 인간 세상에서 일반적으로 성인을 터득한 성인과 모방한 성인으로 구분할 수 있는데, 이들은 궁극적으로 타고난 성인의 경지에 이를 수 없다. 태조 칭기스 칸은 타고난 성인이라고 할 수 있다"라고 간략히 결론지었다.

『청사』를 집필할 때 인잔나쉬는 또 자신의 세계관과 세계를 인식하는 철학을 드러내 언급했다. 그는 모든 사실에 중립적인 입장을 견지했다. 부분적으로 인용해 보면, "세상은 천지, 일월로부터 시작해 만물에 이르기까지 모두 음양의 두 기운에서 생겨나고, 오행의 이치가 결합하여 인연을 이루면서, 세상 가득 만물이 퍼져 나갔기 때문에 세상 만물에 이치 아닌 것이 없다. 다만 그 이치를 아둔하게 생각하는 데 가 있다 할 수 있다……". 요목 제7절

'존재'와 '공空'이라는 단어를 말할 때 이것은 서로 다른 두 개 단어이지만 그 뜻은 하나이다. 그것은 존재가 있기에 공없음이라는 단어가 생겨난 것이기 때문이다. 공이라는 하나의 단어가 있기 때문에 또 존재라는 하나의 단어가 만들어진다. 이 존재와 공은 머리와 꼬리가 연결된 하나의 고리와 같은 단어이다. 대략적으로 비유하자면 인간이 살아있을 때는 존재요, 죽으면 공이다. 구체적인 형태를 이룰 수 있으면 존재요, 망가져 수명이 다하면 공이다. 또 비유하면, 지나간 고대 수천, 수만 종류의 정치가들이 살아있을 때는 모두 존재하는 것이었으나, 이제 지나가 모두 공이 되었다. 현재의 우리의 이 나라, 이 육신은 지금 보면 모두 존재하나, 마침내 또 공이 되는 것에서 벗어날 수 없기에 존재이면서 공인데, 어찌 공이 아니라 하겠는가? 우리는 공이 되어 돌아간

뒤 훗날 또 후대인이 되기에 공이면서 어찌 존재가 아니라 하겠는가? 그렇기에 존재라고 한다면 모두 존재하는 것이요, 공이라 하면 모두 공인 것이다. 존재한 뒤에 곧바로 공이 뒤따르며, 공 가운데 존재가 생성되어 나타난다. 그렇기에 존재도 역시 공이요, 공도 역시 존재이다. 이것은 존재와 공이 서로 매우 친밀한 관계로 뗄 수 없는 관계에 있으며, 곧바로 하나의 단어가 될 수 있음을 말해주는 것이 아니겠는가. 요목 제7절

인간 세상에 인류는 천자로부터 거지에 이르기까지 모두 인간이기는 마찬가지이지만 어떤 자들은 행복을 발견했다 하고, 어떤 자들은 고통을 맛보았다고 한다. 행복을 얻은 자는 부귀하고, 고통을 맛보는 자들은 궁핍하다. 이것은 이미 정해진 이치이지만 이 가운데 또 부귀를 누리면서도 괴로움을 맛보는 자가 있고, 가난하면서도 행복을 누리는 자들도 적지 않다. 대부분 고대에 나라를 잃은 군주와 개국한 군주들, 물질을 더 풍요롭게 한 부자들, 물질에 탐욕을 부렸던 백성들은 대부분 모두 괴로움을 겪고 신음했다. 의를 이룬 성인들과 지식을 얻은 학자, 소원을 일룬 백성, 자신의 욕망을 인내한 현자들 대부분은 모두 행복한 삶을 영위했다. 이렇게 괴로움과 행복의 근원은 모두 인간의 마음에서 비롯된다. 요목 제4절

어떠한 행위에 있어 그 잘한 것을 칭찬해도 그 잘못된 점을 살피라. 그 잘못된 점을 혐오하여도 그 좋은 점을 깨달으라 (…중략…) 이 세상의 수만 가지 사건의 좋고 나쁜 점은 세상의 음양의 두 기운처럼 머리와 꼬리로 연결되어 있다. 요목 제5절

이처럼 깊은 의미를 가진 말을 꽤 많이 인용할 수 있다. 여기서 인잔나쉬는 자신이 견지하는 이론적 견해가 이렇다 저렇다 하며 현재화하여 설명하는 대신 어떻게 서사를 기술했는가를 곧바로 근거 삼는 것이 옳다고 보았다.

대문호는 자신의 세계관과 성찰 이외에 깊이 없이 가볍게 생각하는 자의 해악된 행동을 비판하고, 많은 독자에게 몽골을 위해 그 정신을 일깨우는 교훈의 말을 여러 번 기록해 남겼다. 예를 들면, “다른 나라의 사건은 분명히 알면서 자기 민족의 푸른 몽골국의 일은 전혀 알지 못한다”, “자신의 뿌리를 자세히 살피지 않고, 불필요한 당나라, 송나라의 서정시에 힘쓰는 태도에 대해 타이지[10] 인잔나쉬는 많은 날 한숨을 내쉬었다” 등 다른 나라에 기대어 몽골 문화와 몽골 관습이라고 비하하는 정신적으로 자존감이 없는 자들을 비판한 일이 적지 않다. 또 우리 지역의 신중하지 못한 자들은 최선의 노력을 경주하여 자신의 언어와 문자를 살피지도 않으면서, 한두 가지 한자어를 알면 곧 몽골어를 얕잡고, 몽골어로 한인들의 생각을 어떻게 온전히 표현해낼 수 있느냐며 입에서 나오는 대로 지껄인다. 그것은 크게 잘못된 일이다! 그렇게 스스로 애써 노력하지 않고, 은유적이고 함축적인 단어들을 충분히 알지 못하면서 몽골어에 무슨 깊이 있고, 심오한 뜻이 반영되어 있겠느냐고 한다. 그것은 바닷가에서 몸을 씻으면서 바다가 얕다고 하는 것과 무엇이 다르겠는가!”라고 했다.

---

10 왕이나 귀족의 후계자 또는 황족의 후손에게 부여되던 칭호.

인잔나쉬의 이와 같은 말을 이 시대에 연장시켜 말하자면 오늘날 우리 몽골 사회의 매우 심각하고, 마음을 괴롭히는 많은 문제와 직결된다. 위로 부모와 연장자들을 존중하지 않고, 아래로 자식과 손아래사람들을 훈육하지 않는다. 후대 몽골인들은 영원한 일을 생각하는 대신 오직 오늘 내일의 육신의 이익만을 바라보고, 몽골의 물질적, 정신적 자산을 조금도 아끼지 않고 낭비한다. 또 민족의 언어, 문화, 역사를 존숭하기는커녕 뒤처지고 낡은 것처럼 여기며, 다른 나라에 우호적인 자들의 경박함을 모방하고, 아첨꾼들이 알랑대는 것을 믿고, 위선적으로 무언가를 이루고 쉽게 얻고자 한다. 많은 것을 마음으로 또 여러 가지 방법으로 몽골을 해치는 몽골인들이 많아졌는데, 대부분 이를 인식하지 못하는 것이 우리 시대의 쓰디쓴 진실이 아닌가!

우리는 몽골 현대문으로 옮기는 작업을 할 때 원문을 대조하고, 여러 방법을 모색하여 전사하고, 다시 반복해서 자세히 살피며 각주를 붙이는 등 적지 않은 노력을 기울였다고 생각한다. 대문호 인잔나쉬가 『청사』를 저술하기 위해 여러 언어로 문헌 자료를 읽고, 세밀히 살펴 온 힘을 다해 부단히 노력하고 애쓴 것을 생각할 때 참으로 존경스러운 마음을 금할 수 없다.

인잔나쉬 나는 여러 문헌을 대조하여, 이 『흥륭한 대원제국의 청사』를 오류나 의심스러운 점이 없이 서사를 연결해 저술해 나갔다. 이러한 저술 작업은 진실로 마음과 생각, 간장과 폐, 온몸, 눈과 손을 함께 지치게 했다.

천 년의 사건의 내력을 붓과 먹에게 묻고
어지러이 벌어지는 사건을 문헌 자료와 대화하며 기술했네

나의 이 몸과 말, 마음을 지치게 한 것을
후대 지성인들은 살필까, 그렇지 않을까?

민족의 위대한 계몽가 웨.인잔나쉬의 이 정선된 저서를 모두 진심으로 존숭하는 마음을 갖고, 손에서 손으로 전하며 자랑스러운 마음으로 읽기를 바란다. 우리 조상들이 온갖 신고를 겪으며, 독립적인 몽골국과 불후의 풍부한 기록문화 유산을 우리에게 자산으로 남겨준 은덕을 더욱 잘 알고, 과거를 향해 민족적 긍지로 자부심이 더하는 동시에 미래에 몽골 민족의 자긍심을 갖기 위해 온 마음을 다해 뜨거운 의지를 갖는다면, 대문호께서 후대를 믿고 일깨우며, 몸과 말과 마음을 다한 이유를 비로소 깨달을 수 있을 것이다.

마지막으로 몽골비칙에서 현대 키릴 문자로 옮기는 작업을 할 때 상당한 시간을 들여 애쓰며 도와준 제자 페.뱜바호롤과 그 외에 제자들에게 깊은 감사를 표한다.

몽골국립대학 정교수 샤라브 초이마
몽골국립대학 교수 막사르자브 바야르사이한

# 흥륭한 대원제국의 청사 전체 차례

## 제3권

# 청사

제57장

# 소인배 무선이 반란을 일으켜 진정眞定을 혼란케 했네 패역한 덕왕은 불의한 요설로 서량을 빼앗겼네

을유년乙酉年, 푸른 몽골국의 칭기스 칸 20년. 송나라 이종 조윤趙昀 보경寶慶 원년, 금나라 애종 완안수서 정대 2년, 이해 칭기스 칸의 나이 64세였다.

그해 정월 나이만의 알탄샤는 5천 명의 정예군을 이끌고, 서하국의 서량시를 포위하고 죄를 묻기 위해 갔다. 서하국의 군주 이덕왕은 분명 몽골군이 올 것을 알고, 지난해 겨울 송, 금 두 나라에 사신을 보내 대항해 싸울 지원병을 요청했다. 두 나라에 몽골에 맞서 싸우겠다고 하자 두 나라가 모두 그의 요청을 받아들였다. 이덕왕은 목하 죄를 물을 몽골 사신이 5천 명의 병사를 이끌고 오고 있다는 소식을 듣고, 서둘러 송나라, 금나라 두 나라에 사신을 보냈다. 그때 송나라에 병력이 필요한 상황이 발생하여 지원병을 보낼 수가 없게 되었다. 금나라는 암암리에 송나라에서 병력을 지원할 수 없다는 것을 듣고, 몽골을 두려워하여 '올해 우리나라는 전투를 금한다'고 하며 또 지원병을 보내지 않았다.

그러자 이덕왕이 크게 당혹해했다.

"이제 어찌할 것인가?"

덕왕의 안색이 변하자 여러 신하들이 논의하여 말했다.

"잠시 빠져나갈 방도를 찾아 몽골군이 오는 것을 멈추게 하고, 그사이에 다른 계략을 생각해 보심이 좋을 듯합니다."

이덕왕이 어떤 방도냐고 묻자 간의대부가 고하기를 "이제 몽골군이 당도하기 전에 '우리 태자가 아직 어리니 내 아우의 아들 이현을 인질 삼아 보내도록 하겠다. 지금 몸이 좋지 않으니 병이 호전되면 보내겠다.'는 상주문을 올리게 하여, 그들 군대를 모르는 척하고 보내면 잠시 여유가 생길 것입니다"라고 했다.

이덕왕이 생각해 보니 달리 방법이 없었기 때문에 곧 그의 말대로 상주문을 올리게 하고, 사신을 몽골에 보냈다. 몽골군이 서하국으로 가다가 도중에 사신을 만나 그가 가는 이유를 듣고 잠시 병사를 주둔케 했다. 사신이 대도에 이르러 상주문을 올리자, 네 명의 친왕이 다음 날 아침 조정에 나가 칸에게 이 일을 고했다.

그러자 칭기스 칸이 이르기를 "이것은 하국이 틈을 얻기 위한 계략이다. 그렇다 해도 그들의 말대로 3개월의 기간을 주어 보내도록 하라. 나중에 후회하지 않는 것이 좋을 것이다"라고 하고, 이를 써서 사신에게 주도록 하고 궁으로 돌아갔다.

곧 문무백관들이 흩어져 조정에서 나와 사신에게 3개월의 말미를 주어 보냈다. 알탄사는 명을 받고 군대를 이끌고 북방을 순시하기 위해 갔다.

이에 대한 것을 잠시 멈추고, 송나라의 일을 언급하려고 한다. 서하국이 송나라에서 병사를 빌리려 할 때 송나라가 군대를 보내지 못하게 된 것은 내부적으로 반란이 일어났기 때문이다. 그것은 송나라가 원래 태자인 조횡趙竑을 폐위하고, 기왕의 양자인 귀성-조윤趙昀[1]을 새로 태자로 세워 황제에 앉혔다. 그때 송나라 호주湖州를 지키던 수장 반임이 산동의 대장군 이전을 찾아가서, 새 황제를 죽이고 원래 태자인 조횡을 황제로 세워 나라의 권력을 장악하자는 뜻을 전했다. 그러자 이전이 비록 그의 말을 받아들이긴 했지만 먼저 반임으로 하여금 조횡의 뜻을 떠보게 하리라 마음먹고, 20만 병력을 내어주겠다고 하고 그를 보냈다.

그런데 반임이 속임을 당한 채 호주에 와서 군대를 기다렸다. 그러나 병력을 보내주겠다고 정한 날에 이전의 병력이 곧바로 오지 않자, 반임이 초조해져 어쩔 수 없이 조횡을 황제의 보위에 앉혀 곤룡포를 입히고, 황제의 관을 씌우려고 할 때 조횡은 힘이 역부족인 상황에서 일이 발각되어 죽임을 당할 것을 두려워하여, 온갖 이유를 들어 울며 따르지 않았다. 지역의 무신들이 은밀히 논의하여 반임을 붙잡아 보내자고 논의하고, 지역의 병사를 이전의 병사라고 속이고 몇천 명의 병사를 데리고 호주로 들어가자, 반임이 일이 잘못된 것을 알고 달아났

---

1 이종(理宗, 1205~1264) : 남송 제5대 황제(재위 1224~1264). 조윤, 처음 이름은 귀성(貴誠). 가정 17년(1224) 영종이 죽자 승상 사미원이 조서를 고쳐 옹립해 황제가 되었다. 영종의 사촌동생 기왕의 양자. 영종은 원래 사촌동생 기왕의 또다른 양자인 조횡(趙竑)을 후계자로 삼았으나, 사미원의 원한을 사서 조귀성을 태자로 세웠다(임종욱, 『중국역대인명사전』, 813쪽).

다. 기왕 조횡은 사람을 보내 반임을 물리친 일을 송 이종에게 고하도록 보냈다.

그런데 길을 가는 도중 송의 20만 대군을 만났으나, 난이 평정되었기 때문에 군대가 되돌아갔다. 조횡의 상주문이 수도에 이르러 이를 고하자, 송나라 이종이 조횡을 의심하여 조횡을 불러들이게 했다. 그는 자신을 붙잡아 죽일 것을 두려워하여 아프다는 핑계로 가지 않았다. 그러자 송나라 이종은 그를 의심하여 치료한다는 명목으로 의원을 보내 조횡을 독살하여 죽이라고 명했다. 조횡은 이미 무사할 수 없게 된 것을 알고, 스스로 목을 매 목숨을 끊었다. 그러자 이종은 그의 자손들을 관직에 봉하지 않았을 뿐 아니라 조횡의 봉호를 모두 강등시키고, 그를 파능현공巴陵縣公이라 했다. 조횡의 큰아들 조주와 딸 조정[2]은 모두 어렸기 때문에 가신들이 아이들을 안고 흩어져 달아나 친지를 찾아갔다. 예전에 조횡이 조연납에게 공이 있었기 때문에 곧바로 그를 찾아가 머리를 들이밀고 기거했다.

한편 송나라 이종 수하의 나이 든 원외랑이 조윤에게 경서를 인용해 형제의 우의의 천륜과 고대 요순의 일을 비유해 언급하며 원한을 풀 것을 간언했지만, 이종은 그의 말을 듣지 않았다[원주] 이로써 50년 뒤 송나라는 멸망했다.

송나라에서는 이런 일이 생긴 것을 구실 삼아 서하국에 병사를 보내지 않았다. 이전이 이 소식을 듣고, 일이 의심받을 것을 알고 배반할

2 이들은 뒤에서 '조옥주', '조옥정'으로 등장한다.

마음을 먹었다. 그리고 곧 대군을 이끌고 먼저 초주楚州에 불을 지르고 성을 약탈했다. 이로써 큰 난리가 야기되자, 초주를 지키는 수장 허국이 도망가다가 죽음을 맞았다. 한편 송나라 이종은 그 소식을 듣고 심복 서희직을 제치사로 삼아 이전을 주시하고 방비하도록 준비시켰다.

그러자 이전은 곧 사방에 사신을 보내 병사를 모으고, 금나라 성과 몽골에 투항한 성의 한인 장수들에게 반란을 책동했다. 그때 대원수 국왕 태사 모홀리가 죽고, 여러 성읍의 한인 신하들이 마음을 잡지 못하고 있었다. 또 송나라 이전의 책동으로 이들이 가자, 몽골에 투항했던 무선이 언제부턴가 자신이 한 지역을 지배하려고 했지만 모홀리의 위엄을 두려워 감히 실행하지 못하고 있었다. 그런데 이제 송나라의 이전이 협의하기 위해 오자 바로 자신의 뜻과 일치했기 때문에 곧 협력을 약속했다. 다만 몽골의 진정眞定을 공격하려 해도, 성의 수장 사천예史天倪가 두려워 어려움이 있었다. 그자를 어떻게 하면 제거할까를 생각하다 갑자기 한 가지 계략이 떠올랐다. 서둘러 인장을 찍어 거짓 문서를 만들어 사천예에게 보내며, 칸의 사신이 와서 서신을 전했다고 했다.

사천예가 서신을 펼쳐보니 "이제 들으니 송나라의 이전이 배반하여 거처할 곳이 없이 지낸다 하니, 방법을 모색해 이전을 투항케 할 방법을 논의하여 고하라는 명이 왔습니다. 우리가 이곳에서 연회를 준비하고 기다리겠습니다"라고 했다.

사천예는 동생 사천택에게 칸의 명이기 때문에 가지 않을 수가 없다고 하자, 사천택이 형을 말렸다.

"형님, 가셔서는 아니 됩니다. 제가 보건대 국왕이 안 계시는 상황이 되자 무선의 행동거지가 상당히 달라졌습니다. 또 송나라의 이전이 모반하여 그에게 서한이 왔다고 합니다. 아니면 그가 우리를 이전에게 데리고 가려고 하는 것일 겁니다. 그것이 아니면 그가 스스로 반란을 일으키려 해도 형님이 두려워, 형님을 모해할 가능성이 있습니다."

그러자 사천예가 "나도 그런 의심이 든다. 그렇다 해도 폐하의 명이라 하는데, 가지 않으면 어쩌겠느냐? 만약 이전의 일을 거론할 때 따르든 따르지 않든 그것은 나의 의지이다"라고 했다.

사천예는 가볍게 무선의 성시에 와서 곧 성문으로 들어가자 갑자기 한 무리의 가악단이 그를 맞이했다. 그가 관저로 들어가자 무선이 사천예를 맞으며 나와 절하고 큰 연회를 베풀었다. 사천예가 그에게 "폐하의 조서는 어디 있는가?"라고 묻자 무선이 웃으며 말했다.

"폐하의 조서는 오지 않았습니다. 제가 한 가지 중요한 일이 있어 귀하신 형님을 모시고 상의를 드리려고 하는데, 아형께서 피로하시어 오시지 않을지도 모른다고 생각하여 이런 속임수를 쓴 것입니다."

그러자 사천예가 불쾌한 마음으로 따지듯 물었다.

"그렇다면 사람을 시켜서 전하면 될 것을 어찌 중요한 국새를 찍어 나를 우롱한 것이오?"

"이 국새는 몽골에 종이 된 것을 증거하는 것인데, 어찌 중요한 것으로 삼아 논하신단 말입니까? 사내대장부가 푸른 하늘과 누런 대지 사이에 인간으로 태어나 새내기 몽골에 지배를 받게 되니 참으로 분통이 터집니다."

그러자 사천예가 그의 생각을 십분 이해했지만 아무 말도 하지 않았다. 연회가 반쯤 지나고 술이 거나해지자 무선이 갑자기 술잔을 탁자에 세게 내리쳤다.

"나의 용맹한 호걸들은 다 어디 있느냐?"

그러자 동서로 주위에 있던 거처에서 100여 명의 병사들이 나와 사천예를 붙잡아 포박했다. 사천예가 조금도 대수롭게 여기지 않자 무선이 "내 오늘 몽골을 토벌할 군대를 조직했소. 장군께서 만약 한 지역의 한인을 생각한다면 곧바로 함께 충의군을 조직하고, 몽골에 옛 원한을 갚읍시다. 만약 내 말을 따르지 않는다면 장군을 죽여 수호기에 제의를 드릴 것이오. 장군의 성은 이미 점령당했소. 내가 10여 일 전부터 장군의 성에 군대를 투입해 점령하도록 했소. 장군이 나온 즉시 성을 빼앗고 처자식을 모두 붙잡아 가두었소. 장군은 어찌할 것이오?"라고 했다.

사천예는 성을 점령했다는 것을 사실로 믿고, 마음을 결정하고 웃으며 말했다.

"그대는 나를 돕는다 하면서 어찌 나를 이처럼 옭아매고 밀어붙이는 것이오?"

그러자 무선이 그가 자신을 따를 의사가 있다는 말을 듣고, 서둘러 포박을 풀고 논의하려 할 때 사천예가 갑자기 병사의 검을 빼앗아 무선을 베었다. 무선이 급히 몸을 움츠리며 피할 때 검이 어깨에 맞아 피를 흘렸다. 병사들이 급히 손을 움직여 사천예를 압박해 붙잡자 사천예가 황제가 있는 쪽을 향해 "나라를 어지럽히는 못된 놈을 죽이지 못했습니다"라고 하며 계단에 머리를 박고 죽었다. 이때 병사의 검이 동시에 마구 베어 그를 육젓으로 만들었다. 무선이 상처를 입고 이를 갈며 따라온 병사들을 붙잡았다. 처음 사천예를 붙잡을 때 도망쳐 나온 병사가 먼저 말을 달려 성으로 돌아갔다. 그런데 성이 점령되지 않았기 때문에 서둘러 사천택에게 일어난 일을 고하자 사천택이 서둘러 병사를 모아 성을 굳게 지켰다.

그때 무선이 병사들을 이끌고 진정의 속지인 작은 성읍들과 특히 동네 인가를 모두 점령하고 몽골에 반역했다. 그 사이 몽골의 영안성을 지키던 대장 동준董俊이 몇천 명의 병사를 이끌고 와서 성을 지켰다. 다른 성은 모두 무선에게 투항했다. 그러자 무선은 동준이 지키는 영안성을 여러 차례 공격해도 정복할 수 얻을 수 없자, 갑자기 한 가지 계략을 생각해 냈다. 그는 병사를 좇으며 성 밖 백성들의 곡물을 마구 짓밟게 했다. 그때 동준이 높은 성루에 올라가 큰 소리로 욕설을 퍼부었다.

"역적 네 놈은 내가 지키던 성을 공격하여 빼앗고, 백성을 괴롭히는 것도 모자라 어찌 백성의 곡식을 못 쓰게 만드는 것이냐. 네 놈의 무례함이 참으로 지나치구나."

그런 뒤 동준이 갑자기 문을 열고 병사를 이끌고 돌격해 나갔다. 그때 무선은 그의 성 아래 있다가 그가 분명 나오지 않을 거라고 생각하고 있었는데, 동준이 느닷없이 성문을 열고 나와 공격했다. 많은 백성들도 무선이 곡식을 망쳐놓은 것에 앙심을 품고 있던 와중에, 이제 동준이 백성을 비호하며 무차별 공격을 하자 성 안팎에 있던 백성들도 동준의 자애로움을 믿고, 모두가 힘을 합쳐 무선에 대항했다.

그러자 무선의 2만 명 가까운 병사들이 패해 도망쳤다. 자신들이 농사 진 곡식이 짓밟힌 백성들은 분한 마음에 원한을 품고 무선의 병사들을 추격해 가서, 병사들과 맞붙어 맹렬히 싸웠다. 또 진정부眞定府로 쳐들어가 남문을 빼앗으며 목숨을 걸고 싸웠다. 무선의 장수와 병사들도 필사적으로 싸웠지만, 백성들의 힘을 당해낼 수가 없었다. 먹고살 길이 없어진 백성 한 사람이 병사 열 사람에 맞먹을 정도로 싸우며, 진정부 가운데 엄청난 살육전이 벌어질 때 뒤이어 사천택과 동준 등의 군대가 달려와 성으로 돌격해 들어갔다. 무선은 상황이 다급해진 것을 보고, 서둘러 서문으로 나가 서산의 고성으로 피해 달아났다.

그러자 사천택과 동준은 진정부를 다시 수복해 백성들을 안정시키고, 또 무선을 공격하는 일을 논의했다. 그때 송나라 이전은 몽골에 빼앗긴 중산을 지키는 판관을 이전의 친척 동생이라 하여 죽이고, 또 모훌리가 죽은 후에 다른 마음을 품었다. 그리고 곧바로 이전은 중산의 모든 병사를 이끌고, 몽골에 등을 돌리고 모반했다. 송나라 이전과 특히 무선 등은 당을 연합했다.

몽골의 중산 주변의 성을 지키던 사천사와 대장군 장유 두 장수가 사신을 보내 조정에 이 사실을 알리고, 다른 한편 서둘러 병사를 데리고 중산을 포위했다. 몽골에서 돌아선 이전이 서둘러 병사를 이끌고 몽골 편의 군대에 맞서 싸울 때, 장유와 사천사 등의 군대가 엄청나게 용맹했기 때문에 제대로 대적하지도 못하고 달아났다. 배반한 무선을 비호하는 군대 장수 갈철창葛鐵槍이 나무숲에 병사를 매복시켜 놓고 있었다. 몽골의 장유가 이전을 놓치지 않고 추격해 갈 때 갈철창이 진격해 그를 막고, 이전을 산속으로 들어가게 했다. 그리고 자신은 군대를 회군시켜 서둘러 산 협곡의 관성을 지키며 밤에 이전과 앞으로의 일을 논의했다.

"우리 병사의 수는 적고, 몽골 병사는 많습니다. 우리가 몽골 군대와 맞서 싸우는 것은 사실상 어려운 일입니다. 오늘 밤 우리가 가서 우리의 대장 무선에게 1만 명의 정예군을 청해 이끌고 와서 이들의 후방에서 공격하겠습니다."

그의 말에 이전이 크게 기뻐하며 곧 밤을 타서 몰래 그를 배웅해 주었다. 이 논의를 몽골의 장유와 사천사 등이 듣고 크게 기뻐했다.

"이제 어쩔 수 없으니 계략을 써서 양방에서 격파하도록 합시다."

그리고 병사의 반은 산의 입구를 철통같이 지키게 하고, 또 반은 장유가 이끌었다. 사천사는 진정부의 사천택과 영안성의 동준을 찾아가서 전략을 논의했다.

"그대 두 사람 중 한 사람은 성을 사수하고, 다른 한 사람은 군대를 통솔하여 무선의 군대로 변장시키고 나서, 우리 중산 입구를 지키는 병사들과 우호적으로 연회를 베풀고 계세요. 중산의 군대가 분명 이리로 도망쳐 갈 것입니다. 성문으로 들어가자마자 성문을 빼앗고, 곧바로 우리가 모든 병사를 이끌고 쳐들어가 싸우면 중산을 되찾을 수 있을 것입니다. 중산 가운데 있는 이전의 병사 수는 매우 적습니다. 제가 군대를 이끌고 신락新樂에 매복하고 있다가 무선을 비호하기 위해 오는 군대를 토벌할 것입니다. 가능하면 장군이 우리보다 먼저 중산에 도착하면 좋을 것 같습니다. 병사의 반을 나누어 문을 닫는 병사로 삼고,

나머지 반은 뒤에 남겨 무선의 거짓 군대로 삼으십시오"라고 계략을 정했다.

그리고 한밤중 동준이 먼저 말을 달려가 성으로 돌아가고, 사천택[3]을 무선의 거짓 군대로 꾸며 보냈다. 장유와 사천사는 5천 명의 정예군을 이끌고 신락 협곡 숲 가운데 매복하고 기다리고 있을 때, 무선의 호위병 1만 명의 지원 병력이 고양高陽의 여정과 갈천창을 선두로 하여 밤에 급히 신락 협곡에 이르렀다. 그런데 그때 이들은 장유와 사천사 등이 도모한 계략에 빠지게 되었는데, 갑자기 두 계곡 사이에서 포성이 동시에 울리면서 양면에서 협공을 개시하자 갈천창의 군대가 크게 패해 도망쳤다.

그때 장유의 병사들이 길을 가로막자 그들을 피해 동쪽 강으로 달아났다. 대부분의 병사들이 장유와 사천사 등이 파놓았던 많은 고랑에 빠져 큰 해를 입었고, 4천 명의 병사가 죽임을 당했다. 또 놓치지 않고 맹추격하여 다음 날 해가 뜰 때 장유와 사천사가 여정을 거의 가까이 쫓아가자, 여정이 크게 당혹해했다. 그는 도망치면서 뒤를 돌아 활을 쏘아댔다.

그때 화살이 장유의 앞니에 맞아 이 두 개가 부러지자 장유가 아무 일도 아닌 양 화살을 뽑아 던졌다. 그리고 눈 깜빡할 사이에 그의 뒤를 쫓아가 뒤에서 화살 한 발을 쏘았다. 그 화살은 여정의 뒤목에 정통으로 맞아 여정이 말에서 꼬꾸라져 떨어졌다. 장유가 추격해 가까이 다

3 본문에는 '사천사'로 되어 있지만, 잘못 전사된 것으로 보인다. 문맥상 '사천택'이 맞다고 본다.

가가 뒤에서 그를 움켜쥐어 생포하고, 그를 병사에게 던져 주었다.

그리고 대군을 몰아 추격해 가자, 뒤처져 남은 패잔병들이 모두 장유와 사천사에게 투항했는데, 남은 병사가 2천 명이 되지 않았다. 장유는 사천사가 여정을 생포한 것을 보고, 그에게 상처를 치료하라고 남겨두고, 자신은 대군을 이끌고 다시 추격해 갔다. 밤 2경이 될 때까지 추격해 곧바로 병사들 속으로 달려 들어가 갈천창을 말 위에서 생포했다. 이번에는 적의 대군을 투항시키고, 군대의 무기와 말, 안장, 갑옷과 투구 등 수백 수레를 전리품으로 얻고, 군대의 위엄과 명성을 사방에 크게 떨쳤다.

한편 사천사는 무선의 병사 반을 대오의 앞으로 보내고, 또 자신의 병사에게 무선의 갑옷과 투구, 깃발, 무기를 들려 무선의 군대라고 했다. 중산에 이르자 사천택의 군대가 또 중산 쪽으로 가다가 만나 함께 중산을 향해 갔다. 중산에서 포위된 이전은 어쩔 방도가 없이 상황에 몰려 있었는데, 무선의 신호기를 보고 크게 기뻐했다. 군대가 가까이 오자 맞이하러 나가 그들을 들어오도록 준비했다.

그때 중산 입구를 막고 있던 병사들이 돌아서 가짜로 꾸민 무선의 군대와 격전을 벌이자, 중산의 이전이 몸소 군대를 이끌고 나와 가짜 병사들을 맞아들였다. 그러자 장유가 한 번 큰 소리로 꾸짖고 중산을 포위하고 성으로 들어갔다. 뭇 병사들이 함께 산성을 공격해 들어가서, 중산의 모든 것을 다시 찾고 병사들을 모두 투항케 했다. 이전은 밤에 일반 병사의 옷을 바꾸어 입고, 안장 없는 말을 타고 산의 보이지 않는 길로 도망쳤다.

그렇게 달아나 무선이 있는 곳에 가까이 가자, 무선이 크게 진노하며 고성의 병사를 모두 이끌고 돌격해 나가 장유가 지키던 만성滿城을 포위했다. 장유가 성의 망루에 올라가 연유를 묻자, 무선이 대답하는 척하다가 갑자기 병사들에게 일제히 활을 쏘게 했다. 그때 화살 하나가 날아가 장유의 왼쪽 입가를 맞추었다. 장유의 입가에 피가 흐르자 성 밖에 있던 무선의 병사들은 무선이 그에게 상처를 입혔다고 소리를 치자, 장유가 갑자기 한 가지 계략을 생각해 내어 크게 부상을 입은 척하며 땅바닥에 쓰러졌다.

무선의 병사들이 크게 기뻐하며 성 가까이 다가오자, 장유가 머리를 싸매고 자기 편의 많은 병사에게 배가 부르도록 음식을 먹게 하고, 마른 음식을 충분히 휴대하도록 했다. 그리고 병사들과 삽혈 맹약을 하고, 사방의 성문을 동시에 열고 병사들이 사방으로 진격해 나갔다. 무선의 병사들이 상대 병사들이 공격해 오리라고 생각하지 않고 있었기 때문에 크게 놀라 공포에 떨었다. 이 혼란한 틈을 타 장유가 수호기를 흔들며 공격해 들어가자, 무선도 무심하게 있다가 기겁을 하고 자신이 먼저 말머리를 돌려 달아났다.

장유가 그 뒤를 좇아가며 쏜 화살이 예전에 상처를 입었던 오른쪽 어깨에 맞았다. 무선은 참을 수 없는 고통에 꼬꾸라지며 말에서 떨어졌다. 그러자 이전이 서둘러 부축하여 말에 태우고 두 사람이 달아났다. 무선의 병사들이 모두 성 아래에 모여 느긋하게 생각하고 있다가 갑자기 화살이 날아들어 병사들이 죽어 나가자, 모두 혼비백산하여 병사의 절반 정도가 상처를 입고 고랑으로 쓰러졌다. 그리고 병사의 대다수가 무선과 함께 도망치자, 장유가 그들을 놓치지 않고 하루 밤낮을 바짝 추격해 서산의 고성에 이르자, 무선의 뒤에서 병사들이 꼬리를 물고 쫓아왔다. 또 무선은 처음 번 진정을 빼앗겼던 것처럼 되지 않기를 바라며, 성으로 들어가지 않고 또 서북쪽 금나라의 속지로 도망쳐 들어갔다.

그러자 장유가 갑자기 한 가지 계략을 생각해냈다. 먼저 투항한 무선의 병사를 불러 성문을 열게 하고, 자신은 혼자 성으로 들어가 여러 장병에게 말하기를 "그대들은 어찌 이러는가. 무선은 어제 바로 배반한 소인배 도적놈이다. 몽골은 나라를 세운 지 50년 가까이 된 강성한 대국이다. 이제 몽골 장수들이 산천에 이르러, 그대들이 저항하면 성을 무차별 공격해 점령할 것이며, 금과 옥, 기와, 벽돌 등을 남기지 않고 파괴시켜 버릴 것이다. 무선 한 인간 때문에 만 명의 백성들이 죽는다는 것은 얼마나 부당한 일인가? 그대들은 어찌 몽골이 그토록 많은 성을 빼앗은 것을 생각지 못하는 것인가?

이제 비록 태사 국왕 모홀리께서 운명을 달리해 같이 하지 못하지만, 그와 함께 했던 대장군, 지략과 용맹함을 겸비한 문무대신들이 상당히 많다. 특히 국왕의 동생들과 자녀들이 어려서부터 대군에 속해 원정을 다니면서, 수백 개의 성을 공격해 정벌함으로써 상당한 정도의 공성술을 터득했다. 특히 그의 동생 군왕 다이산다락그치와 그의 큰아들 국왕 볼로가 모두 누구도 따를 수 없는 뛰어난 용사들이다. 그대들이 어찌 그들과 싸울 수 있겠는가? 그대들의 별 볼 일 없는 반역자 무선뿐 아니라 이제 수백 년이 된 송나라도 어찌 되었는가? 금나라, 서하국 모두 약세를 면치 못해 조석지간 풍전등화와 같은 상황이 되었는데, 그대들이 이 몇 개의 작은 성으로 어찌 할 수 있단 말인가?"라고 하자 고성을 지키던 장병들이 크게 후회하며 모두 장유에게 투항했다.

이때 사천사의 형 사천안이 군대를 통솔하고, 동생 사천사를 지원하기 위해 가서 함께 무선을 추격했다. 그때 사천사는 무극無極이라는 지역으로 들어가 진정부의 다른 성을 공격하자, 형 사천안은 군대를 나누어 고성 쪽으로 진격해 갔다. 바로 그때 장유의 군대에 패해 달아나던 무선을 만났다. 사천안이 크게 일갈하며 공격해 들어가자 무선이 간담이 서늘해지고 혼비백산하여 전혀 싸우지 못한 채 모인 병사를 이끌고 쌍문채로 도망쳐 들어가자, 사천사, 사천안, 사천택, 장유, 동준 등이 모두 합세하여 진정을 탈환하고 평정했다.

그때 군왕 다이산다락그치의 군대가 성에 이르자 이미 진정이 평정된 것을 보고, 군왕 다이산이 크게 기뻐하며 장병들에게 후한 상을 내리고, 한편 칭기스 칸에게 이 정황을 보고하는 상주문을 보냈다. 오래지 않아 칸은 성지를 내려 이들 몇 명의 장수들을 모두 한 단계씩 직위를 높여 주었다. 또 금과 비단 등 후한 상이 이르자 사천사, 사천택, 사천안, 장유, 동준 등이 향안香案 앞에서 절하고 귀한 상을 받았다.

그 사이 4월 송나라를 수렴청정하는 태후가 중병에 걸려, 나라의 대사를 모두 송나라 이종이 혼자서 처리하게 되었다. 이종은 좌익 대장 팽의빈이라는 자를 북쪽을 공격하고 맞설 대군의 도원수로 삼고 내보내자, 팽의빈이 먼저 산동 지역을 공격하여 몇 개 현을 점령했다. 송나라를 모반했던 이전은 자신의 가지와 싹이 모두 잘려나가 대사를 이룰 수 없게 되자, 대원수 팽의빈을 찾아가 투항할 것을 청했다. 팽의빈이 그의 잘못을 추궁하지 않겠다며 그의 투항을 받아들이고, 병력을 더하게 된 것에 의기양양해져 곧 군대를 이끌고 진군해 몽골 장수 엄실이 지키던 동평부를 포위했다.

한편 성에 병사들이 많지 않은 데다 곡식과 풀이 부족했기 때문에 엄실은 서둘러 몽골 군왕 다이산다락그치에게 서한을 보냈다. 그의 서한 내용은 이러했다.

> 지금 송나라 군대가 동평부를 에워쌌는데, 그 힘이 막강합니다. 가능하다면 대왕께서 이쪽을 지원하기 위해 보름 안에 직접 오셨으면 합니다. 만약 오실 수 없다면 대왕의 아들 패리해에게 군대를 내주어 보내 주십시오. 이 두 가지 모두 길이 막혀 보름 안에 도착할 수 없다면 병사를 앞으로 진군시키지 말고, 대군을 보내 서산에 매복시켜 주십시오. 제가 이곳에서 팽의빈에게 거짓 투항하고, 그를 믿게 하여 함께 가겠습니다. 그가 만약 우리 성시를 제압하면 분명 우리 병사들을 이끌고 진정을 정벌하러 갈 것입니다. 그때 서산의 병사가 동시에 나와 싸우면 팽의빈을 생포할 수 있을 것입니다.

군왕 다이산다락그치가 생각해 보니, 이 계략이 더 나았기 때문에 곧 남쪽으로 병사를 보내지 않고 아들 패리해에게 3만 병력을 내어 주어 서산에 주둔케 하고, 또 사천택에게 합세하라고 명해 보냈다. 그러자 송나라 팽의민의 군대가 동평부를 포위하고 보름이 되었을 때 대항할 지원병이 오지 않자, 엄실은 다이산다락그치가 분명 마지막 계략을 쓸 것을 알고 서둘러 성에서 서한을 써서 보냈다. 팽의빈이 그 서한을 보니, 그 내용인 즉 다음과 같았다.

엄실 내가 원래 조급해져 어쩔 수 없는 상황에 직면해 모홀리에게 투항했소. 이제 모홀리가 죽고, 다른 사람들은 모두 크게 권한이 없는 자들이오. 내가 대국에 투항할 거라는 것을 이미 듣고, 의심을 풀게 할 길이 없어 주저하다가 지금에 이르렀소. 대원수께서 만약 보잘것없는 소인을 품어 구원해 주신다면 내 어찌 우매한 몽골에 종이 되는 것을 기꺼워하겠소?

그러자 팽의빈이 충분히 맹세를 받고, 이전을 투항시킨 예대로 원래의 직위를 갖도록 협의하여 사람을 보냈다. 엄실은 곧 성안의 모든 자들을 데리고 투항하고, 팽의빈의 군대를 성으로 들여보냈다. 팽의빈은 후하게 연회를 베풀어 장병을 위로하고, 곧 병사를 연합하여 하삭을 공격하고, 엄실을 하삭에 남겨 지키게 했다.

7월이 되자 팽의빈이 대군을 이끌고 진정부를 공격하러 갈 때 엄실은 북쪽 군대를 살피며 가기로 했다. 그때 팽의빈은 대군을 자신이 이끌고 진정으로 가다가 도중에 서산을 거쳐 가는데, 밤에 갑자기 몽골의 군왕 다이산다락그치의 아들 패리해의 매복해 있던 병사들의 기습 공격을 받았다. 엄실이 신호를 받고 뒤에서 지원하며 공격해 들어가자, 팽의빈이 크게 두려워하며 반쯤 해를 당한 병사를 데리고 감히 진정부로 가지 못하고, 또 진정에서 돌아설 수도 없어 곧바로 남쪽으로 피해 달려갔다. 그가 내황 길로 해서 오마산을 넘어 달아나려고 산 입구로 들어서자, 사천택이 벌써 그 소식을 듣고 돌아와 그가 어디로 피해 달아나는지 알아내고, 그를 맞아 싸우려 할 때 갑자기 그의 군대가 서 있던 오마산으로 팽의빈 군대가 달려왔다. 사천택이 크게 기뻐하며 군대를 오마산의 양편에 매복시키고 기다렸다. 송나라 팽의빈의 병사들이 모두 산으로 들어가자 서둘러 계곡 입구를 막고, 강 상류 원천에서 불을 피우고 포성을 울렸다.

팽의빈이 크게 두려워하며 돌아나가려고 산 입구에 이르자 이미 산 입구는 막혀 있었다. 팽의빈은 분명 병사들이 매복해 있다는 것을 눈치채고 서둘러 돌아가려 할 때 산의 양쪽에서 포성이 울리고 바라를 치며 난전亂箭이 비 오듯 쏟아졌다. 팽의빈의 군대는 양편으로 깎아지른 듯한 바위 협곡에 갇혀 버렸다. 게다가 위에서 큰불덩어리가 떨어져 모두 죽음이 경각에 이르자, 병사들이 서둘러 투항하자고 악을 쓰며 소리쳤다. 팽의빈은 상황이 심상치 않음을 목도하고 신속하게 산의 동쪽 길을 넘어가자, 사천사가 길을 가로질러 달려와 그의 목을 조준하여 활을 쏘아 팽의빈을 말에서 떨어뜨려 생포했다. 그리고 많은 병사들을 모두 투항시키고, 갑옷과 무기를 나누어 진정부로 가져갔다. 몽골의 군왕 다이산다락그치는 진정부로 들어가 앞서 붙잡았던 갈철창과 여정 두 사람을 함거에 가두어 칸에게 보내게 했다. 이때 칭기스칸은 태후의 영구를 호위하고, 예법대로 칸산, 하탄강 사이 잘람 칸의 북쪽, 질라 칸의 남쪽에 묘를 조성해 영구를 열조 예수헤이 바타르의 영전 앞에 모셨다.

한편 송나라 원수 팽의빈을 붙잡아 데리고 가자, 엄실이 그를 맞아서 사용하겠다며 몇 번이나 설득하여 팽의빈을 인계받아 놓아주자 곧 도망쳤다. 사천택은 이미 그 사실을 알고 병사를 이끌고 가 길마다 지키게 해 팽의빈을 붙잡아 또 데려오자, 군왕 다이산다락그치가 말했다.

"나는 네가 배반할 것을 이미 알고 있었다. 다만 대장 엄실의 마음을 무시할 수가 없어 너를 놓아 주었다. 네가 진정 배반하려고 했다면 조금 더 기다려 상황을 보지 않고, 어찌 어린아이처럼 행동한 것이더냐?"

다이산은 그를 끌어내 참수하고, 그 머리를 송나라 이종에게 보내 해마다 약조한 공물을 바치도록 다그쳤다. 이에 송나라 이종이 크게 애통해하며 문무백관이 모두 크게 불안해했다. 한편 군왕 다이산다락그치는 자신이 몸소 한 군단을 통솔하고, 사천택에게 한 군단, 엄실에게 한 군단의 병력을 내어주고, 3개로의 대군이 진격해 들어가 경동京東의 주와 현, 성읍을 모두 되찾아 회복하고, 거기에다 또 11개 성을 정복하여 모두 엄실에게 총괄하도록 했다. 이번에 정복한 성은 노魯 지역의 9할, 위魏 지역의 10할, 제齊 지역을 더해 3할, 전체 54성을 정복하고, 경동의 동쪽 편의 지역을 모두 거두어들여 몽골군의 위엄을 널리 떨쳤다. 이를 듣고 송나라, 금나라가 모두 불안에 떨었다.

이때 태사 국왕 볼로는 몸이 편치 않았기 때문에 모든 권한을 숙부에게 이양했다. 볼로는 전투에 나가지 않고, 하북 지역에 머물러 요양하여 곧 쾌차했다. 그러자 국왕 볼로와 군왕 다이산다락그치 두 숙질은 이 일을 알리는 상주문을 작성하여 칸에게 고했다. 이때 칭기스 칸은 양경에 있었다. 서하에서는 질자質子를 보내오지 않았는데, 3차에 걸쳐 기회를 주어도 오지 않았다. 칭기스 칸은 곧 태후의 일년상을 마치고 10월 겨울철이 되자 이제 서하를 공격할 장수와 병사를 선별했다. 그때 남쪽 진정부에서 다섯 개 성을 평정했다는 상주문이 이르자, 칭기스 칸이 길게 한숨을 쉬었다.

"이 같은 일은 모두 태사 국왕 모훌리 한 사람이 죽은 일로 생겨난 난리요. 말하자면 사자, 코끼리 같은 모훌리에 진정 호랑이와 표범과 같은 동생들과 자식이 있기에 힘들이지 않고, 송나라 원수를 또 붙잡을 수 있었소. 진정 용에게서 용이 태어나고, 호랑이에게서 호랑이가 나는 법이오."

칭기스 칸은 공로를 세운 장수들을 크게 칭찬하고, 사씨 형제와 엄실에게 모두 공公의 칭호를 포상으로 하사해 보냈다. 그리고 칸은 몸소 서하국을 정벌하기 위해 원정을 떠나고, 우게데이, 차가타이 두 태자 친왕은 10만 한인 병력을 통솔하고 따라간 일에 대해 잠시 언급하지 않겠다.

또 칭기스 칸이 언급한 것은 다음과 같다. 태사 볼로, 군왕 다이산다락그치와 상의하여 금나라, 송나라에 태사 모훌리가 사망한 후 때마다 바쳐야 할 공물을 바치지 않는 연유를 묻도록 하라. 만약 공물을 바치지 않고 어기면 병력을 보내 공격하라. 또 요동의 야율유가의 아내 도리씨가 집정을 하고 있으니, 그에게 신하를 보내 고려국에 지난 겨울 공물을 보내지 않은 일과 상례에 오지 않은 일을 묻게 하라고 각각 명을 내렸다. 주치는 북방의 고향에 남게 하고, 톨리는 남쪽 대도에 남게 했다.

그리고 10월 칭기스 칸 자신은 몸소 두 장군과 다섯 호장, 36명의 용사를 데리고 곧바로 서하를 향해 원정을 떠나며, 보가르지 친왕과 촐론 친왕에게 병사를 나누어주고 감甘, 숙肅 두 주를 공격하게 했다. 그리고 칸은 몸소 대군을 이끌고 가서 서량부를 포위했다. 이때 서하국의 군주 이덕왕은 두려움에 심장이 오그라져 서량부를 버리고 달아났으며, 세 개의 성은 싸우지 않고 모두 투항했다. 칭기스 칸은 또 이 여세를 몰아 11월에 서하의 양주를 포위하고, 불화살을 쏘고 성루에 불을 질렀다. 호장 호일다르 선봉과 줄게데이 바타르는 성벽을 넘어 양주를 점령하고, 3개로의 대군이 동시에 양주성을 향해 공격해 들어가자, 서하국에서 한 가지 기이한 일이 발생했다. 그것은 옛 케 왕의 패역한 아들 얄고가 서하국으로 도망쳐 들어갔는데 추사국에서 붙잡아 서하로 보내왔다고 했다. 또 서하의 군주 이안전이 얄고의 머리를 보내 큰 상을 받아갔고, 얄고의 머리로 연회의 흥취를 더함으로 그를 정죄했다고 한다.

그러나 그 일은 실제로 서하국이 얄고를 숨기고, 그와 유사하게 생긴 죄인을 나라에 있는 모든 감옥에서 찾아내 가짜 얄고의 머리를 보내, 자신의 나라에 이익이 되게 한 것이었으며, 둘째는 얄고를 베데국에서 영원히 추적하지 않게 하려는 의도가 있었다. 당시 얄고는 서량 지역의 곡식과 풀을 총괄하고 있었는데, 곡식과 풀을 매우 풍부하게 만들자 하국의 군주가 그를 크게 아끼게 되었다.

그런데 갑자기 얄고가 매우 인색하여 그 아래 수하 병졸이 작은 것도 얻지 못하자 그를 쓰러뜨릴 계책을 찾고 있었다. 그때 몽골이 서하국을 내버려 두지 않고 다시 정벌하러 오자, 서하의 백성들이 몹시 두려워하며 들썩였다. 또 옛 서하국을 몽골이 이미 정복해 군주를 세우고 나라를 지키게 했는데, 이제 또 칭기스 칸이 공격하러 온다고 하자 서하국의 백성들이 몸 둘 바를 몰라 비통해하는 소리가 나라에 가득했다.

그러자 얄고의 수하에 있는 섭주라는 창고지기 대장이 갑자기 한 가지 계략을 생각해내, 나라 안에 말을 퍼뜨리며, "옛 원수 얄고를 내주지 않으면 몽골은 서하국의 뿌리를 끊어버릴 것이다"라고 소문을 냈다. 또 "이제 우리나라가 이 간악한 얄고 한 사람을 아껴 백성들을 몽골에 죽게 하는 것은 얼마나 기막힌 일인가?"라는 말을 퍼뜨렸다. 이 소문이 일파만파 퍼져나가자 하국 백성들의 마음이 변했다. 어느 날 사람들이 갑자기 난리를 일으켜 창고를 책임지고 있던 케레이트의 얄고를 붙잡아 몽골 병영으로 보냈다.

그러자 칭기스 칸을 비롯해 몽골의 모든 장병이 크게 놀랐다. 그 얄고를 들여보내고 자세히 보니 그 행동거지가 비록 유사하고, 음색이 비슷한 것 같지만 머리털과 수염이 덥수룩하고, 가축의 위처럼 불룩하게 살쪄 있어 얄고인지 분명히 분별이 되지 않았다. 그러자 칭기스 칸이 그에게 "그대는 이제까지 서하국에 남아 있었는데, 어찌 갑자기 이곳으로 보내졌는가?" 하고 물었다.

얄고가 "제 이름은 얄고가 맞습니다. 저는 금나라 북쪽 변경에 있는 성의 병졸입니다. 몽골이 성을 점령하여 지낼 곳이 없이 다니다가 이곳에 이르게 되었습니다. 그러자 서하국의 군주께서 저를 써서 식량과 풀을 저장하는 창고를 책임지게 했던 것은 사실입니다. 저는 케레이트의 케 왕이라는 자를 전혀 알지 못합니다. 저는 창고를 맡으면서 용의 주도하게 일했기 때문에 제 측근에서 일하는 수하들이 재물에 탐욕을 부려 저를 중상하는 소문을 퍼뜨리고, 저를 붙잡아 이곳에 데려온 것입니다. 제는 케 왕의 아들 신공 얄고가 아닙니다"라고 했다.

그러자 칭기스 칸은 그가 이렇게 말하면서 평범한 말을 할 때마다 머리를 흔들고 위를 향해 입을 벌려 필시 크게 잘 아는 사람처럼 행동하는 모습을 보면서 미소를 띠었다.

"얄고, 세상을 너무 쉽게 보지 말고, 모든 사람을 장님으로 생각하지 말게. 자네는 뭔가를 조금도 알지 못하면서 마치 엄청나게 아는 사람인 척 말을 하지. 특히 자네 왼쪽 귀는 작고, 오른쪽 귀에는 흉터가 있다는 것을 자네 자신은 알지 못하고 있는 것 같군."

칸의 말이 끝나고 측근 병사가 그의 머리를 살피자, 얄고는 성조 칭기스 칸의 예리한 눈을 속이고 빠져나갈 수 없다는 것을 알고 서둘러 머리를 숙였다. 칭기스 칸이 은근히 미소를 지으며 옆의 친왕들에게 말했다.

"케 왕은 비록 변덕이 심했지만 우리나라의 오랜 벗이었소. 케 왕이 뜻밖에 나이만에 해를 당하고, 자모하에게 죽임을 당했소. 실제로 그 아들을 죽게 한 것이지. 그렇지만 나는 케 왕의 예전의 우의를 생각하여 그가 남겨놓은 자녀들을 자식 삼아 인척에게 내 주었소. 예전의 가짜 얄고를 죽였으니, 이미 그를 죽인 것이나 마찬가지요. 그 지난날의 죄를 묻는 것은 그의 아버지를 위한 것이지, 나를 위한 것은 아니오. 사람들마다 대적하는 자가 있소. 그렇다고 이들에게 깊은 원한을 갖고 복수를 해야한다고 보아서는 아니 될 것이오. 그러니 이자도 예전의 좋은 관계를 생각하여 받아들이면 될 것이오."

그러자 군왕 보가르지가 고했다.

"그렇다면 그의 동생 토스호에게 내어주겠습니다."

한편 칭기스 칸은 서하의 사신에게 "서하국의 사람들에게 3개월의 여유를 주어 그들의 군주 이덕왕이 이전처럼 와서 자식을 질자로 내어주면, 그대 서하국을 예전과 마찬가지로 그대로 사직을 보전하게 하고, 우리가 추대한 서하국의 군주로 다스리게 할 것이다. 만약 또 명을 따르지 않고 경홀히 여겨 어리석게 행동한다면, 대군을 이끌고 공격해 들어가 초토화시킬 것이다"라고 명하고 돌려보냈다.

사신이 돌아와 있었던 일의 정황을 알리자 나라의 상당수의 신하와 백성들이 모여 한목소리로 외쳤다. 군주 이덕왕은 "잠시 짐이 결정하는 것을 기다리시오"라고 하며 심각히 고심하며 자리에 큰대자로 누웠다.

한편 칭기스 칸의 36명의 용사 가운데 케 왕의 둘째 아들 토스호는 네 번째 서열의 용사로 있었다. 그때 폴고다이를 불러 얄고에 대해 상의하니 폴고다이는 울기만 하고 다른 말을 하지 않자, 토스호가 그 이유를 물었다. 폴고다이가 흰 수염을 쓸어내리며 말하기를 "우리 나이 드신 주군을 저 얄고가 죽였습니다. 이제 얄고가 우리나라에 오면 우리 케레이트의 뿌리가 끊어질 때가 이른 것입니다"라고 했다.

토스호가 그 이유를 추궁하며 묻자 폴고다이가 고하기를 "얄고가 자모하와 달랐다면 우리나라는 솔롱고드의 보호 차간 칸과 고르로스처럼 이름 있는 대국이 되었을 것입니다. 무릇 모든 일과 우의를 얄고 혼자 모두 무너뜨리고 망하게 만든 것인데, 칭기스 칸께서 예전의 우리 주군과 잘 지냈던 것을 생각하여 주인님에게 이런 일을 이르게 한 것입니다. 이제 그자가 오면 또 큰 죄를 짓고, 케레이트의 뿌리를 끊어지게 할 것입니다. 더욱이 주인님은 또 원수인 나이만의 원수를 갚았습니다. 얄고는 먼저 주인님을 죽인 뒤 종묘 사직을 끊어지게 할 것입니다."

토스호가 예전의 일을 자세히 묻자, 폴고다이가 처음부터 끝까지 자세히 말해 주었다. 칭기스 칸이 베푼 은덕을 일곱 번에 걸쳐 저버린 것을 모두 말하자, 토스호는 그것을 듣고 크게 분노했다.

"모든 것을 돌아보면 제가 어렸을 때 아버님을 돌아가시게 하고, 케레이트를 망하게 한 모든 일이 얄고의 소행이었소."

토스호는 여전히 분을 풀지 못하고 있을 때 보가르지 군왕이 사람을 보내 토스호를 불러오도록 했다. 토스호가 서둘러 가자, 보가르지가 얄고의 잘못을 낱낱이 헤아려 말하고, 특별히 칸의 은혜를 또 모두 열거하며 얄고를 토스호에게 내어 주었다.

그러자 토스호가 갑자기 검을 뽑아 들고 얄고의 머리를 베어 두 도막을 내고, 벌을 기다리며 말했다.

"얄고가 하루아침에 우리나라를 망하게 하고, 저희 아버님의 제사를 끊어지게 할 것입니다. 제가 형을 죽인 벌을 달게 받고 죽겠나이다. 우리나라의 많은 백성이 평화롭게 지내기를 바라나이다."

이 일이 어찌 될 것인지는 다음 장에서 보게 될 것이다.

**사관 인잔나쉬의 시 한 수**

> 은혜 모르는 고려의 기국은 몽골 사신을 죽이고 큰 화를 자초했네
>
> 도의 없는 송나라 이종은 이전 태자를 해치고 크나큰 악명을 남겼네
>
> 자애심 없는 진정부의 무선은 동료를 해치고 깊은 원한을 맺게 했네
>
> 살아갈 방도 없는 서하의 이덕왕은 성조의 은덕을 망각하고 재앙을 불렀네

제58장

# 볼로, 다이산다락그치 두 왕은 송 이종의 군대를 에워싸고 청주를 포위했네 차가타이, 우게데이 두 태자는 금나라에 공물을 요구하며 남경을 공격했네

병술년丙戌年, 푸른 몽골국의 칭기스 칸 21년, 송나라 이종 보경 2년, 금나라 애종 정대 3년이었다. 이해 태조 칭기스 칸의 나이 65세였다.

한편 토스호가 단칼에 얄고를 베어 죽이고, 그 머리를 들고 벌을 받기 위해 온 것을 칸에게 아뢰자 칭기스 칸이 명하기를 "비록 얄고를 죽인 것이 합당한 일이지만, 그 동생 토스호가 죽이는 것은 도리에 맞지 않는 일이다"라고 하며 그의 관직을 박탈하고, 병영에서 분투하며 속죄케 하라고 했다. 토스호는 기꺼이 벌을 달게 받고, 절하고 명을 받은 곳으로 갔다.

칭기스 칸은 정월에 곧바로 대군을 움직여 서하국의 안주安州로 갔다. 서하국에서 질자를 보내는 기간을 넘기자 사신을 보내 재촉했다. 서하의 이덕왕의 형제들의 자식은 이호, 이성, 이곤 등 여럿이 있었다. 그러나 누구도 질자로 보내오지 않자 칭기스 칸이 진노하여 직접 대군을 진두지휘하여 서하로 쳐들어갔다. 대군이 들이닥친 성들은 모두 소문을 듣고 투항했다. 봄 3월이 될 때까지 흑수黑水 등의 성을 모두 정복했다.

이해 정월 무선이 또 공격하기 위해 진정부로 갔다. 사천택이 고성에서 군대를 조직해 진정부에 이르러 무선을 맞아 공격하자, 무선의 군대가 몽골군 쪽으로 향하지 못한 채 연달아 세 번을 패했다. 네 번째 접전에서 사천택이 갑자기 바람이 부는 것을 이용해 불 화차에 기름을 붓고 바람의 위아래로 공격하자, 무선의 군대가 크게 패해 전혀 이길 수 없는 상황에 이른 것을 알고 또 서산 쪽으로 달아났다. 사천택이 형의 원수를 기필코 갚겠다며 필사적으로 3일 밤낮을 추격해 5천 명 이상의 기병을 사로잡고, 서산 아래 이를 때까지 추격했다. 그러자 무선이 관성으로 들어가 문을 닫아걸었다. 사천택이 성 앞을 지켜도 소용없다는 것을 알고 회군하고, 전령을 보내 대원수 국왕 볼로에게 승리한 상황을 고하도록 했다.

이때 송나라 이전이 청주青州에 이르러 몽골 지역을 공격하려 생각했지만, 지난해 몽골 전투에서 몽골군의 용맹함을 알고 있었기 때문에 주저하고 있었다. 그러자 정탐꾼이 벌써 원수 볼로에게 가서 이 사실을 고했다. 볼로가 다섯 개의 화살을 뽑아 다섯 방향으로 보냈다. 첫 번째는 엄실, 두 번째는 동준, 세 번째는 사천택, 네 번째는 사천사, 다섯 번째는 사천안이었다. 원수 볼로는 이 다섯 호장에게 다섯 성의 병사들을 각각 이끌고 청주를 포위하고 있다가, 이전을 반드시 생포하라고 명했다.

"이번의 성을 포위하는 것은 다른 성을 포위하는 것과 비교해서는 아니 되오. 나는 숙부인 군왕 다이산다락그치의 대군을 두 개 군단으로 나누어 성 밖에서 도우면서 몇 개 성을 살펴보고, 은혜를 모르고 대항하는 이전의 군대를 제압하겠소."

이것은 3월의 일이었다. 대원수 태사 국왕 볼로의 명이 이르자 곧바로 다섯 명의 호장이 일시에 대군을 움직여 3월 15일 청주를 포위했다.

한편 국왕 볼로는 같은 시간에 청주에 이르러, 곧 성 밖으로 0.5리 떨어진 곳에 큰 망루를 세우고, 사방팔방 모두 성보다 높게 흙으로 토단을 쌓아 깊은 고랑과 높은 토벽을 3겹으로 만들었다. 그리고 안측 물길로 성 주위에 물을 끌어오게 했다. 토벽마다 모두 안으로 향하게 하여 가릴 수 있는 작은 울타리를 만들고, 고랑의 토벽 위에 모두 안팎으로 흙집을 짓게 하여 장기간 포위하려고 만반의 준비를 했다.

다섯 호장이 국왕 볼로에게 "예전에 상왕께서 살아계실 때 성을 공격할 때는 반드시 빠른 계략을 중시하셨습니다. 그런데 원수께서는 어찌 이처럼 몇 달, 몇 년 동안 포위하기 위해 준비하시는 것입니까?" 하고 물었다.

그러자 볼로가 말하기를 "용병술에는 빠르고 느린 두 가지 방법이 있소. 군대의 위엄을 떨쳐야 할 때는 빠르게 해야 위엄을 떨칠 수 있소. 그러나 적병을 꺾으려면 한참 동안 공격을 멈추고 조용히 포위하여 적의 생각을 무너뜨려야 하오. 또 적을 배타하고, 포섭하는 두 가지 방법이 있소. 배타하는 것은 살육하고 없애는 것을 추구하는 것이고, 포섭하는 것은 믿고 투항케 하는 것을 원하는 것이오. 이전은 비록 자신의 나라를 배반했지만, 그 나라에서도 사람을 잘 쓰지 못한 것이오.

이전은 대장수라 할 수 있소. 그 한 사람을 투항시키기를 바란 것이오.

우리 부왕의 시대에는 군대의 위엄을 크게 떨치고, 군대의 길을 넓게 열기 위해 힘을 다해 정벌하러 갔소. 이것이 나라를 여는 길이었소. 우리가 이렇게 연 나라를 힘써 공고히 하기에 백성의 어지러운 마음을 멀고 깊게 끊는 동기가 되었소. 어떤 나라를 세울 때는 빠르게 나라를 세우고, 지킬 때는 천천히 공고하게 지키는 것이 중요하오. 내가 이전을 포섭하여 한 지역을 지키게 하고, 조정의 일에 사용하려고 생각하고 있소. 모르는 자들은 이전이 자신의 군주를 배반하고, 다른 사람에게 어찌 사용될 수 있느냐고 할 것이오.

알만한 자들이라면 흐르는 물을 낮은 곳에 두게 하는 지혜를 썼다고 할 것이오. 옛 문헌을 살펴보면, 한나라의 유방이 한신韓信[1]을 대장군으로 기용한 것을 사람들은 놀라워했소. 한신은 매우 간사한 사람이었소. 극히 간사한 자에게서 재주가 나오는 법이오. 한신이 만약 유방 외에 다른 사람에게 기용이 되었다면 나중에 한고조를 넘는 간신이 되었을 것이오. 만약 조조가 유방시대에 태어나서 유방에게 기용되었다면 한신과 같이 한번에 무너지지는 않았을 것이오. 한신이 만약 조조의 지위가 되었다면 유비가 어찌 황제에 오를 수 있었겠소? 조조가 때를 얻어 태어나 한신보다 덕이 많았지만 담력에 있어 한신에 한참 미치지

1 한신(?~기원전 196) 전한 초기 회음 사람. 한왕(漢王) 유방에게 망명하여 치속도위에 임명되었다. 소하에게 인정을 받아 그의 추천으로 대장군이 되었다. 그는 한나라 4년 상국(上國)에 임명되고, 다음 해 제왕(齊王)이 되었다. 그러나 고조 10년(기원전 197) 내란의 음모에 가담하다 배반하고, 계략에 걸려 살해당한다(임종욱, 『중국역대인명사전』, 이회, 2010, 2027쪽).

못했소. 조조는 여백사呂伯奢[2]를 죽였고, 한신이 길을 가리킨 자를 죽인 것은 모두 핍박을 받는 사이의 일이었지만, 조조가 여백사를 죽인 것은 여백사가 (자신이 가솔을 죽이는 것을) 보고 견디지 못할까 염려하여 그를 위해 죽인 것이오. 한신이 나뭇꾼을 죽인 것은 자신이 한때 자세히 묻는 것을 피해 자신을 위해 죽인 것이오. 사내대장부가 큰일을 이룰 때는 마음을 다잡고 뜻을 품는 것이 마땅하지만, 약한 자에게 반드시 힘을 휘두르게 되는 법이오. 그렇게 해서 한신은 마침내 아녀자의 더러운 칼에 죽었소.

그런데 조조는 대국의 사직을 세울 수 있었소. 조조에게 만약 한신의 강한 힘이 있었다면 결코 유비를 놓아주지 않았을 것이오. 이것으로 보면 조조는 자애심이 있고, 한신은 사나우며, 조조가 재주가 적다면, 한신은 지략이 많고, 조조가 우직하다면 한신은 치밀하고, 조조가 부드럽다면 한신은 굳센 용기를 가졌소. 조조는 사람을 쓰는 데 본보기가 된다면, 한신은 과단성이 있는데 이는 취할 만한 태도라 할 것이오. 조조가 여백사의 일가를 죽인 것은 실수였소. 여백사를 죽인 것은 용서할 수 있는 일이오. 한신이 초패왕의 한나라를 멸한 것은 용맹함이라 이를 수 있고, 나무꾼을 죽인 것은 잔악한 것이라 할 수 있소.

---

2 여백사(呂伯奢, ?~?) 삼국시대 조조의 부친 조승의 친구. 『삼국지연의』의 여백사 사건의 주인공. 조조가 동탁 암살에 실패하고 달아나던 중 아버지의 친구인 여백사의 집으로 간다. 그때 조조는 집안에서 칼 가는 소리를 듣고 여백사의 일가족을 죽여버린다. 잘못을 깨달은 조조가 달아나던 중 길에서 여백사를 만나게 되고, 그 역시 죽이고 달아난다. 그러나 이것은 조조의 사악함을 드러내기 위한 의도된 거짓말이라고 보기도 한다. 조조는 여백사를 죽인 일이 없으며, 그의 가족을 몰살시킨 일도 수배령으로 인한 극도의 긴장된 상태에서 일어난 실수로 보기도 한다(김경한, 『인물 삼국지』, 북오션, 2014, 27쪽),

조조가 유비를 놓아주고 후에 관공을 받아들이고자 한 이러한 것들은 모두 조조가 사람을 잘 분별하지 못한 실수였소. 한신이 괴철의 말을 따르지 않고,[3] 유방의 기질을 살피지 못한 것은 한신의 탐심이 적었던 탓이오. 이러한 것들을 살피지 않으면 되겠소?"라고 하자 다섯 한인 호장들이 크게 놀라며 말했다.

"대왕께서 북방에 태어나 무슨 여유가 있어 중국 문헌을 이처럼 열심히 읽으신 것입니까?"

그러자 볼로가 말하기를 "우리 부친께서는 나를 나이만의 다다통가에게 10년 동안 글을 배우게 했소"라고 하자, 여러 장수가 모두 그 지식에 놀라워하며 볼로를 큰 그릇이라 칭송했다.

한편 국왕 볼로는 알흐, 수흐, 온지가이, 손지가이, 호볼로이, 소볼로이, 와이진, 알리진, 우드, 수드 등 열 명의 몽골 대장군을 선발하고, 다섯 명의 한인 호장 등 전체 15명의 장수를 3개 번으로 정하고, 세 개 수로를 번갈아 지키게 했다. 볼로는 실수가 없도록 군법을 엄중히 선포하고, 먼저 자신부터 시작해 성을 잃는 경우가 생기면 받아야 할 벌을 정하고 여러 장수에게 알렸다.

그때 다이산다락그치와 볼로가 서로 교대로 하북의 여러 주와 군을 순시하며 지키고 있어, 금나라, 송나라의 병사들이 감히 앞으로 접근

---

3 한신은 군사적 작전과 전략에 있어 탁월한 상승장군이었지만 정치적 식견과 안목은 부족했다. 그는 천하 제패의 웅대한 꿈을 지니지 않았고, 왕이나 제후의 자리에 만족했다. 책사 괴철(蒯徹, 괴통(蒯通)이라고도 함)과 항우의 부하인 무섭은 한신에게 스스로 독립하여 항우, 유방과 함께 천하를 삼분하라고 거듭 건의했다. 당시 한신에게는 그럴 만한 힘이 있었으나, 한신은 그들의 제안을 받아들이지 않는다(소준섭, 『중국사 인물 열전』, 현대지성, 2018, 110쪽).

해 오지 못했다. 한편 이전을 우물에 떨어진 것처럼 청주에 움쩍달싹 못하게 가두어 두었다. 이제 이것에 대해서는 잠시 언급하지 않겠다.

다른 한편 칭기스 칸의 서하 공격에 대해 언급해 보자. 칭기스 칸이 무례하기 짝이 없는 서하국의 태도에 진노하여 군대를 이끌고, 서하의 숙주성을 포위했다. 북을 쳐 많은 장수들을 모두 성으로 올라가 공격하게 해 숙주성을 점령하고, 감주성에 이르렀다. 처음 감주성을 지켰던 자는 사이한 소르탈트의 아버지 곡굴율과 그의 동생 산가 시리였다. 그런데 작금 서하국은 몽골을 배반한 채 이들의 말을 듣지 않고, 오히려 붙잡아 성에 가두어 두었다. 사이한 소르탈트가 급히 먼저 성에 도착해 아버지와 동생을 만나 그간의 얻은 소득과 고충을 낱낱이 말하고자 하여 화살에 서신을 묶어 쏘아 보냈다. 그때 성안에 있던 서하의 선무사 익주益珠가 36명의 용맹한 병사들과 사이한 소르탈트의 아버지 곡굴율 그리고 그의 동생 산가 시리를 죽이고 그 머리를 긴 장대에 매달아 내놓았다.

이런 상황을 보고 사이한 소르탈트는 대성통곡을 하며 정신을 잃고 쓰러졌다. 칭기스 칸이 그 광경을 보고 천둥같이 진노하며, 몸소 원수 국왕의 수호기 대오로 가서 큰 북을 쳤다.

"누군가 뒤로 물러서면 그 자리에서 참수하라. 오늘 밤 안으로 그대들이 이 성을 정복하지 못하고, 노소를 불문하고 남김없이 죽이지 않으면 내가 성을 넘을 것이다."

칭기스 칸은 분노에 차서 큰 소리로 외쳤다. 그날 밤은 구름이 많이 낀 어두운 날이었다. 대군이 성의 사면을 동시에 공격하여 한밤중 사방에서 성벽을 넘어 들어갔다. 보가르지와 촐론 두 친왕은 북문으로, 알탄샤와 토스호 두 장수는 동문을 넘어 들어가 성문을 빼앗고 많은 병사를 성으로 들여 보냈다.

그러자 야율초재가 여러 사람과 길을 막고 무릎을 꿇고 설득했지만 칭기스 칸은 그 말을 듣지 않았다. 칸이 용마를 타고 한번 채찍을 가하자 준마가 벌써 날듯이 뛰어올라 여러 사람 위로 달려나가더니 맹렬히 성으로 들어갔다. 칸이 엄중히 이르기를 "감주성의 남녀노소를 막론하고, 한 사람도 남겨서는 아니 될 것이다"라고 크게 소리쳤다.

그러자 몽골 대군이 사방의 네 개 성문으로 일제히 돌격해 들어갔다. 이때 칭기스 칸이 성으로 들어가는데, 누가 감히 성 밖에 남아있겠는가? 모두가 일제히 공격해 들어가자 성안은 귀신이 울부짖고 노인과 아이들이 소리쳐 울고, 강물이 넘치고 바다가 포효하듯 아비규환을 방불케 했다. 칭기스 칸이 성의 한 가운데 있는 망루에 서서 "서둘러 몰살시켜 없애라."하고 불같이 소리쳤다.

이때 사이한 소르탈트가 문득 정신을 차리고, 서둘러 칸을 찾아가 큰 소리로 울며 고했다.

"주군께서는 자비를 베푸시어 무고한 백성들을 죽이지 말게 하시고, 명을 내리시어 종의 아버님과 동생을 죽인 자들을 데려오게 하시면 여한이 없을 것입니다."

칸이 잠시 생각하다가 큰 북을 아래로 돌리게 하고 포를 쏘게 했다. 칸의 명을 들으라는 신호를 보내자 10만의 병사들이 서둘러 모여들고, 칭기스 칸이 구두로 명령을 내렸다.

"사이한 소르탈트의 아버지와 동생을 죽인 자들을 남김없이 데리다 바치면 성의 모든 사람을 몰살시키는 것을 면해주리라. 만약 내일 해가 뜰 때까지 데려와 바치지 않으면 성안에 있는 초목도 남기지 않을 것이니라."

그러자 많은 병사들이 다시 이 명을 알리며 외치는 소리가 산천과 성을 진동시켰다. 한편 이 명이 전해지자마자 성의 평민 상인들이 한 무리의 사람들을 붙잡아 데리고 왔다. 앞선 자는 선무사 익주였고, 그 수하에 있는 36명의 작은 벼슬아치들이었다. 이외에 다른 사람이 없자 칭기스 칸은 병사들에게 백성을 해치지 말 것을 명했다. 이날 밤 난리로 인해 또 성의 물길에 피가 흘렀다.

칭기스 칸은 자신의 손으로 선무사 익주의 두 어깨를 베고, 사이한 소르탈트에게 넘겨주며 원수를 갚으라고 했다. 그러자 사이한 소르탈트가 아버지와 동생의 시신을 찾아 머리를 몸에 꿰매 붙이고 향내 나는 물로 씻고, 좋은 관에 넣어 관저에 모셔두었다. 또 37개의 큰 탁자를 열 지어 놓고 탁자마다 기둥을 세우고 그 앞에 불등을 하나씩 켜고, 그 위에 선무사 익주를 위시해 36명을 벌거벗겨 차가운 물로 씻기고, 양 어깨의 쇄골에 모두 열 개의 단도를 꽂았다.

그때 사이한 소르탈트가 성안의 해를 입은 백성들에게 "그대들이 해를 입은 것은 모두 이 36명이 한 짓이니, 원한이 있는 자들은 이들의 살을 베어 가져가서 죽은 자들에게 제의를 지내고, 한 맺힌 영혼을 위로하시오"라고 명을 내리자 가족에게서 사별하게 된 사람과 고아, 홀로 남은 자들이 이를 물고, 그들의 살을 베어서 가져갔다.

해가 뜰 때 즈음 칭기스 칸이 몸소 와서 말 위에서 사이한 소르탈트의 아버지와 동생의 시신에 술을 떨어뜨렸다. 사이한 소르탈트는 이레 동안 36명의 살과 피, 간과 폐로 제사를 드렸다. 모든 원한이 익주에게 있었기 때문에 사이한 소르탈트는 손수 그의 배를 갈라 아버지와 동생에게 제의를 드렸다. 그 육신을 목화솜으로 두르고 불등으로 태워 원한을 씻었다.

그리고 칭기스 칸은 대군을 몰아 서량부, 삭리搠羅, 하라河羅 등지를 지나 사타沙陀 지역을 거쳐 황하의 아홉 개의 얕은 물길을 건너 응리현應里縣을 점령했다. 장수 하트 투무르에게 데친호롤의 아들 실리얌보를 합세시켜 사주沙州 성의 여러 지역을 정벌하라고 보낼 때 사주성의 백성들이 계략을 써서 몽골 군대를 치려고 거짓으로 투항하는 척했다. 그들은 소와 양, 술을 날라다 몽골 병사를 맞아 잔치를 벌인다고 와서는 성 아래 병사들을 매복시켜 준비했다.

그러나 몽골의 하트 투무르 등이 죽을 운명이 아니었기 때문에 곧 성 앞 구렁의 다리에 이르자 하트 투무르의 말이 한 번 곱들어 넘어졌다. 실리얌보가 크게 당황하며 이것은 분명 길한 징조가 아니라며 하트 투무르에게 자신의 말을 타게 하고 회군하라고 했다. 그때 매복해 있던 병사들이 일제히 몽골군을 죽이려고 일어나 달려오자 실리얌보가 서둘러 하트 투무르를 먼저 돌아가게 하고, 자신은 군대의 뒤를 지키며 추격해 오는 병사들을 저지했다. 그리고 곧 북을 두드리며 성 밑에까지 추격해 적을 죽이면서, 서로 엉겨붙어 칼을 사정없이 휘두르며 대적했다.

그때 하트 투무르가 병사들을 되돌려 동문으로 달려와 사주의 병사 뒤쪽으로 돌아 먼저 성으로 들어가 남문을 빼앗았다. 그리고 실리얍보의 군대를 맞아들여 사주성을 점령했다. 계략을 짜내 병사를 매복시켰다며 죽여버린 금나라 병사와 백성들이 성의 고랑에 가득했다. 하트 투무르는 성의 수장 비양을 생포하고, 그를 칸에게 바치면 또 자비를 베풀어 풀어줄지 모른다고 생각하여, 그의 두 다리를 잘라 붉은 깃발과 함께 보내 칸을 모셔오게 했다.

한편 칭기스 칸이 성안으로 들어오자 하트 투무르를 가장 큰 공훈자라 하여 상을 내리려고 하자, 하트 투무르가 칸에게 절하며 고했다.

"이 성을 정복한 것은 신의 공이 아닙니다. 제 목숨도 실리얍보의 공으로 지킬 수 있었나이다."

그리고 다리에 병사들을 매복시키고, 그의 말이 곱드러 넘어지자 실리얍보가 자신의 말을 타게 하여 먼저 돌아가게 하고, 하트 자신이 탔던 말을 그가 타고 후방을 살피며 싸워 승리할 수 있었던 상황을 자세히 고했다. 그의 말을 들은 칭기스 칸이 크게 놀라며, 실리얍보를 불러오게 하여 그에게 물었다.

"그대는 어찌하여 사지에서 자신이 탄 말에서 내려 다른 사람에게 자신의 말을 타게 한 것이오?"

그러자 실리얍보가 절하며 고했다.

"폐하의 심복 장군들은 폐하께서 중요하게 사용하시는 그릇과 같고, 나라를 세울 때 힘을 바친 공훈 대신입니다. 그 한 사람이 잘못되면 만 명의 병사들이 혼란에 빠지고 나라에 큰 손실이 됩니다. 신 한 사람이 죽는다 해도 얼마나 큰 해가 되겠나이까?"

그러자 칭기스 칸이 그를 크게 칭찬하고, 곧 하트 투무르의 진실한 뜻에 따라 실리얍보를 제1 공훈자로 삼아 상을 내리고, 상태부로 직위를 높여 자신의 곁에 두었다.

이어 초가을 7월 서하국의 성읍이 모두 몽골에 정복되고, 나라 백성들이 상황을 보다가 모두 이반하여 몽골에 투항했다. 그러자 서하국의 이덕왕이 이곳저곳으로 도망다니며 두려움에 떨며 괴로움에 신음하다가 병을 얻어 죽자, 그의 아들이 아직 어렸기 때문에 이덕왕 동생의 아들인 이현李晛을 군주로 삼았다. 죽은 이덕왕의 묘호를 헌종獻宗이라 했다.

한편 서하국은 상당히 위급한 상황이 되자 민심을 잃고, 백성들이 모두 몽골을 맞아들였다. 겨울 11월에는 서하의 수도 난주蘭州에 이르렀다. 그때 성안에 있던 백성과 병사들이 두 파로 나누어졌는데, 백성들은 투항하기를 원했고, 병사들은 싸우는 것은 논의했다. 병사들은 백성들을 의심하여 성안에서 서로 다투었다. 이때 칸의 군대가 모두 함께 도착해 성을 둥글게 포위하고 있었다. 사방에 대규모 흙 계단을 쌓고, 성의 네 망루에 불화살을 쏘게 했다. 명궁수들에게 성의 불을 따라 활을 쏘게 하여 열흘이 되지 않아 성의 동문을 부수었다. 실리얍보가 먼저 성벽을 넘어가 문의 빗장을 빼앗아 문을 열고 대군을 들여보내 크게 혼잡을 이루었는데, 그때 하국의 군주 이현이 이곳에 섞여 있었다. 그는 여인네들의 무리에 섞여 들어가 달아났다.

이 성은 물자가 매우 풍성했기 때문에 몽골 대군이 금은, 비단 이러한 물건을 모두 거두어 산처럼 쌓아 놓았다. 칭기스 칸은 모든 것이 평정된 뒤에 성에 들어가 창고를 점검하고, 여러 장병에게 후한 상을 하사할 때 야율초재만은 성안에 있는 문헌을 모두 모아들이고 있었다. 이 지역에는 약초가 매우 효능이 좋았기 때문에 약초도 모두 거두어들이게 했다. 그런 뒤 많은 병사가 잠시 쉬었다. 이해 겨울 눈이 없고 날씨가 아주 따뜻하다가 갑자기 눈이 오자, 병사 열 명 중 네다섯이 감기에 걸렸다. 야율초재가 곧 그 가지를 이용하여 많은 병사들을 치료해 감기가 호전되자, 칭기스 칸은 야율초재를 크게 칭찬했다. 그리고 그에게 후한 상을 내리고 모든 한인 신하 가운데서 상경上卿으로 봉했다.

칸이 언급하기를 "한 명의 훌륭한 대신을 얻으면 만 명의 용사와 병사를 도울 수 있다는 것이 바로 이것이오"라고 했다. 이로써 몽골 대신들이 비로소 야율초재의 탁월한 인물됨을 알게 되었다.

한편 서하국의 군주 이현이 도망쳐 서쪽 변경에 이르러 병사들을 소집하여, 대장 외명령공嵬名令公[4]에게 10만 병사를 내어주고 난주를 다시 탈환하기 위해 갔다. 몽골 정탐꾼이 이미 그 소문을 듣고 와서 고하자, 칭기스 칸이 병사를 이끌고 가장 앞에서 대하를 건너가 36개로의 병사를 매복시켰다. 그리고 보가르지, 촐론 두 장군에게 싸움을 걸어 외명의 군대를 공격하게 하여 데려오자, 칭기스 칸이 갑자기 큰 나팔을 불었는데, 그 소리가 40리 거리에서 들렸다. 그러자 36명의 장수들이 일시에 나와 하국의 병사를 큰 강가의 샤르 평야에서 3겹으로 포위하고

4 본 저서에서는 '외명령공'을 외명과 영공의 2인으로 전사했으나 이것은 1인으로 보아야 한다.

나흘 동안 싸웠다. 보가르지와 촐론 등이 외명을 생포하고, 많은 병사를 투항케 했다. 칭기스 칸이 외명을 데리고 와서 결박을 풀어 주었다.

"나는 특별히 사람을 죽이는 것을 좋아하지 않소. 다만 난을 평정하기 위해 어쩔 수 없이 그대 나라 서하국을 찾아와 지금에 이르렀소. 죄를 거듭한 지 이제 일곱 번이나 되었소. 내가 보니 그대가 와서 이전의 군주 이안전의 뜻을 따르지 않기 때문에 내 어쩔 수 없이 이처럼 병력을 이끌고 왔소. 만약 원래 이안전이 했던 대로 그 뜻을 따랐더라면 오늘날 이런 고통을 당할 일이 있었겠소? 그럼에도 내가 이미 사람을 위한 황제가 되었기에 또 관대한 마음으로 살려줄 것을 생각하고 있소. 내 그대를 살려 돌려보내 주겠소. 그대가 그 어리석은 군주 이현을 일깨워 투항케 하여 집안의 목숨을 보전하면 백 가지가 성취되는 계책이 될 것이오. 그대가 그렇게 하겠다면 내가 잠시 군대를 멈추고 기다리겠소. 그리하면 실제로 피로 씻어지는 것보다 낫지 않겠소?"

그러자 외명이 머리가 깨져라 땅에 머리를 박으며 절하고 확실하게 약조를 하고 갔다.

그때 보가르지가 의아해하며 고했다.

"폐하께서는 그가 우리 은혜를 생각하는 태도가 있다고 보십니까?"

"그 외명의 행동거지를 보니 올곧은 사람이라 분명 우리에게 도움이 될 것이라 생각하오."

그런 뒤 칭기스 칸은 하국의 염주천에 대군을 주둔시켰다.

이해 11월[5] 정축일 남서쪽에 다섯 개 행성이 연이어 보이자 칸이 점괘를 보며 한숨을 내쉬었다. 칸의 군대가 이곳에 주둔하고 있는 사이에 남쪽에서는 볼로와 다이산다락그치 두 왕의 일을 언급하려고 한다.

한편 볼로와 다이산다락그치 두 왕은 양쪽에서 병사를 이끌고 청주를 돌아서 갈 때 몽골 장수 장림은 자신의 소속된 성을 지키고 있었다. 늦은 가을 9월 도망쳐 간 이전은 몽골에 단번에 패해 달아나 송나라 변경으로 들어갔다. 송나라의 우치, 충의, 하전 세 장수가 이전과 연루하여 모반을 획책하며 거사를 준비하고 있을 때, 이전이 곧 그곳으로 들어가 3천 명의 지원병을 요청했다. 그리고 거짓으로 몽골 장림에게 투항하겠다며 오자, 장림이 그의 말을 믿고 맞으러 나오다가 오히려 붙잡혀 가고 있었는데, 바로 그때 군왕 다이산다락그치의 대군과 마주쳐 한바탕 살육전이 벌어졌다. 다이산다락그치의 아들 패리해가 민첩하게 들어가 장림을 빼앗아 구출하고, 이전을 추격하여 익도부에 몰아넣어 포위하고, 한편 이를 볼로 원수에게 고하도록 전령을 보냈다. 볼로가 대군을 이끌고 와서 강물을 끌어들여 성을 범람시키자, 다급해진 성의 병사와 백성들이 이전을 붙잡아 성문을 열고, 범람한 물 가운데 무릎을 꿇고 투항했다.

그러자 장림이 이전을 기필코 죽이겠다고 하자 국왕 볼로가 "그를 죽여서 무엇 하겠소? 그자를 데리고 가서 가두시오"라고 하며 그를 가두게 했다. 이 소식을 송나라 우치, 충의, 하전 등이 듣고, 11월에 곧

---

5 본문에서 언급된 'xɵxɵɵ cap(kököö sar)'는 원래 '초여름'인 4월을 의미하지만, 때로 겨울에 사용되기도 한다. 그러나 대부분 이것은 특정 달을 지칭하는 것이 아니라 '혹한의 달'을 의미한다고 본다. 원사에 "11월 정축일 서남쪽 하늘에 달과 수성, 금성, 화성, 목성이 나란히 위치하여 5연성(連星) 현상이 보였다"(방기혁 역, 「칭기스 칸 이야기」, 『원사본기』 권1(e-book), 슬기야단비야, 2015 참조)라고 언급하고 있어 여기서는 11월로 번역했다.

송나라 조정을 이반하여 큰 난을 일으키고 유탁 등을 데리고 금나라로 들어가 투항했다.

한편 국왕 볼로는 군왕 다이산다락그치 등과 논의하여 첫째, 반년 동안의 사건을 칸에게 보고하기로 했다. 둘째, 이전을 칸에게 데려다 바치는 사자使者에게 상주문을 올리도록 보냈다. 사자가 칸에게 도착할 그때 마침 요왕 야율유가의 부인 도리 씨가 둘째아들 선가, 셋째아들 철가, 넷째아들 영안과 양자 희덕, 큰아들 설도, 그의 아들 수국노 등을 데리고 칭기스 칸을 배알하기 위해 가는 길이었다. 그들이 서로 만나 길을 같이 가다가, 서하의 염주천에 이르러 대왕 보가르지에게 절하고, 각각의 일을 칸에게 아뢰게 했다. 그러자 칭기스 칸은 국왕 볼로, 군왕 다이산다락그치 등에게 서하의 진귀한 물건 등으로 후한 상을 보내고, 그밖에 부마 체책을 보내 서하국 창고에 있는 은 300만 냥을 남쪽에 있는 장병에게 상으로 나누어주게 하여, 칸의 은덕을 보이라고 명했다. 그리고 남북방의 양 지역의 여름, 겨울 영지 성에 3백만 냥의 은을 난사르를 통해 보내게 하여 상으로 나누어주라고 명했다. 그리고 요왕의 부인 도리씨를 인도하여 알현케 했다. 도리씨가 절하자 칸이 "아, 매가 날아오는 곳에서 어찌 귀하신 분이 어려운 발걸음을 하셨소?" 하고 물었다.

"성군 폐하께서 만세의 큰 은혜를 베푸신 대신인 신의 부군이 요왕의 지위에 올라 소천한 지 7년이 되었나이다. 앞서 내리신 명으로 신첩이 폐하의 명에 따라 요동 지역을 저의 집안처럼 힘써 지키고, 이제 겨우 평화롭게 지낼 수 있게 되었습니다. 신은 이제 나이를 먹었고, 다른 아이들은 모두 어립니다. 이같이 지내다가 어느 날 갑자기 제가 이 세상을 떠나게 되면 폐하께서 명하신 대사에 방해가 될 것입니다. 또 요동 지역에 해가 생기면 폐하의 은덕이 소용없게 되고, 대신의 직을 다하기 어려울 것입니다. 그러니 청하옵건대 큰아들 설도가 폐하를 모신지 여러 해 되었사오니, 성군께서 은혜를 베푸시어, 그 아이를 돌려보내 요동의 왕으로 사용해 주시기를 간청드립니다. 대신 제가 데려온 네 아들 가운데 한 아이를 택하시어, 그 아이를 부리시며 가르치시면 좋을 듯합니다."

요리씨가 이렇듯 절하며 고하자, 칭기스 칸이 그녀의 말이 분명하고 조리가 있는 것을 보고 은근히 놀라며 시험을 해보고자 했다.

"설도는 그 아비가 내게 데려다 주었소. 지금까지 충성을 다해 분투하며 나의 신변에서 심복으로 지내며, 완전히 나의 나라 몽골인과 다를 바 없게 되었소. 나의 기질과 생각을 깊이 알고, 나의 수족과 같은 중요한 신하가 되었소. 나를 따라 서역을 정벌할 때, 회회국의 군대에 의해 우리 서부 지역의 태사 대왕 보가르지가 길해성에 갇힌 것을 설도가 혼자 나서서 1천 명의 병사로 포위한 7천 명의 병사를 물리치고 태사를 구해내고, 창에 작은 부상을 입었소. 후에 또 그 회회의 포화와 심간성에서 회회군과 접전할 때 또 상처를 입었소.

그래서 그 아이에게 용사의 칭호를 수여하고, 내 곁에 두고 태자들과 똑같이 대했소. 이처럼 나의 오른팔같이 익숙해져 아침저녁 자식처럼 가까워졌는데, 어찌 그리 멀리 보낼 수 있겠소? 내 이제 나이 육순이 넘었소. 또 세상에서 돌아가 쉴 때가 가까웠소. 내가 세상을 떠난 후에 가도 늦지 않을 것이오. 그 아이의 부친 왕의 칭호를 그의 동생 선가에게 계승케 하고, 요동을 다스리게 했으면 하오. 내 설도에게 다른 왕의 칭호를 하사하겠소. 지금 설도를 보낼 수 없소."

그러자 도리씨가 급히 절을 올리며 눈에서 샘물 같은 눈물을 줄줄이 흘렸다. 그녀는 울며 진정으로 칸에게 고했다.

"아, 만세 성군께서 굽어 살펴 주십시오. 설도는 신의 남편 요왕 야율유가의 원래 첫 번째 부인의 소생이고 또 장자입니다. 그 아래 세 아이는 모두 신의 몸에서 태어났고, 후처의 아이들이며 모두 동생들입니다. 큰아들 설도는 지금까지 몇 년 동안 아버지를 위해 폐하께 시중을 들며 부친에게 충효를 다한 큰아들이온데, 폐하의 깊은 은혜를 입고 왕위를 동생에게 계승케 한다면 신첩이 하늘과 인간을 모두 거슬러, 죽은 자와 산 자에게 모두 죄를 짓게 될 것이며, 만대에 욕을 먹는 것에서 벗어날 수 없을 것입니다. 푸른 하늘처럼 광대하시고, 붉은 태양처럼 밝으신 성군께서 자비를 베풀어 주십시오."

그녀는 참지 못하고 슬피 울며 간구했다. 그러자 칭기스 칸이 그녀의 생각이 진실됨을 살피고 크게 기뻐하며 미소 지었다.

"야율유가의 집안에 이처럼 현명한 부인과 이처럼 효성스러운 자식이 있기에 나의 은혜를 입어 요동 지역을 이처럼 잘 다스리는 것이 아니겠소?"

그리고 칸은 도리씨의 간언을 윤허하고, 그녀에게 '현명하고 의로운 부인'이라는 칭호를 내려 주었다. 또 노란 비단 보개와 붉은 고삐의 의

장을 하사하고, 둘째아들 선가에게 충신왕의 작위를 봉했다. 그의 아버지 요왕의 실제적인 직위를 설도에게 잇게 하고, 하서 지역의 영리한 아이 아홉 명, 서역의 이름난 명마 아홉 필, 송강 지역의 질 좋은 은 9천 냥, 하남 지역의 질 좋은 비단 아홉 필, 연지燕地의 아름다운 여성 창자唱者 아홉 명, 회회국의 귀한 안장 아홉 벌, 티베트의 검은 벨벳 옷 아홉 벌, 러시아의 이름난 명검 아홉 자루, 인도의 단단한 보석상자 아홉 개, 전체 49개로 상을 내렸다.

"이제 어찌 질자를 받을 일이 있겠소? 설도가 이미 나의 자식처럼 되었으니 이로써 최고의 신표가 되었소."

그러자 도리씨가 절하며 "진정 천자이신 성군 곁에 두시면서, 전문적으로 가르치고 깨우칠 자를 찾으신다면 둘째아들 선가, 넷째 영안, 손자 수국노를 남게 하여 폐하의 덕을 깨닫게 하여 주십시오"라고 하자 칭기스 칸이 그녀를 칭찬하며 기꺼운 마음으로 그 뜻을 윤허했다.

그러자 도리씨와 그 자식들이 칸의 은혜에 감동하여 눈물을 흘렸다. 서로 헤어지기 아쉬워 눈물 흘리며 거듭 절하고, 얼굴을 가리면서 조정에서 내려와 칭기스 칸이 베푼 대향연을 즐기고 고향으로 돌아갔다.

다음 날 칭기스 칸은 여러 신하들을 향해 말하기를 "주인 된 자 가운데 어머니 태후 한 분, 신하된 자 가운데 설도의 어머니 도리씨 한 사람은 천하의 여인네 가운데 진정 용사라 할 수 있소. 고금 간에 보기 드문 인물이오"라고 했다.

한편 이해 섣달 칸은 국왕 볼로, 군왕 다이산다락그치 등의 남쪽 대군에게 후한 상을 나누어주게 하고, 군대를 이끌고 제지이 지역은 오늘날 산동

에있다 지역으로 들어가자, 이희손이라는 도사가 와서 고했다.

"이전은 저의 벗이온데 대화를 나누어 투항케 하고자 합니다."

볼로가 허락하고 곧 그를 청주부로 들어가게 하여 이전을 투항하도록 설득하게 했다. 이전은 수년 동안 태사 국왕 볼로의 지략을 듣고 마음으로 은근히 그를 존숭해 왔으며, 이제 또 성이 포위되어 한 해가 다 되어 가고 있었다. 백성과 상인이 성안에 있던 곡식을 모두 먹어 버렸고, 성 밖은 이미 길이 끊어진 상태였다. 이전은 이미 송나라를 배반했지만, 송나라 황제의 대원수 팽의빈에게 투항하여 송나라로부터 면죄를 받고 원래 직위를 보존하고 있었다. 이제 성이 포위되어 1년 가까이 되었는데, 조정에서는 한 명의 병사도 보내주지 않자, 몽골에 투항하는 것 외에 다른 방법이 없는 상황이었다. 이전이 몽골의 사신 이희손을 후하게 대접하고 투항하겠다는 뜻을 밝히자, 이전의 부대장 전세영은 한 무리의 장수들을 데리고 투항하지 않았다. 그리고 밤에 한 무리의 사람들이 의논하고 술김에 몽골 사신 이희손의 숙소로 가서 그를 끌어내어 죽이려 하자, 이희손이 조금도 대수롭지 않게 여기며 말했다.

"한 사람을 죽이는 데 부질없이 이처럼 행동하는 것은 작은 어린아이들이 하는 짓이오. 나 한 사람을 죽이는 것이 무슨 큰일이겠소? 나중에 그대들은 아홉 개 샘 아래서 나를 만나게 될 때 후회하며 부끄러워할 것이오. 원래 내가 이 성에 들어올 때 첫째, 몽골 태사의 우의를 저버릴 수 없었고 둘째, 이전을 아끼고 셋째, 성의 백성을 위해 마음을 다했소. 그대들은 그렇게 노여워할 것 없소. 내가 죽을 것을 각오하고 칼을 지니고 왔소. 생각해 보면 3가지 인의를 잃었으니, 이 한 몸이 무은 소용이겠소?"

이희손이 자신의 목을 베자 위에서 빛나는 별 하나가 떨어지듯 한 줄기 빛이 내려와 이희손의 몸에 비치자마자 이희손이 벌써 하늘로 날아 올라가 많은 이를 향해 손을 들고 천천히 말했다.

"그대들의 덕으로 선경으로 돌아가 도인의 즐거움을 누리며 지낼 것이오. 그대들은 마침내 몽골에 투항하게 될 것이오."

그렇게 말하고 그는 곧 사라졌다. 많은 사람이 경악하며 일이 이렇게 된 것을 크게 후회했다. 이 소식을 이전이 듣고 관아에서 모자도 쓰지 않고, 허리띠도 매지 않은 채 황급히 제지하려고 달려 나오자 이희손은 이미 떠나 모습이 보이지 않고, 전세영 등의 사람들이 눈을 휘둥그렇게 뜨고 바라보았다.

그러자 이전이 한숨을 내쉬며 말했다.

"그대들은 하늘의 때를 알지 못하고 있소. 이제 물의 원소가 불의 원소를 누르고, 차가운 기운이 남쪽으로 이동하여 따스한 기운을 누를 때 분명 몽골이 세상을 정복할 것이오. 불이 물을 만나면 끓어오르고, 물이 불을 누르면 꺼지는 법이오. 일찍이 우리나라의 소강절 옹께서 남쪽 바닷가에 있는 천진에 이르러 여름인데 두견새가 천진교에서 우는 소리를 듣고, '따스한 기운이 북쪽으로 올라와 두견새가 천진에서 우네. 이것은 불의 원소가 물의 원소를 먹은 것이니, 세상에 분명 난리가 일어날 것이다!'라고 했는데 요나라, 금나라, 서하, 거란 등의 지역에서 전쟁이 일어나고, 연이어 타타르-몽골이 나타났소.

이제 몽골이 금나라 중도에 이르러 하남 지역의 사계절 내내 얼음이 녹지 않고, 흰 날개를 가진 종달새가 하북 지역에 땅을 스치고 비상하면서, 차가운 기운이 남쪽으로 이동해 와 만물이 함께 막히고 하나로 모여지는 때가 된 것이오. 그대들이 다만 어리석게 한 가지 분노를 알뿐이지, 두 가지 기운이 오는 이치를 어찌 알겠소? 나는 원래 몽골에 투항하여 찬 기운에 막히는 것을 원치 않았소. 다만 하늘의 뜻을 거슬러 내가 죽임을 당하고, 죽음에 이르도록 막히는 것보다 나은 것을 바랐던 것이오."

그리고 위로 향해 북극성의 동쪽 편을 가리키며 말했다.

"북쪽에 엄청나게 밝은 저 북극성은 몽골의 별이오. 북극성 동쪽 편의 저 8개 별은 모두 승상별인데, 모훌리는 분명 8대에 걸쳐 하늘의 뜻에 따라 군주를 보필할 수 있었던 자라 할 수 있소. 이를 보면 몽골은 천하를 지배할 것이 분명하오. 우리가 천하의 주인이 아닌데, 공연히 천하를 지배할 사람보다 더 애쓰다가 마침내 죽느니 차라리 하늘의 뜻을 따르면 귀하게 될 수 있소. 그대들은 이제 이희손을 죽였다고 하는데, 그의 죽은 몸은 어디 있단 말이오?"

그러자 전세영이 그 말을 듣고 몸이 쭈뼛해졌다. 그는 땀을 흘리며 아무 말도 하지 못했다. 이전이 발을 구르며 말했다.

"본래 떳떳하게 행복을 얻을 수 있는 일을 역행하여 기회를 잃고, 마침내 굶어 죽게 생겼소. 전세영, 그대 한 몸 죽는 것이 아니라 성안의 모든 자들이 죽음을 면치 못하게 되었소. 이제 우리가 남의 사신을 죽이고, 어찌 다른 이에게 투항하겠소?"

한 사람도 말을 하지 못하자 이전이 길게 한숨을 내쉬며 관아로 들어갔다. 이 이희손은 칭기스 칸에게 봉상을 원하는 선인으로 이번에 볼로를 만나 "내가 이전의 친우로 그와 대화를 나눠 투항케 하겠다"라고 했었다.

볼로는 별달리 큰 문제가 없었기 때문에 곧 예를 다해 대접하고, 이전을 설득하도록 성으로 들여 보냈던 것이다. 그렇게 해서 진실하게 투항하면 칭기스 칸을 만나 진정 천자의 봉상을 구하는 것이 좋을 것이라고 했다. 뜻밖에 일이 이루어지지 않자 때가 되지 않은 듯 빛을 감추고 볼로에게 와서 절하며, "대원수께서는 당황해하지 마십시오. 명년 5월에 분명 이전이 와서 투항할 것입니다. 이번에 일을 이루지 못했다고 너무 질책하지 마십시오. 저의 여제자를 장군께 며느리삼아 드리겠습니다"라고 하고 소매를 털고 갔다.

태사가 본래 그릇이 큰 사람이었기 때문에 문을 나와 고개를 숙여 인사하고, 그를 떠나보냈다. 이에 태사 볼로가 크게 미심쩍어하고 있을 때, 남쪽 금나라에서 한 해 공물을 부족하게 보내온 죄를 묻기 위해 갔던 우게데이, 차가타이 두 태자 친왕의 전령이 와서 태사 볼로를 만나 두 친왕의 서한을 바쳤다. 그 내용인 즉 다음과 같았다.

지금 친왕인 우리 두 사람은 금나라, 송나라 두 한족 나라의 공물에 대한 일로 군대를 이끌고 죄를 물으러 가는데, 송나라는 도중에 우리를 맞아 3년 동안의 공물을 모두 바치고, 거기다 더하여 또 죄를 인정하여 후한 예물을 바쳤습니다. 다만 금나라는 우리를 자신의 손아귀에 넣고, 부주와 양주 두 성을 정복한 연후에 이태 동안의 공물을 바치고, 거기다 사죄의 예물을 바치겠다고 합니다. 이것을 보면 분명 또 저항하는 마음이 있다고 할 수 있기에 우리는 그들과 싸울 준비를 하고 있습니다. 만약 힘이 부족하면 국왕께서 지원병을 보내주십시오.

그러자 볼로가 심부름 온 사자에게 물었다.

"두 친왕께서 누구를 금나라에 보냈는가?"

사자가 고하기를 "한인 장수 당경을 보냈습니다. 제가 나올 때 당경을 데리고 남쪽 금나라 하남의 남경부를 포위하기 위해 가셨습니다"라고 했다.

그 말을 들은 볼로는 급히 답서를 쓰고 구두로 "그대는 작은 주군께 좋은 말로 큰일에 분노해서는 아니 된다고 아뢰게"라고 이르고 그를 떠나보냈다.

한편 전령이 돌아왔을 때 두 친왕은 이미 금나라 남경을 포위하여 공격했는데, 금나라에서 사신을 보내 화친을 청했다. 그러자 두 친왕은 당경에게 전할 말을 일러 주어 금나라 변경으로 보내 황제 애종 수서에게 다음과 같이 묻게 했다.

"당신네 나라는 요나라로부터 발전해 나왔으면서 요나라를 공격해 공물을 받고 있는데, 원래부터 북방의 주인인 우리 황제께서 그대 나라로부터 공물을 받지 못할 일이 무엇이오? 특별히 우리가 공물을 바치라고 다그쳐 몰아세운 것도 아니고, 우리 부황께서 멸하지 않은 것에 대해 그대들이 감동하여 스스로 바쳤던 공물이 아니오? 이제 남쪽을 정벌하신 우리의 국왕 태사께서 돌아가시자, 당신들은 곧이어 2년 동안 공물을 바치지 않았소. 그것은 멸망을 자초하는 일이 아니겠소? 우리 칸께서는 비록 성군이시요, 덕이 많으시지만 병권을 통괄해 오셨던 태사 볼로 국왕과 특별히 우리가 당신들을 먼저 멸망시킨 연후에 고하면 칸께서 우리를 죽이시지는 않으실 것이오. 비록 명은 아니지만 한 나라를 멸했다고 폐하께 아뢰어도 당신네 나라를 먼저 멸한 이상 우리를 어찌하시겠소? 그리하여 당신들의 특별한 말을 들으러 왔소."

그러자 황제 애종 수서가 크게 두려워하며 여러 신하를 불러모아 일렀다.

"이 일은 급박한 일이오. 몽골의 군주는 비록 힘이 막강하다고 해도 자애심이 있는데, 이들 자식은 참으로 호랑이와 표범처럼 힘과 용기가 대단하오. 한편 모홀리의 아들 볼로는 이 두 해 동안의 일로 보건데, 그 묘계는 그의 아버지보다 뛰어나며, 지략은 그의 아버지보다 깊고, 용맹함은 치밀하고 강인하오. 만약 그 셋이 힘을 합친다면 우리나라는 참으로 불안한 상황에 처할 것이 분명하오. 그 우구데이와도 대화를 할 수 있소. 그는 한자를 알기 때문에 법도와 이치를 말할 수 있소. 차가타이는 여름의 천둥이요, 마른 가을의 타는 불 같고, 군대 가운데 가는 모습은 맹렬한 호랑이, 술 취한 번개의 신과 같소. 일이 다급하게 되었소. 내일 무슨 일이 있어도 곧 답신을 보내야 할 것이오. 그들에게 준비한 공물을 바쳤다면 어찌 분노하여 이처럼 난리를 치겠소?"

그러자 완안호로가 고하기를 "송나라에서는 공물 이외에 또 사죄의 의미로 후한 예물을 바쳤습니다. 우리나라는 죄를 용서받기 어렵지 않을 거라고 말하지는 않았어도, 그 사신이 말하는 투를 보면 그럴 수 있다는 것을 말하고 있습니다"라고 했다.

애종 수서가 "그렇다면 일이 매우 쉽소. 송나라가 행한 예법대로 죄를 인정하는 예물을 보냅시다. 송나라의 사죄 예물은 무엇이오? 그것을 사신에게 물어보고 그대로 바칩시다"라고 했다.

완안호로가 나가서 당경에게 묻자, 당경이 송나라의 사죄 예물의 목록을 주었는데, 그것을 보니 순금으로 된 안장 두 벌, 백옥 의자 한 개, 비단 천 필, 명주실 천 근, 비취 100근, 산호 50근, 순은 천 근, 진주 염주 두 벌, 청옥 허리띠 네 벌이었다.

금나라 대신이 보고 웃었다.

"이 품목을 보니 웃음이 납니다. 몽골이 이 정도의 것을 위해 어찌 이처럼 전쟁을 일으킨단 말입니까?"

이를 황제에게 고하자 군신들이 모두 웃으며 이와 같은 예물에다 별도로 상을 더해 보내라고 했다. 곧 수레에 예물을 실어 보냈다. 우구데이와 차가타이 친왕이 잠시 군대를 철수시키고, 금나라 속지인 덕순주 성읍의 북쪽에 주둔했다. 한편 여러 장수와 병사들에게 상을 주고 태사 볼로에게 답신을 보내고, 또 한편 칸에게 두 나라의 공물과 일의 정황을 고하기 위해 전령을 보냈다.

몽골의 이 세 군단이 이듬해 어디로 갈 것인지 알고자 한다면 다음 장에서 보게 될 것이다.

**사관 인잔나쉬의 시 한 수**

호랑이 새끼인 볼로 태사는 고사古事로 비유해 논하고
강직한 부인 도리씨는 자신의 폐부를 드러냈네
천신 칭기스 칸은 모두에게 상을 내리고
용감한 선봉 두 태자는 위업을 떨쳤네

제59장

# 태사 볼로는 청주부에서 송나라를 격파할 계략을 일러 주었네 성조 칭기스 칸은 육반산에서 금나라 정복에 대한 유조를 남겼네

정해년丁亥年, 푸른 몽골국의 칭기스 칸 22년. 송나라 이종 보경 3년, 금나라 애종 정대 4년. 이해 태조 칭기스 칸의 나이 66세였다.

이해 정월 초하루에 칸이 천지와 조상에 제의를 드렸다. 문무백관이 절을 할 때 보니, 고려 이외에 다른 많은 나라들이 모두 신년하례를 위해 사신을 보내 자리하고 있었다. 칭기스 칸이 야율초재에게 명해 점괘를 보게 하고, 칸 자신은 양의 견갑골로 점괘를 보고는 "이것이 천수이니 어찌하겠소?"라고 했다. 칸은 연회를 배설하여 문무백관을 대접하고, 연회가 파한 후 울렌 치르비와 하트 투무르에게 2만 명의 병력을 내어 주어 고려를 공격하게 했다. 북쪽 지역의 홍기라드에 병사를 선발하여 군대를 조직하라고 명하고 보니, 요동의 왕 설도가 왔기 때문에 칸이 그를 불러 물었다.

"너는 지난해 돌아가서 어찌 또 올해 왔느냐?"

그러자 설도가 절하며 고하기를 "신이 폐하의 하해와 같은 은혜로

명하신 곳에 가서 보니 위로 성조 폐하의 위엄을 받들고, 아래로 어머니의 자애로운 다스림으로 인해 요동 지역은 매우 평화롭고 풍요로운 삶을 누리고 있었습니다. 아래로 기용한 신하들은 모두 사람을 부리는 데 있어 매우 친화적이었기 때문에 신이 조금도 걱정할 일이 없었습니다. 부친 요왕께서 신을 폐하 곁에 맡기신 지 10년이 넘었습니다. 신이 폐하의 은혜를 받는 것에 익숙해져 요동에 가서 지낼 때 날마다 부모를 그리워하듯 폐하를 그리워했습니다. 한시도 마음에서 떠나지 않아 생각해 보니 폐하의 춘추가 예순이 넘으셨고, 전날 폐하께서 말씀하시길 '내가 66세에 이르기까지 심복들을 내게서 멀리 떼어놓지 말라'고 당부하신 것을 생각하여 서둘러 달려왔나이다. 신이 바라는 것은 폐하께서 만세를 누리도록 옆에서 힘을 바치는 것입니다."

그러자 칭기스 칸이 기뻐하며 설도를 칭찬했다.

"옛날에 여진이 옛 요나라의 남은 백성들을 얕보고 강압적으로 공격할 때 너희 아버지 요왕 야율유가가 다급히 군대를 일으켜 대항했다. 그리고 요동 지역 너머 여목, 여면국을 평정하기 위해 보낸 군대의 원수 아즈나이 태보를 만나, 때를 알고 내게 투항했느니라. 그리고 이후 내가 진실된 마음으로 은덕을 베풀어 거듭 살피며 군대를 보내 금나라가 공격하는 고통에서 벗어나게 되자, 너의 부친은 감동하여 우리를 신뢰하고, 너를 보내와 진정으로 힘을 바치게 했다. 그러니 이에 누군들 기뻐하지 않겠느냐?

그 사이에 너희 속민들이 야사보 등의 못된 도적들과 계략을 꾸며 배반하고, 많은 사람들을 혼란에 빠뜨리는 일이 있었다. 그들은 백성들에게 화를 입히고, 너희 부자의 살을 먹겠다고 으르렁댔다. 이제 그런 못된 자들이 이미 사라졌지만, 항상 조심해야 하느니라. 내가 네 아버지를 아우처럼 생각하고 너를 자식처럼 여겼는데, 너 역시 진심으로 내가 나이가 들었다고 내 옆에 오니 한량없이 기쁘구나.

내가 이제 몇 지역에 원정을 가기 위해 능력 있는 적합한 장수를 뽑아 기용해야 할 시점이다. 너 역시 군사 일에 정통하고, 나의 아우 벨구테이가 천하의 군대를 통솔하는 데 혼자의 힘으로 총괄하기 어려우니, 네가 힘을 합하도록 하거라. 너희 동생과 조카들을 고향으로 돌아가게 하여, 너의 어머니를 보필하게 하고 국사에 힘쓰게 하라."

그러자 설도가 절하며 칸의 명을 받들어 동생들에게 그 의향을 묻자 모두 돌아가기를 원하지 않자, 거듭 칸의 명을 일깨우며 "너희들은 기필코 돌아가야 한다. 그것이 마땅한 일일 것이다"라고 했다. 설도가 요동을 힘써 지키도록 명하여 그들을 돌려보냈다.

한편 칭기스 칸은 벨구테이 친왕과 설도 요왕에게 20만 병력을 주어, 서하국의 군주 이현의 경도京都를 포위하게 했다. 그리고 칸 자신은 대군을 이끌고 황하를 건너 적석주積石州를 공격한 지 열흘이 되지 않았다. 몽골군이 적석주 성을 지키는 병사들에게 활을 쏘아 열에서 여덟, 아홉 명을 죽이자 많은 병사들이 두려워 떨며, 밤에 몰래 문을 열고 나와 투항했다. 몽골군이 적석주를 정복하고, 중춘에 칸이 또 병사를 세 군단으로 나누어, 군왕 보가르지에게 5만, 촐론에게 5만, 칸 자신이 5만 이렇게 세 군단을 이끌고 함께 출병하여, 서하국의 임도부, 도하주, 서녕주 이 세 성을 하루 한시에 모두 포위했다. 군왕 촐론이 임도부를 포위하고, 군왕 보가르지가 도하주를 에워싸고, 칭기스 칸이 서녕주를 포위했다. 군왕 보가르지가 세 군단에서 전령을 보내게 하여, 거짓으로 서하국 군주 이현이 이미 죽임을 당하고, 성이 이미 투항했다고 외치며 소문을 내자, 세 성의 사람들이 크게 경악하여 투항을 논의했다.

그때 칸이 포위한 서녕주가 닷새째 되던 날 아침 다섯 호장들이 성을 넘어 사방의 성문을 동시에 열어젖히자 임도와 도하 두 주 성읍의 백성들이 모두 나와 투항했다. 이렇게 칭기스 칸이 이 세 성을 평정하고 백성들을 안정시킨 뒤, 상대부上大夫 왕영에게 일만 병력을 내어 주어 서하국의 군주 이현이 지내는 신도부를 포위하게 하고, 자신은 병사들을 이끌고 남쪽으로 갔다. 칭기스 칸이 남쪽으로 들어간 사이 이제 남쪽 군대를 이끄는 볼로에 대해 언급하려고 한다.

한편 태사 볼로는 전체 8개로의 군사를 이끌고, 금나라 국경으로 들어가 청주성에서 송나라 이전을 포위하고 한 해를 넘겼다. 그런 상황에서 청주성 가운데 곡식과 풀이 이미 떨어져 말과 가축의 먹을 것이 거의 바닥이 나자, 관리와 병사들은 모두 낯빛을 잃었다.

그때 이전이 “어떠한가, 내가 말한 대로 되지 않았소? 이제 어떻게 할 것이오?”라고 하자, 전세영이 당혹해하며 부끄럽게 생각하다가 한 가지 계략을 떠올렸다.

“이제 죽기 살기로 싸울 것입니다. 성의 모든 살아있는 자들이 굶어 죽느니 차라리 싸우며 죽겠다고 합니다.”

이전이 “세 겹의 깊은 구렁을 어찌 나갈 수 있겠소? 부질없이 패하는 것을 바라는 것이오?”라고 하자, 전세영이 고하기를 “신이 죽음을 불사하고 싸워 길을 열면 될 것입니다. 이제 성안의 관리와 병사, 백성이 모두 마음을 다잡았는데, 주공께서 결심을 하지 않으시면 백성들이 난리를 일으킬까 두렵습니다"라고 했다.

그러자 이전이 웃으며 그렇다면 자신이 곧바로 성을 나가겠다고 했다. 전세영이 뒤에서 북문의 병사 수가 적고, 구렁의 물이 낮다며 많은 병졸을 모두 데리고 나갔다. 그때 포성이 울리자 북쪽의 세 구렁에 매복해 있던 몽골 병사들이 일제히 일어나 공격해 들어갔다. 한편 대군의 원수 태사 볼로가 다른 성의 병사를 추격해 물리치고 돌아와서 북문 구렁에 이르렀을 때 갑자기 포성이 울렸다. 분명 포위되었던 병사들이 포위망을 뚫고 나온 것이라며, 자신의 친위대 군단을 이끌고 세 개 다리를 통해 안으로 돌격해 들어갔다. 이전의 군대가 안쪽 구렁의 다리를 서로 빼앗으려고 좌충우돌하고 있을 때 태사 볼로의 군대가 진격해 들어갔다. 이전의 병사가 구렁에 복병이 있는 것을 생각하고, 밖에 병사가 있는 것을 주의하지 않았기 때문에 크게 조급해져 난리를 일으키며 성을 향해 달아났다. 그때 북쪽 대오의 병사들 사이에 아비규환의 난리가 일어나 서로 맞붙어 자신의 병사들을 짓밟아 죽은 수가 수천 만에 이르렀다.

이에 태사 볼로의 군대가 승리를 거두고, 사기가 충천하여 큰 소리로 함성을 지르며 돌격해 들어가 비가 오듯 우박이 치듯 적군을 베며 무차별 공격을 했다. 이때 이전의 병사 7천 명 이상의 사상자가 났는데, 또 서로 밟아 죽여 그 수를 헤아릴 수가 없었다. 그러자 이전은 병사를 모아 겨우 성에 도망쳐 들어갔다. 불안한 분위기가 팽배해지면서 성안에서는 큰 소요가 일어났다.

오래지 않아 중하 5월이 되었다. 이전의 병사들이 성안에서 또 1년 이상이 되자 성을 나갈 수가 없었다. 오히려 병졸 수천 이상이 상해를 입고 돌아와 두 달 동안 소와 말을 모두 잡아먹어 더는 먹을 것이 없자, 강자는 약자를 잡아먹고, 장군은 병사를 잡아먹는 상황에 이르게 되었다. 그러자 이전이 부장수 전세영에게 "이제 어떤 계략이 있소? 기필코 많은 병사 백성들이 우리를 죽여 배반하고, 성을 나가 투항하는 것을 기다리는 것이오?" 하고 묻자, 부장수가 얼굴이 붉어지며 아무 할 말이 없어 밖으로 나갔다.

성안의 병사와 백성들은 이전의 자애로운 사랑에 마음으로 따랐기 때문에 비록 배반하지는 않았지만, 야심한 밤에 갑자기 모두가 나가 전세영을 길에서 붙잡아 그의 살을 나누어 삶아 먹었다. 다음 날 전세영의 그림자를 찾을 수 없었다.

이전이 어떠한 방법도 없이 궁지에 몰리자 다른 신하가 비판하는 것을 멈추게 하고, 하루는 신하와 장수, 병사, 백성들을 데리고 남쪽 성루에 올라갔다. 그리고 송나라를 향해 향을 피우고 군주에게 작별의 예를 행하며 절을 올렸다.

"오늘 많은 병사와 백성들이 죽음이 눈앞에 닥쳤습니다. 제 한 몸 죽은 것은 괜찮으나, 많은 백성이 죽는 것이 참으로 견디기 어렵습니다."

이전은 눈물을 흘리며 절을 올려 예를 행하고, 자기 지역의 정연덕 등으로 하여금 많은 사람에게 말하게 했다.

"우리 모두는 비유하자면 소매 없는 옷과 같소. 몽골에 투항하는 것이 복이 아니라고 말할 수는 없소. 몽골의 태사 모홀리의 아들 태사 볼로는 지략이 있는 자요. 분명히 이 일을 처리할 방법이 있을 것이오."

많은 이들이 투항하는 것을 원하자, 이전은 먼저 투항서를 작성하여 사신에게 가서 올리게 했다. 태사 볼로는 사신을 예의를 갖춰 맞이하고 환대하여 돌려보내자, 이전이 태사 볼로가 예를 다해 맞아 돌려보냈다는 것을 듣고 사람들을 향해 말했다.

"어떠하오? 볼로 원수가 이 성을 이처럼 포위한 것은 곧 투항케 하려는 것이오. 그러니 내가 그의 관대함을 알고 투항하겠다고 한 것이오."

그리고 이튿날 성에서 나가 투항하기로 결정했다. 그러자 태사 볼로의 수하에 있는 장수들이 태사에게 간언했다.

"이전이 투항한다는 것을 어찌 믿을 수 있겠습니까? 이전이 포위되어 굶어 죽게 되어 곤핍한 상황에서 투항하는 것이지 기꺼운 마음으로 투항하는 것이 아닙니다. 그자를 죽이지 않으면, 후에 틀림없이 큰 화를 당하게 될 것입니다."

그러자 태사 볼로가 말하기를 "그렇지 않소. 그 한 사람을 죽이는 것이 무슨 어려운 일이겠소? 다만 천 리를 평정할 때 분명 힘이 될 것이오. 이전으로 하여금 산동 지역의 정벌하지 않은 지역을 정복하게 하려고 하오. 이전 한 사람을 죽이는 것으로 무슨 영웅의 반열에 들겠소? 그 한 사람을 받아들여 천 리를 다스릴 수 있다면 그것이 곧 영웅이라 할 수 있을 것이오"라고 했다.

그 말을 들은 많은 장수가 진정 원수요, 왕의 지략은 멀고 그 은혜는 참으로 깊다고 칭송했다. 이튿날 이전이 와서 투항하자, 태사 볼로가 몸소 나와 그를 맞아들이며 서둘러 옷과 관모를 보내 입고 쓰게 하여, 높은 자리에 앉게 했다. 그리고 손수 차를 건네고 술을 따라주자, 이전을 비롯해 투항한 많은 신하 장수, 병사, 백성 모두가 감동하여 코를 훌쩍이자 이전이 한숨을 내쉬었다.

"저는 태사께서 이 성을 두텁게 포위하실 때 이미 이런 마음이 있다는 것을 알았지만 이렇게 인덕이 있으신 것을 알지 못했습니다. 저의 몸과 마음을 다해 따르겠나이다."

그러자 태사 볼로는 답주를 주고 기뻐하며 예를 갖춰 말했다.

"내가 장군과 얼굴을 맞대고 대화를 주고받으며 지내지는 못했지만 행하는 일과 뜻으로 백성들의 마음을 얻은 것을 알고, 이렇듯 청하려고 했소만 대장수께서 이처럼 빨리 저를 받아들이실 것이라고는 진정 생각지 못했습니다."

그리고 두 사람은 몇 마디 말을 주고받으며, 이심전심 서로의 진심을 알고 옛 친우처럼 의기투합했다.

한편 볼로는 이러한 상황을 칸에게 자세히 고하기 위해 사람을 보내자, 칭기스 칸이 크게 기뻐했다.

"나의 모흘리를 빛나게 하였도다."

또 "이후의 일들은 곧 볼로 원수 자신이 알아서 결정하시오. 그대 부친의 예대로 행하시오. 이번의 일은 내 뜻에 매우 부합하오"라고 했다.

그리고 볼로 원수가 고한 대로 이전을 산동, 회남, 초주 이 세 지역의 총관에 봉하라는 명이 당도하자, 볼로가 이전을 데리고 칸의 은혜에 절하게 했다. 이전이 칭기스 칸의 은혜와 지혜와 단호한 용기에 마음속으로 놀라움을 금치 못했다. 볼로가 그에게 한 군단의 한인 병사들을 내어주고, 산동, 회남, 초주 등 이 정복하지 않은 세 지역을 공격하여 점령하게 하자, 이 지역의 남은 성들이 바람결에 풀이 흔들리듯 투항해 들어와 산동 지역이 평정되었다.

이때 하남 지역의 등주성으로 가자, 태사 수하의 장수들이 고했다.

"한여름이 되었습니다. 군대가 공격해 들어가기에는 좀 어려움이 있습니다. 잠시 병사들을 주둔시켜 시원해지기를 기다리시는 것이 어떻겠습니까?"

그러자 태사 볼로가 "폐하께서 친히 대군을 통솔하여 서방으로 진격해 가셔서 서역, 회회, 위구르 등의 나라를 4, 5년 동안 원정할 때 더운 시기라 하여 멈추었다는 것을 한 번도 들어본 적이 없소. 폐하께서 군대를 이끌고 가실 때 몸의 평안을 찾지 않으시는데, 명을 받드는 내가 어찌 감히 몸의 평안을 구할 수 있겠소?"라고 하자 장수들은 속으로 간담이 서늘해지는 것을 느꼈다.

장병들이 한마음이 되어 등주로 향해 가자 등주를 지키던 금나라 수장 달류가 5천 명의 병력을 이끌고 나와 양편에서 서로 대오를 지어 대치했다. 양편의 장수들이 나와 서로 교전을 했다. 한편 금나라 달류가 나와 몽골의 태보 제브와 접전했는데, 제브가 단칼에 달류를 베어 말에서 떨어뜨렸다.

금나라 대장과 병사가 공격을 당하자 병사들이 크게 소리치며 사방으로 달아났다. 그때 몽골군이 산이 무너지듯 돌격해 들어가 3천 명 이상의 병사를 죽이고, 남은 자들을 모두 투항시켰다. 또 죽임을 당한 병사를 많은 수레에 싣고 등주성 앞에 가져다가 곡식단처럼 쌓아 놓았다. 그러자 등주성의 병사와 백성들이 성루에 올라가 이 장면을 보고, 혼비백산하여 문을 열고 그들을 맞아들여 항복했다. 이렇게 해서 등주를 평정하고, 장병들에게 큰 상이 내려졌다.

한편 칭기스 칸은 앞서 금나라에서 보내야 할 공물이 부족했던 것과 신년하례를 위해 하급 신하를 사신으로 보낸 것에 대해 금나라 애종수서를 꾸짖으며 질책하는 조서를 보냈다. 그리고 자신은 몸소 대군을 이끌고 금나라 덕순주德順州에 이르자, 덕순주를 지키던 절도사 애신이 성의 관리와 병사, 백성들이 이미 몽골을 두려워하여 곧 성문을 열고 나가 투항할 때가 가까워진 것을 보고, 또 몽골군이 성을 공격하는 것이 마치 바람에 불이 붙는 것같이 엄청나게 빨랐기에 어쩔 수 없이 성루에 올라가 스스로 목을 베어 죽었다. 이로 인해 성안에서 난리가 일어나자, 몽골군이 성을 넘어 덕순주를 함락시켰다.

그때 칭기스 칸은 볼로 군대의 승전 소식을 듣고 양편 모두 승리하자 덕순주를 평정하고, 관리를 두어 성을 지키게 하는 문제를 상의할 때 금나라에서 완안합주와 오둔아호 두 대신에게 준마 5천 필, 값진 갑옷과 투구 5천 벌, 질 좋은 비단 5천 필을 바치게 하고 화친을 요청했다. 그들은 울면서 군대를 잠시 퇴각할 것을 간청했다.

그러자 칭기스 칸이 다음과 같은 내용의 조서를 보냈다.

"내 이미 이전의 조서에 분명히 명했소. 이제 서둘러 짐의 명대로 나라를 보존할 조서를 받으시오. 만약 이를 늦추어 어기면 훗날 후회할 일이 생길 것이며, 큰 화를 당해 10년 안에 나라가 패망할 것이오."

그런 뒤 칭기스 칸은 군대를 철수하여 주둔케 했다. 한편 서하국의 벨구테이와 설도의 승전 소식이 당도했다. 그들이 승리한 상황을 보면, 벨구테이와 설도는 곧 볼로의 군대가 청주를 포위하던 대로 구렁을 파자, 서하국의 군주가 체념하여 사람을 보내 투항 의사를 전했다.

"죽이지 않고 살려주면 투항하겠소."

그러자 친왕 벨구테이와 요왕 설도가 칸에게 하명을 받기 위해 사람을 보내자, 칭기스 칸은 보고한 상주문을 보고 기뻐했다.

"지난번 겨울 서남쪽에서 다섯 개 별이 줄지어 나타났을 때 짐이 사람을 죽이고 성을 공격하는 것을 금하겠다고 했소. 생각지 않고 있다가 조서 내리는 것을 잊었소. 이제 서하를 평정하면 조서를 내릴 것이니 널리 알리시오."

이때 서하의 흥경부몽골어로 '트렘기성'이라고 함를 지키던 탕구트의 쇼다락 칸이 몽골을 이반하고, 서하에 투항했다. 그리고 서하가 열세에 몰리자 서하의 흥경부를 지키며 지내고 있었다. 이제 서하국 전체가 모두 몽골에 투항했는데, 그는 혼자 투항하지 않고 온갖 이상한 도술로 맞서고 있었다. 또 검은 옷을 입은 저주쟁이 과부가 머리를 산발한 채 혼자 검은 기를 들고 성벽 위에 올라가 기를 돌렸다. 그러자 사방에서 검은 안개가 내리고, 많은 병사가 코로 냄새를 맡자마자 정신이 몽롱해지면서 쓰러져 성을 공격할 수가 없었다.

이에 대한 상황을 칸에게 고하고 처음에 도술을 격퇴시킨 회국 공주를 보내주도록 청했다. 칸이 한편 회국 공주를 보낸다는 조서를 보내고, 다른 한편 서하국의 군주 이현을 죽이지 말고 죄를 면해주도록 했다. 또 나라의 연수年數를 살피고, 창고를 점검하여 이를 모두 태자 차가타이에게 맡겼다. 차가타이는 이전의 서하국의 군주 이준안에게 공작위를 추서하고, 종묘에 제의를 잇게 했다. 서하국의 이준욱의 자손들은 귀속할 곳이 없게 했다. 탕구트의 이 쇼다락 칸은 몽골에 세 번 투항했다가 세 번 이반하여 매우 의리가 없는 자인데다가 쇼다락을 위시해 모두 이상한 도술을 부려 몽골군이 장애가 되게 하자, 칸은 "회군하는 길에 공격하여 섬멸하라"고 명을 내려 사람을 보냈다.

한편 태사 볼로 원수는 부친이 봉상부를 포위하여 점령하지 못하고 돌아가신 원한을 생각하고, 봉상부를 다시 포위하여 일시에 돌격해 들어갔다. 그러나 또 성을 점령하기 어려운 상황에 이르자, 대군이 송나라의 경조부를 공격하기 위해 진격했다.

이때 서하국을 공격했던 군대와 칸의 군대가 모두 일사병에 걸리자, 야율초재가 지난해 대황 약을 사용하여 수만 명을 낫게 하고, 또 서하 홍경부의 도술로 내린 검은 안개에 피해를 입은 사람들을 모두 치료하여 낫게 했다[원주] 『강목』에는 지난해 11월 난주시를 포위해 가져온 대황과 특히 많은 재화를 긍정적으로 기술했다.

이해 8월 송나라 장수 장혜와 감대는 나라의 반역자 이전 등과 연루되어 마음이 조급해졌는데, 이전이 포위하자 장혜와 감대 두 장수는 어쩔 수 없이 금나라에 투항했다. 한편 이전에게 산동의 회남을 공격하게 하자, 이전이 청주로 해서 회남에 들어가 송나라 장림을 살해했다. 12월에는 금나라에서 또 감대와 장혜를 파견하여 이전을 "몽골에서 돌아서서 우리에게 투항하라. 이전을 회남의 왕으로 봉하겠다"라고 했다.

그러자 이전이 웃었다.

"그렇다면 어찌하여 또 금나라는 완안와가의 적병을 도중에 매복시켜 나의 병사들을 습격하게 한 것이오? 금나라의 애종 수서가 나를 왕으로 추대하는 것은 말할 것도 없고 황제의 자리를 양보한다 해도 그 망할 나라를 내가 받지 않을 것이오."

원래 금나라의 완안와가가 이전을 붙잡겠다고 귀산龜山에 매복해 있었는데, 이전이 생각지 않고 있었기 때문에 일시에 패하고, 귀산에 들어가 병사들을 잠시 먹이고 쉬게 했다. 그때 금나라에서 장혜와 감대 두 사람으로 하여금 이전을 포섭하기 위해 보냈다.

한편 이전이 몽골에 투항하자 금나라에서는 크게 불안해했다. 한편 몽골의 태사 국왕 볼로의 대군이 송나라의 대관大關을 급작스럽게 공격해 빼앗자, 관내에 많은 주와 군이 모두 정복되기 시작했다. 그때 사천의 제치사 정의鄭義가 송나라의 세 개 관문을 버리고 달아났다. 몽골군이 곧 경조에 이르러 북이 한 번 울리자, 경조를 공격해 빼앗고 성으로 쳐들어갔다. 그러자 관내 백성들이 크게 두려워하며 허둥지둥 도망쳤다.

그때 태사 볼로는 숙부 다이산다락그치의 한 군단으로 하여금 관문 외의 많은 성을 공격하게 했다. 군왕 다이산다락그치의 군대가 송나라 무계 지역에 이르자 개주를 지키던 수장 정손이 곧바로 성을 버리고 달아났다. 세 개 중요한 관문을 지키는 사람이 사라지자 또 금나라 장수가 함께 밀고 나가 하북과 산동의 방위 관문을 모두 버리고 달아나,

산남, 회남의 군대와 서로 힘을 합해 하남을 지키고 동관을 죽을힘을 다해 굳게 지켰다. 또 낙양에서 삼문, 맹진으로 해서 비주의 작진에 이르기까지 동서로 길게 2천여 리가 되는 곳에 4개 행성行省을 세우고, 원수와 정예군 2만 명으로 하여금 이들 지역을 철저히 지키게 했다. 그리고 모두가 상의하여 국경을 사수할 준비를 하고, 이로써 몽골 대군의 남쪽 침략을 방비했다.

그러자 송나라 이종이 소속 군대의 작전을 맡은 대신들에게 명했다.

"무슨 일이 있어도 최선의 계략을 논의하여 몽골을 대적할 준비를 하여 보고하시오. 후한 상을 아끼지 않을 것이오."

한편 벨구테이와 설도가 대치하고 있는 탕구트에서는 이상한 도술을 부리던 쇼다락 칸이 보잘것없는 도술에 자만하면서 한 개 성을 지키고 있었다. 그 저주꾼 여인이 성의 담 위에 앉아 입으로 주문을 중얼거리며 검은 기를 흔들자 검은 운무가 피어올랐다. 그러자 몽골군과 말이 수백 명, 수백 마리가 정신이 몽롱한 상태로 쓰러져 도무지 성 가까이 갈 수가 없는 상황에 봉착해, 몽골군이 사면초가에 처하게 되었다[원주] 이 방술은 오늘날 청나라의 적대자 귀자가 대법국, 천경에서 배워, 동치제 9년 많은 아이들의 눈으로 이런 혼미케 하는 약을 조제하는 일이 생겨났다.

이때 친왕 하브트 하사르는 국사를 톨리 친왕에게 관여하게 하고, 나라를 대신해 칭기스 칸의 문안을 여쭙기 위해 가서, 이러한 상황을 듣고 벨구테이에게 물었다.

"그 성을 포위하기가 어려운데 그 정탐꾼의 왕래를 막을 수는 없습니까?"

그러자 벨구테이가 "정탐꾼을 이미 막기는 어렵다. 내가 작은 지역부터 시작해 백전백승해 왔다. 이제 폐하께서 친히 서하국의 모든 지역을 점령하시고, 이제 겨우 이 정도의 성 하나를 우리에게 내어 주시고 가셨는데, 우리가 이를 점령하지 못하고 있다. 듣자니 폐하께서 돌아오고 계시다는데, 이제 어찌 폐하를 뵙겠느냐?"라고 하며 요왕 설도와 매우 애를 태우며 어찌할 바를 몰라했다.

서역국의 요사스러운 도술을 퇴치한 회국 공주를 청하기 위해 사람을 보냈지만, 아직 온다는 소식이 없어 백천 가지 어려움에 처하자, 친왕 하사르가 더욱 고민하다가 갑자기 한 가지 묘책을 생각해 냈다.

"그 저주꾼 무녀를 죽일 계략이 제게 있습니다."

그리고 먼저 표문을 써서 칸에게 사람을 보내고, 그 뒤에 자신이 천천히 가서 칸을 알현했다. 그러자 칭기스 칸이 하사르를 보고 편치 않은 마음으로 물었다.

"너는 하명도 없이 어찌 왔느냐?"

"봉지인 고르로스 등지에서 변란이 일어났다고 하여, 폐하께 청해 군대를 이끌고 그곳을 평정하기 위해 가려고 합니다."

그러자 칭기스 칸이 역정을 내며 "네 봉지의 일이 나의 사직보다 가벼운 것이더냐?"라고 하며, 다른 명이 없자 하사르가 또 다른 말을 하지 않았다.

한편 칭기스 칸이 홍경부를 향해 갈 때 도중에 대조산을 지나갔다. 그때 하사르에게 명하기를 "몇백 명의 사람들을 이끌고 검은 콘도르를 많이 잡아 오너라. 내가 그 깃털을 쓸 것이다"라고 했다.

하사르가 가서 며칠이 지났는데 검은 콘도르를 한 마리도 잡지 못했다. 그러자 칭기스 칸이 또 역정을 내고 있을 그때 서하국의 변경, 칸의 앞쪽에서 한 마리 큰 올빼미가 울자, 칭기스 칸이 하사르에게 새를 쏘라고 일렀다. 그러자 하사르가 올빼미를 향해 활을 쏘자 새가 푸드득 날아가고, 그 화살이 한 마리 까치를 맞추었다.

그러자 칸이 또 역정을 내며 "친왕 하사르, 너는 내 명을 세 번이나 수행하지 못했다. 하사르의 관직을 박탈하고, 내게서 멀리 떨어진 곳으로 쫓아 보내시오"라고 명했다. 문무백관들이 아무리 간청해도 소용이 없었다.

그때 칭기스 칸은 대군과 하사르, 벨구테이 친왕 등의 군대를 모두 통솔하고 서둘러 출병했다. 탕구트의 정탐꾼이 그 소식을 듣고, 다시 반복해 그 이유를 자세히 듣고는 성으로 들어가 그 상황을 고하자 쇼다락 칸이 기뻐했다. 그리고 곧 몽골 일반 병졸이 서한을 가져와 올리자, 성 사람들이 끈을 내려 서한을 묶어 당겨 칸에게 가져다 바쳤다. 그 서한을 보니 그것은 자신의 군주에게 원한이 깊어 그들과 연합하여 내부에서 돕겠다는 서한이었는데, 자신의 옷 표식과 말의 표식을 일러 주었다.

그러자 쇼다락 칸이 크게 기뻐하고 있을 때 옆에서 구르웰진 부인이 조언했다.

"그것을 확실한 일로 믿어서는 아니 됩니다. 먼저 그를 이곳에 오게 하여 무녀의 검은 기로 제의를 드려 보는 것이 좋을 듯싶습니다. 그의 마음이 진실하다면 쓰러지지 않을 것입니다."

그러자 그에게 먼저 성 아래로 오라고 회신을 했다.

이 서한을 몽골 병사가 발견하고 크게 놀라 서한을 가지고 가서 칸에게 올리자, 칭기스 칸이 벼락같이 진노했다.

"하사르를 위시해 군대를 이끌고 가서 성 북문을 공격하라. 승리하지 못하면 죽여버릴 것이다."

하사르는 이 일에 대해 듣고, 또 서한을 보내 자신을 맞으러 나오라고 전령을 보냈다. 다음 날 아침 칭기스 칸은 하사르에게 자신의 안장을 얹은 말을 내어 주어 타게 하고, 자신의 금 화살을 주어 적진으로 보냈다. 하사르가 곧바로 전통을 매고 군대를 이끌고 북문에 이르자, 무녀와 구르웰진 고가 성벽 위에서 기를 잡고 서 있었다. 하사르의 옷과 말이 모두 서한에서 말했던 옷의 표식과 말의 표식이 일치했다. 하사르가 온 뒤 그의 말을 듣고 나서 검은 기로 시험하자고 하자, 하사르가 달려와서 말 등자에 발을 딛고 서서 곧 시위를 메긴 활과 화살을 힘껏 당겨 저주꾼 무녀의 오른쪽 무릎을 맞추었다. 그러자 그녀는 기를 잡고 쓰러졌다. 하사르가 서둘러 무녀를 생포하고 좌우 병사에게 검은 기를 말아서 무녀와 함께 가지고 갔다.

그러자 그 뒤에서 쇼다락 칸이 성 위에서 화살 한 발을 쏘았는데, 그 화살이 하사르의 오른편 몸에 맞았다. 하사르는 화살이 박힌 채로 칸의 진영으로 오자, 칭기스 칸이 하사르가 화살에 상처를 입은 것을 보고 급히 나와 화살을 뽑고 보니, 그것은 독이 묻어 있는 화살이었다. 그러자 칭기스 칸은 서둘러 효능이 좋은 약을 발라주고 사람을 시켜 옆에서 그를 돌보게 했다.

칭기스 칸은 고통스럽게 "아우가 계략을 써서 저주꾼 무녀를 잡아오겠다고 하여 내가 준마를 태워 보냈는데, 일이 잘못되었도다"라고 하며 애통해했다.

이틀이 되어 독이 좀 진정이 되자 하사르가 겨우 말을 할 수 있었다. 칭기스 칸이 크게 진노하며 무녀를 산 채로 베어 버리라고 했다. 그녀를 베려 할 때 그 무녀가 몇 마디 중얼대자 칼이 살에 들어가지 않았다. 칸이 불같이 진노하며 스스로 쇠 창으로 찌르자 갑자기 그녀의 몸에서 불이 나왔다. 칸의 창이 그녀의 몸을 파고 들어가 불에 던져져 그녀는 타죽고 말았다. 칸의 위엄을 떨어뜨리게 한 검은 무녀를 가까이 가서 보며 느닷없이 하사르가 독화살에 맞아 가까스로 죽지 않은 것을 생각하고, 심중에 분노를 참지 못하고 소리쳤다.

"이 성을 정복하지 않으면 아니 될 것이다."

칭기스 칸은 세 부대를 지휘하여 홍경부를 일곱 겹으로 포위했다. 성 가까이 이르자 구르웰진 고가 하얀 연기를 일으키며, 하얀 기를 잡고 나와 선두에 선 사람의 몸에 어떤 기운을 쏘는 듯한 행동을 하자, 그자가 곧바로 쓰러졌기 때문에 병사들이 앞으로 더 나갈 방도가 없었다. 그때 상도에서 회국 공주가 칸이 상으로 내린 용마를 타고 달려와 칸을 알현하고 절했다. 칸이 이들의 요사스러운 마법에 대해 말하며 그것을 무력화하는 방법을 논의했다.

그러자 회국 공주가 절했다.

"소신이 가서 보겠나이다."

그녀는 베이린 공주와 함께 가서 성을 돌아보았다. 그때 베이린 공주가 이것은 악귀의 마법이라고 했다. 그러자 회국 공주가 "그대는 저 여인의 마법을 막아낼 수 없지 않겠는가? 만약 공주가 마법을 막아내어 공을 세울 수 있다면 내가 폐하께 말씀드려 작위를 봉하도록 하겠소"라고 하자 베이린 공주가 그 말을 듣고 얼굴을 붉혔다.

"언니께서[1] 저에게 이미 낭군으로 인해 도술의 능력을 깨게 하시고, 또 무슨 마법을 물으십니까? 이제 약을 태우는 것 외에 다른 방법이 없습니다."

그러자 회국 공주가 "무슨 약을 말하는 것인가?"라고 묻자, 베이린 공주가 말하기를 "유황 연초, 개똥과 늑대 똥으로 된 약을 태우면서 수레에 올리고, 수레를 밀고 들어가 성을 공격하는 것입니다"라고 했다.

회국 공주는 베이린 공주가 말한 것들을 구해오게 하고, 수레 3천 대 불을 붙이고, 약을 태워 군대 앞으로 밀고 들어가자 하늘에 이르기까지 연기가 피어올랐다. 그러자 성 위에 있는 요사스런 병사들이 모두 참지 못하고 코와 입을 막고 누웠다. 사방팔방의 대군이 성 가까이 이르러 성을 넘는 자는 넘고, 구름사다리를 밀고 오르는 자는 밀고 오르고, 흙부대를 쌓는 자는 쌓고, 노끈을 던지는 자는 던지며 성벽을 올라 한 시간 내에 사방의 네 성문을 함께 열고, 대군이 물밀 듯이 성으로 들어갔다.

그리고 문을 다섯 겹으로 포위하고 쇼다락 칸과 구르웰진 고를 찾자

---

1 제52장에는 베이린 공주의 나이가 회국 공주보다 1살 많다고 했는데, 여기서 '언니'라고 하는 것은 회국 공주를 존중해서 부르는 칭호가 아닌가 생각된다. 이후에도 회국 공주가 언니로 언급되고 있다.

쇼다락 칸이 궁에 들어가 뱀 허물로 만든 옷을 입고 다라니를 외우더니 갑자기 큰 구렁이로 변했다. 회국 공주가 봉황의 벼슬 모자로 바꾸어 쓰자, 그녀가 쇼다락 칸에게 봉황처럼 보였다. 칸이 소스라치게 놀라 표범 가죽옷을 입고, 갈색 얼룩무늬 호랑이처럼 변했다. 그러자 회국 공주가 서둘러 사자 수염 끝으로 찌르자, 그 모습이 쇼다락 칸에게 야수의 왕인 사자처럼 보이자 서둘러 몸을 바꾸어 18세의 청년으로 변신했다. 그때 천자 칭기스 칸이 이르자, 쇼다락 칸이 그를 보고 간담이 서늘해지며 심장이 터질 듯한 상태로 붙잡혔다.

그러자 곧 구르웰진 고 왕비가 넓은 정원이 있는 궁으로 들어갔다가, 진주를 둘러 장식한 내전으로 들어가 변신을 하여 연꽃이 있는 호수로 도망치려 할 때 몸에는 금으로 된 갑옷을 입고, 거울, 진주가 박힌 투구를 쓴 눈부시게 멋진 왕자가 황급히 들어왔다. 그 얼굴은 마치 살아있는 연꽃처럼 아름다웠고, 그 목소리는 옥 바라가 울리는 듯했다. 왕자는 구르웰진 고 부인을 껴안고 울면서 말했다.

"부인의 아버님 오 노욘께서 저를 보내시어 부인을 데리고 오라고 하셨습니다."

그러자 구르웰진 고가 그 젊은이에게 온몸으로 욕정을 느껴, 대뜸 그의 목을 껴안고 울려고 했다. 그러자 그 젊은이가 갑자기 가는 노끈을 꺼내 구르웰진 고를 붙잡아 포박하여 데리고 갔는데, 그는 남자로 변신한 회국 공주로 구르웰진 고를 속여 생포했던 것이다.

그러자 칭기스 칸은 백성들을 안정시키고, 그녀의 마법을 쓰는 요사스런 신하들을 모두 찾아 붙잡아 오게 하고, 쇼다락 칸을 대전으로 데려오게 했다. 그리고 그에게 어찌하여 20년 동안 세 번이나 모반했는지 묻자 쇼다락 칸이 "나의 신통술에 능한 아내 구르웰진 고의 꾀임에 빠져 오늘의 화를 당하게 되었소"라고 했다.

칸의 그 말이 맞기 때문에 그의 목숨을 살려주고, 투항케 하는 의미로 결박을 풀어주려 하자 갑자기 칸의 오른쪽 눈에 경련이 일어났다. 칸이 무언가를 생각하고, 쇼다락 칸의 몸을 수색하자 아무것도 나오지 않았다. 칭기스 칸이 잘 찾아보라고 하자 호위병들이 그의 옷과 모자, 구두 양말을 벗겨 철저히 수색하자, 그의 구두 밑창 안에 세 번 접은 강철 조각으로 된 칼이 나왔다.

그것을 보고 칭기스 칸이 크게 진노하며, 곧바로 그 칼로 그를 베어 죽이라고 명하자 쇼다락 칸이 말했다.

"칸 그대가 나를 죽이면 그대의 수명에 좋지 않을 것이오. 나를 죽이지 않고 살려주면 그대 자손들에게 좋지 않을 것이오."

그러자 칭기스 칸이 "내 나이 60이 넘어 이제 죽을 때가 되었다. 내 육신과 수명에 좋지 않다는 것은 괜찮다. 내 자손들이 만대에 걸쳐 길하면 그것으로 족하다"라고 하며 쇼다락 칸을 밀고 가 죽이라고 명하자, 쇼다락 칸이 또 말했다.

"내 목에서 젖이 흘러나오면 칸의 신상이 좋지 않을 것이며, 피가 흘러나오면 칸의 자손들에게 좋지 않을 것이오."

그러자 병사들이 웃으며 그의 머리를 베어 죽이자 정말 흰 젖이 흘러나왔다. 그때 쇼다락 칸의 악귀 부인을 떠밀면서 데리고 왔다. 칭기스 칸이 보니 그녀의 모습이 악귀인 것이 분명했기 때문에 나와서 야율초재에게 물었다.

"이 여인은 어떤 자입니까?"

"이자는 분명 물 동물이 오래 되어 생긴 자일 것입니다."

"고대국가에서도 이런 요괴들이 나온 적이 있습니까?"

"『춘추』에 고대 상나라 주왕에게 9개 꼬리 달린 여우가 있어 그를 미혹케 했다고 나옵니다. 후에 대소 국가들 사이에 작은 악귀들이 또 나라가 망해갈 때 상당히 많이 나타났습니다."

칭기스 칸이 곧 그녀를 내보내 죽이라고 하자 회국 공주가 고했다.

"저 일개 아녀자가 무엇을 할 수 있겠나이까? 폐하께서 은덕을 베푸시어 신첩에게 내어 주시겠습니까?"

칸이 그 이유를 묻자 회국 공주가 "그녀에게서 몇 가지 마법을 얻고자 하기 때문입니다"라고 했다.

칭기스 칸이 "그런 대단한 마법이 있는데 어찌 붙잡혔겠는가? 이번 요사스러운 마법을 물리친 첫 번째 공이 그대에게 있으니 그대에게 내어주겠노라. 잘 살피도록 하라"라고 했다. 그러자 회국 공주가 "서역의 살라딘의 딸 베이린 공주가 약을 조제하여 이번 공을 세웠나이다. 폐하께서 그녀에게 첫 번째 세운 공에 대해 상을 내리심이 옳을 줄 아옵니다"라고 했다. 칭기스 칸이 그녀의 말을 윤허하고, 베이린 공주를 의녀義女로 봉하고 또 회국 공주에게 내 주었다.

이로써 홍경부 트렘기성을 평정하고, 서쪽 티베트와 탕구트에서 동쪽 고려에 이르기까지 손바닥만한 작은 나라도 없게 되자, 하사르, 차가타이 두 친왕에게 "다시 지역을 살펴 평정하고 고하라"고 명했다. 또

"대군을 빨리 나라로 회군시키라. 내 꿈이 길하지 않다"라고 하며 군대를 되돌렸다.

이해 12월 몽골의 사천택이 형의 원수를 잊을 수 없어 진정에서 정예군을 훈련시켜 급작스럽게 서산으로 들어가 무선을 공격했다. 이때 무선은 싸움에서 크게 패해 안장을 얹지 않은 말을 타고 달아났다. 사천택은 대군으로 하여금 무선의 산채를 부수고, 불을 질렀다. 그리고 그 뒤를 추격하여 적병을 무차별 죽였지만, 무선을 찾아 생포하지는 못했다. 한편 대원수 국왕 태사 볼로의 군대가 서화주에 들어가 화주성을 겹겹이 에워싸고 맹공격하며 비 오듯 활을 쏘아댔다. 성에 있는 병사의 수가 매우 적어지자, 화주를 지키던 금나라 장수 진인이 이미 성을 빼앗긴 것을 알고 집으로 들어가 아내 두 씨를 향해 말했다.

"몽골군이 바다 물결처럼 성을 무차별 공격하고 있소. 밤낮없이 공격이 계속되고, 이제 사방팔방에서 흙자루를 산처럼 쌓기 시작했소. 생각컨대 우리 성이 곧 함락될 것 같소. 우리 군대의 식량과 풀이 또 부족하고, 그들이 쏘는 화살은 우리 병사들을 적중시키고 있소. 이런 것을 보면 우리가 함락될 것이 분명하오. 일찍부터 계략을 세웁시다."

그러자 부인 두 씨가 정색을 했다.

"평화로울 때 주군의 은혜를 함께 받았습니다. 이제 죽음으로써 그 은혜를 갚을 것입니다."

그리고 그녀는 독약을 먹고 죽자, 그의 두 작은 아이들이 또 엄마가 먹은 독약을 먹고 따라 죽었다. 진인이 그 광경을 보고 통곡하며 울었다. 서둘러 불을 피워 처자의 시신을 태우고, 스스로 목을 베어 불에 쓰러져 죽었다. 이에 진인의 집안 손님 스물여덟 명이 진인의 용기에 감동하여 따라서 죽었다. 성안의 병사들이 애통한 마음으로 슬피 울며 투항하자, 볼로가 불을 끄고 진인의 집안 식구들의 시신을 거두게 했다. 정중히 모은 시신에 '용기 있는 대신'이라고 쓴 비석을 세우고, 그 성의 백성들로 하여금 작은 사당을 짓게 하고 제사를 지내게 했다. 그러자 원근의 백성들이 모두 볼로를 우러르며 투항했다.

이때 몽골의 이전이 군대를 이끌고 급습하여 청주에 이르러 시를 조용히 함락시키고, 청주의 백성들을 안정적으로 평정하고, 볼로에게 사람을 보내 보고했다. 또 칸에게 상황을 보고하기 위해 전령을 보냈는데, 그가 칸의 뒤를 쫓아가 청수현清水縣 북쪽 서강西江이라는 큰 강까지 뒤따라갔다. 왜 그곳에 간 것인지 물었더니, 칸께서 편찮으시다고 했다. 그때 칭기스 칸이 비록 몸이 좋지 않았지만 국사를 버려두지 않고 볼로의 보고를 듣고, 상을 내려 포상한 후에 "내가 죽은 뒤 병사들을 회군시키지 말라"고 명했다.

칭기스 칸이 이곳에 이르러 어찌 병이 났을까? 칸은 탕구트 지역에서 서둘러 회군해 돌아가다가 청수현 서쪽 서강 주변 육반산六盤山에 이르러, 임오일 밤에 잠을 자는데 갑자기 차가운 바람이 불었다. 그러자 몽골 게르 주위에 있던 장병들이 정신이 혼미해져 쓰러졌다. 칸의 중앙 장막 문 안으로 큰 구렁이가 들어오자, 칸이 서둘러 옆에 있는 보검을 들고 천둥처럼 일갈을 하며 내리쳤다. 검이 그 뱀의 왼쪽 눈을 찔렀다. 그러자 뱀은 속에서 악취나는 김을 내뿜으며 땅에 떨어져 되돌아 도망쳤다. 칸의 좌우 다섯 호장들이 급히 서둘러 장막 궁으로 오자, 칸의 궁에서 쇼다락 칸의 부인이 바람처럼 달려나갔다. 모두 그 뒤를 추격해 쫓아가자 그녀는 막 물속으로 들어가려고 했다. 그때 수베데이 바타르가 두 개 화살을 차례로 쏘았는데, 화살이 그녀의 등을 뚫고 들어갔다. 그러자 구르웰진 고가 몸을 꿈틀대더니, 그 시체가 큰 구렁이로 변해 있었다.

사람들이 서둘러 그 시신을 끌어내 가지고, 칸 곁에 와서 보니 칸은 비록 괜찮았지만 코에 악취가 남아있다며 얼굴을 씻었다. 곧 있었던 상황을 칸에게 고하자 칭기스 칸이 사체를 즉시 태워 버리라며 그것을 불태우게 했다[원주] 이 상황을 잘못 아는 자들은 칸이 구르웰진을 취하다가 그에게 화를 입었다고 잘못 알고 있다. 참으로 어려운 인간사를 잘 깨달아야 한다. 그것은 독사였다.

임오일부터 칸이 열이 오르고 몸이 좋지 않았다. 칸은 서둘러 스스로 점괘를 보고 자신의 병을 점치며 한숨을 내쉬었다. 기축일, 몸이 더 나빠지자 칭기스 칸이 야율초재에게 말했다.

“짐이 비록 나라를 세웠지만, 아직 안정을 이루지 못했소. 그대는 충성된 마음으로 힘써 주시오.”

그리고 보가르지와 촐론 장군, 다섯 호장들을 모이게 해 일렀다.

“내가 열세 살부터 이제 예순여섯이 될 때까지 다니며 사방 오역을 모두 얻고, 공물을 바치게 했소. 내게 후회되거나 미련이 남아있는 것은 터럭만큼도 없소. 옥돌에는 껍질이 없고, 인간 생에는 영원한 것이 없소. 단단한 무쇠도 녹이 슬고, 만인의 주인도 죽음을 피할 수 없소. 만 가지 일에는 두서가 없고, 태어난 육신은 유한한 법. 나라도 바뀌게 되는 법이오. 대신들께서 충성을 다해 분투하기 바라오. 온 나라를 힘써 지키고, 간악한 자들을 잘 살펴 제거하도록 하시오. 쿠빌라이를 잘 돌보도록 하시오. 분명 후에 나보다 더 큰 군주가 될 것이오. 황제 보위를 우게데이가 계승하고, 국사를 톨리가 지휘하게 하시오. 강한 군대는 태사 볼로가 책임지고, 군대를 지킬 계략을 야율초재와 의논하도록 하시오."

그리고 정벌 사업에 대해 길루겐 바타르에게 유언했다. 사이한소르탈트가 붓을 들고 기다리자 유언을 했다.

"금나라 정예군이 동관을 지키고 있소. 동관 남쪽은 연산이 이어져 있고, 북쪽에는 대하가 가로막혀 있소. 격파하려면 상당한 힘이 필요할 것이오. 그러니 그곳을 공격하려면 송나라의 길을 빌려야 할 것이오. 송나라와 금나라는 옛날부터 서로 원수지간이니 송나라는 우리에게 길을 빌려 주어, 우리 군대가 당주와 등주에서 곧바로 대량大梁 지방으로 치고 들어가면, 금나라가 급해져 분명 동관의 병력으로 엄호하기 위해 동관에 갈 것이오. 그러나 수만의 병사들이 수천 리를 달려가게 되면 사람과 말이 모두 지쳐 혼란이 일어날 것이며, 비록 지원병을 데리고 올 수 있다 해도 공격할 힘이 없게 될 것이오. 그러면 우리 군대에 패하고, 금나라는 함락될 것이오. 이 명을 기록하시오."

정해년 12월 12일 기축일 칭기스 칸은 하명을 마치고, 몸을 씻고 옷을 갈아입고 누워 오시에 붕어했다. 그때 육반산 전체에 만 개의 별등이 나타나고, 천상에서 음악 소리가 울려퍼지는 것을 나라의 수십 만 군민들이 모두 들었으며, 병영에 반 시간 동안 흰 빛이 밝게 퍼졌다. 칸의 세 작은 태자인 길루겐과 주르치드, 주르치데이가 있어 칸의 시신을 금관에 모시고, 36필의 말을 연결한 네 바퀴의 큰 가마에 실었다. 대상大喪의 상복을 입고, 고국을 향해 길을 갔다. 법천계운 성무황제 칭기스 칸의 나이 66세였으며, 22년 간 보위에 있었다. 임오년 여름 4월 16일 오시에 델룬 볼독에서 태어나 정해년 12월 12일 오시에 붕어했다.[2] 생전에 명하기를 "알타이 한 북쪽 헨티 한 산 남쪽 해가 잘 비치는 곳에 나의 무덤을 세우면, 나의 자손들이 5백 년을 평화롭게 지낸 후에 또 크게 번성하여 천 년이 될 것이다"라고 했다.

곧 시신을 모셔 영구가 나갈 때 나라 전체가 슬피 울었다. 그때 모나 후워르라는 지역에 이르러 큰 수레바퀴가 꽁꽁 언 땅에 박혀 수백 필의 말을 매어 끌게 했지만 조금도 움직이지 않았다. 백만 신민들이 크게 두려워하며 곤혹스러워할 때, 길루겐 바타르가 서둘러 금잔으로 술을 뿌리며 고했다.

영원한 푸른 하늘이 점지해 태어나신
인간 주인이신 신성한 성조 칸이시여
대국과 모두를 버려두시고
바퀴 달린 수레에 오르신 주군이시여

---

2 다른 기록에는 1227년 임오일부터 칭기스 칸이 심하게 아팠는데 기축일(음력 12일, 양력 8월 18일) 살리강 합로드의 천막 궁전에서 붕어했으며, 기련곡에 장사를 지냈다고 언급하고 있다(방기혁 역, 『원사본기』 권1(e-book), 슬기야단비야, 2015 참조). 라시드 앗 딘의 집사에는 정해년(1227)년 칭기스 칸 나이 만72세에 사망했으며, 8월 28일 유해를 오르두들(오르도스)로 모시고 와서 장례를 치렀다고 기술하고 있다(라시드 앗 딘, 『칭기스 칸 기』, 424쪽). 한편 몽골역사서에는 "칭기스 칸은 탕구트를 정벌하다가 정해년 음력 7월 12일 기축일, 1227년 양력 8월 25일에 붕어했다고 언급했다(А.Очир бусад, *Монгол улсын түүх* Ⅱ, Адмон компани, 2003, p.136).

당신이 세우신 왕정의 대국입니다
삶을 함께 영위했던 황후와 태자 자식들입니다
당신이 세우신 법도 있는 귀한 나라입니다
당신이 밟으신 산천의 나라입니다
북방의 오욘 볼독 정상
신성한 땅 보르한 갈돈
처음 만나신 광헌 황후
사랑하는 부마, 공주, 비들
황금 진주의 궁과 누각
신민이 모인 나라, 백성들이 그곳에 있나이다
맑은 샘물에 씻긴 산천과
사랑하는 신민들이 그곳에 있나이다
오논 강가 델룬 볼독 아랄
먼저 넓디넓은 고향에 모시겠나이다
위엄이 가득한 수호신이여
오래도록 나라와 백성들을 긍휼히 여겨 주시기를 바라나이다

이렇듯 절하며 축사하고 술을 뿌리자 큰 수레가 곧 천천히 움직였다. 수많은 백성들이 기뻐하며 북쪽 상도성에 이르자, 칸의 3궁 6원의 사람들과 4준 6경이 모두 함께 나와 영구를 맞아들였다. 세상의 큰 슬픔, 천하의 대상大喪을 사방팔방에 알리고 100일 동안 장례를 지내고, 제사를 드릴 때 네 지역에 큰 능을 조성했다. 사방의 나라들이 조의를

표하기 위해 모여들었다. 네 명의 아우와 네 태자가 사방에서 장지로 달려왔다. 넷째 태자 톨리 친왕은 가까이 있었기 때문에 국사를 처리했다. 하나의 능은 기련곡起輦谷에 마련했다[원주] 이것은 산시성에 있다. 오늘날에도 있다. 하나의 능은 보르한 갈돈에 마련했다. 하나는 잘람 칸 산의 북쪽, 하드 칸 산의 남쪽 구둔이라는 곳에 세웠다. 또 하나의 능은 알타이 칸 산의 북쪽 테르긴 칸 산 남쪽, 칸 산과 하트 강 가운데 세웠다. 한 곳에 천 개 구덩이를 파고, 천 개 오보를 세웠다.

이것은 몽골의 대칸들이 세운 법이 되었다. 이는 분명 훗날 사람들이 능을 찾는 것을 두려워하여 행했던 처사였을 것이다. 지금 칭기스 칸의 능은 사방에 모두 있다. 현재 오르도스 호쇼에서 제의를 지내는 것은 그 지역 수호신이 된 것을 보여주는 것이라 한다.

후에 세조 쿠빌라이 세첸이 태묘를 조성할 때 그곳에 8개 흰 게르를 세우고, 열조,[3] 태조, 태종, 예종, 차가타이, 주치 등을 위해 8개 흰 게르를 세웠다. 중국 『강목』에는 태자 6명이 있다고 하면서, 4명의 이름은 언급하였으나 2명의 이름을 말하지 않았다. 몽골 『황금사』와 『약사』, 『승리자들의 잔치』[4]라는 저서에는 7명의 아들이 나온다. 큰아들은 주치이며, 토목국의 칸이었다. 둘째 아들은 차가타이로 회회국의 황제로 봉해졌다. 셋째 아들은 우구데이로 중원의 칸이 되었으며, 넷째 아들 톨리는 몽골의 칸, 다섯째 아들 길루겐은 티베트의 칸, 여섯째

---

3 칭기스 칸의 아버지 예수헤이 바타르의 묘호.

4 **[몽골 현대문 역주]** 『약사』와 『승리자의 잔치』라는 저서는 인잔나쉬가 본 저서의 요목 제3장에서 『청사』를 저술할 때 인용한 10가지 문헌 중에 언급된 것. 『약사』는 『황금가문 후손의 약사』, 『승리자의 잔치』는 달라이 승려의 『젊은이들의 잔치』라는 저서일 것이다.

주르치드는 러시아의 칸, 일곱째 주르치다이는 네팔의 칸에 봉해졌다.

이전이 송나라를 배반하고 청주부를 바치고

멍청한 이현이 서평부에서 몽골에 투항했네

겁쟁이 진인은 서화주에서 그 가솔들이 모두 죽고

탕구트 쇼다륵 칸은 투렘기성에서 여인, 자식들과 함께 붙잡혔네

제60장

# 태조 칭기스 칸의 시신을 능묘에 장례하고, 존숭의 마음으로 비를 세웠네 태사 국왕 볼로의 말을 따르지 않다가 몽골군이 대패했네

푸른 대몽골국 23년, 예종 톨리가 한 해 동안 나라를 다스렸다. 송나라 이종 조윤은 연호를 바꾸어 이해를 소정紹定 원년이라 했다. 금나라 애종 수서 정대 5년이었다.

태조 칭기스 칸이 붕어하자, 넷째 태자 톨리가 국사를 처리하고 있었기 때문에 사방팔방으로 칸의 대상大喪을 전했다. 칸의 능묘를 사방에 준비하고 네 명의 숙부 친왕과 세 명의 형들에게 사람을 보냈다. 이때 주치와 우게데이는 남쪽 송나라의 변경에서 금나라 남경南京을 포위하고 있었다. 태자 차가타이 친왕은 하사르와 벨구테이와 서방국들을 정벌하고, 성마다 관원을 두어 지내게 했다. 오란 가축은 북쪽 변경과 러시아를 토벌하고 있었다. 오이트 오칙은 대도에서 지역의 일을 살피며 지내고 있었다. 태사 볼로와 군왕 다이산다락그치 등은 금나라 대창원大昌原이라는 곳을 포위하고 격전을 벌이고 있었다.

이렇게 사방으로 공격하며 종횡무진하는 왕과 장수들이 나라에 대상이 났다는 소식을 듣고, 사방에서 나라의 반대편에서 달려갈 때 태사 볼로가 숙부 다이산다락그치에게 대군을 지휘하도록 하고, 자신은 또 수백 명의 기마병을 이끌고 나라를 향해 달려갔다. 그때 볼로는 군왕 다이산다락그친에게 단단히 일렀다.

"숙부님, 무슨 일이 있어도 경계를 늦추어서는 아니 됩니다. 이전에 부친 태사께서 돌아가셨을 때 모든 장병들이 마음으로 슬퍼하지 않는 자가 없었습니다. 이제 폐하께서 서거하셨으니, 더 비통해하는 것은 자명한 일입니다. 숙부께서 상황을 보시고 싸우십시오. 아니면 철저히 지키며 제가 올 때까지 기다리십시오. 이제 들으니 금나라의 애종 황제의 종친인 완안진完顔陳이라는 화상이 매우 지혜로울 뿐 아니라 우직한 자로, 병사 4, 5백 명을 키워 우리와 교전하려 하고 있다고 합니다. 다만 병사의 수가 적어 감히 공격해 오지는 못하고 기다리고 있는 상황입니다. 이제 성조 주군께서 돌아가셨다는 소식을 듣는다면, 분명 간악한 생각이 지나치게 커져 일을 벌이고 말 것입니다. 조정에서 내린 명에 비록 군대를 회군하지 말라고 했지만, 손자인 저는 다섯 태사의 한 사람으로서 가지 않을 수 없습니다. 숙부께서 힘써 주십시오."

그는 다시 반복해 당부하고 본국을 향해 돌아갈 때 도중에 갑자기 한 가지 생각이 떠올라 따라온 3백 명의 기마병 가운데 자신의 모습과 비슷한 한 병사를 뽑아 그에게 서한을 주고 일러 말했다.

"그대는 병영으로 돌아가 이 서한을 다이산다락그치 원수께 올리고, 나의 친위대에 있다가 어느 땐가 우리 군대가 금나라 군대와 싸워 패하면, 그때 그대는 곧바로 나처럼 꾸며 나의 표징인 보개와 기를 들고, 금나라의 추격병을 맞아 매복해 있던 병사인 것처럼 의심하게 만들라."

그리고 볼로는 그를 보내고 나라로 돌아갔다. 이때 사방으로 출병했던 친왕들이 있던 곳이 본국과 거리가 매우 멀었기 때문에 모두 와서 모일 때까지 기다려야 했다. 비록 100일의 상례가 끝나도 칭기스 칸의 영구를 가벼이 움직이지 않을 것이다. 나라에서는 제의를 지내며 여전히 많은 친왕과 대신들이 오는 것을 기다리고 있을 때 넷째 태자 톨리 친왕 곁에서 지내는 복노화 등의 몇몇 아첨꾼 대신들이 은밀히 말했다.

"나라에 황제가 없이 하루라도 지나게 할 수 없습니다. 상황의 명이 비록 남쪽 중원에 셋째 태자 우게데이 친왕을 황제로 봉했지만, 그사이에 주군께서 북방의 황제 보위에 오르시어 옥새를 쥐시면 대 중원의 권한 역시 주군께 장악될 것입니다."

그러자 톨리 친왕이 크게 진노하며 꾸짖었다.

"인간의 의리를 거스르고, 아버님의 명을 어기고 형제의 관계를 끊게 하는 만대에 저주를 받는 길은 모두 이런 아첨꾼과 개, 종들로부터 생겨난다. 상황上皇께서 내게 주신 만 리의 몽골 땅은 내게 대대로 사용하는 데 끝이 없거늘, 어찌 이렇게까지 외람된 말을 하는 것이냐? 내가 또 부황과 형들을 거역하는 죄를 짓게 하고, 그 사이 그대가 기회를 얻어 자신의 이익을 도모할 길을 찾을 것이다. 이자를 끌어내 목을 베라!"

그러자 좌우의 병사들이 복로화를 포박하여 밀고 나가자 복로화의 아버지가 크게 두려워하며, 서둘러 군왕 보가르지에게 가서 아들을 살려줄 것을 간청했다. 그러자 보가르지가 역정을 냈다.

"죽이는 것이 매우 마땅하오. 서둘러 죽이는 것이 좋을 것이오."

보가르지가 사람을 보내자, 야율초재에게 와서 다시 아들을 살려줄 것을 간청했다. 야율초재가 상황을 듣고 마음속으로 말할 수 없이 기뻐하며, 톨리 친왕의 처사에 깊이 감복했다. 야율초재가 진위를 가리기 위해 급히 달려가자 복로화를 끌어내 목을 치려고 했다. 서둘러 잠시 처형을 보류케 하고, 태자 톨리를 만나 간청했다.

"태자께서는 노여움을 가라앉히십시오. 그런 국정을 어지럽히는 자를 죽이는 것은 매우 지당한 일입니다. 다만 상황의 국상으로 거상 중에 있고, 세상에 널리 보시를 베풀어 모든 죄인을 사면하고, 백성들에게 돈과 곡식을 나누어 주고 있습니다. 그런 지금 이 정도의 아첨꾼 신하 하나를 죽여 큰 효에 어긋나면 무슨 소용이겠습니까? 태자께서는 이 자를 잠시 다른 신하들에게 내어 주시어 그 죄상을 많은 이에게 드러내게 하시고, 또 그 죄의 경중을 보시고 처벌하게 하심이 좋을 듯합니다."

톨리가 생각해 보니 그의 말이 매우 지당했기 때문에 곧 태사 볼로에게 내어주고 알아서 벌하도록 하라고 했다. 그런 뒤 칭기스 칸의 영구 앞에 와서 울다가 정신을 잃고 쓰러진 것을 많은 대신이 깨워 일으켰다.

그때 여러 친왕과 대신들이 원근에서 듣고 사방에서 급히 말을 달려올 때 그 거리가 몇천 리나 떨어져 있었고, 또 칸의 네 기의 능묘를 세우는 데도 꽤 시간이 걸렸기 때문에 양경에서 운구를 지켰다. 이에 대한 것은 잠시 언급하지 않겠다.

한편 남쪽 금나라 애종 수서는 나라 가운데 우수한 병사를 선발하고, 훌륭한 지략가를 찾았다. 그의 먼 종친 가운데 출가하여 화상이 된 한 젊은이가 있었는데, 성은 완안이요, 이름은 진이라고 했다. 그는 화상和尙[1]의 일로 자산을 일구기가 매우 어려웠기 때문에 물질적으로 의존하는 금나라 완안합달을 자신의 친지라고 아첨하며 지냈다. 그때 완안합달은 나라 가운데 지혜로운 능력자를 뽑아 정예군과 민첩한 용사들을 찾고, 몽골을 대항하려고 한다는 말을 듣고 곧바로 진화상을 생각했다. 그리고 자신의 친분과 물질적인 것으로 몇천 명의 사람을 모아들였다. 그 가운데 400명 이상의 우직한 자를 뽑아 병사의 기예를 훈련시키고 군대에 '충효군忠孝軍'이라 이름하여 훈련을 시켰다. 그러할 때 지난해 겨울 선달에 몽골의 칭기스 칸이 붕어했다는 소식을 듣고, 의기양양해져 날마다 훈련을 시켰다.

올해 봄 2월에 몽골의 대원수 볼로가 국상으로 나라에 간 지 한 달 가까이 되었다. 진화상은 곧 400명의 병사를 이끌고 대창원의 몽골군을 공격할 거라고 하자, 군왕 다이산다락그치가 처음에 볼로의 명을 받고 대여섯 번 공격하다가 성문을 닫고 병사들을 나가지 못하게 단단히 명했다. 그러자 많은 장수가 의분을 가까스로 참으며 군왕 다이산다락그치에게 고했다.

"우리 주군께서 지난해 돌아가시자마자 올해 이렇게 행동을 하면

1 승려를 높여 이르는 말.

적군의 사기가 충천해질까 두렵습니다. 또 우리 군대가 완안진 화상의 400명의 병사를 단번에 잡아먹지 못한다는 것입니까? 군왕께서 어찌 이처럼 나약하게 행동하시며, 몽골의 위엄을 떨치지 못하는 것입니까?"

다이산다락그치가 한숨을 내쉬며 말했다.

"나 역시 참기 어렵소. 또 태사 국왕은 나의 조카요. 만약 그가 거듭 당부한 말을 무시하고, 군대가 진격해 갑자기 패하면 이제 무슨 얼굴로 조카를 마주하겠소? 그것이 아니면 내가 형님과 20년 동안 군대를 이끌고 원정을 다녔는데 어찌 그 정도의 군대를 두려워하겠소?"

그러자 좌우 양로의 부장군 호드간 베히의 아들 후데르 부스, 후렐 부스가 심히 걱정스러워했다.

"우리 형제가 8천 명의 병사를 이끌고 가서 싸워 만약 이기면 그 공을 취하지 않을 것이요, 만약 패하면 우리 머리를 잘라 벌을 받겠나이다. 태사께서 비록 공격하는 것을 금하시고 가셨지만 패하는 것이 두려웠던 것입니다. 이기는 것을 금한 것은 아닐 것입니다."

그 말을 들은 다이산다락그치는 그들의 뜻을 수용하지 않았다. 그러자 후데르 부스가 속으로 의분을 참지 못하고 돌아서 나갔다. 이튿날 금나라의 진화상이 또 와서 온갖 것으로 욕설을 퍼부었다.

"북방의 가축들이 미쳐서 20년 동안 종횡무진 다니더니, 이제 어찌하여 토끼와 꿩 모양으로 숨어 있는 것이냐?"

그러자 군왕 다이산다락그치가 분노를 견디지 못하고 있을 때 후데르 부스가 또 나와서 자신이 붙잡아 오겠다고 하자, 다이산다락그치가 갑자기 분통을 터뜨리며 "나가려면 나가시오"라고 지시했다.

후데르 부스와 후렐 부스 형제의 8천 병력을 내보내자, 두 장수가 크게 기뻐하며 곧 서문을 열고 돌격해 나갔다. 그러자 진화상이 몽골군을 보자 곧바로 무기를 끌고 기旗를 돌리며 대창원의 북쪽을 향해 달아났다. 이때 후데르 부스와 후렐 부스가 크게 분노하며 말고삐를 당겨 빠르게 추격해 갈 때, 동생 후렐 부스가 의아해 했다.

"왠지 의심스럽습니다. 저자는 날마다 욕설을 퍼붓고 오늘 어찌 싸우지 않고 도망치는 걸까요? 분명 매복한 병사들이 있을 것입니다."

후렐 부스가 말을 마치기도 전에 정말 북쪽에서 병사들의 함성소리가 났다. 진화상의 병사들이 파놓은 구렁 뒤쪽 편에서 400명의 병사가 엄청나게 날쌘 속도로 돌진해 나왔다. 처음의 그 진화상은 진짜 진화상이 아니고, 그 무리 가운데 다른 제자를 가짜 진화상으로 꾸며 내세웠던 것이다. 진짜 진화상의 정예군들은 모두 술에 취하게 해서 몽골군 가운데로 돌격해 들어가게 했다. 그들이 공격하는 형세는 재를 넣은 자루를 창으로 찌르듯 하고, 피같이 붉은 오보[2]를 검으로 베듯이 조금도 주저하지 않고 돌격했다.

몽골군이 진화상의 군대를 보고 대수롭지 않게 여기고 있을 때 그의 병사들이 갑자기 천둥이 치듯 북소리를 울리며, 몽골의 8천 명의 병사 가운데로 뚫고 돌격해 들어왔다. 몽골 병사들이 이런 상황을 염두에 두지 않고 있었기 때문에 맞설 여유가 없이 금나라 병사를 자신의 진

2 신앙적 대상 혹은 다양한 의미의 돌무지.

영 안으로 들어오게 하여 종횡으로 살육전을 벌였다. 그러자 몽골군은 큰 난리를 일으키며 사방으로 달아났다. 그 상황을 목도한 후데르 부스와 후렐 부스가 병사들을 이미 명령으로 멈추게 할 수 없는 상황이 되자, 급히 진화상을 찾아 그를 맞아 싸웠다. 진화상이 소매에서 구리 공 하나를 꺼내 후데르 부스의 머리를 조준하여 던지자, 후데르 부스가 창으로 그 공을 막았다. 그때 구리 공이 후데르 부스의 손에 맞아 들고 있던 창을 놓쳐 서둘러 도망칠 때, 진화상이 쫓아와 쇠 창으로 몇 번이나 그의 등을 찔러 상처를 입혔다. 가까스로 붙잡히지 않고 있을 때 동생 후렐 부스도 도망쳐 와서, 형이 죽임을 당할 정도의 상처를 입은 것을 보고 급히 달려가 싸워 형을 구해냈다.

이때 처음의 가짜 진화상의 군대가 이미 몽골군이 돌아가는 길목에 있다가 그들을 맞아 공격하자, 몽골군 수백 명이 해를 입고 길을 찾아 달아났다. 그럴 때 느닷없이 진화상이 파놓은 감추어져 있던 구렁에 떨어져 몽골 병사들이 구렁을 가득 메웠다. 후데르 부스는 몸에 상처를 입어 여전히 정신을 차리지 못하고 가다가 또 이 구렁으로 떨어졌다.

그러자 진화상의 병사들이 위에서 긴 창으로 몽골 병사들을 찔러 죽이고 머리를 베어 버렸다. 후렐 부스가 서둘러 남은 병사들을 이끌고 달아나자, 진화상이 몽골 병사의 뒤를 따라 추격하여 모두 죽여 없애 버리겠다며 의기양양하게 돌격해 들어왔다. 그때 갑자기 산부리 너머에서 몽골의 대원수 태사 국왕 볼로의 보개와 기가 움직이며 대군이 이르자 진화상이 저것은 분명 가짜 군대라고 했다. 그때 태사 볼로가 몸소 금으로 된 갑옷을 입고 옥 허리띠를 띠고, 진주 장식의 투구를 쓰고, 쇠 창을 잡고 대오의 선두에서 가는 것을 보고, 비로소 추격하여 살육하는 것을 멈추고 병사들을 모아들였다.

한편 볼로는 해를 입고 남은 후렐 부스의 6천 명 이상의 병사를 맞아들였다. 그리고 상대편 군대를 향해 공격해 들어가지 않고, 후렐 부스를 데리고 돌아갔다. 이것은 볼로의 명으로 미리 준비한 계략으로 후렐 부스를 지켜 데려온 일이었다. 볼로가 갈 때 자신이 가면 장수들이 분명 혈기가 넘쳐 법을 어기고 나갈 텐데 그러면 이 계략으로 도우라고 숙부 다이산다락그치에게 서찰을 보냈었다. 이 계략은 첫째 자신의 장수들의 혈기를 누르고, 둘째 금나라 군대를 의심케 하는 전략을 사용하려는 것이었다. 이렇게 한 번 나감으로써 금나라 군대가 경거망동을 하지 않게 하고, 몽골군을 공격하지 않게 하는 전략이었다.

한편 이 한 번의 전투에서 금나라 진화상의 충효군 400명의 병사가 몽골의 8천 명의 병력의 가운데 2천 명 가까운 병사를 죽이는 데 그치지 않고, 앞선 대장의 머리를 베고 돌아갔다. 그러자 완안합달이 크게 기뻐하며 "몽골국이 우리를 침범해 온 지 20년이 될 때까지 한 번도 이기지 못했습니다. 이제 진화상의 400명의 충효군이 몽골의 일만 병력을 모두 죽이고, 그들 대장의 머리를 베어가지고 왔습니다"라고 하며 금나라 애종에게 이를 보고했다.

그러자 대 승전의 예대로 천지신명과 종묘에 제의를 드리고 큰 보시를 베풀었으며, 이를 나라 전체에 포고했다. 군대 총책임자 평장정사 완안합달의 직위를 높이고, 완안진화상을 충효군의 대장군으로 삼았다. 이로써 금나라에 진화상의 충효군에 가담하는 사람이 상당히 많아졌고, 군대의 위엄이 송나라에까지 널리 알려졌다. 그리고 또다시 금나라가 거듭 공격해 오자 몽골 원수 다이산다락그치 군왕은 많은 병사를 엄격히 다스리고, 대창원을 견고히 지켰다. 이렇게 양편이 서로 자신의 영역을 지킨 지 오래지 않아 초겨울이 되었다.

한편 사방으로 멀리 떨어져 있는 몽골의 친왕과 대신들이 모두 모여들었다. 다만 셋째 태자 우게데이 친왕의 군대가 금나라 남쪽 송나라 변경의 곽박 일대에 있었기 때문에 국상 소식이 늦게 전해졌다. 또 금나라, 송나라의 병사로 인해 가는 길이 끊어져 서역으로 우회하여 갈 때 길이 상당히 멀었기 때문에 가장 늦게 도착했다. 우게데이 친왕은 칸의 금관 앞에 무릎을 꿇었다. 형제들이 서로 목을 껴안고 울다가 얼이 빠져 정신을 잃고 바닥에 쓰러졌다. 네 명의 동생 친왕과 네 명의 태자 친왕의 비통해하는 모습은 참으로 처절했다. 날마다 울며 슬퍼하자 보가르지와 촐론 두 군왕, 태사 볼로, 태보 보랄의 아들 태보 오한트, 상서 야율초재 등이 들어와 그들이 비통해하며 슬퍼하는 것을 말렸다.

"여덟 친왕께서 이처럼 지나치게 슬퍼하시면 위로 광헌황후의 마음이 곱절이나 힘드실 것입니다. 매사에 강인한 마음으로 인내하시고, 상황上皇의 뜻을 이어 나라의 사직을 이루는 데 힘쓰는 것이 마땅할 것입니다."

그러자 여덟 명의 친왕이 모두 광헌황후를 위로했다. 그리고 칸의 금관 밖으로 두 겹의 은으로 된 곽과 그 밖으로 철제 곽을 3겹으로 만들었다. 또 이와 마찬가지로 네 개의 관과 네 개의 곽을 준비해 사방의 대릉大陵에 동생 한 사람, 태자 한 사람에 태사 1인, 태보 1인이 따라갔으며, 한 군단 각 1만 명씩의 병사가 각 영구를 호송했다. 이들 가운데 어느 것에 진짜 칸의 시신이 있는지 알지 못한다. 나라 전체가 모두 이를 알지 못했다. 이 사방의 능 모두에 영험함이 드러나는 것을 많은 사람이 보았다.

첫 번째 운구는 산서성의 기연곡起輦谷[3]에 천 리 거리[4]의 땅을 파서 묻었다. 그곳에 대릉을 세웠는데, 그것은 지금까지 있다. 두 번째는 오르도스 지역인데, 그 당시 헤를렌 아랄이라고 했다. 그곳에서 천 리 거리의 궁을 지어 장례를 지냈고, 또 땅을 평평하게 하여 그 지역에 궁전 게르로 능묘를 세웠다. 그리고 그 옆에 열조 황제 예수헤이 바타르의 묘를 세웠다. 또 태조 황제 칭기스 칸의 묘를 세우고, 두 개의 백궁을 세웠다. 세 번째 능묘는 알타이 칸 북쪽, 한드 칸 남쪽을 따라 바위와 나무숲 뒤쪽에 또 천 리 먼 땅을 파서 장례를 지내고 땅을 평평히 하고 돌로 게르를 세우고, 능묘로 삼았다. 네 번째 능묘는 보르한 갈돈의 남쪽 오논강 초원 천 리 거리에 궁을 삼아 매장하고, 또 땅을 평평히 하여 나무 게르를 세우고, 능묘의 제단으로 삼았다. 이들을 매장할 때 먼저 천막 진영을 세우고 흙 구덩이를 파고, 몇 10리 밖으로 병사들을 둥글게 에워싸게 했다. 그리고 칸의 가까운 네 동생과 네 아들, 여러 손자조카, 6경과 아홉 장군이 장례를 치르고, 땅을 평평하게 고른 뒤 병사

3 계곡명. 칭기스 칸에서 시작해 몽골국 황제나 원나라 황제들이 몽골 고원의 계곡에 비밀리에 묻혔는데, 이 신비한 계곡은 원나라 때 정확한 위치를 남기지 않았다.

4 여기서 '천 리 거리'가 무엇을 말하는지 정확히 알 수 없다. 능묘에서 반경 천 리 거리를 신성한 영역으로 삼았다는 뜻이 아닐까 생각된다.

를 풀어 들어가게 하여 많은 흙을 평평하게 다졌다. 이것은 이미 원나라 칸이 정한 법도였다.

오늘날 몽골 칸인 토곤투무르[5] 이전 황제들의 능묘는 산서성 기연곡의 13개 선조의 능묘가 있지만, 이 가운데 유골은 전혀 없다. 지금 오르도스 기旗에 있는 능묘에는 진짜 유골이 있다고 한다. 그러나 분명히 찾지는 못했다. 신령의 놀라운 위엄은 사방에 있는 능묘가 동일하다. 현재 산서성의 기연곡에 있는 능묘의 영험함이 분명히 드러나 보이며, 백성들에게 큰 도움을 준다. 다만 보르한 갈돈의 능묘와 알타이 칸의 능묘를 본 사람은 없다. 이로써 네 개 묘 모두에 '하늘의 명으로 나라의 운을 연 성조 영웅 황제 칭기스 칸'이라고 추봉했다. 이에 붉은 중원에서 추증한 시호는 '법천계운성무황제法天啓運聖武皇帝'라고 했다. 원래 푸른 몽골에서 추증한 시호는 '신령한 테무진 하스 태보 칭기스 보그드 태조 칸'이라고 했다. 검은 티베트에서는 '인간의 권세를 지닌 법륜대왕'이라고 했다. 흰색의 솔롱고스에서는 "위대한 권세를 가진 성조 대 칭기스 칸"이라고 했다. 또 사르톨, 사르락 등의 지역에서는 '하스 태보 종달새의 선율 칭기스 구르 대칸'이라고 했다.

이밖에 칭기스 칸에 투항한 나라 가운데 해외 동북쪽에 개머리국과

---

5 토곤투무르(1320~1370) 대원제국의 마지막 황제. 그의 묘호는 '혜종(惠宗)', 몽골 칸호는 '오한트 칸'이다. 그는 원나라가 권력을 빼앗기는 거센 경쟁 속에서 황제가 되었다. 1333년 보위에 올랐으며, 1368~1370년까지 명나라의 침략으로 수도인 대도를 빼앗기고 상도로 천도함으로 '북원'시대를 맞았다(Л.Жамсран бусад, *Монголын түүхийн бага нэвтэрхий толь* Ⅲ, p.47).

여인국이 있다. 이 여인국은 우물을 들어다 보고 아이를 임신하는 여인국이 아니다. 머리를 풀고 가죽옷을 입는 아름다운 모습의 여인국이다. 남자들은 매우 키가 크고 위풍이 있다. 이 여인국 사람들은 특별히 가슴이 뚫려 있다. 중국어로 관흉국貫胸國이라고 한다. 또 눈이 하나 있는 나라가 있는데, 이 나라를 중국어로 일목국一目國이라고 한다. 또 다리가 하나인 나라가 있다. 이들 나라에 모두 군대를 이끌고 공격해 들어가 공물을 바치게 했다. 이들 나라에 갔던 내용은 비록 『강목』에 기술되어 있지는 않지만, 몽골의 옛 사서에 분명히 기록되어 있다. 다만 이들 나라의 글과 말이 다르기 때문에 그들의 관직은 언급하지 않았다.

세상이 보고 아는 나라들 가운데 중원에서 연이어 전체 54개의 다른 모습의 나라가 있다. 이 가운데 칭기스 칸이 점령했던 나라는 자신의 푸른 몽골에서 시작해 붉은 중국, 흰 솔롱고스,[6] 검은 티베트 탕구트, 노란 사르톨, 사르락 이 다섯 나라가 있다. 그밖에 또 외방의 이상하고 놀라운 모습을 가진 이역의 개머리국에 이르렀다. 이 나라의 남자들은 입술이 길고, 개처럼 생겼기 때문에 개머리국이라고 했다. 아낙네는 모두 우리의 이곳 아낙네의 생김새와 같다. 동북의 흑룡강에서 더 나가면 곧 그 나라에 가까워진다고 한다. 이 나라를 중국어로 '파라수국'이라 했다.

또 가슴에 눈이 하나 있는 나라는 한자어로 '관흉국'이라고 한다. 또

---

6 여기서 솔롱고스는 정확히 한국을 지칭하는 것인지, 아니면 동쪽의 솔롱고, 솔롱고스, 솔롱고드 등의 나라를 모두 포함하여 이르는 것인지 분명하지 않다.

여인국이라 하는 것은 한자어로 '여목국'이라 한다. 또 또 눈이 하나 있는 나라를 한자어로 '일목국一目國'이라고 한다. 이외에 오늘날의 '고리국'이 있다. 이 나라는 몽골의 동남쪽 무지개가 뜨는 쪽에 있기 때문에 '무지개 나라'[7]라고 했다. 이 나라는 다른 외방에 비해 매우 존귀하다. 이러한 나라들이 몽골에 공물을 바친 일이 몽골의 옛 사서에 기록되어 있다. 후에 또 쿠빌라이 세첸 세조 황제시대에는 동해 섬의 일본과 크고 작은 류큐국유구국을 공격하여 투항케 했다.

그렇게 해서 역사저술가 타이지 인잔나쉬 나는 외국의 사서에서 몽골이 여러 다른 나라를 투항시킨 기록을 자세히 살펴보면서, 중원 이외에 전체 지도를 그려 정복의 상황을 따져보니 외방의 흥미로운 나라가 전체 53개 나라가 되었다. 그 가운데 우리 몽골에 항복한 나라가 상당히 많기 때문에 쭈물대지 않고 차례로 인용해 보기 쉽게 했다.

먼저 이 고리국은 몽골어로 솔롱고스국이라고 한다. 이 고리국의 옛 명칭은 '선단국'이라고 했으며, 주나라에서는 '조선국'이라고 했다. 주나라 무왕시대에 기자箕子라는 대인을 칭송하여 (이 나라에 군주로)[8] 봉했다. 이 나라는 우리 중원의 예악과 역사 문헌, 의술, 점술의 풍속이 같다. 또 조정의 부서, 관직, 예법이 또 중원과 같다. 마찬가지로 사람들은 중원의 규준을 따라 행한다. 사람들도 온순하고 부드러우며, 잔악한 것을 제거하는 데는 상당히 매섭다. 나라의 군주의 친척을 모두 '군君'이라고 칭하여 부른다. 사방 변경의 다른 나라를 회유하여 투항시킬

7 고려를 이른다.
8 위 내용이 빠져있어 역자가 보충해 넣었다.

때 이 고리국만은 중원과 마찬가지로 대한다. 그 나라의 백성들은 나라 군주의 친인척에게 무릎을 꿇고 예를 다한다. 만약 나이 어린 사람이 지위가 있는 손윗사람을 보면 다리를 가지런히 하고 서서, 얼굴을 아래로 향하게 하여 예의 있게 행동한다. 그 나라에 창기로 지내는 여인들은 모두 밤에 모여서 논다. 만약 남녀가 혼인하여 인척 관계를 맺을 때 예물을 보내는 것이 없다.[9] 만약 사람이 죽으면 세 가지 경을 읽게 하고 장례를 치른다. 만약 나라의 군주가 병이 나면 죄진 백성을 3년 동안 먹인다. 시험을 보고 시험에 응시한 자들 가운데 우수한 자를 선발한다. 그 나라의 왕이 지내는 주를 개성부라고 한다. 궁 뒤에는 진산이 있다. 그 산의 이름은 선문대[10]라고 한다. 그 지역에는 준마가 상당히 많이 난다. 흰 돌로 불등을 만든다. 많은 사람이 좋은 집에서 산다. 북경시까지 3천5백 리이다.

금나라 동남쪽 바다 섬에 소유구국小琉球國이 있다. 사람들의 눈이 움푹 들어가 있고, 코의 모양은 늘어져 있다. 여인네 모습을 한 남자는 수염을 뽑고, 여인네는 진한 검은 기름으로 머리를 붙게 하여 땋아서 큰 뱀처럼 모양을 낸다. 단단한 끈으로 머리를 두르고, 새털로 된 모자를 쓰고, 그 위에 옥과 진주 등의 보석을 박아 장식한다. 부인들은 흰 비단으로 모자를 만들어 쓰며, 털을 짜서 옷을 해 입는다.

일본국日本國은 신라국의 동남쪽 큰 바다 가운데 산이 있는 섬에 몰려 살며 9백 리 거리에 있다. 바닷가의 물고기를 잡아서 생활한다. 중원

9 정보가 잘못된 것으로 보인다.
10 이 부분은 '송악산'이 달리 표현된 것으로 생각된다.

에서는 그 나라를 왜국倭國이라고 한다.

여국女國은 중국 동북쪽 장백산長白山의 아래 압록강 상류에 있다. 압록강에서 금이 나기 때문에 금국金國이라는 하나의 명칭이 있다. 사람들은 야생동물의 가죽과 물고기 가죽으로 옷을 해 입는다. 청결하지 않고 관절 부위에 날이 있는 것을 달고 다닌다. 들고나면서 밤낮을 가리지 않고 죽은 것을 손질한다. 해치는 것이 호랑이와 늑대 같다. 남자들은 강단 있는 모습이며, 여인들은 아름답다. 입술에 붉은 단사를 칠하면 혼인을 한 것이라고 한다.

대유구국大琉球國은 가삼 지역에서 물길로 가면 500리 거리에 있다. 그 나라에는 산과 동굴이 많다. 작은 돌들의 명칭을 아남이라고 한다. 사람들은 서로 전혀 돕지 않는다. 중원에 조공을 바쳤다. 그 군주와 신하의 자식들은 함께 나라의 태학에 보내 글을 배우게 하고, 예의범절이 엄격하다.

삼불제국三佛齊國은 남쪽 바다 가운데 있다. 관주의 배를 타고 남쪽으로 가면 보름 안에 닿을 수 있다. 그 지역 낭무문에 이른다. 그곳에서 닷새를 가면 이 삼불 동굴에 이른다. 산의 입구 협곡에는 모두 나무 울타리를 만들었는데, 그것을 성시로 삼는다고 한다. 그 나라 말에 성을 '포'라고 한다. 갈대로 깔개를 만들어 배처럼 사용해 다닌다. 현재 전해져 내려온 것은 그 나라의 그 지역에 갑자기 큰 구멍이 생겼는데, 그곳에서 소와 말 같은 것이 나와 여러 가지 것을 먹고, 나중에 그곳에 대나무통을 집어넣어 잡아먹다가 중원에 공물을 바쳤다.

한 나라는 교지국交趾國이라고 한다. 다른 이름은 안남국安南國이라고 한다. 그들의 성격은 거만하다. 머리를 풀고 맨발로 다닌다. 눈은 움푹 들어가 있고, 코는 길다. 성격이 매우 사납다. 광저우 사람들은 모두 그들을 '대지의 악귀'라고 부른다. 아름다운 얼굴을 갖게 된 것은 한나라의 마원馬援[11]의 병사들에게서 번성했기 때문이라 한다. 풍속은 아버지와 아들이 함께 살지 않는다. 혼사에 매파가 없다. 혼담이 오고 갈 때 예물을 허락의 표로 삼는다. 혼인 후에 만약 여자가 다른 남자와 합치면 이전의 남자는 단념한다. 그 나라의 성을 지배하는 자들은 옛 군현 지역에서 녹을 먹는다. 남자아이는 관계를 중시하고, 여자들은 음란한 것을 능력으로 삼는다. 성의 지배자들은 중원의 글을 읽는 것을 자랑스럽게 여긴다. 고대 국가는 자신의 길을 준수하는 데 있어 매우 현명하다. 나중에 길을 찾아 나오자 중원의 교주자사의 지배를 받게 했다.[12] 호진시대 다시 반란을 일으킨 것을 마원이 가서 평정했다. 한무제시대 절도사 무창이 가서 그 나라의 예법을 정하고, 상하 계급을 구별하여 관직에 봉했다. 이어서 다른 씨족이 그 지역에 터전을 이루며 지내왔다.

지리적으로 동쪽 편은 차링에 연접해 있고, 남쪽은 장성의 이완에 연접해 있다. 북쪽 경계는 종지라는 지역에 닿아 있으며, 동남쪽은 큰

11 마원(기원전 14~기원전 49) 후한 섬서성 흥평현 사람. 광무제 건무(建武) 17년(41)에 복파장군에 임명되어 교지(북베트남) 지방에서 봉기한 징칙과 징이 자매의 반란을 토벌하고, 하노이 부근의 낭박까지 진출하여 그곳을 평정했다(임종욱, 『중국역대인명사전』, 이회, 2010, 396쪽). 마원이 교지 지방에 반란을 토벌하러 갔던 것을 배경으로 한다.

12 교지는 기원전 2세기 말 한 무제의 원정으로 복속된 이래 1천여 년에 걸쳐 중국 왕조의 지배를 받았다. 그러다 중국이 오대의 혼란에 휩싸여 있을 무렵인 939년에 이르러서야 비로소 독립하였다(김정희 외, 『중국 정사 외국전이 그리는 '세계'들』, 역사공간, 2016, 321쪽).

바다에 접해 있다. 이 나라는 광저우에서 배를 타고 북풍을 만나면 열흘 정도면 다다른다. 대기가 온화하다. 딸을 주고, 며느리를 얻는 혼인 예법으로 아들을 여자 쪽에 장가보내는 예법이 있다. 이 나라 사람들은 딸이 아홉 살이 되면 화상을 모셔와 주술을 가르치게 한다. 화상은 그 딸의 몸에 손가락으로 상처를 낸 피를 어머니와 딸의 모자에 묻혀 문지르면 많은 남자를 모이게 해 장사 이익을 많이 낼 수 있고, 집안이 풍요로워진다고 여긴다. 그 딸이 스무살이 되어 시집을 갈 때 남자는 기뻐하며 "우리 아내가 아름답고 재주가 있어 많은 남자들이 모여들었네"라고 자랑스럽게 말한다.

만약 그 나라 사람이 도둑질로 벌금을 물게 되면 손을 자르고 발을 베고, 몸 앞뒤에 불에 달군 것을 눌러 표시를 한다. 살인죄를 지으면 베어 죽인다. 어떤 경우에는 나무로 꼬챙이를 만들어 엉덩이에 찔러넣고 죽을 정도로 박아서 죽인다. 이전에 당나라는 그들이 저항할 때 이처럼 죽였기 때문에 그들은 오늘날 법을 엄격히 했다. 만약 큰 부자가 범법행위를 하면 금으로 죄를 면할 수 있다. 금이 없으면 몸으로 벌을 받는다. 이 나라는 고대 하늘을 메운 돌인 선녀 대석大石에서 번성했다고 한다.

섬라국暹羅國[13] 이 나라는 바다의 반도에 있다. 일반적인 풍속은 남자아이를 거세하여 그 성기를 나무에 걸어서 말린다. 우리나라 사람은 강풍에 배가 날려가 그 나라에 이르러서 보면 나무가 매우 풍부하고,

13 Сянь ло го. 섬라국(오늘날 태국)으로 추정되나 확실하지 않다.

나무마다 검은 나무 막대가 줄줄이 걸려있다. 또 잘라놓은 남자 성기를 백 쌍 이상을 얻어 온다. 이것으로 약을 조제해 먹이면 사람의 뇌와 골수를 비지 않게 하는 데 좋다고 한다.

발니국勃泥國[14] 이 나라는 판자를 이용해 도시를 세운다. 군주는 궁전을 모두 귀한 과일나무로 짓는다. 일반 백성이 지내는 집은 모두 풀로 짓는다. 일반적인 풍속으로 사람들이 갑옷을 입고 무기를 들고 다닌다. 갑옷은 목으로 넣어서 크고 작은 구멍을 내어 팔, 다리, 등 뒤, 앞가슴을 연결해 입는다. 그 나라에는 약용 나무가 풍부하다. 약용의 나무뿌리를 파서 끓여 마시고, 또 몸에 문지르면 몸이 튼튼해지기 때문에 부상을 당해도 금방 죽지 않는다. 사람이 죽으면 관에 넣고 산에 묻으며, 두 달마다 제의를 드리다가 7년이 지나면 더는 신경을 쓰지 않는다. 청혼할 경우 예물을 보내는데, 예물로는 밤으로 만든 술과 장식품을 보내고, 나중에 예물로 그릇 혹은 금은을 가져다준다. 그 나라는 남녀 구별 없이 머리를 한데 모아 땋아서 늘어뜨린다. 또 오색의 얇은 천으로 허리띠를 만들고, 비단으로 옷을 짓는다. 바닷물을 끓여서 증발시켜 소금을 만든다. 5월음력4월 초이레에 한 해를 기념한다 하여 사람들이 모여 잔치를 벌이고 바라와 북을 치고 즐겁게 지낸다. 그 나라에서는 대나무 잎과 대나무를 쪼개서 그릇류를 만든다. 중원 사람을 보면 즐거워한다. 취한 사람은 업어서 데려다준다.

소문달랍국[15] 이 지역에서는 곡식을 많이 심지 않는다. 남녀 모두 비

---

14 Бо ни го. 보르네오 섬 북단의 브루나이 왕국.

15 Су мэнь да ла. 오늘날의 수마트라.

단에 문양을 수놓아 장식한 것을 허리에 맨다. 머리를 길러 붉은 천으로 두른다. 그들은 움막집에서 사는 것을 좋아한다. 하루가 검은색, 노란색, 붉은색 등 세 가지 색으로 변한다. 해마다 열 명 이상의 사람을 죽여서 그 피로 몸을 씻으면 사계절 병에 걸리지 않는다고 여긴다. 중원을 두려워하여 쓸데없이 가지 않는다.

이마이하[16] 이 나라 사람 대부분은 손재주가 좋다. 궁전을 매우 정교하게 짓는다. 그들의 군주는 둥근 흰색 모자를 쓴다. 군주의 부인은 회자룬[17]으로 몸을 단단히 고정한다. 먹고 마시는 것은 맛있게 발효한 것을 좋아한다. 이런 종류의 약과 고기류를 먹는다. 모두 금과 은그릇을 사용한다. 젓가락은 사용하지 않는다. 모두 숟가락으로 먹는다. 산천의 형세는 중원과 비슷하다. 노래하고 춤추는 것을 좋아한다.

과주[18] 이 나라에는 성시, 곡식과 감자, 가축, 말 등 고대 흉노匈奴 및 오선과 비슷하다. 흉노국에 의거해 살아간다. 남자의 모습은 고리국과 같다. 긴 머리를 땋아 등에 늘어뜨린다. 아낙네는 기름기 있는 모자를 쓰고, 정수리를 가린다. 바늘은 유리질로 되어 있다. 말을 타고 활을 쏘아 사냥하는 데 능하다.

흉노 타타르. 이 나라는 전체 다섯 종류가 있다. 한 부족은 노란색 머리털을 가지고 있다. 이들은 소에서 태어났다고 한다. 목이 짧고 살쪄있다. 다른 한 부족은 멧돼지에서 태어났다고 한다. 세 번째는 머리

---

16 Эр ма эр ха. 어느 나라인지 정확히 알 수 없다.

17 정확히 알 수 없다. 묶는 장식의 일종으로 보인다.

18 Го чжоу.

가 검고 살이 희다. 당나라가 공격할 때 그 병사의 자손에서 이어졌다고 한다. 또 한 부족은 한 여인이 황금 뿔을 가진 흰 동물과 관계하여 태어났다고 한다. 오늘날 사람들은 사냥하러 가서 수호신에게 제의를 드리는 것은 곧 그를 제의하는 것이다. 사계절 제의를 드릴 때 깃대에 걸어 제의를 드린다. 이에 음식과 옷, 사슴의 뿔[19]을 펠트에 싸서 털이나 마 종류의 식물로 문질러 축복하고 깃대에 걸어 사계절 제의를 드린다.

한 부족은 대원제국의 비사에 언급되어 있는데, 흰 늑대와 흰 사슴에서 시작되었으며, 25대에 태조를 낳았다고 한다. 태조는 몽골 전체를 차지하고 후에 칸의 보위에 올랐다. 원래 모래 지역에서 생활을 영위했다. 이 지역은 북쪽 6천 리 거리에 있다. 후에 상, 은나라 지역에 와서 살았으며, 나라 이름을 타타르라고 했다. 그 지역에는 소, 말, 양, 염소가 난다. 성이 없고, 다만 게르가 있다. 물과 풀이 좋은 곳을 찾아 이동하며 산다. 평소에는 사냥하기를 즐겨한다. 먹고 마시는 것은 소와 양 그리고 야생 사냥감에서 얻는다. 동물의 가죽으로 옷을 만들어 입는다.

칭기스 칸의 손자 쿠빌라이 세첸 칸은 중원의 문무황제가 되어 중원을 지배했다. 고대 중원은 우리 몽골국에 공격을 당해 얼마만큼의 시기에 어려움을 겪었다. 후에 또 대몽골국이 흥성해져 14명의 칸이 162년 동안 칸의 보위에 올랐다. 많은 한인을 몇 세대 동안 집안의 종,

19 정확지 않음.

신민으로 부렸는데, 한인 사서들은 이에 대한 원한을 드러낼 수 없었다. 그런데 고대 옛 문헌에 여러 나라를 간략하게 기술할 때 가장 먼저 인도에서 티베트를 거쳐 온 부르테-촌이라는 이름을 가진 천자와 고-마랄이라는 부인의 이름이 나온다. 여기서 촌치노[20]을 진짜 늑대로 말하고, 또 부인 고-마랄을 동물 암사슴으로 삼아, 그 내력은 자세하지 않지만 야생동물에 태워 데리고 온다. 몽골의 근본은 회색 늑대와 흰 사슴이 서로 교구하여 몽골의 조상을 낳고, 그에게서 태조 성군이 태어났다고 멸시하듯이 말하면서 자신의 원한을 풀었다. 사슴마랄이라는 단어는 일월성신으로 반짝이는 빛이 퍼지는 것을 이르며, 이를 마랄이라고 한다. 고 마랄 부인의 얼굴빛이 다른 많은 사람보다 더 빛났기 때문에 고 마랄이라고 했다는 것을 한자어로는 몽골어의 내포된 의미를 깨달아 알지 못하기 때문에 사슴, 늑대라고 욕하며 기록했다.

세상에 두 짐승에게서 사람이 태어나는 이치가 있는가? 인간 자손의 한 종이 다른 종에 들어가게 되면 곧 이상한 다른 종이 태어나는데, 두 짐승이 어찌 인간을 낳을 수 있겠는가? 한인이 종이 된 원한을 드러내려고 몽골에 관해 쓴 내용은 논리적으로 전혀 맞지 않는다. 또 대청大清시대 하늘의 가호를 받는 황제시대 모환문毛煥文이라는 자가 중원의 여러 가지 서적을 모아, 그 가운데 내용을 조금씩 인용하면서 자신이 많은 저서를 본 것을 드러내려고 『만보전서』라는 저서를 엮었다. 그의 조상 7대 선조가 모두 몽골에 종이 되었고, 남녀 모두가 온갖 것으로

20 '늑대'라는 뜻.

더럽혀지고 밟히며 살았기 때문에 몽골의 명칭을 분명히 알면서도 일부러 모른 체했다. 즉, 인명을 짐승으로 기술하여 지체 높은 가문의 사람들을 공격하며 비하했다.

이것은 우리 몽골인이 한자어를 모르기 때문에 진실한 정황을 드러내 말할 수 없다 하여 멸시하듯 기록, 출간하여 많은 한인에게 조롱거리로 남겼다. 훗날 큰 덕을 지닌 현자, 지성인이 한 세기를 그저 끝내지 않고 저서를 출간하고, 사람들에게 번역하게 하면 그 사람은 곧 그 저서처럼 만대 불멸의 이름이 남게 될 것이다. 오늘날 큰 덕과 큰 힘을 가진 자들이 한 세기 백 년 동안 매일 불필요한 것을 위해 100만 냥의 재물을 없애고 한번 죽으면 곧 만사가 끝나고 이를 한 사람도 모르게 되는 것을 생각지 않고, 꿈과 신기루처럼 부질없이 부귀를 흘려보내는 자가 얼마나 많은가. 그러한 것을 몽골 친우들이 곰곰이 생각하면 얼마나 흥미로운가. 돌이켜 생각해 보라.

### 사관 인잔나쉬의 시 한 수

지덕이 높은 태사 볼로는 숙부 다이산다락그치를 일깨우고
충의가 있는 톨리 친왕은 간신 복로화를 벌했네
용맹한 진화상은 충효군을 조직하고
용감무쌍한 용사 후데르 부스는 금나라 군대에 의해 병사했네

제61장

# 태종 황제 우게데이가 헤를렌 아랄에서 단에 올라 보위를 계승했네 태사 볼로는 사천택을 천거하여 중원의 중대사를 맡게 했네

기축년己丑年, 몽골국 24년. 푸른 대몽골국 태종太宗 원년, 송나라 이종 소정紹定 2년, 금나라 애종 수서 정대 6년이었다. 잠시 흥미로운 외방을 끝까지 살펴볼 준비를 하고, 그 다음 내용을 연이어 언급하려고 한다. 여기 언급하는 해외 흥미로운 나라의 진위는 독자들 스스로 판단하기 바란다.

곤륜산자.[1] 이 나라는 서남쪽 바다에 있다. 이 지역에는 커다란 거위가 있는데, 그 거위는 바다 섬의 큰 산에 사는 낙타를 잡아먹을 수 있다. 옛날에 어떤 사람이 그 새 깃의 관을 발견해 그릇을 만들었다고 한다. 이 지역에는 또 야생동물처럼 몽매한 야인野人이 있다. 그의 몸은 검은 먹으로 칠한 것 같다. 이 나라 사람들은 먹을 것을 다른 사람에게서 달라고 해서 먹는다. 일반인을 잡아다가 상인에게 팔고 또 종으로 부린다.

1 Кунь Лунь Шан Цзы. 지명이 명확하지 않다.

천조국.[2] 이 나라 사람은 상당히 손재주가 있다. 그 지역은 기운이 강하다. 땅에 용암이 흐르는 화도火道가 있는 산이 있다. 고대 진나라 시대 이 지역에 이러한 화산이 있고, 또 명마가 난다는 것을 알았다. 이 나라 사람들은 머리를 두 갈래로 땋아 늘어뜨리고, 얇은 비단 천으로 머리를 두른다. 비수라는 물이 있는데, 후에 몽골이 그것을 알고, 그 물을 그릇에 담아가 태풍에 내놓고 흩뿌리면 정말 바람이 잠잠해졌다.

시양고리.[3] 이 나라는 서남쪽에 있다. 빈하이[4] 바다에서 가깝다. 그 지역에서는 흑단黑檀과 후추, 보석류가 생산된다. 그 나라는 비단과 피륙, 모직류를 돈처럼 사용한다. 얇은 흰 비단 천으로 머리를 두른다. 금사로 짠 비단으로 장사를 한다.

서번국.[5] 이 나라는 한 종류로 구이팡귀방이라고 한다. 고대 무왕시대 3년을 싸워 평정할 수 있었다. 사람들이 말하는 것이 마치 귀신이 싸우듯 했기 때문에 한자어로 귀론이라고 한다. 또 대론이라고 부른다. 그 지역에는 군주나 지도자가 없다. 성이 없고, 집을 산의 남쪽에 짓고 산다.

두번국.[6] 이 지역은 하서번이라고 한다. 원래 탕구트에 가까이 있었기 때문에 지배를 받으며 지냈다. 낙수라는 곳에서 산다. 서번국에서

---

2 Тянь Цзу го.
3 Си ян гу ли. 지명이 명확하지 않다.
4 현재의 빈하이 신구는 중국 톈진시 시외의 주요 경제개발구이다.
5 Си фань го.
6 Ду фань го.

가깝기 때문에 그의 자손들도 또 두번국이라 불렀다. 그의 씨족을 백이라고 한다. 많은 사람들을 데리고 사냥을 다니며 매우 강하고 힘센 자를 추대해 군주로 삼는다. 태부를 부라고 한다. 나중에 군장이라고 불렀다. 칭송할 때 찬시를 올린다고 한다.

무의국.[7] 이 나라 사람들은 모두 검은 옷을 입는다. 옷은 모두 무릎 정도에 온다. 우리나라 사람들을 만나면 고개를 돌리고 서서 얼굴을 보이지 않는다. 다른 사람이 그의 얼굴을 보면 즉시 죽인다.

포첸국. 이 나라들은 대인국의 동쪽에 있는데, 나무판자 집에서 산다. 성시는 없다. 송나라의 무제시대, 나병 지역의 한 사람이 그 나라의 설인을 소처럼 키워 젖을 짜서 먹고 살았다.

반리국. 이 나라에서 태어나고 성장하는 것은 북쪽 지역 타타르와 동일하다. 응천부에 이르기까지 세 달이 걸린다.

대라국. 이 나라는 의복을 입고 장식하는 것이 몽골과 같다. 순천부에 이르려면 말로 4달이 걸린다.

두번국. 이 나라는 풀을 둘러 집으로 삼고, 씨를 뿌리고 잡초를 뽑고 밭을 가는 것을 모른다. 산천에 자란 풀을 훑어서 먹는다. 들소 가죽과 새깃으로 옷을 해 입는다.

여목국. 이 나라에는 성이 있다. 사람들은 두꺼운 가죽옷을 입고, 소와 말을 키운다. 타타르와 국경이 접해 있다. 얼굴은 아름다운데 머리를 기르고 다닌다.

---

7 무의국부터 대라국까지 몽골 전사어는 다음과 같다. У И го, Фу Цэн го, Бань Ли го, Да Ло го.

대한국. 이 나라에는 군대 무기가 없다. 서로 싸우는 일이 없다. 문선국과 같지만 언어가 다르다.

회회국回回國 이 나라에는 성과 궁전, 사람이 사는 지역이 있으며, 곡식과 감자, 가축이 다 있다. 장사는 장남진위 지역과 같다. 기후가 다르다.

무비국無臂國 이 나라는 북쪽 바다에 있다. 사람이 어깨가 없고, 배가 없다. 흙을 먹으며 생활하며, 움집에서 산다. 죽어서 땅에 묻어도 살이 썩지 않고 시신이 그대로 있으며, 백 년 후에 또 변해 사람이 된다. 폐가 썩으면 120년 만에 사람이 된다. 만약 간이 썩지 않으면 1년 만에 또 살아있는 사람이 된다.

관흉국貫胸國 이 나라 사람들은 가슴이 뚫려있다. 귀한 사람은 그 구멍에 나무를 넣고 들어서 간다.

불자국. 이 나라는 관흉국 동쪽에 있다. 사람들은 매우 까맣다. 초원에서 흙을 쌓아 집을 짓는다. 사람들은 야생적이다. 태어나서 대략 천 살을 산다.

장인국長人國 이 나라 사람들은 키가 3, 4장9~12m에 이른다. 옛날에 응주 지역의 두 사람이 배를 타고 가다가 태풍과 안개에 길을 잃고, 배가 강기슭에 닿자 산으로 올라가 마른 장작을 줍고 있었다. 그런데 갑자기 엄청나게 키가 큰 사람이 멀리서 오는 것이 보이는데, 마치 날아오는 것처럼 빨랐다. 그 두 사람이 두려워하며 서둘러 배에 올라, 줄을 당겨 돛을 내리고 갈 때 키 큰 그 사람이 또 바다로 들어와 물에 떠서 그들을 향해 왔다. 그러자 두 사람은 할 수 없이 활과 총을 쏘면서 도망쳐, 겨우 그 위험에서 벗어날 수 있었다.

정백국.[8] 이 나라는 동남쪽 바다에 있다. 야생의 조류들이 매우 많다. 야만인이 도둑질을 하며 살았던 곳이다. 그 지역을 또 만라루라고 한다. 상인의 배가 그 지역에 이르면 무리지어 와서 그들을 잡아다가 대나무로 끼워 구워 먹고, 그 사람의 두개골로 그릇을 만든다. 부모가 날마다 죽었으면 하고 저주를 하다가 만약 죽으면 북을 치고 인가, 지역 친지들을 모아 모두 그 살코기를 먹는다. 진정 인간류에 비유할 수 없다.

무사만.[9] 그 나라 사람은 부모가 죽으면 자식이 북을 치며 울고 노래를 부른다. 친인척이 모여 장례를 치르고, 모든 것을 예에 맞게 행한다. 그리고 큰 강, 높은 곳에 운구를 가져다 물에 넣어 가라앉히고, 자식들이 3년 동안 제의를 드리며 거상 기간으로 삼는다.

소인국小人國 이 나라의 동편에는 키가 아홉 치 정도인 사람이 있는데, 남쪽 바다의 두루미가 잡아먹기 때문에 무슨 일이 있어도 땅으로 다니는 것을 두려워한다.

일비국一臂國 이 나라는 서쪽 바다의 북쪽에 있다. 그 지역 사람들은 몸이 반쪽으로 되어 있다. 눈이 하나, 팔이 하나, 다리도 하나이다. 특히 두 사람이 서로 나란히 붙어 비익조나 비목어처럼 다닐 수 있다.

여인국女人國 이 나라는 동북쪽 바다 반도에 있다. 그 나라에는 남자가 태어나지 않는다. 여자가 나이가 차면 우물을 들여다보고 임신을 하고, 아이를 낳으면 또 여아가 태어난다.

---

8 Цзин Бо го.

9 У Ши мань

하미국.[10] 이 나라는 서번국의 서쪽 과주국의 동편에 있다. 회회국과 마찬가지인 듯하다. 칭기스 칸의 둘째 태자 차가타이 친왕이 이 나라를 다스렸다.

대법국.[11] 이 나라는 동남쪽 바다 반도에 있다. 고대의 자백이라는 곳이었다. 만계주 길을 통해 배로 가면 한 달에 이 나라에 이를 수 있다. 눈이나 서리가 내리지 않는다. 사시가 늘 온화하다. 그 지역에는 흑단목과 호조[12] 등이 생산된다. 성읍이 없고, 물품 창고가 없다. 때에 따라 많은 병사를 모이게 해 군사 훈련을 한다. 훈련을 잘 한 자에게는 상을 내린다. 상을 받은 자의 인척들은 모두가 축하해 준다. 부모, 처자가 있지만, 전혀 관심을 두지 않는다. 물을 마실 때 나뭇잎을 오므려 받아 마신다. 음식을 먹을 때는 손으로 집어서 재주껏 먹는다. 혼인 잔치 모임에서는 신랑, 신부가 서로 붙어서 웃으며 취할 때까지 술을 마시며 즐긴다. 풀과 벌레 종류를 모두 삶아 먹는다. 여자가 혼인하면 모두가 와서 세간 마련에 협조한다. 죽음에는 모두가 크게 신경 쓰지 않는다. 며칠 내에 시신을 가져다 버린다.

대식 실로 색국.[13] 이 나라에는 가을에 나뭇잎에 내린 서리가 태양에 노랗게 되면 서리 사탕이 되는데, 그것을 먹으면 맑고 기분 좋은 맛을 낸다. 산에 나무들에 모두 그런 서리 사탕이 맺힌다. 이것을 '박곡'이라고 한다. 그 지역에는 보리와 쌀, 수박, 과일, 채소, 양 등의 것이 모

---

10 Ха Ми го.

11 Да Фа го. 명확지 않다.

12 미상.

13 Да Си Шилу Сэ го.

두 생산된다.

요조. 이 새는 한자어로 요조라고 한다. 몽골어로 길상의 가루다라고 한다. 가루다에 가깝다. 또 신령한 종달새라고도 한다. 칭기스 칸이 황제 보위에 오를 때 "칭기스! 칭기스!"[14]라고 노래한 오색의 종달새가 돌 위에 앉자 돌에서 옥이 나왔는데, 그 새가 곧 이 길조이다. 고대 주나라 문왕이 기산에서 이 새를 만났는데, 그 새가 사람의 말로 "나라가 태평해지고, 그대가 황제에 오를 때가 되었습니다"라고 했다.

또 난조鸞鳥는 여상산女上山에 있다. 몸에 오색의 깃털이 있는데, 그 모습은 닭과 비슷하다.[15] 몽골어로 '길상의 닭'이라고 한다. 쿠빌라이 세첸 칸이 보위에 오르자 서역에서 보내왔다. 이 새가 나타나면 천하가 태평해지는 때가 된다고 한다. 고대 주나라 성왕 때 실론국[16]에서 이 새를 보내왔다고 한다. 그렇게 해서 천하가 태평해졌다.

---

14 『황금사(*Алтан товч*)』에는 칭기스 칸의 칭호에 대한 다음과 같은 전설이 전한다. 칭기스가 태어나 일주일 뒤 반도 가운데 검은 새가 나타나 검은 돌 위를 돌며 3일을 울자 예수헤이 바타르가 그것을 한 예조로 여기고 검은 돌을 깨니 금 인장이 나와 하늘로 날아간다. 돌은 예전대로 되고, 다시 새가 울어 돌을 깨자 이번에는 은 인장이 나와 바다로 들어간다. 새가 다시 울자 그 돌을 다시 깨니 옥 인장이 들어 있었다. 그 돌을 가져다 정결하게 모시고 향을 피우고 있자, 그 검은 새가 천창 덮개 위에 앉아 "칭기스, 칭기스"하고 울어 후에 테무진을 칭기스 칸이라고 명했다고 한다(Лувсанданзан, *Алтан товч*, УБ, 1990, p.20). 여기서는 새가 오색의 종달새로 나타나는 데 비해 『황금사』에서는 검은 새로 묘사되고 있어 차이를 보인다.

15 『산해경』에 이 새를 비슷하게 언급하고 있다. "이 새는 여상산에서 나는데, 산속에는 난조(鸞鳥)라는 새가 있는데, 긴 꼬리를 가진 야생 닭처럼 생겼으나 오색 깃털이 나 있다. 봉황과 같은 종류인 이 난조는 5음(音)을 내며 우는데, 그 소리가 매우 듣기 좋다. 주나라 성왕 때 서융(西戎)이 난조를 바친 적이 있다"라고 했다(예태일, 서경호·김영지 역, 전발평 편저, 『산해경』, 안티쿠스, 2009, 39쪽). 또 이 새의 이름을 황조(皇鳥), 난조(鸞鳥), 봉조(鳳鳥)라고 하기도 했다고 언급한다(위의 책, 338쪽).

16 오늘날의 스리랑카.

앞서 칭기스 칸의 능묘에 대해 다시 언급하면, 지난해 겨울 선달이 될 때까지 사방의 능묘를 모두 조성하고, 또 100일 동안 영묘를 지키며 지냈다. 칸의 대상이 끝나고 애도의 기간을 마치고, 상례를 치른 것들을 불태우며, 괴로움의 연기를 계속 흩날려 보냈다. 사방에서 상도 성시에 사람들이 모여들었다. 황태자를 비롯해 여러 친왕과 대신들이 모두 모여 보위를 잇는 중차대한 일을 논의하고, 또 위로 태조 칸의 명에 따라 셋째 태자 우게데이 친왕을 몽골의 황제로 세우겠다고 하자 우게데이 태조가 사양하며 말했다.

"부황의 사랑으로 모든 나라의 경서와 사서를 익힌 형님이 있는데, 아우가 보위에 앉는 것은 예에 맞지 않습니다. 제게 고대 백이와 숙제와 같은 지조가 없지만, 도의를 지키려는 진실한 마음이 있습니다. 부황께서 비록 저에게 남쪽 중원국을 다스리라 하셨지만, 형님은 어디에 모실 생각이십니까?"

우구데이 친왕이 울며 대신들의 말을 받아들이지 않자, 여러 친왕과 대신 그리고 큰태자 주치 친왕이 동생의 말을 수락하지 않았다.

"부황께서 이미 나를 서역의 7개 큰 지역에 왕으로 봉하신 것은 내게 하늘같은 은혜이니, 나는 죽어도 부황의 명을 거역하지 않을 것이다."

주치 친왕이 울며 말하자, 여러 친왕과 대신들이 어쩔 수 없이 우게데이 친왕을 추대하며 간언했다.

"이것은 천하의 대사입니다. 집안의 작은 우애로 서로 보위를 미루고 사양하며 시간을 지체시켜서는 아니 될 것입니다."

우구데이 친왕이 보위를 양보하자, 큰태자 주치 친왕은 황망히 맹세하며 무슨 말을 해도 그의 뜻을 받아들이지 않았다. 둘째 태자 차가타이 친왕은 더욱 크게 울며 사양했다. 그러자 동생인 넷째 톨리 친왕이 "형님들께서 나라를 지킨 지 일 년이 되었습니다. 먼저는 국상이 있어 이 일을 언급하기 어려웠습니다. 실제로 사직의 예도는 한시도 군주가 없어서는 아니 될 것입니다. 어느 때 상왕이 붕어하면 그때 젊은 황제를 즉위시킵니다. 이렇게 서로 양보하는 것은 전혀 사직의 큰 예도가 아닙니다. 부황의 일 년 거상 기간이 지났습니다. 이제 보위에 오르지 않으면 아니 됩니다. 부황께서 돌아가시자 이제 남쪽 중원의 병사, 금나라, 송나라가 모두 오만해져 날뛰어, 우리 군이 패하고 장수들이 해를 입었습니다. 집안 형제들의 작은 우애를 이루겠다고 하다가 오히려 나라의 대사를 방해하면 이것은 실로 불효막심한 일이 될 것입니다"라고 했다.

톨리 친왕이 백 가지로 설득하며 간하자 태자 우구데이가 말했다.

"모름지기 위로 두 형님이 계십니다. 모두 한 어머니에게서 태어나 이렇게 형님들이 있는데, 아우가 보위에 앉는 것은 나라의 예도를 어지럽히는 근본이 됩니다. 나라의 외환外患은 계략으로 제거하고, 나라 안의 혼란은 예법으로 제거하는 것이 옳습니다. 맏형 아니면 막내를 보위에 오르게 하십시오. 우리는 모두 한 황후에게서 태어나 개국할 때 모두 똑같이 힘을 바쳤습니다. 어떤 누구도 더하거나 덜하지 않게 분투했는데, 제가 무슨 차이가 있다고 두 형을 두고 대칸의 보위에 오르겠습니까?

일찍이 우리 부황께서 보위에 오르실 때 다섯 번을 고사하시고 보위에 오르신 것은 존귀함을 추구한 것이 아니라 모름지기 하늘의 뜻을 따르고자 하신 것입니다. 여러분들께서 이제 부황의 명에 따라 저를 억지로 보위에 앉게 하여 갑자기 실수가 발생하면 나라에 해가 될 것이며, 사직에 누가 되면 그 죄를 저는 감당하기 어렵습니다"라며 절대 안 된다고 거절했다.

그렇게 하다가 일 년이 지나고 또 새해 3개월의 봄과 기축년의 뜨거운 여름이 지나고 서늘한 가을 중추가 되었다. 그러자 여러 대신의 심기가 대단히 조급해졌다. 특히 넷째 태자 톨리는 원래 성격이 급한 사람이었기 때문에 여러 친왕, 대신들과 상의하고, 야율초재와 협의하여 한 가지 방안을 찾아내어 곧바로 명했다. 네 명의 태자 친왕은 모두 목욕재계하고 헤를렌강의 후더 아랄[17][원주] 이 지역을 『강목』에서는 하라호름 동쪽 '후테우 아라리'라고 글자를 떼어서 썼다의 대제단에 올라 하늘에 길한 뜻을 간구하고 그 뜻을 받아들이라며, 우게데이를 강권하여 보위에 앉힐 생각을 할 때 야율초재가 또 재촉하러 와서 이 일은 누가 결정하냐고 물었다.

톨리 친왕이 "누구의 결정도 필요치 않습니다. 이전의 부황의 유조遺詔가 있었습니다. 길일을 정하는 것이 중요합니다"라고 했다.

"내일이 매우 길한 날입니다."

---

17 『몽골비사』 269절에는 쥐해(1228) 차가타이와 바트를 위시하여 많은 형제, 친익척, 대신, 천호, 만호 등이 이 '후더 아랄'에 모여 우구데이에게 칸을 위임하는 것으로 언급된다(Ш.Бира бусад, *Монголын нууц товчоо*, Мөнхийн Үсэг, 2005, p.143). 이 지역은 몽골의 헨티아이막 헤를렌토노산에서 서쪽으로 헤를렌강, 그 두 지류 사이의 있는 곳이라 '아랄(섬)'이라 이른다. 『몽골비사』 136절에 이 지명이 3번 언급되는데, 그곳이 이 지역이라고 본다(Ш.Шагдар, *Монголын газарзүйн нэрийн товч толь бичиг*, Старт лайн, 2007, p.495).

야율초재의 말에 톨리 친왕이 크게 기뻐했다. 이튿날 대제단 위로 올랐다.

기축년 대몽골국의 태종 황제 원년. 송나라 이종 조윤 소정 2년, 금나라 애종 완안수서, 정대 6년이었다. 가을 8월 초하루에 모두가 제단에 오른 후 톨리 친왕이 먼저 앞으로 나가 큰 소리로 말했다.

"오늘 천부 부황의 유조는 곧 분명한 하늘의 뜻이기에 유조에 따라 셋째 태자 우구데이 친왕 형님을 황제 보위에 오르게 하여, 모든 이의 군주로 삼을 것이오. 누구라도 부황의 명을 어기면 부황의 국법으로 다스릴 것이오."

그러자 곧바로 모든 이가 동시에 "나라의 예법을 어길 수 없나이다"라고 외쳤다. 우구데이는 황제에 오르는 것을 거부할 수 없는 상황에 직면했음을 알고, 곧 황제의 보좌를 향해 무릎을 꿇었다. 그러자 첫째 태자 주치가 용 문양의 관을 바쳤고, 둘째 태자 차가타이는 황제의 금빛 용포를 바쳤다. 큰숙부 벨구테이 친왕은 황제의 옥대와 구슬을, 둘째 숙부 하사르 친왕은 목걸이 장식을 바쳤다. 오이트 오칙, 오란 가축 두 친왕은 함께 향로와 불등을 들고 우게데이에게 절하게 했다.

그러자 우게데이 친왕이 옷과 모자를 벗어서 그의 아들 뭉흐[18]에게 입혔다. 그때 차가타이 친왕이 우게데이 친왕에게 황포를 입혀주고 또 칸의 금관을 씌우자, 벨구테이 친왕이 그에게 옥대를 띠고 구슬을 달게 했다. 하사르는 목걸이 장식을 목에 걸어 주었다. 태자 뭉흐가 구두

18 뭉흐 칸은 원래 칭기스 칸의 넷째 아들 톨로이(톨리)의 큰아들이었는데, 우구데이 칸이 첫째부인에게 아들이 없자 의자(義子)로 삼았다.

를 신겼고, 손자 쿠빌라이는 흰 비단천哈達과 향로를 가져와 올리자, 우구데이 친왕에게 다시 예를 다해 절하게 했다.[19] 우구데이가 보좌에 오르자 태후는 자신을 대신해 넷째 태자 톨리 친왕에게 황제의 옥새를 올리도록 보내어 황제 앞에 바치자, 우게데이 황제는 옥새에 절하고 천지와 조상에게 예를 갖춰 절했다. 성조 칭기스 칸의 황금 용상에 올라 남쪽을 향해 천하의 대칸 보위에 좌정했다.

그러자 황금 종과 바라가 동시에 울리며, 대국의 가야금 소리가 울려 퍼졌다. 곧 작은 나무 타구 소리가 울리고, 단향 향유의 향기가 피어올랐다. 향내가 퍼지자 문무백관들이 모여들었다. 그때 대신 야율초재가 우구데이 친왕의 네 숙부 친왕과 두 형 친왕에게 고했다.

"태생은 연장자로 태어났지만, 조정에서는 연장자가 될 수 없습니다. 여섯 명의 친왕께서는 법도를 시작하심이 옳을 것입니다."

그러자 친왕들이 서둘러 앞장서서 문무백관을 이끌고 가서, 세 번 무릎을 꿇고 아홉 번 절했다.

"만세, 황제 폐하!"

세 번을 우렁차게 외치는 소리에 산천이 진동했다. 성군 태조의 광헌황후는 태황태후가 되었다. 우게데이 태종 황제는 병오년 생이다. 상황上皇 칭기스 칸 25년에 태어났다. 이해 태조는 44세였다. 큰부인은 홍기라드의 외숙부 아즈나이 메르겐의 외동딸 과주[20]인데, 슬하에 자

---

19 라시드 앗 딘의 『집사』에서는 "소해(1229)에 차가타이는 우구데이 카안의 오른팔을 잡고, 톨루이 칸은 그의 왼팔을, 숙부 옷치긴은 그의 혁대(를 잡고, 그)를 카안의 보좌에 앉혔다"고 언급하고 있다(라시드 앗 딘, 김호동 역, 『칸의 후예들』, 사계절, 2005, 50쪽).

20 Го чжу. 실제 우구데이 칸의 첫 번째 부인의 이름은 '볼록그친'으로, 중국어로는 '패랄합

식이 없어 톨리 친왕의 큰아들 뭉흐를 키웠다. 나중에 시란마를 낳고 일찍 죽었으며, 그녀를 정궁황후에 추봉했다. 두 번째 부인은 케레이트의 일루 하르의 딸인 나이마직그인데 그녀가 황후로 봉해졌다.[21] 양자로 키운 뭉흐를 황태자로 봉했다. 그리고 여러 친왕과 태사, 태보 등이 각 나라에 봉해졌다.

세월이 빠르게 흘러 태종은 남쪽 대도로 가서 문무백관에게 모두 한 등급씩 관직을 올려주고, 대사면령을 내렸다. 그리고 경축의 예법대로 5단五壇 8묘八廟에 제의를 드렸다. 5단이라는 것은 천단天壇, 지단地壇, 일단日團, 월단月壇, 선농단先農壇을 말한다. 8묘라는 것은 천황묘天皇廟, 지황묘地皇廟, 인황묘人皇廟, 문황묘文皇廟, 사직묘社稷廟, 태묘太廟, 사묘祠廟, 문묘文廟 이 여덟 개의 사당을 이른다. 우게데이 황제는 대연회를 베풀고, 큰형 주치 친왕을 톡그목국의 칸으로 봉하고, 둘째 형 차가타이 친왕은 서역 회회국 칸에 봉했다. 자신은 중원을 다스리고, 넷째 동생 톨리는 북방의 원 몽골 칸에 봉했다. 다섯째 동생 길루겐은 티베트국의 칸에 봉해 보냈다. 여섯째 동생 주르치드는 러시아 황제, 일곱째 동생 주르치데이는 네팔 황제에 봉해 보냈다. 조카와 숙부 네 친왕과 장군 네 군왕들은 예전에 태조 칸이 분봉한 지역이 있기 때문에 말하지 않겠다.

우게데이 칸은 "어떤 지역이 사나워지면 짐에게서 병사들을 데리고 가서 지역을 평정하시오"라고 했다. 특히 "네 숙부 친왕과 두 형님, 네

---

진'이라고 한다. 여기서 과주는 볼록그친을 이른다.

21 『집사』에서는 둘째 부인은 우하트 메르키트 종족 출신의 투레게네라고 했으며, 그녀에게서 아들 다섯이 태어났다고 언급하고 있다(라시드 앗 딘, 앞의 책, 18~21쪽).

아우 친왕, 네 군왕, 왕공들 모두 자신이 남거나 자식 중 한 사람을 남겨서 짐의 곁으로 보내 버팀목으로 삼게 하고, 함께 힘을 바쳐 중원을 평정하기 바라오"라고 하며 각기 구분해 정했다.

또 예부상서 야율초재에게 명하기를, "서로 상의하여 예악의 의례를 자세히 살피고, 그 예법을 정해 고하시오. 특히 우리 몽골국은 중원을 새롭게 평정하고 규례를 자세히 정할 여유가 없었소. 그러기에 곧 죽이고 살리는 일을 스스로 제멋대로 행하고, 마음에 맞지 않으면 작은 관리라 해도 한 집안을 몰살하는 해악이 벌어지니, 여러 친왕과 대신들은 예부상서 야율초재를 모시고 잘 상의하여 시행할 법령을 잘 살피고, 내용을 자세히 하여 법을 정해 고하도록 하시오. 그리고 사방의 군대 가운데 한인 대신과 장수들에게 알려 입조하여 절하게 하시오"라고 포고령을 내렸다.

그러나 몇 달 안에 황제의 명에 맞게 와서 절하지 못한 벼슬아치들이 많았다. 법을 집행하는 관아에서는 중죄를 지은 자들이 상당히 많이 나오자, 칸은 대사면령에 맞추어 많은 죄인들을 풀어주라는 명을 내렸다. 그러자 늦게 와서 죄를 짓게 된 한인 관리들이 크게 기뻐했다. 그들은 우게데이 황제를 우러르며 만세를 외치며 사죄하고, 각각의 관직에 복위되어 자신의 지역으로 돌아갔다.

한편 사천택에게 남쪽 지역 성읍을 모두 위임했기 때문에 그에게는 자신을 알현하기 위해 서둘러 올 필요가 없다고 했다. 많은 유사들에게는 돌아가서 태사 볼로가 남쪽으로 가는 것을 기다렸다가 군대의 큰 권한을 인계한 후 오라고 했다.

이때 금나라에서 두 번 사신을 보내 선왕 태조 칸의 제의에 헌주를 하게 했지만, 허락하지 않고 돌려보냈다. 그러자 이번에 또 태종 칸이 보위에 올랐다며 첫째, 경축 인사를 하겠다 둘째, 조문하겠다며 상경上卿 아호대를 보냈다. 태종 칸이 그를 들이도록 하여 알현케 했다. 그리고 하명하기를 "그대의 군주는 거듭 화친을 청하며 선제先帝께 아뢰었소. 선황께서는 그대 군주를 가엾이 여기고, 그대 나라를 동정하여 패망하지 않게 하겠다고 하셨소. 그리고 그대 군주를 하남왕으로 봉하였거늘, 그는 그것을 따르지 않고 오히려 선황을 형님으로 모시고 예를 다하겠다고 하며, 선제를 분노케 하고 또 지금까지 군대를 사용했소. 이제 내가 부황의 분노를 어찌 잊을 수 있겠소? 그러니 이 조문을 어찌 받아들일 수 있겠소? 부황의 영혼 역시 나를 질책할 것이오. 이제 늦었소. 부황께서 계실 때 좀 더 일찍 명을 받아 하남의 왕으로 부임해 부황께서 친히 내리신 명을 받았더라면, 지금 조문뿐 아니라 축하연에 예물을 보낼 수도 있었을 것이오. 이제 때가 이미 늦었소. 이제 명을 따르기 어려우니 어찌 하겠소? 이제 소용없소"라고 하며 상과 축하연의 예물을 모두 남기지 않고 돌려보냈다.

그리고 금나라를 섬멸하기 위해 일반 민병을 더해 공격을 준비하고 있을 때 태종은 "몽골 가운데 100마리 말이 있는 인가에서 암말 한 마리, 100마리 소가 있는 인가에서 암소 한 마리, 100마리 양이 있는 인가에서 암양 한 마리를 내게 하라. 또 요동과 요서, 산동, 하북의 한인 가정에서 한 사람씩을 내어 병사가 되게 하라. 또 서역에서 남자는 그 수대로 모두 병사로 삼고, 모든 집에서 병사가 되게 하라."는 것을 법으로 정해 선포하여 시행하게 했다. 이에 대해 중국 사관들은 몽골을 부정적으로 말하려고 『자치통감강목』에 다음과 같이 언급했다. "몽골 태종 칸이 겨울 섣달에 나라의 새로운 호구수를 보고 받을 때 중원에서는 가구 수를 조사하고, 탕구트에서는 남자의 수를 보고 받고, 몽골의 경우에는 소, 말, 가축의 수를 보고 받는다."

이에 사관 타이쉬 인잔나쉬 내게 도움을 주는 형이 『자치통감강목』을 번역하면서 이 부분에 이르러 몇 개의 단어를 강조하여 썼다. 즉, "한인 사관들은 몽골을 좋지 않게 언급하려 할 때 그 연유를 깊이 생각하지 않는다. 이제 몽골의 태종 칸이 중원의 한인들을 다스리면서 가호를 정해 공물을 받을 때 한인 백성들을 축생으로 친 것이 아니냐? 이 얼마나 이상한 평가인가? 중원의 사관들이 특별히 몽골을 부정적으로 말하면서 그들 백성을 모두 몽골의 축생으로 만들어 말을 맺었다. 가축이 된 것에 대해 자세히 살피지 않았다"라고 했다.

한편 태종 칸은 또 계동季冬에 명을 내려 지역마다 주, 군에 모두 창고와 역참을 설치하게 했다. 이때 태사 국왕 볼로는 남쪽 진영으로 돌아가 칸을 배알하게 하려고 군왕 다이산다락그치와 대원수 사천택 두 사람을 보내자, 태종이 기뻐하며 사천택이 신의와 지용을 모두 갖추었다고 하며 그를 남방의 만호후萬戶侯로 봉하고, 중원 지역을 분봉하여 지키게 했다.

그때 또 태사 볼로가 군영에 충성을 다한 장수 유흑미劉黑馬, 소찰랄蕭札剌을 천거하자, 사천택과 마찬가지로 그들을 만호후로 봉하고, 병사와 백성을 나누어 다스리게 했다. 또 진정부, 하간부, 대명부, 동평부,

제남부 등 이 다섯 부의 병사와 백성들을 사천택에게 내주어 다스리도록 했다. 평양부와 선덕부 등의 지역을 유흑마와 소찰랄에게 다스리게 했다. 그러자 네 신하가 그 은혜에 절하며 지난해 진화상의 병사에게 죽임을 당한 호드간 베히의 아들 후데르 부스를 태보로 추봉하고, 그 아들 돌가 투무르에게 아버지의 관직을 상으로 내려 물려받게 했다.

이해 연말에 사방팔방의 왕과 친왕, 대신, 신하들이 신년 하례를 위해 내방할 때 서인도의 변경 힌두국 국왕 공격과 목라국의 잠소 두 왕[22]이 친왕 차가타이를 따라 절하기 위해 따라 들어왔다. 금나라 애종 완안수서도 상경 아호대를 새해 사절단으로 보내면서, 또 화친을 청하는 조서를 올리게 했다. 이때 외국에 관직을 봉했던 왕과 친왕, 대신들이 모두 모여들었다. 요동의 설도도 태조의 유골을 안장하고 상을 마친 뒤 태종을 황제에 즉위케 하고 돌아갔다가 다시 신년 하례를 위해 왔다. 그렇게 해서 외국에서 오지 않은 나라는 고려솔롱고스와 남송뿐이었는데, 이 두 나라는 공물과 신년하례를 위해 사신이 오지 않았다.

섣달 23일이 되자 여러 속국들이 모두 와서 황금 장식의 접이 식탁 자리에 가득히 좌정했다. 아침 인시에 종과 북이 울리고, 보개와 깃발이 움직이자 단향 향유의 향기가 은은히 퍼졌다. 궁의 시종들이 소리치자 태종 황제가 궁에서 나와 좌정한 후 곧바로 딱따기 치는 소리가 울렸다. 예식을 이끄는 신하가 크게 소리를 치자 원근의 문무백관들이

22 원사에서는 우구데이 황제의 등극을 축하하기 위해 인도 국왕과 무라이 국왕이 조정을 예방했다고 언급하고 있다(방기혁 역, 「우구데이 황제 이야기」, 『원사본기』 권2(e-book), 슬기야단비야, 2015 참조).

절하기를 마쳤다. 황제가 천신제를 지내고, 곧 여러 탁자를 보니 남쪽 군대의 태사 볼로의 상주문이 놓여 있었다. 그것을 보니 이해 9월 태사 볼로가 대군의 진영으로 돌아가자마자 군대를 정비하고, 남쪽으로 공격해 들어가 금나라의 경양부를 포위하고 공격했다는 내용이었다. 이 상주문을 보고 좌우 대신들에게 말했다.

"볼로 태사께서는 부왕 태사가 돌아가신 이후 한시도 쉬지 못했소. 군영에 이르자마자 또 금나라 경양부를 포위하고 공격하였소. 이제 다른 속국은 모두 축하연에 왔는데 고려만은 몇 년 동안 공물을 보내오지 않고 지체하니, 그 나라를 공격하는 문제를 논의하시오. 또 송나라에서 사신을 보내지 않은 것을 질책하는 조서를 보내시오. 금나라가 화친을 청하기 위해 보내온 사신 아호대에게 처음에 올 때처럼 이미 때를 놓쳤으니 화친하기 어렵다고 말하고 돌려보내시오. 특히 먼 나라에 봉해진 친지 친왕들이 모두 각각의 지역에 갔다가 왔으니, 지역이 안정되어 있는지 혼란한지를 생각하여, 가까이 있을 것인지 부임지에 있을 것인지 스스로 알아서 결정하도록 하시오.

다만 넷째 동생 톨리 친왕의 지역은 멀고 또 매우 평화로운 상태이니 내 옆에 머물도록 하고, 국사를 논의하여 돌아가신 공신들을 추봉하는 문제를 논의하여 고하도록 하라. 또 태자 뭉흐, 쿠빌라이, 구육, 훈드, 시라마 또 여러 친왕과 태자, 부마, 친왕들의 동생, 자제들은 모두 황태자 뭉흐와 함께 태학과 내궁의 국자학원에 들어가 위구르, 한자, 티베트 문자를 열심히 배우게 하시오. 황태자를 위시해 가문의 여러 태자, 부마들의 동생, 자제들이 나이가 차면, 공훈 대신과 가문 있는 신하들의 집안에서 며느리를 택하는 문제를 논의하여, 태황 태후에게 고하여 정하도록 하시오!" 하고 명해 종류 별로 각각 기록하게 했다.

대전 안팎에서 악기 소리가 울려 퍼지기 시작했다. 태종 칸은 용포의 소매를 털자 곧 내궁으로 들어가고, 여러 친왕과 대신이 사방으로 흩어져 각자의 임무를 맡은 곳으로 갔다.

이때 금나라 영제의 작은딸 회국 공주가 병영에 들어와 여러 번 전공을 세우고, 그 자색과 재주 또한 뛰어나 몽골에서 이름이 났다. 칸의 동생들과 자제 여러 태자들이 모두 그녀를 원했다. 그런데 갑자기 칸이 명을 내려 태후에게 고해 여러 태자에게 신부를 택해 주도록 하자 모두가 회국 공주를 원해, 태후의 좌우 심복에게 가서 회국 공주를 자신에게 시집오게 해달라고 청했다.

그러자 타스 토고스가 이 소식을 듣고 크게 불안해하며 회국 공주궁으로 가서 이러한 상황을 이야기하자 회국 공주가 말하기를 "그것은 안 될 일입니다. 선황께서 제가 고한 대로 저를 손자들에게 시집보내지 않았는데, 이제 저를 마음대로 할 수는 없습니다. 제 혼사는 제가 알아서 할 것입니다"라고 했다.

"그렇게 할 수는 없소. 무릇 여인은 자기 신상의 일을 자신이 알아서 하는 예법은 없소. 이제 칸께서 붕어하셨소. 내가 비록 황제의 가까운 심복으로 사랑을 받고 지내지만, 이 일에 대해 어찌 말을 꺼내 고하겠소? 또 우리 아버님도 그대 일을 언급하지 않으셨소. 그런데 지금 갑자기 태후의 명으로 태자들 중 한 사람에게 그대를 정해 주시면 어찌하겠소? 여인의 일은 모두 부모님들께서 알아서 하시는데, 공주께서는 부모님이 계시지 않지만 공훈이 있는 그대를 태후께서 자식처럼 어여삐 여기고 계시지 않소? 여인은 자기 자신이 남자를 택하는 법이 없기에, 태후께서 그대를 위해 태자 한 사람을 택해 정해 줄 경우 비록 그대가 싫다해도 일단 명이 내려지면 되돌리기 어렵게 될 것이오. 이제 어떻게 하면 좋겠소?"

회국 공주가 그 말을 듣고 생각해 보니 매우 지당한 말이었다. 두 사람 모두 어쩔 수가 없는 상황이 되자, 손을 맞잡고 앉아서 잠시 방법을 생각하며 술을 마셨다. 그들은 생각지 않게 한참 동안 서로 만나지 못했기 때문에 이번에 타스 토고스는 황제의 명이 있다는 핑계를 대고 들어와 회국 공주를 만났다. 두 사람은 일단 만나자 곧 서로 밀며 탁자 앞에 앉아 몇 잔의 술을 마셨다. 그때 타스 토고스는 젊은 나이였기 때문에 얼굴이 보름달처럼 훤했다. 회국 공주 역시 17살에 되어 나이가 찬 때라 마음을 주고받으며 서로 정을 통하고 있었다.

그런데 갑자기 이 한 가지 사건으로 놀라서 어쩌지 못하고 있을 때 몇 잔의 술을 마시자 부드러운 정욕을 누를 길이 없어 손을 잡고 서로 애무했다. 무릎을 맞대고 다리를 서로 엇갈려 앉아 있으려니 마른 장작에 부시의 불이 붙여지듯 실로 정욕을 제어하기가 어려웠다. 타스 토고스가 또 편안한 때를 보고 왔기 때문에 그녀를 껴안고 함께 사랑을 나누기를 원했다. 그러자 회국 공주가 웃었다.

"백주 대낮에 어찌 저를 부끄럽게 하십니까?"

그녀는 짐짓 마음을 채워주는 듯이 하면서, 한편 서로 붙어있을 수 없어 빠져나가려고 하고 있을 때 밖에서 베이린 공주가 잔기침을 했다. 회국 공주가 그 의미를 알고 서둘러 "낭군께서는 잠시 앉아 계십시오"라고 하며 방을 나갔다.

타스 토고스가 한 아름다운 목소리가 난 것을 듣고 급히 방문의 종이를 뚫고 보니 그곳에 또 해당화처럼 아름답기 그지없는 여인이 있었다. 회국 공주보다 나이가 좀 어리고, 눈이 크고 해당화처럼 아름다우며, 얼굴은 왠지 낯이 익은 듯했는데, 행동거지가 참으로 사랑스러웠다. 눈을 돌려 회국 공주를 보니 씨를 제거한 참외와 백옥처럼 너무도 희고 아름다웠다. 얼음처럼 맑은 달빛에 비친 그녀의 모습은 진실로 깊은 가을의 하얀 국화와 같아 놀라움을 감추지 못하고 바라보고 있다가, 갑자기 그해 나라로 돌아왔을 때 회국 공주 앞에서 남장한 아름다운 여인과 후에 군영으로 돌아올 때 회국 공주와 함께 남장을 한 채 말을 타고 모르는 척 성을 나간 자가 회국 공주와 함께 있던 아름다운 여인이었기에 그들이 말하는 것을 귀 기울여 들었다.

그러자 그 여인이 "이 일은 어렵지 않은 일입니다. 공주님께서 노老 태사 아래서 또 한 번 불을 사용하여 공을 세우지 않으셨습니까? 이제 노 태사께서 돌아가셔서 증거가 없게 되었으니, 곧 방안을 세워 노 태사께서 군영에 어떤 증표를 남겨 공주님을 며느리로 맞으려 했다고 일찍 폐하께 고하면, 이 일의 어려움을 미리 없앨 수 있을 것입니다. 그렇지 않다면 정말 태후께서 상황을 알지 못하시고 갑자기 태자 한 사람을 지명해서 명을 내리시면 일이 참으로 어려워지지 않겠습니까?"라고 했다.

그 말을 들은 회국 공주와 타스 토고스는 크게 기뻐했다. 타스 토고스는 이것저것 생각지 않고 곧바로 안쪽 문으로 나가면서 두 공주를 함께 잡으려고 했다. 베이린 공주는 타스 토고스를 보자 크게 부끄러워하며 멀찍이 떨어져서 갔다. 회국 공주가 뒤에서 "동생은[23] 피할 필요가 없네"라고 하며, 그녀가 서역의 군주 살라딘의 양녀인 베이린 공주라고 소개했다.

그리고 세 사람은 각자 마음속으로 어떤 일에 대한 말을 꺼내지 못하는 이유를 생각했다. 그들은 서로 말을 양보하며 차마 그 자리를 떠나지 못하고 있을 때 갑자기 어린 여종이 들어와 명을 전했다.

"밖에서 황제 폐하께서 공자님을 부르십니다."

그러자 타스 토고스가 크게 두려워하며 서둘러 돌아가 옷을 바꾸어 입고 의관을 정제한 뒤 조정으로 나가자, 태종이 금빛으로 빛나는 궁전에 와 있었다. 태종이 타스 토고스를 부르며 명했다.

"그대의 부친께서 지금 남쪽 지역 금나라의 경양부를 포위하며 공격하고 있네. 내가 조금 상을 보내 그 노고를 위로하려 하네. 만약 그대가 부친을 뵙겠다는 뜻이 있다면 사신과 함께 짐의 명을 받들고 가도록 하게."

타스 토고스는 크게 기뻐했다.

"폐하의 크나큰 은혜에 감읍하나이다."

그러자 태종이 또 명했다.

"일전에 그대의 할아버지 노 태사 국왕께서 생존해 계실 때 앞서 상

---

23 앞에서는 공주가 회국 공주보다 한 살 위인 언니로 묘사된다.

황께서는 태자들을 시켜 위로하게 하셨소. 그런데 지금 마침 태자들의 비를 택하는 일이 있어, 그대를 보내려 하는 것이오."

태종이 조서와 후한 상을 내어주고 사흘 내에 다녀오라고 명했다. 타스 토고스는 비록 아버지를 만나게 돼서 기뻤지만 한편 공주와 헤어지게 되는 것이 괴로웠다. 또 그 사이에 여러 태자들에게 부인을 간택하는 일이 있기 때문에 회국 공주를 태자에게 정해 주는 것이 두려워 매우 불안했다. 한편 그 일을 칸에게 고할 수도 없는 것이 원망스러웠다. 타스 토고스는 할 수 없이 밤에 회국 공주 궁으로 가자 궁에 손님이 와 있었다. 진영에 수레와 말이 가득 있어 말을 해도 중요한 말을 하기 어렵자 할 수 없이 관저로 돌아갔다. 어명을 받았기 때문에 감히 지체할 수가 없었다.

이튿날 곧 50명의 기마병을 데리고 남쪽을 향해 출발했다. 비록 한겨울이었지만 첫째는 남쪽 지역이 따뜻했고, 둘째로 바람이 남쪽으로 불고 해를 마주 보고 갔기 때문에 가는 길이 상당히 순조로웠다. 그러나 속으로 회국 공주 일을 생각하면서, 경양부에 도착해 칸의 조서와 상을 분명히 하여 전달했다. 태사 볼로가 크게 기뻐하며 향단을 준비하고, 황제의 조서와 상을 받고 그 은혜에 절했다.

그리고 난 후 비로소 아들을 보니 얼굴 가득히 붉은빛이 빛나고, 비단옷을 입어 그 모습이 더욱 빛났다. 볼로는 아들을 불러 조정과 칸의 일을 묻자, 타스 토고스가 고하여 답하는 것이 마치 물이 흐르는 듯 명쾌했다. 볼로는 마음속으로 은근히 기뻐하며 주군의 은혜에 감사했다. 그는 한편 돌아가는 상황들을 보고하는 상주문을 써서 아들에게 보냈다. 한편 대창원을 함락할 계략을 숙부 다이손다락그치 군왕과 논의할 때 군왕이 말하기를 "지난해 금나라 진화상이 우리 군대를 한 번에 제압함으로써 금나라 군대의 사기가 매우 고조되었습니다. 국왕께서는 제게 2만 병력을 내어 주십시오. 제가 경양성을 포위하고 공격할 터이니, 국왕께서는 대창원을 포위하고 지키십시오. 그렇게 하면 쌍방의 온전한 전략이 될 것입니다"라고 했다.

그리고 이해 연말에 군사 진영을 나누어 양쪽으로 포위하고 지키다가 경양을 또 거의 함락하기에 이르렀다. 한편 타스 토고스는 나라로 향해 돌아갈 때 봄 기운이 완연하고, 초여름이 시작되는 시기였기 때문에 날이 상당히 따듯했다. 남쪽으로 갈 때보다 더 빨리 가서 성 가까이 이르자 걱정이 되었다.

"태자들에게 비를 정해 주었을까, 어쨌을까?"

그러자 아는 자가 고했다.

"이미 하명이 내려졌다고 합니다. 우리는 보지 못했습니다. 분명 내년 2월 말을 기다린다고 합니다."

타스 토고스가 화들짝 놀라 서둘러 성으로 들어가, 그날 바로 조정에 나가 자신이 수행한 임무에 대해 고했다. 그리고 부친을 대신해서 황제의 은혜에 절하기를 마치고 자신의 관저로 돌아가 서둘러 비를 뽑는 일에 있어 누구 누구를 정했는지 물었다. 이 일이 어떻게 될 것인지는 잠시 후 다음 장에서 보게 될 것이다.

**사관 인잔나쉬의 시 한 수**

지혜로운 신하 야율초재는 군주를 위해 깊이 숙고했네
의로운 효자 톨리 친왕은 칸위를 결정했네
복되고 용감한 우게데이 태종은 손자 뭉흐를 양자로 삼았네
사내다운 기상을 가진 회국 공주는 왕자 타스 토고스를 연모했네

제62장

# 태종 황제 우게데이는 요설가 바얀다이를 벌하고, 중원 지역으로 나아갔네 태사 국왕은 유선가를 죽이고, 봉상부를 빼앗았네

경인년庚寅年, 몽골국 24년, 푸른 대몽골국의 태종 우게데이 칸 2년, 송나라 이종 황제 소정 3년, 금나라 애종 완안수서 정대 7년이었다. 이해 태종의 나이 45세였다.

한편 타스 토고스는 나라로 돌아와 칸의 명령을 수행한 일을 보고하고, 아버지를 대신해 그 은혜에 절했다. 그리고 서둘러 관저로 돌아와 회국 공주의 일에 대해 알아내 상황을 듣고, 크게 두려워하며 정신이 까마득해져 자리에 주저앉았다. 그 이유는 무엇일까? 국모 태황태후가 여러 태자에게 비를 간택해 주고, 여러 손녀 공주들에게는 부마를 정해 줄 때, 넷째아들 태자 톨리 친왕의 비는 금나라 기국 공주인데, 그의 친여동생 회국 공주는 비록 별궁에 있지만 군대 진영에서 공을 세우고, 늘 여자의 몸이면서 자신의 일을 알아서 처리해 시집을 가지 못했다. 선황 성무황제 태조 때에 손자들에게서 신랑을 얻어주려고 해도 그때는 회국 공주의 나이가 어리고, 그러면서도 국사에 분투해야 할 일이 끝나지 않았다고 고해 혼사를 멈추게 했었다. 그러나 이제 이미 나이가 스무 살이 되었고, 또 혼인할 때가 되었기 때문에 태황태후는 곧 톨리 친왕의 부인인 기국 공주를 불러 그의 여동생에 대해 말했다.

"올해 태자들에게 비를 간택해 주고, 공주들에게 부마를 택해 주려고 한다. 비의 여동생 회국 공주의 나이 또한 스물이 되어 혼인할 때가 되었다. 이전에 이미 폐하께 말씀드린 일이지만 이제 공주는 성인이 되었다. 여자가 자신이 스스로 남자를 택하는 예법이 있더냐? 자고이래로 모두 그 부모가 알아서 정해 주는 법. 회국 공주에게는 이곳에 부모가 없고, 이제 다만 가까이에 친언니인 네가 있을 뿐이고, 위로 나라의 국모로 내가 있다. 우리 둘 외에 다른 누가 그 아이의 일을 맡아서 해줄 수 있겠느냐? 처음에는 나이가 어리고, 나라에 힘을 바쳐야 한다고 해서 혼사를 미루었다. 이제 폐하를 위시해 여섯 태자 친왕들과 나의 많은 손자들 가운데 지식과 용맹함을 갖춘 태자들이 상당히 많다. 그 가운데 한 태자에게 그 아이를 맺어주면 좋을 듯싶구나. 그 아이가 전쟁에 나가 힘을 바치겠다고 하여 두 번에 걸쳐 나라에 바친 노고가 적지 않다. 모름지기 여인네가 언제까지 종군할 수 있겠느냐? 진정 종군을 한다 해도 혼인을 하고서 나가도 아니 될 일은 없을 것이다. 그러니 너의 동생에게 생각을 묻고 나의 여러 손자, 태자들 가운데 생각하는 아이가 있으면 알리도록 하거라. 부모 없이 혼자인 아이기에 참으로 가엾고 내 마음이 몹시 아프구나."

그러자 기국 공주가 크게 기뻐하며 태황태후의 은혜에 절하고, 궁을 나가자 이 소식을 벌써 밖에서 듣고, 태황태후가 회국 공주에게 태자들 가운데 한 사람을 정해 맺어줄 거라는 소문이 났다. 많은 젊은 태자들은 모두 회국 공주가 또래 가운데 빼어나게 아름다운 것을 보고, 선녀를 원하듯 회국 공주를 원했기 때문에 일단 이 명을 듣고 여러 태자들은 태황태후의 심복들과 환관들에게 부탁하러 갔다.

이때 타스 토고스가 돌아와 이 상황을 듣고 허둥대며 크게 불안해했다. 그러자 밤에 회국 공주가 궁의 북문으로 갔는데, 생각지 않게 그녀의 언니 기국 공주가 크게 화를 내며 자기 사람들에게 북문을 지키게 했다. 기국 공주가 왜 이렇게 되었을까? 옛말에 '세상 사람에게 알려지지 않으려면 일을 저지르지 마라. 일단 일을 저질렀으면 알려지지 않을 수 없는 법'이라고 했다. 양측이 모두 성인이기 때문에 일이 생기면 아래 사람의 입을 제어할 수 없다. 이제 사람들이 이러쿵저러쿵 하는 말에 타스 토고스가 은밀히 다녀가는 일이 기국 공주의 귀에 들어가자, 그녀는 동생을 나무랐다. 그때 또 상전인 태황태후의 명으로 여러 손자 태자에게 신부를 정해줄 것이라는 명을 내려지자, 기국 공주가 가서 회국 공주에게 태후의 명을 전했다.

그 말을 들은 회국 공주는 마음이 심히 편치 않아 서둘러 베이린 공주가 알려준 설득의 방법으로 언니에게 "노 태부 국왕께서 병영에서 제게 보검과 진주가 박힌 전통을 주시고, 이미 그의 손자 타스 토고스와의 정혼을 허락하셨어요"라고 했다.

그러자 언니 기국 공주는 몹시 기분이 언짢아했다. 그녀의 현 상황을 모두 들어 알고 있었기 때문에 분명 그녀가 지어낸 말이라고 알고 타일렀다.

"우리가 비록 부모가 안 계시지만 대국 황제의 딸이다. 집안의 운이 좋지 않아 나를 예물로 바치고, 너는 도망쳐 나와 이런 상황이 되었다. 그렇기 때문에 몽골 황후께서 늘 우리 근본을 생각하시고, 가문에 욕이 되지 않도록 신경을 써 이처럼 관대히 대하시는데, 너는 어찌하여 상황의 자제들에게 마음을 두지 않고, 신복臣僕에게 마음을 두는 것이냐? 천천히 생각하여 마음을 결정하도록 하거라. 내 태후께 잘 말씀드리마."

기국 공주는 또 타스 토고스가 오는 것을 두려워하여, 자기 사람에게 문을 단단히 지키게 했다. 그러자 타스 토고스는 크게 놀랐다. 또 어쩔 수 없는 상황이 되자 식음을 전폐하고 울며 자리에 누웠다. 회국 공주는 언니의 불편한 모습을 보고 자신 역시 마음이 몹시 편치 않아 며칠 자리에 누웠다. 그리고 베이린 공주와 이 일을 상의하자 그녀가 조언했다.

"일이 매우 급박하게 되었습니다. 태후께서 공주님의 상황을 잘 알지 못하시기 때문에 여러 손자 태자들 가운데 한 사람을 정해 주시겠다고 하신 것인데, 이는 태후의 자애로운 마음에서 우러나온 배려입니다. 다만, 언니 기국 공주께서 특히 태후의 뜻에 부합하겠다 하여, 공주님의 이러한 상황을 태후께 전해드리지 않는 것입니다. 일이 이미 이렇게 되었으니, 이제 두렵게 생각해서는 아니 됩니다. 공주님 스스로 입궁하여 혼사를 정한 정황과 또 사직에 부족한 무공을 어찌 세울 것인지를 자세히 말씀드리는 것이 좋을 듯싶습니다. 이제 지체하면 변화가 생길지 모릅니다."

그러자 옆의 시녀들이 "들으니, 어제 부마를 뽑는 명단에 태사 볼로의 아들 타스 토고스를 첫 번째로 이름을 넣어 구분했다고 합니다"라고 했다. 회국 공주와 베이린 공주가 동시에 마음이 심히 불안해지며, 정수리에 한 컵의 찬물을 들이붓는 듯했다. 이때 양편에서 서로 정보를 주고받을 수가 없자 어찌할 바를 모르고 크게 당혹해했다. 이는 진실로

좋은 일에는 장애가 많고
아름다운 여인의 운명은 어찌 이리 불안한가?
뜻이 밖에 있어 미남자와 인연을 맺으려 하니
생각지 않게 이런 화를 만나는구나!

한편 회국 공주는 마음이 크게 조급해져 곧바로 입궁하여 태황태후 앞에 무릎을 꿇고 울자, 태후가 어찌 우는지 사정을 물었다. 그러자 회국 공주가 자신의 생각을 고했다.

"소녀는 아버님께서 살해당하시고, 어머님이 돌아가시자 도망쳐 나와 곤륜산으로 들어갔습니다. 그곳에서 몇 가지 도술을 배워 폐하의 사직에 분투하며 도움이 되고, 그 기회에 저희 아버님의 원수를 갚고자 하였나이다. 그런데 생각지 않게 노사부 국왕 모홀리 대장군께서 소녀에게 보검과 진주 장식의 전통을 상으로 내리시고, 그의 손자 타스 토고스와 혼사를 정해 주셨나이다. 후에 서역의 주술을 퇴치시킬 때 상황 성무황제 태조께서도 신첩을 아래 손자와 태자 가운데 누군가

를 정해 주시겠다고 할 때 신첩이 저의 진정한 뜻을 고했나이다. 그렇게 하여 지금에 이르렀습니다. 지금 소녀는 혼인이 급하지 않습니다. 저의 아버님을 죽인 원수 변량을 제거하고, 원수를 갚은 연후에 신첩은 사부님의 지시를 따르고자 합니다."

그러자 태황태후가 기뻐하며 "보아하니 이런 연유가 있었구나. 그리하면 매우 잘 되었구나. 타스 토고스는 큰 공훈을 세운 대신의 자식이니 가문 있는 공주들 가운데 한 사람을 택해 부마로 삼겠다고 했었다. 이제 너도 군대 공훈을 세운 자이니 매우 어울리는 한 쌍이로다. 네가 한 말에는 이전에 정한 것을 되돌리지 않으려는 의지가 있는 것을 보니 너에게는 위아래 사람을 구별하는 마음이 없구나. 그런데 이제 네 나이가 차서 혼인할 때가 되었다. 자고로 여인이 어찌 스스로 시집을 가겠느냐? 곧 명을 따라 타스 토고스와 혼례를 치르는 일을 따르도록 하거라" 하고 명을 내렸다.

회국 공주가 "신첩이 여인의 몸으로 도술을 위해 계율을 지키고 있기에 태후마마께서 이를 헤아려 주시기 바랍니다"라고 하자 태후가 명했다.

"그것은 그리 어려운 일이 아니니라. 네가 대례를 행한 연후에 장부와 함께 군영에서 분투해도 아니 되는 일은 아니니라."

그리고 곧 그녀의 언니 기국 공주를 불러 명했다.

"회국 공주가 태사의 아들 상대부 타스 토고스와 혼례를 치를 것을 허락하였으니 내 대신 혼례를 마무리하도록 하라."

그러자 회국 공주는 큰일을 해결한 것을 기뻐했지만 한편 도술을 위해 금기를 깰 수가 없고, 사부의 지시를 어기는 것이 괴로웠지만 할 수 없이 태후에게 절하고 일어나 관저로 돌아왔다. 이제 어떻게 이 상황을 타계할 것인가를 생각하며 또 베이린 공주에게 혼사 맺는 일을 부탁하자 베이린 공주가 얼굴을 붉히며 말했다.

"공주님께서는 참으로 이상하십니다. 사람마다 모두 자기 남자가 다른 여인을 취하려 하면 분노하거늘 언니께서는 어찌 아녀자의 도리에서 벗어나 저를 밀어 넣으시는 것입니까? 어찌하여 제가 언니 대신 사랑하게 될까 두려워하지 않으시는 것입니까?"

회국 공주가 웃으며 "평범한 아녀자의 길을 따른다면 어찌 이 정도에 이를 수 있겠소? 그대의 말은 모두 범속한 말이오"라고 했다.

그러자 베이린 공주가 마음속으로 조용히 웃었다.

"보통의 범속한 일이라면 괜찮을 것입니다. 이것은 부부가 밤낮으로 늘 함께 하는 정사이거늘 어찌 보통의 일이라 호도할 수 있겠습니까?"

"공주는 잠시 이전에 하룻밤을 속여 지내지 않았는가? 나중에 내가 알아서 할 것이네."

그러자 베이린 공주는 어쩔 수 없이 얼굴을 붉히며 그녀의 뜻을 받아들였다.

한편 타스 토고스는 크게 괴로워하며 어찌하지 못하고 있을 때 갑자기 톨리 친왕의 지역에서 태후의 명이 이르자 크게 두려워했다. 이것은 필시 자신을 어떤 공주에게 부마로 정해준 것이라고 생각하며 할 수 없이 명을 전하는 대신을 맞아 태후의 명을 들었다. 그런데 그 명은 회국 공주를 자신과 맺어준다는 것이었다.

타스 토고스는 그 명대로 혼례 예물을 준비하여 태후에게 보냈다. 태후는 "회국 공주에게 부모가 계시지 않으니 대례를 마쳐줄 것이다"라고 하자 타스 토고스는 정말 뜻밖의 귀한 혼례의 명을 듣고 서둘러 그 은혜에 절했다. 그리고 곧 가까운 길일을 잡고, 백 가지 예물과 육례를 준비했다. 정한 길일이 되어가자 나라의 여러 태자들이 혼례를 주관하는 관아에 모여 명을 받고 사방으로 흩어졌다. 타스 토고스를 데리러 갈 때 여러 태자의 일은 잠시 말하지 않으려 한다.

타스 토고스는 말할 수 없이 기뻐하며 곧 회국 공주의 궁으로 가서 회국 공주의 혼사에 관여하는 대신과 기국 공주에게 예를 다해 절하고, 곧 태사의 관저에 모셔 들였다. 또 혼례를 담당하는 대신을 위시하여 문무백관들을 모셔 대연회를 베풀어 환대했다.

그리고 밤에 꽃문양의 용등을 쌍으로 켜고, 구슬 달린 비단 휘장 안에 신랑과 신부가 마주 앉아 말할 수 없이 즐거워하며 연회를 벌일 때 신부인 공주는 완전히 옛 부부인 듯 행동했다. 그리고 타스 토고스를 술에 크게 취하게 하고, 자리에 눕히고는 곧 등불을 멀리 치우고 또 베이린 공주를 궁으로 들어오게 했다. 이때 타스 토고스는 큰 가뭄에 비를 갈망하고, 굶주린 호랑이가 먹이를 향해 달려들듯 격렬하게 부부의 운우지정을 나누고 서로 꼭 껴안고 잠이 들었다.

타스 토고스는 해가 뜰 무렵 갑자기 갈증이 나서 차를 마시려고 시종을 부르자 시종들이 모두 밖의 게르에 회국 공주 곁에 있었기 때문에 서둘러 회국 공주를 깨웠다. 그러자 공주가 서둘러 옷을 입고 내궁으로 들어가 앉아 차를 끓이게 하자, 타스 토고스가 등불을 가져오라고 했다. 회국 공주가 등불은 필요 없다고 하고 베이린 공주를 내보내려고 했다. 이때 베이린 공주의 두 다리를 타스 토고스가 가슴에 품고 있었다. 타스 토고스는 회국 공주가 말하는 소리가 누워 있는 곳이 아니었기 때문에 급히 자리를 더듬어 보니 그곳에 두 사람이 있었다. 그는 깜짝 놀라 빨리 등불을 가져오라고 큰 소리로 야단을 치자 여인들이 남몰래 웃으며 등불을 가져오지 않자, 타스 토고스가 서둘러 이불 안에 있는 회국 공주와 베개 위쪽에 있는 회국 공주 두 사람을 잡고서 소리쳤다.

"빨리 등불을 가져오시오, 악귀가 왔소."

그러자 시종들이 모두 몰래 웃으며 나갔다. 타스 토고스는 옷을 걸치고 뛰어나가서 등불을 가져와 그들을 비쳐 보면서 정신이 아득해졌다. 이불 속에 있는 것은 베이린 공주였고, 이불 밖에 있는 여인은 회국 공주였다. 그러한 상황을 보고 정신이 멍해져 있는데, 회국 공주는 일이 일단 이렇게 되자 어쩔 수 없이 그 연유를 처음부터 말하기 시작해 있었던 일을 낱낱이 이야기했다.

"이전에 서방님의 병을 낫게 하려고 제가 어쩔 수 없이 이 동생에게 간청해 서방님의 마음을 충족시켜 병을 낫게 했습니다. 이제 저의 사부님의 지시로 또 계율을 지켜야 할 기간이 끝나지 않았고, 특히 아직 원수를 갚지 못했으며, 또 폐하의 정복사업이 끝나지 않았습니다. 제가 비록 혼인하여도 잠시 인내하며, 몇 년을 지내면서 나라의 일과 제 일신상의 원수를 갚을 때까지 몸을 정갈히 지키며 이 몇 가지의 도술을 부리는 능력을 갖고 사용하려고 하였습니다. 다른 일이라면 제가 어찌 이와 같이 인내를 하겠습니까?"

그러자 타스 토고스는 비로소 꿈에서 깨어난 것 같았다. 회국 공주를 크게 경외하며 예를 다해 말했다.

"이 모든 것은 공주 그대에게 무거운 짐이요, 큰 의로움이오. 우리 같은 남자가 어찌 그것을 감당할 수 있겠소? 비록 아버님의 원수를 갚는다는 것은 그렇다 쳐도 주군께 충성을 다하기 위해 이처럼 쓰디쓴 고통을 감수하고 계율을 지키다니……. 또 베이린 공주를 피곤케 했지만, 나의 마음은 항상 공주 그대뿐이기에 내가 맹약한 것을 어긴 것은 아니오. 일이 이리된 것에 내가 그대를 존숭하지 않을 수 없구려. 내가 그대에게 접근하지 않으면 되지 않겠소?"

타스 토고스는 두 여인을 양쪽에 데리고 누웠다. 비록 대례를 마치지는 않았지만, 부부의 사랑을 나누며 서로 누워 포옹하자고 했다. 회국 공주는 그의 손이 움직이는 것을 두려워하여 속옷을 벗지 않자 타스 토고스가 회유해 말했다.

"내가 말한 것을 지키지 않은 법이 있었소? 또 그대가 자신이 육신인 양 다른 사람에게 내 소원을 이루어 주었거늘 내가 어찌 그대를 속이겠소?"

이렇게 해서 모두 옷을 벗고 세 사람이 엉겨 붙어 잠을 잘 때 회국 공주는 아직 시집을 가서 부부의 잠자리를 해보지 않았기 때문에 속으로 몹시 긴장하며 설풋 잠이 들었을 때 홀연히 사타구니 사이에 끓는 듯한 불창 같은 것이 찌르고 들어갔다. 공주가 서둘러 몸을 뒤척이자 타스 토고스가 이미 그녀에게 붙어서 일을 이루고 난 뒤였다. 복숭아

꽃과 모란궁이 함께 모든 힘을 쏟고 온몸이 흠뻑 젖은 채 크게 신음하며 슬프게 말했다.

"이제 끝났소, 끝났어. 안타깝게도 몇 년을 굳게 지켰던 지조를 모두 무너뜨렸소."

그리고 어쩔 수 없이 서로 격하게 애무하며 다리를 따스히 포게고 부부가 되었다. 베이린 공주를 둘째 부인으로 삼아 머리를 가르게 하고,[1] 천지에 절을 올렸다. 이것은 타스 토고스가 외국의 두 나라 공주를 취한 일을 간략히 쓴 것이다. 일이 이미 이렇게 되었기에 회국 공주는 전쟁에 나가지 않았다. 그녀의 무술의 능력이 하룻밤 사이에 끝이 난 것이다.

한편 이해 초봄 태종 칸이 큰아들 황태자 뭉흐를 비롯하여 나이가 찬 칸의 태자와 친왕들의 태자들을 모두 혼인을 시켰다. 이처럼 황태자의 혼례 경사로 대사면령을 내려, 이전의 작은 죄인들을 모두 사면하고 그들을 풀어 주었다. 그때 태종이 조정에 나와 명을 내리고, 또 각 지역의 큰일에 대한 상주문을 보다가 두 개의 상주문을 가지고 들어갔다. 하나의 상주문은 남쪽 군대의 원수 태사 국왕 볼로의 대군이 금나라 대창원을 포위하고 성으로 들어갔다는 내용이었으며, 두 번째 상주문은 야율초재가 천하를 치리하는 방안을 논의하여 결정한 내용이었다.

태종이 상주문을 보니 그 내용은 다음과 같았다.

---

1 머리를 가른다는 것은 여인이 혼인했다는 것을 의미한다.

예부상서 야율초재와 동서의 여러 친왕과 대신들은 폐하의 명을 받들어 10로의 과세를 받아 나라 군민의 중요한 일에 사용할 준비를 하였습니다. 또 창고를 설치하여 준비하고, 신하와 백성들을 평안하게 지내게 하고, 처벌하고 부양하는 일을 차례로 고하나니 폐하께서 옳게 여기시는 바를 결정해 주시기를 청하나이다.

그 하나는 천하의 몽골, 중원 가운데 귀천을 가리지 않고, 지혜롭고 충직한 자를 뽑아 주와 군 성읍의 감독자로 두고, 몽골 백성의 부당하고 잘못된 일을 바로잡고, 정직한 양민들을 부양하게 하여 안정케 할 것입니다. 또 한 가지 둘째는 세상의 군대에 만호후를 두어 소속 병사들을 지휘, 관리하게 하고, 병사들의 힘을 기르고, 마음을 평정케 하여 적을 타파하고, 횡포를 부리는 반역자들을 제거할 것입니다. 또 한 가지 셋째로 중원 지역에 만 가지 물건과 만 가지 곡식을 갖출 것입니다. 그렇게 하여 배우고, 만들고, 장사하는 백성을 장려하고, 군현 지역의 관리들이 상부의 명 없이 자기 마음대로 백성과 농민들에게서 공물을 취하고 부역시키는 일을 없게 할 것입니다.

또 한 가지 넷째, 모든 시, 주, 현 지역의 관청 창고의 물품을 관리와 백성이 이자를 갖고 사용하는 것을 근절하고, 이를 위반한 자들은 법에 따라 죄를 물을 것입니다. 한 가지 다섯째, 몽골과 위구르, 화서 세 지역의 농사짓는 땅을 중원의 경작지와 마찬가지로 세금을 부과시킬 것입니다. 만약 경작을 하고도 경작하지 않았다며 세금을 부과하지 않으면 죄를 묻게 할 것입니다. 또 한 가지 여섯째, 관청 창고를 책임지는 관리가 만약 관청 물품을 불성실하게 사용하여, 도둑질하는 자가 색출되면 그 자리에서 사형에 처하는 벌을 정할 것입니다. 한 가지 일곱째, 모든 주현과 성시의 관리들은 사형에 처해야 할 죄인들은 반드시 위로 하명을 청한 후 기다렸다가 분명히 처형하라는 명을 받은 연후에 법을 집행하게 할 것입니다. 만약 죄를 지은 연유를 밝히기도 전에 마음대로 처형하면 법에 따라 죄를 논하게 할 것입니다. 또 한 가지는 원근의 모든 군주와 친왕, 대신들이 연례적으로 문안 인사를 드리러 올 때 폐하께 예물 바치는 것을 금하도록 할 것입니다. 이러한 명목으로 아래로 백성들을 착취하게 될까 우려되기 때문입니다. 이러한 것을 폐하께서 밝게 살피시어 시행할 명을 정하여 주시기를 청하며 감히 고하나이다.

태종 칸은 하나하나 살펴보고 붓을 들어 적게 했다.

"여러 외국에 봉한 군주와 친왕, 대신들이 매년 바치는 공물은 고대 주나라부터 있었던 전통이오. 이는 지역의 수령들이 중원의 황제를 중시하고, 고귀한 것에 힘쓰고 존중하는 전통으로, 한 번에 끊으면 사라지니 단번에 끊는 것은 옳지 않소. 그밖에 고한 것들은 모두 대규모로 치국을 위해 시행하면 좋을 것이오. 곧 천하에 공포하고 알려서 힘써 시행하도록 하시오.

특히 남쪽을 공격하는 태사 국왕 볼로와 군왕 다이산다락그치 등이 금나라의 대창원을 공격해 들어갔소. 그곳은 금나라의 깊고 위험한 지역이라 잘 살펴 분투하는 것이 좋을 것이오. 오른쪽 팔의 친왕 큰숙부 벨구테이와 상의하여 몽골 장수 가운데 두 명의 장수를 뽑아 일만 정예군을 내어 주어, 태사를 지원하도록 보내시오"라고 하며 각각 명을 내려 적게 했다.

그리고 이어서 여러 친왕을 안으로 불러들였다. 태종 황제는 얼굴을 맞대고 야율초재에게 물었다.

"경께서는 연례적인 예물을 올리는 것을 그만두게 하는 것은 이로 인해 아랫사람들을 착취하는 일이 두렵기 때문이라 하였소. 그것은 친왕과 대신들이 자신들이 바치는 공물을 그 아랫사람들에게 짐의 이름을 빌려 착취해서 가져온 것이란 말씀입니까? 아니면 이런 일에 대해 사람들이 말하는 것을 뒤에서 몰래 들은 것입니까?"

야율초재가 칸에게 절하며 고했다.

"비록 그런 잘못된 일이 드러난 것은 아니지만 훗날 해가 지나면서 그런 해악이 생겨나게 되면, 괴로움의 원인이 이에서 생겨나지 않겠습니까?"

태종이 미소를 지으며 말했다.

"송나라, 금나라, 거란, 서하국 등 사직과 태묘가 있는 나라가 모두 망한 것은 모두 예물을 받아서 쇠했단 말입니까? 과인이 경께서 고한 모든 것들을 받아들이지 않았습니까? 다만 이 한 가지를 받아들이지 않는 것은 특별히 물질에 탐욕이 있어서가 아니라, 천하의 많은 백성에게 본이 되게 하려는 것입니다. 황족과 공훈 대신이라도 나라의 군주에게 공물을 바치는데 몽골 백성과 신민, 한인들도 공물을 바치는 것은 마땅한 일이라는 것을 알게 하려는 것입니다."

그 말을 들은 야율초재가 얼굴을 붉히며 답할 말을 찾지 못한 채 멋쩍게 미소 지으며 다른 친왕과 대신들과 함께 내전에서 물러갔다.

한편 태종 칸이 정한 법을 천하의 주, 현, 도성 그리고 신하와 병사들에게 선포해 알릴 때 남쪽을 정벌하고 있는 태사 볼로의 군영에도 공고가 이르자, 태사 볼로는 조목조목 살펴보고 고개를 끄덕였다. 이때 몽골의 국왕은 몸소 대창원을 포위하고, 엿새째 3만 병력으로 18개 바퀴를 연결하는 대오로 돌면서 공격하여 대창원을 빼앗았다. 그리고 대창원으로 들어가 지역의 군민들을 평정시키고, 자신의 병사들을 비로소 잠시 쉬게 했다. 그런 뒤 경양부를 포위한 군왕 다이산다락그치를 지원하기 위해 가려고 할 때 갑자기 경양을 포위한 군왕의 한 군단의 패한 병사들이 달려왔다. 어떻게 패했을까?

지난해 12월에 대창원와 경양부를 함께 포위당했던 금나라 애종 황제는 크게 당혹해하며 대장군 이랄포아에게 충효군 완안진화상을 합세시켜 주자 진화상이 이랄포아 군대와 연합하여 대창원과 경양성을 방어하기 위해 진격하려 할 때 진화상이 은밀히 사랑하던 여인 영길의 딸 진 소저가 병이 들어 몸 상태가 좋지 않았다. 진 소저는 갑자기 진화상이 황제의 명을 받고 출정한다는 소식을 듣고, 밤에 진화상을 만나자마자 가느다란 두 손으로 진화상의 손을 잡고 눈에 눈물을 흘리며 차마 헤어지지 못했다. 진화상이 비록 용감하고 늠름한 사내였지만 출가하여 늘 색을 탐했기에 진 소저의 꽃처럼 부드럽고 솜털처럼 가벼운 몸을 품에 안았다. 왼손으로 껴안고, 오른손은 진 소저의 세 치의 작은 두 발을 잡고 백 가지로 안심을 시키며 부드럽게 말해도, 그녀는 안심하지 못하고 견딜 수 없이 슬퍼했다. 그러자 진화상의 마음을 만 개 화살촉이 찌르는 듯하고, 용감무쌍한 패왕 항우의 눈물이 우희 부인[2]의

2 우미인(虞美人)이라고도 함. 항우의 애첩. 항우가 해하에서 유방의 군대에 포위되어 사면초가의 상황에 처했을 때 우미인은 자신의 장부의 짐이 될 수 없다며 자결하고, 항우

비단 옷자락에 떨어지는 듯하다. 생각지 않게 진 소저의 맑고 부드러운 육신에 이처럼 병이 들었으니, 날이 긴데 이처럼 헤어지자니 슬픔을 어찌 이길 수 있으리오? 진 소저는 몇 번을 슬피 흐느껴 울더니 정신이 아득해져 실신했다. 그녀는 팔을 진화상의 등에 감고, 연꽃 봉오리 같은 작은 발이 진화상의 손안에서 몇 번 차는 듯 움직이더니, 화신보살의 육신이 생명을 다해 그렇게 여래의 품에서 죽음을 맞았다.

진화상은 견딜 수 없이 애통해하다가 갑자기 군영에서 중병에 걸려 자리에 누웠다. 그러자 대장군 이랄포아가 할 수 없이 그를 역참에 남겨두고, 그의 병사 500명을 이끌고 먼저 경양성의 동정을 살피기 위해 달려갔다. 그때 군왕 다이산다락그치는 적이 오리라 생각지 않고 있었는데, 느닷없이 금나라 장군 이랄포아의 군대가 성 밖 200리 되는 곳에서 공격해 왔다. 정탐꾼이 정보를 얻기도 전에 금나라 군대가 한밤중에 눈 깜빡할 사이에 달려와 도둑처럼 기습 공격을 했다. 진화상의 군대는 매우 날쌔고 용맹했기 때문에 어두운 밤인데도 종횡무진 거침없이 돌격해 들어왔다. 이때 군왕 다이산다락그치의 병사들이 대적해 싸울 수가 없어 정신없이 도망치자, 다이산다락그치도 할 수 없이 병사들을 모아 달아났다.

그것을 태사 국왕 볼로가 듣고 크게 놀라 대군을 이끌고, 숙부 군왕 다이산다락그치를 엄호하기 위해 갔다. 그때 금나라 대장군 이랄포아가 대군을 지휘해 번개처럼 기민하게 다이산다락그치 군왕의 병사들

---

역시 이후 스스로 목숨을 끊는다(임종욱, 『중국역대인명사전』, 이회, 2010, 1210쪽).

을 살육하며 돌격해 들어갔다. 그러자 태사 볼로가 밖에서 무차별 공격을 하여, 금나라의 추격병을 물리치고 숙부 군왕을 구해냈다. 이에 포위하고 있던 금나라 병사들이 패하여 퇴각했다.

태사 볼로가 크게 진노하여 대창원에서 대군을 선발하여 훈련을 시키고 있을 때, 태종 황제가 우로右路의 대원수 친왕 벨구테이가 뽑은 툭그통고와 수베데이 바타르 두 장군과 1만 명의 병력을 이끌고 와서 다시 금나라의 이랄포아 군대를 찾아가 사흘 동안 맹공격을 하며 싸웠다. 여러 사람의 힘으로 금나라의 이랄포아를 누르고, 그 병사들을 추격하여 몇천 명의 병사를 몰살시켜 전투에서 승리를 거두었다. 금나라 병사들이 도망치자 추격병을 보내고, 또 한편 경양성을 다시 포위하여 승리한 상황을 널리 알리기 위해 전령을 보냈다.

이즈음 태종 칸은 10로의 세금을 징수하는 일에 대해 결정했다. 상황 태조는 사방팔방으로 정벌하여 승리로 이끌어 각 나라를 투항케 할 때, 여유를 갖고 지역의 창고를 자세히 조사하지 못해 세금을 거두어 들이지 못했다. 지역 성읍의 관리들은 몽골이 남쪽 지역 창고의 세금을 거두지 못하자, 그 틈을 타서 공적인 물건과 창고의 금은보화에 욕심을 부려 사적으로 이익을 탈취한 자들이 적지 않게 나왔다. 그런데 이번에 세금을 자세히 조사하라는 명이 떨어지자 부정한 사건이 만천하에 모두 드러났다. 이를 조사한 자는 북경[원주] 오늘날 하르친의 대명부 지역이다. 금나라의 북경이다의 만호후 바얀다이인데, 그는 예전의 타타르부의 야보가의 아들이었다. 후에 공훈자들을 각 지역에 봉할 때 바얀다이를 북경의 만호후로 봉해 북경 전체를 총괄하게 했다.

이제 그가 칸에게 다음과 같이 보고했다.

상황 태조 성무황제께서 온갖 신고를 겪으시면서 사방을 정벌하여 이들 백성을 얻으셨지만, 백성의 이로움을 조금도 얻지 못하셨습니다. 오히려 자주 반역하여 이곳저곳 난리를 일으켜 성들을 어지럽히고, 일찍이 후한 은혜를 입은 장치, 왕선 등은 배반을 했습니다. 이처럼 한인들은 우리 몽골 사직에 조금도 도움이 되지 않을 뿐 아니라 그 해악이 매우 심각합니다. 그러니 이제 모든 한인을 죽여 산천을 깨끗이 만들고, 풀과 나무를 빽빽이 자라게 하여 가축을 방목하는 것이 나을 것입니다. 이러한 위선적인 한인들이 언젠가 힘을 갖추면 우리 몽골에 큰 해가 될 것입니다.

그러하니 우리가 힘이 온전한 때 진정성이 없고 배반을 일삼는 한인들을 모두 제거하는 것이 최선일 것입니다. 이러한 교활한 한인들이 평민이든, 관리이든 살쾡이처럼 은밀히 딴 마음을 품고 관청의 재물을 모두 삼켜 버렸습니다. 이제 하늘의 때에 눌려 힘이 부족해 몽골에 굴종하고 있는 것뿐입니다. 만약 언젠가 우리 몽골의 힘이 쇠락해지면 우리 몽골이 키워준 것으로 번성하여, 도리어 우리 몽골을 짓밟을 것입니다. 그러니 모두 제거하여 산과 초원에 가축을 치는 것이 나을 것입니다.

태종 칸이 상주문을 보고 회답을 적도록 했다.

짐의 부황 태조 성무황제께서는 50년 동안 쉬지 않고 정벌하시며, 만 가지 죽음을 불사하는 신고를 겪고 나라를 세우셨소. 그것은 나라를 얻고 황제가 되고자 했던 것이지, 빈 땅을 차지하여 가축을 키우려고 했던 것은 아니오. 비록 중원이 신뢰하기 어렵고 교활하고 못된 살쾡이 같지만, 그들에게도 재주와 신중하고 지혜로운 점이 있소. 비록 살쾡이 같은 한인 관리들이 창고의 물품을 갈취하여, 창고의 물건이 예전 장부의 기록과 부합하지 않는다 해도 몇백 명의 한인 탐관오리 때문에 중원의 수많은 백성들을 모두 제거하고, 그 땅에 가축을 키우겠다고 하는 것은 참으로 오만하기 그지없는 일이오.

또 많은 한인이 살쾡이처럼 투쟁하려는 마음을 덕으로 포용해 그 힘을 취하는 것이 바람직하거늘, 그들을 모두 죽인다는 것이 웬 말이오? 우리 푸른 몽골국의 북방 인구가 백만을 넘어서지 않았는데, 한인들은 만만을 넘어섰소. 백만 몽골이 만만을 지배할 때 생기는 일은 만만의 한인이 도를 넘는 행동을 하는 것이오. 비록 그렇다 해도 백만의 몽골에 만만의 한인이 제어되고 있는 것은 곧 하늘의 때의 소치라 할 수 있소. 하늘의 때를 얻은 것은 상황 성무황제의 복록이라 할 것이오. 이제 이러한 복록을 더욱 쌓고 덕으로 치리하면 곧 조상의 뜻에 부합하여 후대의 자손들에게 덕이 되나, 만만의 한인을 모두 뿌리 채 끊어 없애 버리겠다고 하는 것은 인간으로서 도무지 할 말이 아니라 할 것이오. 우리 몽골이 쇠락해지면 훗날 많은 한인이 득세하고, 반드시 일어설 것이라는 말이 비록 진실이겠지만, 몽골이 쇠락하고 한인들이 흥하는 것 또한 하늘의 때이기에 가능할 것이오. 이제 돌이켜 보면 어찌하여 부황 성무황제시대부터 중원이 쇠락하고 몽골이 흥했겠소? 원래 한인들이 우리보다 전혀 못하지 않소.

옛말에 '태양은 돌고, 나라는 교대로 바뀐다'고 했소. 이러한 모든 것은 하늘의 뜻이요, 천수라 할 수 있소. 이제 비록 한인들을 지배할 권세가 짐에게 있어도 짐이 한인을 모두 멸하지 않으면, 훗날 한인들이 흥하고 몽골이 쇠해져도 짐의 이때의 한인들을 모두 제거하지 않은 복록이 훗날 자손들에게 미칠 것이오. 만호후 바얀다이의 이 말은 매우 망령되어, 진실로 신하된 자의 예도에 크게 위배된다 할 수 있소. 짐의 부황 태조 성무황제와 짐이 행한 일과 함께 2대에 걸친 칸을 무시한 것이며, 그 뜻이 과도하게 드러난 것이라 할 수 있소.

또 짐이 어려서 상황 성무황제를 따라 사방으로 정벌을 다닐 때 동서와 남쪽 바다 반도에 몇 달 동안이나 걸리는 지역, 인적 없는 산과 들이 참으로 많았소. 그런 지역을 점령할 수 없단 말이오? 특히 어찌 싸워 많은 백성을 죽게 하면서 성시를 빼앗는 단 말이오? 그렇게 지나치게 오만하고, 군주의 은혜를 잊은 채 제 마음대로 지껄인 만호후 바얀다이를 탐욕스럽고 소란스러운 한인 종들의 괴수로 처벌하고, 만호후의 관직을 파직하시오. 이 일로 보건데 그자는 만인을 다스리는 것은 고사하고, 자기 한 몸도 다스리지 못할 위인이오.

야율초재가 이 명을 보고 황제를 크게 경외하며, 서둘러 조정에 나가 태종 칸에게 절하며 고했다.

"누가 천자의 명철하심에 이르겠나이까! 지금 만호후 바얀다이가 고한 것을 폐하께서 비판하신 것은 진실로 만대의 탁월하신 고견이요, 이 일은 곧 만대 후손의 흥성함의 초석이 될 것입니다[원주] 이런 일을 한인 사서인 『강목』에서 개별적인 한 사람의 이름을 지적하지 않고, 또 칸의 명을 언급하지 않고 다만 몽골의 여러 대신이 백성을 모두 죽이고, 가축을 키우는 곳으로 삼겠다고 했다며 멸시하여 말했다.

사해 가운데 있는 세상에서 풍요로움을 원하면 얻지 못할 것이 무엇이겠습니까? 다만 중원 지역의 법정 과세만으로 말하면 상거래에 바치는 조세와 술, 소금의 조세, 특히 쇠와 구리, 금은, 동, 곡식과 땔감에서 나오는 조세를 거두면, 매년 백은 50만 냥, 비단 8만 필, 양곡 40만 섬 이상, 비단실 100만여 근이 거두어질 것입니다. 어찌 보탬이 되지 않겠나이까? 폐하께서 살피심이 참으로 밝으시니 만대에 드문 일입니다."

태종이 곧 조세에 관한 사항을 살펴보고, 이를 정할 권한을 야율초재에게 주며 "경께서 말씀하신 이것들은 모두 나라에 필요한 것이요, 백성의 근본을 확실히 하는 일이니, 경께서 이것들을 자세히 살펴 직무에 최선을 다해 시행하시기 바라오!"라고 명을 내렸다.

야율초재가 태종의 명에 따라 10로의 조세를 주관하는 신하를 모두 교체하고, 지역마다 정, 부 두 관리를 두되 문인 가운데서 기용하고, 진시가, 조방, 유중 등을 중앙 부서의 관리로 쓰자고 주청했다.

"세상을 말 위에서 세웠지만 말 위에서 나라를 다스릴 수는 없습니다. 모름지기 주공과 공자의 가르침에 힘쓰는 자를 기용하는 것이 좋을 것입니다!"

그러자 태종 황제가 야율초재를 깊이 칭찬하고, 이에 따라 문인을 기용했다. 조방, 진시가, 유중 등 20명의 신하를 연경을 비롯해 대도, 선덕부, 서경성, 태원부, 평양부, 북경, 평주부, 제남부, 진정부, 동평부[3] 이 10개 큰 지역에 술, 소금의 조세를 세밀히 정해 10분의 1의 조

3 『원사』에는 다음과 같은 내용이 있다. "태종은 1230년 11월에 전국을 10로(路)로 나누어 세금 즉 면사와 백은을 징수할 책임자로 징수과제 대관을 두었다. 진시가와 조방준을 연경(燕京)에, 류중구와 류환남을 선덕(宣德)에, 주립화와 왕정패를 서경(西京)에, 여진수와 류자진을 태원(太原)에, 양간호와 고정영을 평양(平陽)에, 왕진일과 가종태를 진정

세를 거두고, 이외의 것에 대해서는 30분의 1을 거두어들였다. 이에 새로 기용된 관리들이 각각 자신이 맡은 소임을 다해 세금을 거두어들이자, 태종 황제는 많은 병사를 위해 상을 내리게 했다.

가을 8월에 만호후 사천택이 자신의 형의 원한을 생각하여 배신한 무선을 추격해 석현 지역에서 격전을 치르고, 대승을 거두었다. 그러자 무선이 도망쳐 호령관 쪽으로 달아났다. 지난해 무선이 다급해져 돌아가 다시 금나라에 투항하자, 금나라 애종이 그를 항산공恒山公에 봉하고 위주의 제부로 삼았다. 그러자 사천택이 형의 원수를 놓치지 않고, 자신의 병사를 이끌고 위주성을 포위하여 공격했다. 금나라의 대장군 완안합달이 군대를 이끌고 가자, 태사 볼로의 군대가 뒤돌아가 그들 군대를 맞고, 사천택은 혼자 군대 앞에서 1천 명의 병사로 적의 주위를 포위했다. 그러자 태사 볼로의 군대가 앞에서 양쪽에서 압박해 공격하자, 완안합달이 패하여 돌아갈 때 무선 역시 성을 버리고 호령관으로 도망쳐 들어갔다. 그때 무선은 몽골군에게 심한 부상을 입었다.

그러자 사천택이 곧 비주성을 공격해 점령하고, 전령이 이를 고하러 오자 태종은 군대에 포상을 내려보냈다. 금나라에서 화친을 요청하자 몽골에서 간골란을 사신으로 보냈다. 그런데 금나라에서 사신을 가두고 돌려보내지 않았다. 이에 태종 황제는 크게 진노하여 곧바로 중대부 호비트 오하와 알락 토갈 두 사람에게 2만 명의 병력을 내어주고,

---

(眞定), 장유첨과 왕예태를 동평(東平), 왕덕형과 후현표를 북경(北京), 협곡영과 정태규를 평주(平州)에, 전목서와 이천익을 제남(濟南)에 각각 임명하였다"(방기혁 역, 「우구데이 황제 이야기」, 『원사본기』 권2(e-book), 슬기야단비야, 2015 참조).

금나라 경조京兆 성을 격파하자, 금나라 애종이 또 오만하게 자신의 군대를 이끌고 공격하기 위해 갔다. 그러자 호비트 오하와 알락 토갈 형제가 곧바로 반대편에서 공격해 들어가 적군을 맞았다. 금나라는 몽골군의 수가 적기 때문에 분명 돌아갈 거라는 오만한 마음으로 갔는데, 느닷없이 몽골군이 돌격해 들어왔다. 애종은 그들을 맞아 싸웠으나 크게 두려워하며, 군대를 이끌고 퇴각했다.

그러자 몽골군이 100리를 추격하여 금나라 병사들을 죽이고, 또 밤에 다시 공격해 들어갔다. 금나라 황제가 전투에서 패하자 경조의 병사들이 두려움에 떨며 달아나고, 몽골군은 경조성을 점령했다. 이어 금나라 애종이 몸소 왔다는 소식을 듣고, 태종 황제가 수베데이 바타르에게 군대를 내어 주어 보낼 때는 이미 경조가 함락되었다.

한편 이 승리의 여세를 몰아 태종 황제가 직접 군대를 이끌고 금나라를 공격하기 위해 진격할 때 동생 친왕 톨리와 톨리의 태자 뭉흐를 데리고 2개로 공격해 들어가, 금나라의 천승天勝 등의 요새와 세 개 성을 공격해 함락시켰다. 그리고 곧바로 강을 건너 원한의 봉상부를 포위하다가 점령하지 못하자, 10월에 태종 황제는 대군을 이끌고 산시성으로 들어갔다. 금나라 애종 황제가 이 소식을 듣고 크게 두려워하며, 장군 완안합달을 내세워 이랄포아와 함께 행성사로 삼아 동관을 지키게 했다.

원래 몽골의 사신 간골란[4]이 오자 금나라의 행성사 이랄포아가 산시

4 일반 자료에 '알골락'으로 전사되기도 한다.

성으로 들어가 문항閿鄕과 경조, 동화 등지의 많은 산채 60채 이상을 점령하고 봉상에 이르자, 흘석렬과 아오덕이 공격을 받은 경양을 구하기 위해 가는 일이 탄로가 날지 모른다 하여 간골란을 간금했다. 이랄포아가 마침내 경양의 포위망을 풀고 의기양양해져 그럴듯한 핑계를 대고 간골란을 돌려보냈다.

그러자 간골란이 태종 황제를 도중에 맞아 알현하며 고했다.

"금나라 군대가 준비를 하고, 우리가 공격하러 오는 것을 기다리고 있습니다."

이를 들은 태종이 크게 진노하며 산시 쪽을 향해 2개로로 공격해 들어갔다. 그러자 금나라 성의 관리와 군민이 크게 두려워하며 성을 나와 투항하는 자가 부지기수였다.

한편 이해 섣달에 금나라 천승부와 한성, 경안 세 성을 공격하여 함락시켰다. 또 진정부를 지키던 석천응의 동생 석천사가 성에서 나와 함께 세 성을 일시에 공격하여 정복하자, 태종 황제는 그 공을 치하하여 상을 내렸다. 그러자 석천사가 절하며 고했다.

"신은 형 사천응이 죽자 형의 아들 석의가 어리기 때문에 선대의 성무황제의 명으로 형 석천응의 직위를 이어받아 지금까지 진정부를 지켜 왔습니다. 형의 아들 석의는 이제 성장하여 성인이 되었고, 저 역시 나이를 먹었습니다. 폐하께서 자비를 베푸시어 신의 직위를 거두시고, 조카 석의에게 관직을 잇게 하여 힘을 바치게하시기를 바랍니다."

그러자 태종 황제가 기뻐하면서 그를 가상히 여겼다.

"석천응의 일가는 원래 매우 의롭고 신의가 있소. 그대가 이제 형을 생각하고, 조카를 천거하는 것은 집안이 매우 우애가 있기 때문일 것이오. 일반적으로 사람들은 관직과 지위를 바라고 빼앗으려 하는데, 그대는 관직을 밀어내어 조카에게 내어 주려고 하니 참으로 가상한 일이오. 짐이 그대 조카에게 관직을 상으로 내리겠소. 그대는 하던 일에 최선을 다하기 바라오!"

그리고 석의를 진정부의 병마도원수로 삼고 금 인장을 수여하자, 숙부와 조카가 태종 황제의 크나큰 은혜에 절했다.

겨울에 태종 황제는 대군을 이끌고 산시 지역으로 들어갔다. 그러자 금나라의 애종이 서둘러 완안합달을 이랄포아와 함께 행성사로 삼고, 동관을 지키게 하기 위해 파견했다. 그러자 몽골의 한인 장수 이전이 금나라를 두고 송나라 양주성의 만두灣頭라는 곳에 이르자, 양주성을 지키던 송나라 부도통 정승이 성의 군대를 이끌고 이전의 병사들을 대적하며, 성을 닫고 굳건히 지켰다. 이전이 성의 남문을 공격하자 송나라 대장군 조경부는 송나라 승상 사미원史彌遠[5]에게서 이전을 투항케 하라는 명을 받았다. 한편 송나라 조정에서 보낸 병사 1만 5천 명을 지원받고, 곡식과 풀을 상당량 준비했다. 한편 송나라 승상이 이전에게 보낸 서한을 이전에게 전하고 또 투항할 것을 권면했다.

"대장군께서는 본국의 초주楚州로 돌아가시는 것이 좋을 것이오!"

다시 반복해 제지하는 말에 이전이 병사들을 잠시 물러가게 하고,

5 사미원(1164~1233) 송나라 명주 은현 사람. 가정 원년(1208) 우승상 겸 추밀사가 되었다. 나중에 영종이 죽자 조서를 고쳐 이종(理宗)을 옹립하고 9년 동안 재상으로 있으면 태사에 임명되어 정권을 장악했다(임종욱, 앞의 책, 644쪽).

서한을 보고 조경부를 향해 웃으며 말했다.

"승상께서 나를 정도통에게 투항하라 하시고, 서로 싸우면 이득이 없다고 나를 위협해 말씀하시는데, 훈수는 내게 필요 없소!"

이전이 서찰을 내던지자, 조경부가 크게 두려워하며 자기 진영으로 돌아가 서둘러 명하기를 "이전이 투항하지 않으면 군대를 징집해 공격하라"고 하고 영전令箭을 가지고 달려가게 했다. 그리고 조범과 조규에게 용맹한 병사들을 이끌고 진강鎭江에 가 있으라고 기일을 정해 보냈다. 그러자 조범과 조규가 소식을 듣고 곧 무정武定의 용맹한 병사 4천 명을 이끌고 승령위에 가서 매복하고 기다리고 있었다.

이때 이전이 군대를 이끌고 먼저 양주의 속지인 태주를 포위하자, 성의 지주 송제宋濟가 혼비백산하여 이전을 맞아 투항했다. 이전이 곧 성의 재물을 거두어들이고 병사를 이끌고 다시 양주를 점령하기 위해 가는데, 도중에 갑자기 조범, 조규의 매복한 병사들이 나타나 맹렬히 공격해 오자 이전의 병사들이 주춤거렸다. 그때 조범과 조규 두 장수가 양주로 빠르게 달려 들어가 성을 지켰다.

이때 이전이 또 태주를 취하라고 했던 아래 신하 정연덕鄭衍德을 매질하며 말하기를 "내가 원래 먼저 양주를 점령하고, 큰 강을 건너려고 했는데 네가 일을 틀어 태주를 취하자 하여 조범, 조규의 군대가 이미 양주를 취하였다 하니 어찌 강을 건널 수 있겠느냐?"라고 심하게 꾸짖었다.

이전은 할 수 없이 태주에 병사를 남겨 지키게 하고, 많은 병사에게 명해 대군을 양주의 부근의 만두라는 굽은 길에 이르러 진영을 구축하고, 운하의 상류를 점거해 호의胡義를 선봉으로 삼아 부대를 평산당에 주둔시켜 태주 3성을 살피게 했다. 이전은 스스로 양주성의 동문을 공격하자, 조규가 병사들에게 성문을 지키게 했다. 이전이 수하 장수 장우張友가 성 밖에서 조규를 만나려고 하자, 조규가 망루에 올라가 보니 이전이 도성의 해자 다리의 먼 곳에서 말을 타고 서서 기다리고 있었다.

그러자 조규가 묻기를 "대장군께서 이처럼 수고롭게 오신 것은 무슨 까닭이오?"라고 묻자 이전이 말하기를 "폐하께서 나를 경양에 연금하시고, 또 군량을 끊으신 일 외에 달리 내가 배반한 것이 없는데, 어찌 나를 이리 의심하시는 것이오?"

"폐하께서 장군을 충신이요, 효자처럼 대하셨는데, 장군께서는 어찌 성을 점령한 것이오? 그러니 폐하께서 그대에게 양식을 끊지 않을 수 있었겠소? 장군이 어찌 배반하지 않았다고 하는 것이오?"

그러자 이전이 웃으며 말하기를 "내가 1년 이상 인육을 먹으며 경양을 지킨 것을 보았으면서 어찌 배반했다 하는 것이오! 몰아붙여 배반하게 하면 배반해야지 어찌하겠는가!"라고 하며 곧 화살을 꺼내 활을 쏘았다.

조규가 대군을 이끌고 갑자기 기습 공격을 하자, 이전의 군대가 대비하지 않고 있었기 때문에 조규의 군대에 패하여 달아났다. 그때 이전은 사람을 보내 조규에게 "내가 이제 대군을 이끌고 주위의 군현을 정복하고, 강을 건너 바닷가로 가서 소주와 항주를 정복할 것이오. 그러면 조규 그대가 또 나를 감당할 수 있겠는가?"라고 했다. 그러나 조규가 속지 않았다. 이전이 반드시 양주의 세 성을 빼앗을 것이라 하고 몇 번이나 싸워도 성을 얻지 못하자 수하 장수 웅무雄武가 계략을 고했다.

"성안에는 땔감과 풀이 매우 부족합니다. 시간을 끌면서 세 성을 포위하면 곧 성을 얻을 수 있을 것입니다!"

그런 뒤 일반 백성들을 병사로 징집해 30만 군대를 조직해 세 개 성을 한참 동안 포위하자 정말 성안에 양식이 떨어지고 땔감이 부족해졌다. 그러자 조범과 조규가 갑자기 한 가지 계략을 생각해 논의하기를 밤에 세 성에서 일시에 나가 이전의 병영에 불을 지르며 싸우자고 결정했다.

이때 이전은 이미 세 성을 한참 포위하여 마음이 안정되는 한편 생각이 오만해져 평산당 산천의 아름다운 풍광을 감상하고, 매화꽃을 완상하며 술을 마셨다. 연회를 베풀고 풍악을 울리며 여흥에 젖어있을 때, 조범이 군대를 이끌고 성문을 모두 열고 사방으로 나와 공격하면서 곳곳에 불을 질렀다. 병사들이 함성을 지르며 돌격하자 이전이 급히 상대 병사들을 맞아 싸울 때 조범은 이미 이전의 수십 척의 배의 군량을 빼앗아 성으로 들어갔다. 이때 조규가 지원하여 양면 협공을 했다.

**사관 인잔나쉬의 시 한 수**

> 우습구나, 회국 공주와 베이린 두 공주의 일이 참으로 별나고
> 지혜로운 야율초재의 말은 참으로 일리가 있도다
> 권세 있는 영문황제의 명은 모름지기 과단성 있고
> 용감한 조범, 조규 두 장군의 행사는 참으로 예리하구나!

제63장

# 안타깝게 이전은 송나라 양주성을 공격하다 신당에서 죽임을 당했네 교활한 조황은 금나라 완자성에서 달아나다 몽골 태사 볼로에게 사로잡혔네

신묘년辛卯年, 푸른 대몽골국 태종 황제 3년, 송나라 이종 조윤 소정 4년, 금나라 애종 정대 8년이었다.

이전이 급작스럽게 송나라 군대에 습격을 받고, 또 포위하며 싸울 때 조범과 조규는 많은 장수들을 데리고 갑자기 동문으로 나와 맹공격했다. 그러자 이전은 상성[1]으로 들어갔다. 조범, 조규가 성의 서문을 공격했지만, 이전이 성을 굳건히 지키며 나오지 않자 조규가 말했다.

"우리가 돌아가면 이전이 분명 나올 것입니다. 그때 형님께서 성을 부수고 쳐들어가십시오!"

그리고 곧 군대를 퇴각시키자 이전이 정말 그 뒤를 추격해 왔다. 조범이 곧 보병을 이끌고 성을 부수며 싸우자, 이전의 동생 이호가 성 위에서 화살과 돌을 비처럼 쏟아부으며 맹렬히 싸웠다. 조범이 군대를

1 중국어 번역본에는 '토성(土城)'으로 번역되어 있다(尹湛納希, 黑勒 · 丁師浩 譯, 『青史演義』 下, 內蒙古人民出版社, 1985, 893쪽).

퇴각시키자 조규가 동북쪽에서 다시 돌아 공격을 개시했다. 이호의 군대가 저편 너머로 돌아가는 것을 보고 조범이 또 뒤에서 직접 기습해 들어가 공격하자, 이전이 성으로 다시 들어갈 수가 없는 상황에 처했다. 송나라 군대가 세 방향에서 협공 작전으로 상성 가까이 오자, 성 가운데 병사들이 돌진해 나와 이전을 비호해 성으로 데리고 들어갔다.

그때 조범, 조규 두 사람이 상의하여 말하기를 이전이 평산당에 있기 때문에 우리가 서문으로 나가면 평산당 가까운 곳이니 이전을 붙잡을 수 있을 것이라고 했다. 그날 밤 곧 7천 명의 병사를 이끌고 몰래 양주에서 나가 이전의 군대를 갑자기 기습하자, 이전의 군대가 맞서 싸울 수가 없어 크게 소리를 지르며 사방으로 흩어져 달아났다. 이전이 상성으로 들어가려고 10여 명의 기병을 이끌고 북쪽으로 도망치자, 조규가 영회의 병사들을 이끌고 그 뒤를 추격했다.

이전이 상성에 들어갈 수가 없자 신당新塘 가까운 길로 가려고 진흙을 보니 꽤 말라 있었기 때문에 봄의 습지가 움직이는 때인 것을 생각지 않고, 곧 그리로 들어갔다. 몇 개 봉우리를 넘지 않아 말이 습지의 진흙에 빠졌다. 며칠 동안 맹렬한 전투로 인해 말발굽에서 일어난 먼지로 대지 표면이 마른 것처럼 보였던 것이다. 그렇게 해서 말이 진흙 구덩이에서 나오지 못하고 발질만 하고 있을 때, 30명 이상의 매복한 병사들이 나와서 긴 대나무 대창으로 일제히 병사들을 찔러 죽였다. 그러자 이전의 많은 병사들이 이전 수하 장수인 국안을 따르겠다고 하자 국안이 그럴 수 없다고 했다. 병사들은 회안淮安에 와서 이전의 아내 양 씨 밑에 들어가 그녀를 따랐다. 조범과 조규는 그들 병사 뒤를 추격하여 크게 승리를 거두었다.

한편 몽골 태사 볼로가 대군으로 봉상부를 포위해, 지체하지 않고 부친 태사 모훌리의 유지에 따라 봉상을 지킬 때, 이전의 아내 양 씨가 사람을 보내 이 소식을 국왕 볼로에게 전하자 볼로가 크게 비통해 했다.

"안타깝도다. 이전과 같이 능력 있는 장수가 이게 대체 어쩐 일인가? 우리 선친께서 투항시켜 겨우 힘을 얻었는데, 생각지 않게 싸움에서 패하고 말았도다. 이제 내가 일 년 이상을 안간힘을 써서 겨우 이전을 항복케 하여, 어깨를 나란히 하고 양주 등지를 투항케 했다. 우리 부자는 충심을 다해 폐하의 은혜를 갚으며 분투하였는데, 어찌 하늘이 충성된 우리의 일을 이처럼 막으시는 것인가? 아니면 우리의 운수가 다했단 말인가? 하늘이 저를 죽이시려거든 볼로 제가 봉산부를 점령하고, 금나라 변량성을 함락시켜 주군과 선친께 은혜를 갚는 것을 기다린 뒤에 죽이십시오!"

송나라 사람이 이전의 시신을 찾아서 가지고 왔기 때문에 볼로는 비를 세워 상을 치렀다.

이때 태종 황제의 명으로 산시성에서 태사 볼로를 위로하기 위해 보낸 부마 보토의 아들 난사르가 그곳에 와 있었다. 그는 볼로가 공로가 있는 신하를 이처럼 깊이 대하는 것을 보고 크게 감동했다. 난사르는 볼로를 경외하며 그에게 말하기를 "태사께서는 지금 곧 표문을 쓰셔서 폐하에게 저를 청하여 취하십시오. 이 봉상부의 원한을 부마인 제가 갚아 드리겠습니다. 태사께서는 진실로 사람의 마음을 움직이게 하십니다!"라고 했다.

그러자 태사 볼로가 크게 기뻐하며 곧 태종 황제에게 난사르를 병영에 남아 자신을 돕게 해달라는 표문을 써서 보가트 오하를 보냈다. 태사 볼로는 표문을 전하기 위해 보가트 오하를 산시로 달려가게 하고, 한편 난사르와 봉상부를 점령할 계략을 논의할 때 난사르가 말하기를 "매우 손쉬운 한 가지 방법이 있습니다. 이제 곧 장인들을 불러 모아 네 개 축과 네 개 바퀴를 만들고, 그 위로 넓적하고 평평한 나무를 대고, 그 밑에는 나무 계단을 만드는 것입니다. 이 같은 구름사다리를 여러 개 만들어, 많은 비가 내리고 바람이 부는 날 밤에 몰래 이곳에 와서 일정한 신호로 성벽을 올라가면 봉상부를 점령할 수 있을 것입니다"라고 했다.

그 계략을 들은 태사 볼로가 크게 기뻐하며, 곧 장인을 모아 400개의 구름사다리를 만들게 했다. 그 사이에 신하를 시켜 이전의 처자를 보호하기 위해 보냈다. 그리고 보름 안에 자단, 단향, 박달나무 등의 나무 덮개가 있는 네 개 바퀴가 달린 구름사다리를 모두 만들어 400대 이상을 갖추었다.

한편 이에 대해 말이 새어 나가는 것을 두려워하여 담장을 쌓고 작업을 하게 하고, 잠시동안 장인을 밖으로 내보내지 않고 안에서 사다리를 만들게 했다. 담장 문 앞에서 태사 자신이 호피로 된 장막에서 숙영했다. 구름사다리가 만들어진 밤에 곧 세찬 남풍이 불고, 북쪽에서 검은 안개가 피어올랐다. 하늘은 캄캄해지고, 4월의 많은 비가 내리기 시작하자, 그날 밤 태사 볼로와 난사르가 즉시 명을 내려 병사들을 네 군단 8개 조로 나누었다. 그리고 난사르는 서남쪽 방향, 몽골 사란은 서북쪽 방향, 운두르 세첸의 아들 볼리그트 바르스, 실리그트 바르스는 동쪽의 남북 방향, 잠발의 아들 아하이, 야시 두 사람은 북쪽의 동서 방향, 시리 호톡의 아들 하트 투무르, 돌가 투무르 형제는 성의 남쪽 편 동서 방향, 그리고 태사 볼로는 남문, 군왕 다이산다락그치는 북문, 덴친호롤의 아들 시리얌보는 서문을 담당했다. 얄고산의 아들 하조실은 동문을 담당하고, 4개 군단의 대군을 이끌고 성 가까이 접근할 바로 그때 엄청난 비가 쏟아져 내리자, 볼로가 갑자기 굽은 큰 나팔을 불게 했다.

그때 모든 병사들이 일제히 구름사다리를 밀어 성벽에 세우고 오르자, 성 위에 있던 병사들이 서둘러 활을 쏘고, 돌을 던지고 구르는 나무를 아래로 밀어 내렸다. 그러나 몽골 대군이 이미 성 아래 와 있었다. 난사르 소속의 동남쪽 병사들이 성 가까이 오는 것을 알고, 모두 빗속에서 활을 쏘고 함께 돌을 던질 때 난사르가 위에서 방패를 잡고 돌진해 사다리 위쪽 끝에 이르자, 성을 지키는 병사들이 모두 난사르를 창으로 찌르며 공격을 멈추지 않았다. 난사르가 더 앞으로 나갈 수가 없는 상황에서 보니 상대 병사들이 긴 창으로 찌르며 공격하는 것이 잠잠해졌다.

그때 앞으로 나아가리라 마음먹고 앞을 보니, 갑자기 번개가 치는데 그 빛 속에서 노 태사 국왕 모홀리가 온몸에 황금 갑옷을 입고, 투구를 쓰고 긴 검으로 구름사다리 끝에서 창으로 적병을 찌르고 베어 넘어뜨리고 있었다. 많은 병사가 번쩍거리는 빛에 그 모습을 보며 혼비백산하여 뒤로 물러섰다. 그 사이에 난사르가 잽싸게 성으로 뛰어올라 공격을 개시하라는 신호 소리를 내자, 사방팔방에서 많은 장병들이 일제히 돌격해 들어가 모두 성벽을 올라갔다. 그리고 성을 지키는 수비병들을 풀을 베듯 살육하고, 네 방향의 성문을 동시에 열자 대군이 홍수처럼 성안으로 밀려들어 갔다. 난사르가 앞서 성을 지키던 유흥각을 찾아 생포하고, 대군으로 하여금 네 성문을 닫게 했다. 그리고 성의 관리와 백성들을 모두 찾아 붙잡아 죽일 거라고 하자, 태사 볼로가 견디지 못하고 군대를 모아, 무고한 백성들을 살육하는 것을 멈추게 했다.

그날 밤 수많은 병사들이 성벽을 넘을 때 모두 태사 모홀리를 보았으며, 태사 볼로 역시 선친을 보고 큰 소리로 울며 절했다. 그리고 봉상부 대전에서 모홀리의 영전에 제의를 올렸다. 봉상부를 지키던 수장 유흥각을 위시해 대소 관리 32명을 모두 베어 죽이고, 선친 모홀리의 영전에 제의를 드리고, 깊은 한을 풀었다.

또 승리한 여세를 몰아 난사르에게 병사를 내어 주어 서화주西和州를 공격하게 하고, 자신은 성 가까운 곳에 매복했다. 서화주를 지키던 대장군 장운이 일반 백성을 모두 병사로 만들어 10만 이상의 병력을 갖춘 것에 자만하여 몽골군을 맞아 싸울 때 난사르가 앞서 논의해 결정한 계략대로 일부러 패한 척하며 도망치자, 장운이 크게 기뻐하며 그 뒤를 추격해 갔다. 그 사이에 볼로는 그들이 나가자마자 병사들에게 성벽을 넘게 하여 성문을 굳게 지키고 서화주 성읍을 점령했다.

그때 장운이 난사르를 장쾌하게 추격하고 있을 때 한 방의 포성이 울리자 8명의 대장수들이 대나무 숲속에서 나와 공격을 개시했다. 장운이 크게 두려워하며 돌아가려고 하자 도망쳤던 난사르의 병사들이 모두 밀밭에서 뛰쳐나와 돌아가는 길을 막고 협공해 금 병사들을 살육했다. 큰 혼란의 소용돌이 속에서 사방으로 길을 찾아가다 죽은 금나라 병사들의 시신이 초원에 그득했다.

그러자 장운이 혼비백산하여 밭을 가로질러 달려가다가 말이 줄에 걸려 넘어지고, 몽골 병사가 그를 붙잡아 포박했다. 장운의 패잔병들이 성을 향해 도망치자 성에서 또 1개 군단의 병사들이 나와 그들을 맞아 협공하며 대적했다. 그로 인해 죽은 금나라 병사들의 시신이 30리 길을 덮을 정도였다. 그 가운데 살아남은 병사를 모두 투항시켰는데, 앞서 도망쳤던 수천 명의 병사는 구제성으로 들어가 성을 단단히 지키고 나오지 않았다. 그밖에 경양과 분원汾原 등의 성읍 사람들이 스스로 와서 투항했다.

한편 그 여세를 몰아 난사르가 먼저 대군의 반을 이끌고 경조성의 배반했던 장수 고 원수를 에워싸 포위하고, 밤에 사다리를 넘어 들어가 곧바로 경조를 탈환하고 성을 지키던 대장 고 원수를 생포했다. 이때 여러 신하들이 논의하여 경조의 백성들을 피로 씻어 버리자고 하자, 난사르가 웃으며 말했다.

"그렇게 해서 빈 성을 취해 무엇하겠소?"

그리고 고 원수를 참수하여 그 머리를 매달아 성 안팎의 모든 사람에게 알리고, 백성들을 평정시켰다.

이 무렵 금나라의 행정사 완안합달과 이랄포아가 정월에 봉상부의 포위를 풀기 위해 와서 공격해 들어가지 않았다. 그러자 금나라의 추밀판관 백화가 황제의 명을 받고 와서 진격하여 들어가라고 재촉하자,

완안합달과 이랄포아가 "몽골군의 힘이 엄청나게 강하고, 기백이 넘쳐 있어 가볍게 싸워서는 아니 됩니다"라고 했다.

백화가 돌아가 황제에게 이를 고하자, 금나라 애종이 속이 들끓어 크게 진노하며 다시 전령을 보내 재촉하는 명을 전했다.

"대 봉상부가 오래 포위되어 지키는 데 어려움이 있는 것은 분명하나, 우리 군대가 들어가지 못하는 것은 무엇 때문인가? 어찌 되었든 관문을 나가면 몽골군을 거두어 퇴각할 것이 분명하다. 그렇다면 봉상부가 포위된 것을 풀 수 있지 않겠는가?"

애종은 반복해서 엄중히 재촉했다. 완안합달과 이랄포아 등이 병력을 이끌고 관문을 나가 봉상부에서 먼 화음현 변경으로 공격해 나갔다. 바로 그때 난사르의 1개로의 병사들과 마주쳐, 밤새 전투를 벌였으나 싸움에서 패하고 말았다. 그러자 달아나 동관으로 들어가 성을 굳게 지키고 나오지 않자, 봉상부 등의 여러 성이 모두 함락되었다. 난사르는 승리한 군대를 이끌고 원주原州 쪽으로 가자, 원주 백성들이 노인과 아이들을 버리고 모두 도망치는 바람에 성이 텅 비어 원주를 쉽게 점령했다. 성으로 들어가 관청에 좌정해 태사에게 이 상황을 고하기 위해 사람을 보내고, 성의 백성들을 위무하고 성을 평정했다.

한편 좌우의 장수와 신하들이 고하기를 "이 원주의 백성 태반이 도망쳤지만, 분명 그들은 다시 돌아올 것입니다. 그러면 그 기회에 그들을 추격해 죽이고, 그들의 여력을 없애 더이상 싸우러 오는 일이 없도록 하면 성의 도망치는 백성들에게 본보기가 되어 겁을 줄 수 있을 것입니다!"라고 하자 부마 난사르가 말했다.

"이들 백성이 도망친 것은 분명 자신들을 북쪽으로 데려가는 것을 두려워했기 때문이지 다른 뜻은 없을 것이오. 몇 마디로 안정시켜 데리고 올 수 있는데, 죽여서 무엇하겠소?"

그리고 실리얌보로 하여금 그들을 추격하도록 보내자, 그 백성들에게 포고했다.

"모두가 서둘러 성으로 돌아가서 지내시오. 만약 이를 어기면 그대들의 처자식을 몰살시킬 것이오. 그대들 각자 집으로 돌아가 지내면 그대들을 털끝만치도 건드리지 않을 것이오. 빨리 군대 식량을 충분히 준비하고 병사들을 맞으시오!"

그러자 백성들이 모두 기뻐하며 성으로 돌아가 찬미하는 노래를 부르자, 그 소리가 성에 가득 울려 퍼졌다. 그 밖에 이 성의 진씨 성을 가진 사람이 있었는데, 그 이름은 고였다. 그는 큰 부자로 앞서 몇천 명을 데리고 신부산 동굴로 들어가 숨자, 몽골 장수들이 불로 싸우겠다고 했다. 그때 난사르가 이르기를 "계략을 써서 많은 자들을 이끌 수 있다면 용사가 아니겠소? 죽여서 무슨 도움이 되겠소?"라고 하고, 스스로 평복을 입고 몇 명의 기마병을 데리고, 신부산 높은 곳에 올라가 소리쳐 말했다.

"수령 진고는 나오라. 그대를 불태워 죽이겠다고 한다. 살길이 있는데 어찌 죽으려 하는가?"

그러자 진고가 나와 멀리서 무릎을 꿇고 절하자 난사르가 "내가 군대 대장이오. 그대는 아무 말 하지 말고 소리 없이 성에서 지내시오. 내가 그대들을 북방으로 데리고 가지 않을 것이오"라고 하며, 화살을 부러뜨려 맹세하며 말하자, 많은 백성이 기뻐하며 칭송하는 소리가 산천을 진동했다.

그들은 모두 난사르를 좇아 원주의 자기 집으로 각자 들어가 난사르의 초상을 모셨다. 이로써 몽골군이 봉상부와 낙양성, 하중부 등의 여러 성을 모두 함락하여 평정시키고, 예전과 마찬가지로 백성들을 죽이지 않았다. 그러자 백성들이 상의하여 볼로와 난사르를 위한 사당을 짓고 제의를 드릴 때 볼로가 가서 이르기를 "우리 선친께서 이곳에서 돌아가셨으니 사당을 세우고자 한다면 우리 선친을 위한 사당을 세우고, 봉상부의 북쪽 산에서 제의를 드리시오!"라고 하자 모두가 흔쾌히 그의 말을 좇았다.

그리고 몽골 태사 국왕 모홀리의 대묘를 봉상부의 향운산香雲山에 세우고, 양편에 석천응과 이전의 상을 세웠다. 그것은 지금까지 비바람에 씻기며 봉상부 지역을 크게 음우하고 있다. 이 제의에 이전의 아내 양묘진이 아들 이단을 데리고 남편의 상을 보러 갈 때 수베데이 바타르의 군대와 만나 함께 갔다.

수베데이 바타르가 그곳을 어떻게 갔을까? 원래 볼로가 앞서 이전이 죽었다는 소식을 듣자 곧 사람을 보내 조의를 표하고, 이어서 수베데이 바타르에게 3천 명의 병사를 내어 주어 이전이 빼앗긴 지역을 살펴보게 하기 위해 보냈다. 그런데 도중에 금나라 승장僧將 진화상이 병이 쾌유되어 완안합달과 이랄포아 옆에 와서, 몽골의 1개 조의 부대가 서남쪽으로 진격해 들어갔다고 하자 곧바로 자신의 군대를 이끌고 관문을 나가 도회곡이라는 계곡에 병사를 매복시켰다. 그리고 수베데이 바타르의 군대를 일시에 급습하여 제압하자, 수베데이 바타르가 크게 분노하여, 군대를 이끌고 다시 공격했다. 진화상이 이를 당해내기 어렵게 되자 할 수 없이 위주로 갔다.

이해 5월 송나라 조범과 조규가 다시 군대를 이끌고, 갑자기 이전의 처자가 있는 회남 지역으로 가서 느닷없이 공격하자, 이전의 아들 이단의 군대가 패해 달아났다. 그러자 조범과 조규 등이 곧바로 10만 대군으로 회남의 안성시를 공격하여 점령하고, 또 진격하여 회남을 공격할 때 이단의 1만 병사들을 추격하여 살육했다. 그리고 다시 회군해 불을 질러 이단의 속민 2천 명 태워 죽이고, 회남의 아홉 요새와 다섯 개 성을 공격해 모두 파괴시켰다. 이전의 신하 왕민, 조필승 등이 이단을 데리고 몽골 쪽으로 도망쳤다. 이전의 아내 양묘진楊妙眞은 수하의 신하 정연덕 등을 향해 장탄식을 했다.

"20여 년 동안 회남 군대의 창검이 천하에 큰 명성을 떨쳤소. 이제 내가 이곳에 있으면 그대들도 송나라에 항복하지 않아 그대들에게 고통이 되니 어찌하겠소? 그대들은 곧 투항하시오. 20년이 되지 않아 다시 올 것이오. 그때 서로 이해하고 본분을 다합시다!"

그녀는 많은 사람을 둔 채 안용 등을 데리고 회남에서 벗어나 몽골의 수베데이 바타르의 군대와 합류하여 볼로에게 가서 울며 절하자, 볼로가 길게 한숨을 쉬었다.

"내가 봉상부를 위해 애쓰다가 회남을 잃었소!"

볼로는 자신의 일을 황제께 고하고, 벌을 받기 위해 상주문을 보냈다. 이때는 여전히 더운 한여름이었기 때문에 태종 황제가 산시의 세 성을 평정하고, 더위를 피해 구십구 샘물이라는 지역에 대군을 주둔시키고 있었다. 태종이 여러 친왕과 대신들에게 명했다.

"무릇 나라가 쇠약해지는 것은 모두 적군에게서 비롯되오. 남쪽의 금나라와 송나라를 완전히 점령하여 이 두 나라를 멸하지 않는 한 우리 사직을 오래 지켜나가기 어려울 것이오. 그대들이 나를 위해 최선의 전략을 모색해 보고하시오!"

그러자 대 친왕 톨리가 앞으로 나와 눈을 깜빡이며 옆에 있던 사람들을 물리치고 무릎을 꿇고 몇 가지 말을 고했다. 그 말이 매우 은밀하여 많은 사람이 모두 그 말의 뜻을 알지 못했다. 한편 톨리 친왕의 전략을 태종 황제가 듣고 크게 기뻐하며, 그 전략대로 행하라고 명했다. 그리고 한편 태사 볼로와 군왕 다이산다락그치 등에게 명했다.

"산동의 군대를 준비하여 이끌고 가서 적을 맞으시오."

이때 회남의 이전의 무리들이 모두 송나라 조범, 조규의 군사에게 패하고, 이전의 가신家臣 국안용이 이전의 아내 양묘진을 따라 산동의 몽골군 태사 국왕 볼로를 찾아간 때인지라 곧바로 남은 병사를 지휘하게 하여 전투를 준비하고, 황제에게 고하여 국안용國安用을 산동의 도원수 겸 행성사로 삼았다.

그리고 그에게 명했다.

"그대는 최선을 다해 임무를 성실히 수행하기 바라오. 변덕스러운 마음을 품지 말고 최선을 다하시오!"

그때 태종 황제는 한창 더운 대서를 지내고, 7월 말에 또 남쪽으로 진격해 들어갈 것을 논의할 때였다. 금나라의 봉상부 군대 가운데 소포한, 이창국이라는 비교적 지위가 낮은 신하 중 소포한을 사신으로 삼아 송나라로 보냈다. 7월에 소포한이 조서를 갖고 송나라 면주沔州에 이르러 주의 관청으로 들어갔다. 그런데 면주의 통제 장선이라는 자가 예전에 금나라에 있을 때 그에게 패했었기 때문에 밤에 몰래 소포한을 죽였다. 그리고 양측의 소식이 끊어지자 금나라의 봉상부에서 따라갔던 신하 이창국이 톨리 친왕의 숙소에 와서 은밀히 보고할 일이 있다고 하자, 톨리 친왕이 곧 불러들이게 했다. 그리고 측근의 사람들을 물러가게 하고 이창국에게 일에 대해 묻자, 이창국이 고했다.

"금나라가 경도를 변량汴梁으로 옮기고, 20년 동안 평안히 지낸 것은 모두 동관과 황하를 의지해 왔기 때문입니다. 이제 우리 군대가 보계산으로 올라가 한주 지역[원주] 이 지역은 산시에 있다. 보계산은 호남 지역에 있다을 공격하면 금나라 백성들이 뜻하지 않은 사건으로 놀라고, 그 지역민 역시 몽골군의 위엄을 처음 보고 분명 크게 두려워하며 달아날 것입니다. 이렇게 하여 한 달이 되지 않아 당주, 등주 지역을 뚫고 들어가면 금나라가 우리 군대를 하늘에서 내려왔다고 할 것입니다. 그렇게 되면 대사를 이루기가 어렵지 않습니다!"

그 말을 들은 톨리 친왕이 크게 기뻐했다.

"나의 생각과 같소."

다음 날 톨리 친왕은 이창국을 조정으로 인도하여 칸에게 절하게 했다. 그가 은밀한 표문을 올리자, 이창국의 표문을 태종이 보고 톨리 친왕과 같은 생각이었기 때문에 크게 기뻐하고, 이창국을 톨리 친왕 대원수의 좌익 대장군으로 봉했다. 또 소포한을 송나라 사신으로 보냈는데 돌아오지 않자, 소포한의 큰아들 소금효를 우익의 대장군으로 봉했다. 그리고 태종 황제는 좌우의 사람들을 물러가 있게 하고, 측근의 친왕들을 불러 모아 일러 말했다.

"예전에 부황 태조께서 금나라가 남쪽 변경으로 천도한 즉시 이르신 바는 '당주와 등주로 공격해 들어갈 때는 반드시 송나라에 길을 빌려야 하며, 보계산과 한주로 들어가 공격하면 금나라의 동관을 지키는 병사들이 비록 천 리 먼 길의 당주와 등주로 달려온다 해도 우리를 공격할 수는 없을 것'이라는 말씀이었으며, 육반산에서 이러한 유조를 남기셨소. 이제 톨리 친왕의 말이 또 이와 같고, 금나라의 옛 장수 이창국 역시 이렇게 말하였소. 이것은 확실히 훌륭한 전략이라 보오. 짐이 이전에 아우 친왕이 고한 대로 송나라에 소포한을 보냈는데 돌아오지 않은 것을 보면, 송나라에서 그를 살해한 것이 분명하오. 이미 사태가 이렇게 되었으니 먼저 금나라를 공격하고, 나중에 송나라를 공격하여 멸하도록 합시다!"

그리고 이듬해 정월에 많은 사람들을 모아 남북 전체의 군대를 태종 황제가 몸소 지휘하고 남쪽으로 진군해 금나라 변경을 공격해 들어갈 때 "먼저 톨리 친왕은 정예군 5만 명을 징집해 보계 지역을 공격해 함락시키고, 명년에 금나라 변량성에서 만나자"라고 약조했다.

톨리 친왕이 고하기를 "듣자니 옛날에 당나라 태종 이세민이 당나라를 세울 때 이끌고 다녔던 군대가 1만에 이르지 않았다고 합니다. 특히 우리 선친 태조께서 남쪽으로 공격해 들어갈 때도 5천의 철기병을 뽑아 사용하여 사방을 모두 점령했습니다. 또 노 태사 모홀리께서도

단 몇천 명의 병력을 써서 요서, 산동, 하북을 평정했습니다. 이제 상황을 보면 병사의 수가 많다는 것은 모두 허장성세일 뿐입니다. 민첩하지 않으면 나가고 물러나는 것이 느리고, 먹이고 지키는 자들이 상당히 버겁습니다. 신은 5천 이상의 병사를 대동하지 않고, 다만 1만 병사에 해당하는 식량과 보급품을 받으면 대사를 이룰 수 있을 것입니다!"라고 했다.

태종 황제가 그의 의견을 받아들이고, 고한 대로 갖추어 출발하게 했다. 한편 황제가 운중성에 이르자, 세리稅吏 진시가와 조방 등 20여 명의 신하들이 나가 태종을 맞아 알현하고, 10로의 세금으로 금은, 비단, 산호, 진주 등을 몇백 대의 작은 수레에 실어와서 관청 앞에 산처럼 쌓아놓았다.

그러자 태종 황제가 3개 군단의 신하들을 모두 한 계급씩 직위를 높여주고, 상이 고루 돌아가게 했다. 그리고 야율초재를 향해 "경께서는 짐 곁을 한 시도 떨어지지 않으니, 경의 충성이 나라 전체를 가득 덮였습니다. 이들 10로의 조세가 이처럼 분명하게 된 것은 모두 경 한 분의 결정과 노고 때문입니다. 남송과 금 두 나라에 경과 같은 대신이 진정으로 충성을 다했다면 이 지경에 이르지는 않았을 것입니다!"라고 하자 야율초재가 고했다.

"송나라, 금나라의 대신 가운데 어느 쪽이든 모두가 저보다 더 나은 자들입니다. 신은 금나라에서 버려진 어리석은 신하입니다. 이러한 모든 것은 폐하의 복록에 의한 것입니다. 신이 무슨 재주가 있겠나이까?"

태종 황제가 그의 마음을 매우 가상히 여기며 칭찬했다. 곧 명을 내려 중서성을 조직하고, 야율초재를 중서령의 대신으로 봉했다. 그리고 중서성의 인장을 내어주고 나라의 중대사를 그에게 맡겼다.

한편 태종 황제가 친왕으로 있을 때부터 측근에서 따랐던 야율초재가 기용했던 점합중산粘合重山을 좌승상, 진해鎭海[2]를 우승상으로 봉하고, 몽골 승상의 일을 비롯해 중원의 일을 함께 관장하게 했다. 한편 금나라 연경에서 투항한 함득복咸得卜은 원래 야율초재를 못마땅하게 여겼다. 그런 그가 갑자기 중서령의 관직에 오르고 옛날의 총재와 같은 직위가 되자, 마음이 몹시 불안해져 황제의 숙부 친왕 가촉에게 가서 야율초재를 중상하여 말했다.

"야율초재는 원래 요나라와 금나라에 모두 의롭지 못한 인물입니다. 이제 몽골이 흥기하고 무너뜨릴 방법이 없자, 은밀한 계략을 써서 자신의 심복을 중용해 지위에 오르게 했습니다. 그것은 분명 좋은 생각이 아닙니다. 모름지기 몽골 조정의 권력을 모두 장악하고, 몽골을 내부적으로 무너뜨리겠다는 생각이 분명합니다. 서둘러 황제께 고하여 처형토록 하는 것이 좋을 것입니다."

친왕 가촉이 곧 황제에게 아뢰기 위해 사람을 보냈다. 황제가 상주문을 보고 사람을 중상모략하는 것을 알고, 자신에게 온 자에게 "친왕은 중상하는 말을 듣지 말라"고 전하도록 분부하여 보냈다. 이어서 갑자기 요복이라는 관속이 함득복이 비리를 저질렀다고 고발하자, 태종 황제가 즉시 명하여 야율초재에게 조사하여 고하라고 명했다.

---

2 '친카이'라고도 함. 본래 위구르인으로 칭기스 칸에게 등용되었고, 창업공신 중 한 명. 우구데이시대에는 서기국의 필두로 제국 정계에서 영향력을 행사했다.

그러자 야율초재가 태종에게 절하며 고했다.

"함득복이 저를 중상했는데, 이제 신에게 그의 일을 맡겨 묻게 하시면 비록 죄상을 조사해 알 수는 있어도, 자신의 원한에 기울어져 판결했다고 할 것입니다. 특별히 지금은 금나라, 송나라와 싸우고 있는 때이니, 그 일을 추궁하여 무엇하겠나이까? 대사가 중요합니다. 함득복이란 자는 오만한 자이니 그를 어찌하겠나이까?"

태종 황제가 미소 지으며 그의 말을 옳게 여기고, 그 뜻을 받아들였다. 함득복을 몽골 승상 울렌 치르비에게 넘겨 심판하게 하고, 측근의 대신들을 향해 명했다.

"중서령 야율초재는 진실로 관후하고 사려 깊은 대신이오. 그대 여러 몽골 대신들께서는 그의 세심한 생각과 관대한 마음을 본받도록 하시오."

한편 이해 9월 송나라 태묘에 하늘의 불이 내려 화재가 났는데, 이 불 가운데서 이전을 보았다며 큰 소동이 일어났다. 또 톨리 친왕이 남쪽으로 군대를 이끌고 진격해 들어가서, 앞서 송나라 청야원의 통제 장선張宣이 사신 소포한을 암살했다는 소식을 듣고 대노했다.

"송나라는 이전부터 우리에게 공물을 바쳐왔는데, 요 몇 년 동안 공물을 보내지 않았다. 또 함께 연합하여 금나라를 공격하자고 했는데 역시 약속을 지키지 않았으며, 이번에도 역시 우리 사신 소포한을 살해했다. 송나라 멸망의 근원이 여기서 시작될 것이다!"

톨리 친왕은 곧바로 군대를 이끌고 송나라 쪽으로 재촉해 갈 때, 많은 병사들을 가엾이 여겨 아침저녁으로 손자처럼 먹이고 보살폈다. 그러자 병사들이 모두 자신의 원한을 갚는 것보다 더욱 분투하며 민첩하게 달려갔다. 무휴로 들어가려고 대산관大散關을 통과해 들어가 봉주성을 공격했다. 흙더미도 쌓지 않고 곧바로 한 모퉁이를 공격하여 밤낮없이 맹렬히 싸웠다. 그러다가 갑자기 북문으로 넘어가 성을 점령하고, 승리의 여세를 몰아 북을 치고 화양과 양주를 통과해 무휴성을 공격해 함락시켰다. 또 개심산을 빠르게 넘어 조양 연안으로 가서 무휴의 동남쪽 흥원성興元城을 포위했다.

이 지역 사람들은 몽골군을 보자 신령 악귀를 본 것처럼 서로 매달려 아비규환의 난리 속에서 흙먼지를 뒤집어쓴 채 산천에 굴러떨어져 죽은 자가 부지기수였다. 톨리 친왕은 자신의 군대를 3개로로 나누어 돌진해 들어갔다. 좌익의 장군 이국청은 송나라에서 곡식 공물을 요구하기 위해 동로로 달려갔다. 또 몽골 사란과 몽골 보하 두 사람에게 1개 군단의 병사를 내어 주어, 위북渭北 길로 들어가게 하여 송나라의 감주성에 이어 대안 등의 여러 지역의 큰 성을 공격하게 했다. 황하가 열리고 동해 바다가 출렁대듯 파죽지세로 추격하여 물고기, 자라, 뱀, 개구리조차 남김없이 쓸어 버렸다.

또 톨리 친왕은 3천 명의 병사들을 또 나누어 노 장군이자 군왕인 출론에게 1천 명을 내어주고, 송나라 성을 공격해 들어가게 했다. 한중 지역으로 들어가 사천 지역의 반을 공격하고, 낭주를 불로 공격해 점령했다. 톨리 친왕의 군대는 금나라로 봉주를 공격해 점령하고, 3로의 병사들이 함께 만나 금나라를 공격하기 위해 진격했다. 톨리 친왕의 군단에 대한 것은 잠시 밀어두고, 이제 몽골 태종 황제의 1개 군단과 태사 볼로의 1개 군단을 말하려고 한다.

요동 지역에서 상황 태조 칸 때에 칸이 고려에 관리를 보냈는데, 도중에 고려에서 암살된 일이 벌어진 것에[3] 태종 황제는 분노를 금치 못했다. 그때 태조 칸이 서거하고 새 황제가 보위에 올라 아직 여유가 없었기 때문에 그에 대한 응징을 하지 못했다. 그러자 태종은 남쪽을 공격하기 위해 남하했다. 예전에 태조 칸 시절에 마일즈 부족의 수장 우누의 동생 운두르 세첸이 케레이트 군대를 추격하여 갈조강에서 전투를 벌이다 상처를 입고 죽자, 그의 큰아들 볼릭그트 바르스, 둘째 아들 실리그트 바르스, 셋째 아들 테스겔 바르스 이 세 아들을 태조의 곁에 두고 키워 모두 상대부로 삼았다. 이 세 용사 가운데 실리그트 바르스와 테스겔 바르스 두 사람 중 한 사람을 원수, 또 한 사람을 부원수로 삼아 곧바로 7년 동안 공물을 바치지 않은 이유로 고려를 공격하도록 보냈다.

원수인 실리그트 바르스[4]는 5만 명의 몽골, 한인 병사를 통솔하여, 고려에 이르러 대군을 점검하고 공격해 들어갔다. 고려국의 대장 홍복원[5]이 천문에 능통하였는데, 1천5백 명의 지역민을 데리고 대원수 실

3 몽골은 강동성의 전투가 끝난 뒤 고려에 공물을 요구해 왔다. 특히, 저고여는 1221년, 1224년 두 차례에 걸쳐 고려에 파견되어 공물을 요구했다. 그런데 1224년 11월에 공물을 요구하러 온 저고여가 1225년 정월 함신진(의주)을 거쳐 본국으로 돌아가던 중 압록강가에서 피살된다(https://encykorea.aks.ac.kr/Content s/Item/E0049085, 한국민족문화대백과사전).

4 몽골 역사서를 보면, 1231년 우구데이 칸은 예전에 몽골 사신을 살해한 일을 빌미로 1231, 1232, 1235년 세 번에 걸쳐 고려를 공격하는데 가장 강력하게 공격한 것은 1235년 '사르탁(살리타이)' 장군이 이끈 전투였다(А.Очир бусад, *Монгол улсын түүх* Ⅱ, Адмон компани, 2003, p.160). 실리그트는 일반적으로 '살리타이'라는 자로 비정된다.

5 홍복원(洪福源,1206~1258) 고려 중기의 역신(逆臣), 초명은 복량, 시호는 충헌(忠獻)

리그트 바르스를 맞아 투항하자, 곧 함께 군대를 연합하여 모래흙을 파듯 손쉽게 고려의 성을 점령했다. 주변에 이 소식을 들은 지역에서는 모두 이들을 맞아들여 투항했다.

한편 몽골의 대원수 실리그트 바르스는 고려의 항복하지 않은 성읍을 공격해 점령했다. 고려의 군주가 지내는 수도만이 남겨지자 대원수 실리그트 바르스는 보가르지 군왕의 손자 아롤토를 보내 전하게 했다.

"고려의 국왕 철[6]은 빨리 투항하시오. 내가 비록 명을 받들어 당신들 모두를 붙잡으러 왔지만, 예전의 당신을 투항케 했던 아즈나이 메르겐 등이 고려의 왕과 백성들을 잘 돌보라고 내게 말했소. 그리 말하지 않았다면 내가 이미 그대의 성에 들어가 백성들을 이동시켜 데려갔을 것이오."

그러자 고려의 왕 철이 크게 두려워하여 목을 매 죽으려고 몇 자 되는 끈을 찾아 끄는 것을 처자가 보고 말려 살 수밖에 없는 상황이 되었는데, 이제 갑자기 살 길이 열리자 서둘러 자신의 동생 회안공淮安公을 보내 투항의 의사를 전하고 살려 달라고 간청했다. 실리그트 바르스가 황제의 은밀한 명을 수행했기 때문에 곧 군대를 거두고, 상주문을 올리고 다음 명을 청하며 전령을 보냈다. 오래지 않아 태종 황제의 명이 하달되었는데, 그 내용은 '죄를 세 번 용서하고, 죽이지 말고 투항시키라'는 것이었다. 실리그트 바르스가 황제의 명에 따라 많은 자들을 투

---

이다. 1231년 신기도령(神騎都領)으로 있으면서 몽고가 침략해 오자 편민 1천5백 호를 이끌고 투항하여 고려군민만호(高麗軍民萬戶)를 제수받았다. 이후 몽고의 길잡이가 되어 고려를 침공하는 데 앞장섰다(임종욱, 『한국역대인명사전』, 이회, 2009, 1988쪽).

6 고종을 이른다.

항케 하고 바쳐야 할 공물을 정하고, 고려 전체 지역에 72명의 감독관[7]을 두고, 지역을 나누어 몽골에 속국인 솔롱고드[8]에서 고려 지역의 반을 관할케 했다. 지금까지 솔롱고드에 고려 지역이 있다.

그리고 대군을 나누어 돌아갈 때 고려의 군주 철왕이 동생 회안공을 보내 실리그트의 장병들을 위로하고, 수백 수레의 피륙과 금은, 가축을 바치고, 죄를 인정하는 표문을 올려 대원수 실리그트 바르스의 군대를 떠나보냈다.

한편 실리그트 바르스는 4개월 이내에 고려를 투항시키고, 홍복원을 데리고 황제를 뒤쫓아와 복명했다. 그러자 태종은 그를 고려왕으로 봉했다. 이때 초겨울이었기 때문에 태종은 이듬해 초봄에 톨리 친왕과 금나라 변경汴京[9]에서 만나자고 약조하고, 그곳에서 연합하자고 했다. 그리고 군대를 재촉해 남쪽으로 진격해 들어갔다. 황제가 직접 중군을 지휘하고, 왕진념을 좌익의 장군으로 삼고 좌익의 병사들을 지휘케 하여 동로東路로 보냈다. 우익의 대원수 톨리 친왕 군대의 정보가 연이어 들어오자 태종 황제가 크게 기뻐했다. 그리고 10만 대군을 통솔하여 완자성 남쪽으로 가서, 가릉강嘉陵江[10]을 건너 관보關堡로 들어가 강 유역을 끼고 교전했다.

---

7 이들을 일반적으로 '다루가치'라 했다.

8 몽골의 동쪽 나라들은 주로 백색 나라로 표현되며, '솔론', '솔롱고드', '솔롱고스' 등의 나라명이 나오는데, 이들은 '솔' 어근을 갖는 나라로 알타이어족의 '동쪽, 동쪽의, 동쪽에 있는' 등의 의미를 지닌다(Солоон, Солонгод, Википедиа нэвтэрхий толь 참고). 이 가운데 '솔롱고스'는 '고려'를 이르고, 솔롱고드는 동쪽에 있는 나라를 이르는데, 때로는 '솔롱고스'를 고려가 아닌 동쪽의 한 나라로 언급할 때가 있다.

9 개봉(카이펑)을 이름. 변량(汴梁)이라고도 함.

10 양쯔강의 지류. '자링강'이라고도 함.

이 사건을 잠시 멈추고, 9월에 몽골의 태사 볼로와 군왕 다이산다락그치의 대군이 친왕 톨리의 군대와 적진을 뚫고 들어가려고, 금나라 하중부河中府를 에워싸고 마치 바람에 불이 붙어나가듯 맹렬히 공격했다. 그러자 금나라 재상 완안경산노와 무기 등이 경조의 동쪽으로 돌아가서, 추밀원사 초화와가草火訛可와 대원수 판자와가板子訛可 등을 장군으로 삼아 내보내려 했으나 군사력이 역부족이었기 때문에 그들은 나가 싸우다가 패하는 것을 두려워하여 성을 철통같이 지키며 죽어도 나가지 않았다.

그러자 몽골군들이 키 큰 소나무로 200여 척 이상 높이의 망루를 만들고, 그 위에 번개 같은 신궁수라고 불리는 병사들을 내보내 성 안쪽으로 활을 쏘아댔다. 한편 지상에서는 사방팔방으로 쥐구멍 같은 곳을 찾아 굴을 만들어 성안으로 들어갔는데, 밤이 되면 땅에서 웅웅대는 소리가 났다.

이렇게 하여 보름이 되지 않아 금나라의 군사력이 약해져 어쩔 도리가 없는 상황에 몰려 있을 때, 갑자기 성안에 땅굴이 생기더니 몽골군 수천 명이 쏟아져 나와, 사방의 네 성문을 열고 일시에 성을 점령했다. 그러자 초화와가가 10여 번 싸우다가 모두 패하고, 갈피를 잡지 못한 채 달아날 때 태사 볼로 군대의 대오를 만났는데, 태사 볼로가 금 화살로 그의 목을 쏘아 죽였다. 한편 판자와가는 패잔병 3천 명 가까이 모아 상인의 배를 빼앗아 타고 문향闅鄕으로 도주해 변량성으로 들어갔다. 그러자 금나라 애종 완안수서가 분노를 참지 못하고 그를 매질하여 죽여 버렸다.[11]

이때 송나라 역시 톨리 친왕의 군대로 혼비백산했다. 10월에 금나라의 사천 제치사 계여연桂如淵이 사천 지역의 반 정도를 잃고 달아나자, 애종은 계여연의 가솔들을 모두 감금했다. 그리고 대신 이척을 사천의 관리로 삼고, 등두보를 지부, 조언납은 관직을 높였다. 조언납은 원래 흥원부의 지부였다. 그는 원래 말이 진실치 않고 국사를 뒷전에 미뤄 대사를 그르칠 것이라고 신하들이 간언했지만, 금 애종은 그 말을 받아들이지 않았다.

이즈음 몽골의 우익 원수 톨리 친왕은 요풍관饒風關을 공격하여 점령하고, 또 금나라 금주를 지나 동쪽으로 변경을 향해 진격해 들어가자, 주의 백성들이 모두 우물과 땅굴에 들어가 피신했다. 그때 금나라 애종 수서는 대소신료와 재상, 내시 등의 관리를 들어오도록 하여 국사를 논의할 때 여러 사람이 고했다.

"북방의 몽골 군대가 만 리 먼 곳을 힘들게 와서 2년이 되었습니다. 무휴관武休關에 들어가 매우 지쳤을 것입니다. 그러니 우리의 경도를 둘러싼 신양, 창주와 무주, 귀덕 이들 지역의 많은 주와 현에 군대를 주둔케 하고, 또 대장군이 낙양의 동관을 지키고, 회주와 맹주를 용맹한 병사로 견고히 지키게 하는 것이 좋을 것입니다. 경도에 보관해 놓은 곡식이 수백만 섬 이상이 있습니다. 하남 주현의 변경에 일찍 경계 태세를 갖추고, 몽골군을 들어오지 못하게 하면 몽골군이 식량이 떨어져

---

11 『금사본기』에는 문향(閿鄕)에 도주해 온 패잔병 3천 명 가운데 장교 이하는 사면해 주었으나, 판자와가에게는 태장 200대를 쳐 때려죽이게 했다고 언급하고 있다(방기혁 역, 「애종 수서 이야기1」, 『금사본기』 권17(e-book), 2015 참조).

싸우지 못하고, 곧 회군할 것입니다. 그들이 돌아갈 그때를 놓치지 않고, 뒤에서 추격해 죽이는 것이 한 가지 살 길이 될 것입니다!"

그러자 금나라 애종이 크게 슬퍼했다.

"내가 남쪽으로 천도한 지 20년이 되었소. 백성들은 전택田宅을 잃고, 그 처자들은 모두 오갈 데 없이 팔려가 병사들 뒤치다꺼리를 하고 이제 적이 쳐들어오면 맞서 싸울 수도 없고, 수많은 백성들을 지켜낼 수 없을 것이오. 다만 경성을 온전히 지킬 수 있다 해도 그것이 무슨 도움이 되겠소? 황제라는 자가 백성에게 힘이 되어야 하는데, 백성을 구할 수 없으면서 하나의 성으로 무엇을 하단 말이오? 아, 몽골의 칭기스 칸의 말에 따라, 하남의 왕이 되어 나라와 백성을 지켰더라면 오늘날 이처럼 답답하지는 않았을 것이오. 짐이 한 가지 전략을 세웠소. 나라의 존망에 대해 천명을 받아들일 것이오. 오로지 백성들을 저버리지 않을 것이오!"

애종 황제는 곧 명을 내려 여러 장수를 양주와 등주에 주둔케 했다. 12월에 완안합달과 이랄포아에게 병사들을 통솔케 하여 등주로 보냈다. 또 양옥연楊沃衍과 진화상 그리고 몽골에 이반하여 들어온 무선 이 세 사람의 병력을 합류케 하고, 모두에게 명을 내려 차례로 나가 순양順陽[12]에 군대를 주둔케 했다.

이때 톨리 친왕의 장병들은 금나라의 깊은 곳으로 침입해 들어가 한강漢江에 주둔했다. 한편 완안합달과 이랄포아가 여러 장병들과 상의하

---

12 하남성 석천현.

여 말하기를, "우리가 황하 지역으로 가서 강가에서 싸우는 것을 경계하며 강을 지키는 척하다가 몰래 강을 건너 갑자기 기습하면 어떻겠소?"라고 하자 수하 신하 장혜張惠와 안득목安得木이 고했다.

"우리 군대를 두고 강을 건넌다면 우리 땅 가운데 텅 비게 되어 군대가 흩어지는 것을 조심해야 할 것입니다."

그러자 이랄포아가 말하기를 "그렇다면 몽골군이 지쳐서 돌아가는 것을 기다리자는 것이오? 아니면 몽골군이 스스로 성벽에 머리를 박고 죽어주기를 기다린다는 말이오!"라고 했다.

그런데 여러 사람이 이 일을 논의하여 결정하기도 전에 몽골군이 강을 건넜다. 완안합달과 이랄포아가 비로소 진격하여 우산禹山에 이르러 지형을 살피고, 군대를 나누어 보병을 우산 앞쪽으로 나란히 대오를 이루게 하고, 기병을 산 뒤쪽으로 매복시켰다.

이에 몽골군의 톨리 친왕이 금나라 군대의 정황을 보고 웃었다.

"저 한인들이 참으로 어리석구나!"

그리고 곧바로 진군하여 공격하지 않고, 대오를 변형시켜 기러기 날개처럼 양쪽으로 나누어 산을 덮어나가면서 세 개 군단으로 나누어 금나라 기병들의 뒤에서 달려왔다. 금나라 완안합달이 말하기를 "오늘 기세를 보아 싸우기가 어려울 듯싶소"라고 하자, 많은 장수들이 크게 두려워하며 어찌할 바를 몰라 허둥댔다. 몽골군이 이미 그들 코앞에 이르렀기 때문에 금나라 군대가 싸우지 않을 수 없는 상황에 몰려 연이어 세 번 접전을 했다. 그런데 보니 몽골군의 수가 매우 적었고, 또 그 뒤에 다른 병력이 없는 것을 알았다. 또 서쪽 편에 아무도 없었기 때문에 금나라 이랄포아는 스스로 병력을 이끌고 몽골 기병의 후방을 돌아나가 연이어 공격해 들어갔다. 또 금나라 장수 포찰이 그 안에서 몽골군의 여세를 밖으로 밀며 싸우자 몽골군이 비로소 뒤로 퇴각했다.

완안합달이 이르기를 "이들 30만 병력의 치중輜重[13]이 모두 한곳에 있으니, 우리가 모두 피해 있으면 며칠 동안 먹고 식량이 다 떨어져 스스로 퇴각할 것이오. 그때 추격하여 싸우면 곧바로 승리할 것이오!"라고 했다.

그러자 이랄포아가 "황하가 이미 단절되고, 강물이 얼지 않았소. 몽골군이 험한 곳으로 깊이 들어와 돌아가기가 어렵게 되었소! 이제 어찌 곧바로 달아날 수 있겠소! 천천히 싸워도 패하지 않을 것이오!"라고 했다.

그러나 완안합달이 그의 말을 받아들이지 않고, 그날 밤 군대를 정렬하여 이튿날 공격하기 위해 출격하자 몽골군이 갑자기 자취도 없이 사라져 버리고 없었다. 모두가 말을 타고 주위를 돌며 며칠을 찾고서야 비로소 몽골군을 발견했다. 그들을 보니 모두 광화성 맞은편 연안에 있는 키 큰 대추나무가 있는 깊은 숲으로 들어가 나흘째 낮에는 밥을 해 먹고 잠을 자고, 밤이 되면 모두 말을 타고 서 있었는데 숲 밖에서는 소리가 들리지 않았다.

완안합달과 이랄포아가 등주성으로 들어가 식량을 얻는다는 구실을 대고, 진시와 사시 사이에 몽골군이 들어가 숨어 있는 깊은 숲 뒤편에

13 병사들의 보급품을 실은 수레.

불을 놓아 제압하려고 그곳에 막 이르자, 갑자기 몽골군이 숲에서 튀어나와 금나라 군을 공격할 때 한편으로 몽골의 정예 장수와 기병 100여 명이 돌격해 들어갔다. 이랄포아와 완안합달 두 행성사의 중요한 치중을 모두 빼앗고, 많은 식량을 모두 가져갔다. 금나라 병사들은 전투에서 패해 성시 아래 주둔하고 있었다. 밤 2경 즈음에 완안합달과 이랄포아가 비로소 성에 들어가 큰 종을 치게 하여 신호를 보내, 도망한 병사들을 모아들이게 했다. 한편 몽골의 톨리 친왕의 군대는 대승을 거두고, 진영으로 돌아가 잠시 휴식을 취했다.

금나라 변량의 백관들이 이 소식을 듣고 상주문을 쓰게 하여 올리고, 대경사라 하여 성중에 모여 축하의 예식대로 백관이 모여 5단 8묘를 제의하게 하고, 많은 신하들이 술을 올리며 절을 할 때[14] 좌승상 이혜李蹊가 반은 기뻐하고, 반은 괴로운 마음으로 슬피 울면서 말했다.

"이날 많은 이의 생명을 구해 내었으니, 이겼다고 하지 않을 수 없소. 그러나 2년 후에 큰 화가 닥치는 것을 보게 될 것이오."

그리고 곧이어 성을 지키던 수만의 백성들을 내보내 집으로 돌아가게 했다.

친왕 톨리의 우익 장수 소효력蘇曉力의 병사들이 달려와서, 많은 백성을 모두 붙잡아 갔다. 그러자 변량성이 두려움으로 들끓었다. 이달 송나라에 새로운 태묘—조상의 사당이 지어져 준공되자 곧 백관들이 경하의 예로 절하기 위해 갔다. 그때 몽골의 친왕 톨리의 좌익 장수인 이

14 이것은 완안합달과 이달포아가 몽골군과의 접전에서 패한 것을 숨기고 승리했다고 속이자, 백관들이 축하했다는 의미를 담고 있다.

창국李昌國의 병사가 죄를 물으러 와서, 송나라 변경을 점하고 공격하며 난리를 일으킨다는 좋지 않은 소식을 들었다. 연이어 몽골의 태사 국왕 볼로와 다이산다락그치 등의 수하 선봉 난사르 군대가 매복하여 대산관으로 공격해 들어갔는데, 송나라가 촉 지역 잔도 다리 길을 불질러 놓았기 때문에 난사르는 양단현을 통해 어관성으로 나가 면주성沔州城에 이르렀다. 그때 송나라 제치사 계여연이 흥원성을 지키고 있었는데, 난사르가 서한을 보내 길을 내어줄 것을 다음과 같이 청했다.

대송국은 예의지국이요, 금나라는 약탈적이고 무례한 나라이니, 송나라가 비록 흥성하지 못하여도 금나라가 점령하지 못하게 하는 것이 좋을 것이오. 이제 하늘의 때를 따라 흥성한 우리 대몽골의 군대가 금나라를 멸하고, 송나라를 비호하게 될 것이오. 이제 실제 대송이 이전의 약조대로 우리 군대와 연합하여 금나라에 옛 원수를 갚는 것이 좋지 않겠소? 비록 그렇게 하고자 하지 않는다 해도 우리에게 하나의 길을 빌려 주어, 금나라를 멸하게 하고 원수를 갚는 것이 어떻겠소? 그러니 이제 좋은 말로 금양의 길을 빌리려 하오. 우리 몽골 군대 총 5개로가 명년에 모두 금나라의 당주와 등주를 통과해 변량에서 만나기로 했소. 금나라가 이 소식을 듣는다면 우리에게만 도움이 되는 것이 아니라 귀 대국도 원수를 갚게 될 것이오!

그때 송나라 제치사 계여연이 길을 내주지 않는다 하면 분명 자신들을 공격할 것이요, 내준다고 하면 경내에서 난리가 날 것을 두려워했다. 진퇴양난에 처하자 어쩔 수 없이 그렇게 하겠노라고 약조하고, 수하 신하를 보내 몽골군을 인도하여 무휴관에서 전진해 가서 등주성에 이르러, 금나라 소관성小關城을 함락케 하고 몽골군을 성에 들어가게 했다.

이때 금나라 군대가 동관만을 지키고 있었기 때문에 몽골이 남송과 연합한 것을 전혀 알지 못했다. 몽골군이 큰 홍수로 산이 무너져 내리듯 파죽지세로 공격해 들어가자 금나라 병사들이 와서 몽골군이 하늘에서 내려왔다며, 혼비백산하여 두려움으로 큰 소동이 일었다. 이해 12월 금나라 사방팔방에서 모두 몽골군이 공격해 들어가 많은 백성이 갈 방향을 잃었다. 또 예전에 몽골 칭기스 칸 6년 금나라 연경을 포위했던 것과 같은 기세로 산천의 백성들이 스스로 불을 질러 달아나고, 또 갈 곳이 없이 가릉강을 건너 관보關堡로 흩어져 황하 연안으로 가다가 단민에 이르렀다.

몽골군은 요동 지역에서 서쪽으로 촉 지역에 이르기까지 전체 148개의 성과 요새를 점령했다. 이때 몽골 태종 황제의 좌익 대원수 왕진념의 군대가 앞서 돌격해 들어가 금나라 홍원의 양주에 주둔하면서 요풍관饒風關을 점령했다. 그리고 모두가 이듬해 금나라 변량에서 만날 것을 확고히 했다. 이듬해 금나라에 무슨 변고가 일어났는지 다음 장에서 보게 될 것이다.

**사관 인잔나쉬의 시 한 수 2**

경솔한 바얀다이를 단죄한 영문황제[15]는 진실로 명철하고

많은 지역을 공격해 함락시킨 예종 톨리 친왕은 늘 충직하고 용맹했네

선친 태사의 원수를 갚은 국왕 볼로는 진정 정직하고 의로웠으며
죽임을 당한 이전의 부인 양묘진은 진정 앞을 멀리 내다보는 지혜가 있었네

15 우구데이 칸의 시호.

제64장

# 친왕 톨리는 삼봉산에서 3천 명의 병사로 금나라 10만 병력을 제압했네 태사 볼로는 변량성에서 10만 병력으로 금나라 100만 병력을 포위했네

임진년壬辰年, 푸른 대몽골국 태종 황제 4년, 송나라 이종 조윤 소정 5년. 이해 금나라 애종 수서는 연호를 바꾸어 천흥天興 원년이라 했다. 태종 황제는 이해 48세였다. 이해 태황태후의 춘추가 70세가 되어, 대사면령을 내리고 노인과 어린아이들에게 큰 상을 하사했다.

이해 정월에 태종 황제는 백파白坡 언덕에서 황하를 건너 양주[1]로 들어갔다. 또 대장군 톡그통고 바타르를 선봉으로 하여, 태사 볼로의 군대와 함께 금나라 수도 변량성을 포위하기 위해 보내고, 태종 황제는 뒤에서 천천히 갔다. 금나라 애종은 사방에서 병사들이 들이닥치자 당황해 어쩔 줄 모르며, 문무백관에게 적에 맞서 싸울 전략을 논의하여 결정하라고 명했다.

그러자 상서령사 양거인揚居仁이 고하기를 "몽골군은 멀리서 오니 그

1 원본에는 '양주'로 되어 있으나 잘못 전사된 것으로 보인다. 이때 태종은 '정주'로 들어간다.

틈을 타서 공격합시다"라고 했다. 이에 평장정사 백살白撒이 백성 가운데 건장한 장정 1만을 뽑아 마근출麻斤出을 따르게 하여 보냈다. 황하의 멀리 떨어진 강가를 파내, 변경성 주위의 깊은 제방에 강물을 끌어들여 성과 마찬가지로 깊은 물이 있게 만들었다. 또 대장군 협곡살합夾谷撒合에게 보병과 기병 3만 병력을 내어주고 황하 강가를 순찰하게 하고, 경성 주위의 백성들 5만 가호를 성내에 이주시켰다. 그리고 몽골과 맞설 준비를 했다.

한편 몽골의 태종 황제는 서하국 사람 휼가恤可가 올린 계략에 따라 하중으로 가서 하청河清의 연안을 따라 백파로 강을 건너갔다. 그때 마침 친왕 톨리가 병사들을 통솔하고 진격해 가서 금나라 협곡살합을 맞아 싸우며, 봉구封丘에 갔다가 돌아왔다. 그때 톨리 친왕의 군대의 좌우익 장군 이창국과 소효력 두 사람이 선두로 밤에 공격해 들어가 금나라 협곡살합의 3만 병사를 사정없이 찌르며 맹공격을 하자, 금나라 군대가 크게 참패했다. 금나라 군대는 겨우 2천 명의 몽골 병력에 혼비백산하여 흩어졌다. 마근출은 죽임을 당하고, 3만 병력 가운데 300명의 병사만이 살아남아 달아났다. 이번 전투에서 금나라 병사가 죽임을 당한 것은 참으로 안타까운 일이다.

태종이 양주로 들어가 대장군 수베데이를 불러서 태사 볼로에 협력하게 하고 변경을 포위해 공격하도록 보냈다. 그러자 금나라 팽성彭城의 제공과 마백견이 군대를 이끌고 태종 황제를 맞아 항복하자, 태종이 친왕 톨리에게 상을 하사했다.

금나라 군주 애종은 또 여러 문무 대신을 불러 모아 대책을 논의할 때 여러 대신들이 고했다.

"이번에도 예전에 출호고기가 지켰던 것처럼 되면 아니 됩니다. 예전에 모두 그의 말대로 하여 연경을 빼앗기고, 성의 안팎을 모두 지키지 못했습니다. 성의 사방 120리를 지키기 어렵습니다. 그러니 외부에서 이주시켜 성에 들인 40만 명의 백성을 병사로 치고, 성안의 병사와 합세하여 성을 지키게 하십시오. 그 외에 지난날 공훈을 세운 100명 이상의 병사에게 포상하고, 성을 지키는 세 곳의 장수들의 부족함을 보충케 하십시오. 이들을 경성의 동서 연안에 주둔시키고, 동서 두 도위都尉에게 위주衛州의 의군 4만 명과 일반 장정을 뽑아 합세하게 하고, 또 병사들을 4개 군단으로 나누어 각각 사방을 지키게 하십시오. 그 가운데서 정예 용사 4천 명을 선별해 뽑아 비호군飛虎軍이라 칭하고, 사방에 1천 명씩 비호군을 배치하고, 밤낮없이 군대를 시찰하며 협력하고 지원하게 하면 비로소 군대가 갖추어질 것입니다."

한편 금나라 애종 황제는 한림학사 조병문趙秉文에게 명하여 자신의 뜻을 기록하게 하여 백성들에게 선포했는데, 그 조서에는 다음과 같은 내용이 있었다.

"황제가 구중궁궐에서 행복을 누리고, 많은 백성에게는 배고픔과 가난의 고통을 맛보게 하고 도탄에 빠진 것을 돌아보지 않은 것을 참회하며, 그 슬프고 애통한 뜻을 표하네. 많은 백성의 진정 의롭고 충성스러운 마음을 헛되게 하여 이러한 상황에 이르게 되었네."

백성들이 황제의 조서의 내용을 듣고 감동하지 않는 자가 없었다. 낙양의 백성들이 이 포고령을 보고 모두 통곡했다. 이때 몽골의 태종 황제가 우산禹山에 이르러 금나라 군대를 공격하여 대승을 거두고, 사방의 주와 현, 성읍을 함락시키고 투항하지 않는 곳이 없었다.

그런데 등주에서 변량을 향해 달려갈 때 금나라의 두 행성사 완안합달과 이랄포아 두 사람이 보병과 기병 15만 병력을 이끌고 달아나자, 친왕 톨리의 3천 명의 병사들이 뒤에서 줄지어 추격했다. 그러자 완안합달이 상의해 말하기를 "몽골군이 겨우 3천인데, 우리가 싸우지 않고 이처럼 달아나는 것은 참으로 나약함의 극치가 아니겠소? 도중에 한번 기습합시다!"라고 했다.

균주均州의 사하강에 이르러 갑자기 병사들이 멈추어 서서 몽골군을 기다렸다가 맞서 싸우려고 하자, 몽골의 톨리 친왕의 군대가 추격해 달려와 금나라 병사들을 보자마자 친왕 톨리가 겁먹은 척하며 급히 명했다.

"병사들은 빨리 도망치라."

그러자 병사들이 달아나자 수하 장병들이 참지 못하고 물었다.

"친왕께서는 어찌 이처럼 겁쟁이가 되셨습니까?"

그러자 톨리가 말하기를 "금나라 병력이 10만이고, 우리 병력이 3천인데 어떻게 대적할 수 있겠느냐?"라고 했다. 이에 금나라 대군이 오만해져 몽골군을 추격해 올 때 몽골의 장병들이 참지 못하고, 모두 싸우겠다고 소리를 맞추어 외치자 친왕 톨리가 물었다.

"그대들이 진실로 그들과 싸울 담력이 있단 말인가?"

병사들은 모두 팔을 걷어붙이고 발을 구르며 외쳤다.

"돌아가 싸우겠나이다."

그러자 톨리 친왕이 병사들의 마음이 진심인 것을 알고 곧바로 사하강沙河江 상류의 얕은 물길로 군대를 정렬하고 기다렸다.

금나라 완안합달의 군대가 진영에 진을 치고 있을 때, 갑자기 톨리 친왕이 3천 명의 병력을 3개 군단으로 나누고, 세 개의 강력한 대오로 만들어 북을 치며 돌격해 들어갔다. 금나라 병사들이 막 밥을 지어 먹으려고 하고 있는데, 몽골군이 돌이 구르듯 맹렬히 돌격해 들어왔다. 그제서야 금나라 병사들이 계략에 걸려든 것을 알고 혼비백산하여, 갑옷과 투구, 무기와 솥과 화덕, 식량을 모두 버리고 달아났다. 몽골군이 그 뒤를 바람결에 번개처럼 무차별 공격해 들어갔다. 금나라 병사가 숨 쉴 새 없이 허겁지겁 도망쳐 황유점黃榆店에 이르러서 보니, 균주에서 25리 되는 곳까지 비와 눈이 함께 휘몰아치며 내렸다. 병사들이 앞으로 나갈 수가 없자 하늘을 외쳐 부르며 절규했다. 그때 느닷없이 변경에서 전령이 달려와 "두 행정사의 병사들은 모두 변경으로 오라."는 명을 전했다.

완안합달과 이랄포아는 몽골군을 두고 북쪽 강을 건너려고 할 때 몽골군이 한강 연안 양쪽에 모두 큰 나무를 세워 길을 가로막았다. 금나라 장군 양옥연이 민첩하게 길을 빼앗아 많은 병사를 이끌고 진격해 들어가 삼봉산三峯山—세 개 봉우리가 있는 산에 이르렀다. 병사들은 사흘 동안 아무것도 먹지 못했다. 이때 몽골군이 대승을 거두고, 쉬지 않고 그 뒤를 추격해 들어갔다.

그러자 금나라에서 새로 투항한 팽성의 마백견이 톨리 친왕에게 고하기를 "눈이 엄청나게 많이 내리니 병사들을 잠시 멈추게 하고, 폐하의 대군을 기다리는 것이 어떠하겠습니까?"라고 하자 톨리 친왕이 웃으며 말했다.

"이 눈은 하늘이 우리를 도우신 것이오. 이 눈이 아니었다면 우리 군대가 승리하기 어려웠을 것이오. 이제 이 정도의 상황으로 기회를 놓치면 그 두 놈이 곧 성으로 들어가 생포하기 어려울 것이오. 금나라 조정이 믿는 것은 바로 이들 몇 사람이오. 이런 상황에서 싸우지 않고 폐하를 기다리면 어찌하겠소? 무엇을 위해 나를 남쪽으로 보내셨겠소?"

톨리 친왕은 곧 하북의 제공과 마백견의 군대를 함께 이끌고 삼봉산으로 추격해 갔다. 산을 에워싸 사방으로 진을 치고, 많은 병사들이 땔감을 자르고 고기를 구워 먹고 있었다. 그때 몇 리 너머 눈 가운데 있던 사흘이나 굶주린 금나라 병사들이 맛있는 냄새를 맡고, 견디지 못한 채 하늘을 부르며 우는 소리가 구름을 뚫고 하늘을 진동시켰다.

이에 친왕 톨리가 "균주 쪽으로 길을 열어 금나라 군대를 내보내면서 죽이면 일이 쉬울 것이다. 이 산 가운데서 살육전을 벌이는 것은 쉽지 않다!"라고 하며 많은 병사를 배불리 먹이고 술을 취하도록 마시게 했다. 그리고 곧 명하기를 균주 쪽으로 길을 내어주고, 금 병사들의 뒤를 추격하여 기습할 준비를 했다. 그리고 그곳에서 사냥감을 쫓듯이 금나라 병사들을 덮쳐 습격해 들어가자, 힘이 빠지고 굶주림에 지친 병사들은 정신을 잃고 혼란에 빠졌다. 그리고 곧바로 균주 쪽으로 달아나면서 절규하는 비명 소리가 산을 진동케 했다.

이에 몽골에 반역한 무선과 바얀이 먼저 30여 명의 기병을 이끌고, 대나무 숲으로 몰래 이동해서 밀현密縣 쪽으로 갔다. 양옥연과 번택, 장혜가 걸어서 싸우며 나가자, 친왕 톨리가 대포를 쏘게 하여 섬광처럼 질주하여 돌격해 들어갔다. 술과 음식을 배불리 먹은 병사들이 마른 나뭇잎에 불이 일어나듯 굶주린 금나라 병사들을 베면서 공격해 들어갔다. 금 병사들이 일시에 몰살되자 눈 위에서 붉은 피가 흘러내리고, 산 가득히 붉은 먼지가 피어올랐다. 초원길에 병사들의 흘린 피가 붉은 모란꽃이 떨어져 내리는 듯했다. 이제 핏길이 붉게 드러나고, 흰 눈이 덮인 전장터에 죽은 사체가 붉은 꽃술을 베고 쓰러져 있었다.

'복숭아, 살구 과수원' 시객이 달빛 아래 배회하며 붉은 복숭아꽃의 꽃술에 취한다. 사관 인잔나쉬 내가 글을 쓰다가 이 대목에 이르러 긴 한숨을 쉬며 시 한 수를 읊는다.

신성한 옥 같은 산천에 끔찍한 전투가 벌어지자
흰 눈 위에 죽임을 당한 병사의 붉은 핏빛이 선명하구나
금나라가 멸망에 이르자 하늘도 시련을 주니
아, 가엾은 이들은 얼마나 억울할까

금나라의 수많은 병사들이 마치 마른 장작처럼 눈 속에서 종횡으로 쓰러져 있었다. 금나라 장수 양옥연과 번택, 장혜 등이 걸어서 도주하고, 병사들은 길 위에서 무기를 발견하면 주워들고 몽골군과 싸우면서 또 모두 죽임을 당해 설원에 꽃 같은 피를 쏟으며 쓰러졌다.

한편 완안합달은 상황이 이미 이렇게 되자 말에서 내려 싸우다가 이랄포아와 헤어지게 되었는데, 그가 어디에 있는지 행방을 알 수가 없

었다. 완안합달은 진화상과 몇백 명의 기병들을 이끌고 도망쳐 균주성을 향해 달아날 때, 망경교 다리 건너편에서 태사 볼로가 보내 매복해 있던 장수 알탄샤에게 생포되었다.

이때 몽골 태종 황제는 양주[2]에서 나와 친왕 톨리 군대가 금나라 완안합달의 15만 병력을 맞아 싸운다는 소식을 듣고, 서둘러 노장군 촐론 군왕과 구온불화 두 사람에게 먼저 정예군을 주어 보냈다. 그때 이미 모든 것을 제압하고 균주를 포위했다. 그리고 병력이 함께 연합하여 균주를 공격할 때 연이어 태종 황제가 도착해 톨리 친왕의 3천 병력으로 금나라 15만 병력을 누른 것을 보고, 동생 친왕 톨리의 손을 잡고 말했다.

"아, 아우가 아니었다면 누가 이런 곳에서 이처럼 싸우고, 이 같은 눈 속에서 이 같은 승리를 이끌 수가 있었겠는가? 선친 성무황제의 용맹함을 이어받은 하나뿐인 나의 아우."

그러자 여러 친왕, 대신들이 또 한목소리로 칭송했다.

"톨리 친왕의 용맹한 명성은 진실로 천하에 널리 알려져 있습니다."

그러자 톨리 친왕이 말하기를 "내게 무슨 재주와 능력이 있겠습니까? 이 모든 것은 모두가 황제 폐하의 큰 덕에 천신의 가호가 있었기 때문입니다"라고 했다.

톨리 친왕이 자신의 공에 자만하지 않자 문무백관들은 놀라움을 금치 못했다. 톨리 친왕을 위시해 친왕 촐론, 구온불화, 몽골 보하 네 사

2 이 부분도 역시 '정주'가 잘못된 것으로 생각된다.

람이 성의 사면을 에워싸고 균주성을 공격하며, 많은 병사에게 나무 패를 세우게 하고 성 밖에서 싸울 때 완안합달이 안에서 철통같이 방어를 하여 며칠 동안 공격이 계속되었다. 그러다가 갑자기 비와 눈이 동시에 내리며 차가운 북풍이 불어오자, 성 위에 쌓아놓았던 나무와 돌이 모두 얼어붙어 버렸다.

그러자 톨리 친왕이 크게 기뻐하며 북을 치게 하고 모두가 구름사다리를 세워 성벽을 넘어가자 균주의 병사들이 비명을 지르며 사방으로 흩어지고 북문을 빼앗겼다. 몽골군이 돌격해 들어가 성을 점령하고, 완안합달은 남문 아래서 구온불화에게 생포되었다. 구온불화가 그를 보고 또 투항케 하는 것을 두려워하여, 입, 코, 눈, 귀를 모두 훼손한 채로 데리고 오자, 그가 어쩔 수 없이 된 것을 보고 할 수 없이 그를 죽이게 하고 그 머리를 높은 장대에 걸었다.

한편 진화상의 병사가 또 저항하여 싸울 때 많은 병사에게 소리쳐 말하게 했다.

"너희가 의지한 것은 황하와 완안합달이다. 이제 황하는 이미 우리 것이 되어 강을 건넜으며, 완안합달 장군은 이미 붙잡혔다. 성도 이미 빼앗겼거늘 어찌하여 대항해 싸우는 것이냐?"

그러자 금나라 병사들이 전쟁의 기를 눕히고, 무기를 버리고 투항했다. 이때 금나라의 충효군의 승장僧將 진화상이 일반 백성의 지하 야채 저장고에 숨어 있었다. 몽골군이 성을 이미 점령하고 평정한 뒤 잠잠해지자, 진화상이 생각해 보니 도저히 빠져나갈 길이 없었다. 그는 막다른 상황에 이르렀음을 알고, 저장고에서 나와 몸을 드러내 몽골군에 붙잡혔다. 마침 그때 태종 황제가 성에 이르러 그 장면을 보고, 친왕 톨리에게 진화상을 내어주고 심문하라 명했다.

그러자 진화상이 "나는 금나라 사람으로 대 충의군의 총령總領 완안 진화상이라는 자다. 대창원과 위주, 도회곡 등지에서 그대의 병사들을 죽인 자가 바로 나다. 내가 만약 많은 난군들 가운데서 죽으면 나라에서 아는 자가 없는데, 오늘 특별히 이처럼 명백히 죽으면 세상에 나를 알아주는 자가 있을 것이다. 빨리 죽여라! 어서 죽여라!" 하고 저주하며 소리쳤다.

몽골 장수들이 그에게 투항하라고 하자, 진화상이 크게 노여워하며 외쳤다.

"내가 사람이거늘 어찌 짐승에 투항하겠느냐?"

진화상이 저주 섞인 말을 하자 친왕 톨리가 웃었다.

"힘이 다하여 붙잡힌 뿔 없는 당나귀요, 운이 끝난 화상 네가 어찌 부질없이 성깔을 부려대는 것이더냐? 비록 진정 살고 싶다 해도 무슨 의미가 있으리오. 일을 이루지 못하고 붙잡혀서 무슨 용사라고 행패를 부리는 것이냐? 네가 용사이면서 어찌 붙잡힌 것이냐? 부처님 머리에 종노릇하는 보잘것없는 까까머리의 무릎을 빨리 꿇게 하라!"

병사들이 그에게 몇 번을 무릎을 꿇게 했지만, 번번이 일어나자 병사에게 그 다리를 베게 하여 무릎을 꿇렸다. 그러자 진화상이 욕설을 그치지 않아 입술 양쪽을 귀 끝에까지 베어 버리자 더 저주하지 못하고 피를 불며 발버둥쳤다.

친왕이 여러 신하를 향해 명했다.

"우리나라에 이와 같은 욕쟁이들을 영웅호걸이라 하여 몇몇 인간들을 투항시켰다. 이 같은 종놈들이 붙잡혀 이제 금나라에 영웅호걸이 없거늘 어찌 영웅호걸처럼 성질을 부려대는 것이냐? 이런 종이 우리 후데르 부스를 죽였으니, 서둘러 후데르 부스의 이름을 써서 향을 피우고 이 까까머리 종을 앞에 데려다가 베어 죽이고, 그 심장을 꺼내 후데르 부스의 영전에 제의를 올려 의로운 영혼을 위로하고 기쁘게 하여, 그 공로에 보답하도록 하라."

병사들이 진화상을 데리고 가 도막을 쳐 죽이고, 그 심장으로 후데르 부스의 영전에 제의를 지냈다. 그런데 진화상의 심장이 정말 크냐 하면 전혀 크지 않고 도리어 작았다. 몽골의 젊은 장수들이 모여들어 진화상의 죽은 시신에 말젖으로 만든 아르즈[3]를 뿌리며 말했다.

부끄러움 없는 사내대장부여
훗날 다시 태어나면
지체하지 말고 우리 몽골에서 육신을 얻어
불후의 공을 세우기 바라네

한편 톨리 친왕이 대군을 이끌고 갈 때 알탄샤가 태종 황제를 영접하기 위해 관산에 가서 이랄포아를 생포하자, 친왕 톨리가 그를 투항시키려고 상당히 설득을 했지만 그가 말을 듣지 않았다. 이랄포아가

3 여기서 언급한 것은 '마유주'가 아니라, 말젖을 발효시켜 만든 순도 높은 증류주를 이른다.

톨리 친왕에게 말하기를 "내가 금나라의 대신이 되어 헤아릴 수 없이 귀한 은혜를 입었소. 살아있을 때도 금나라의 대신이요, 죽어서도 금나라의 귀신이 될 것이니, 그대는 나를 군대에 사용할 수 없소"라고 했다.

그러자 톨리 친왕이 "내가 그대를 죽여 그대가 충의를 이루도록 하는 것은 마음속으로 견디기 어렵소. 그대를 놓아줄 터이니, 그대 스스로 죽어 충의를 이루기 바라오"라고 하며 놓아 주었다. 이랄포아가 그 은혜에 절하고 곧 자신의 목을 베어 죽으려고 하는 것을 톨리 친왕이 멈추게 하고, 많은 이를 향해 "이랄포아는 진정 의로운 자라 할 수 있소"라고 하며 가짜 시신을 만들어 관산에 묘를 세우게 하고, '금나라의 의로운 장군 이랄포아'라는 비를 세워 주었다.[4]

한편 2월에 금나라에서 몽골 대군이 요풍관에 진격해 들어갔다는 소식을 듣고, 도단올전徒單兀典[5]을 파견하여 문향閿鄉의 행성사로 삼아 동관을 지키게 하고, 도단도단백가을 관섬의 백호百戶 총관으로 삼아, 일을 처리하게 했다. 백관[6]이 달려가 관산 가까운 현의 진지에 방을 붙이고, 백성들을 큰 성으로 이주시키고 곡식과 풀 등 치중의 양식을 모아 섬주로 가져다 놓았다. 그리고 산과 강이 가까운 숲에 몰래 들어가 지내며 병란으로부터 피해 있었다.

그때 금나라 신하 아리합阿里合이 황제의 명으로 장군 도단을 불러 변

4 역사적으로 보면 이랄포아는 결국 참수형에 처해진다(방기혁 역, 「애종 수서 이야기 1」, 『금사본기』 권17(e-book), 슬기야단비야, 2015 참조).

5 본문에서는 '도단올전'이 '도단'과 '올전' 두 사람으로 되어있으나 잘못된 것임.

6 여기서 '문무백관'이 아니라 자료를 보면 '도단백가'가 섬주로 달려갔다고 한다.

경으로 데리고 갔다. 도단이 즉시 동관을 지휘하는 총수 납합합윤納合合閏[7]과 합세했다. 진람秦藍[8] 총수 완안중희完顔重喜가 자신이 지휘하는 보병 11만과 기병 5천 병력을 옮겨, 진람의 여러 관문에서 협곡 입구를 지키게 했다. 또 괵주虢州에서 섬주로 들어가는 동화同華,[9] 문향 일대의 군량 수십만 곡斛을 나라의 장비로 준비한 200척 이상의 배로 물결 따라 동쪽으로 흘려보내 수송하려 할 때 느닷없이 몽골의 태사 볼로와 수베데이 등의 대군이 가까이 접근해 왔다. 그리고 곧바로 곡식을 싣는 것을 멈춰 세우게 하자, 배를 빈 채로 되돌아가는 것을 기회로 이 주의 많은 백성이 귀한 물건을 가지고 배에 올라 도망치려 했다.[10] 그때 몽골 기마병과 마주치자 몽골군이 말을 강에 들여보내 헤엄치게 하여 들여보내 많은 배를 빼앗았는데, 이때 죽은 남녀가 헤아릴 수 없이 많았다.

한편 금나라의 동관을 지키던 대장 이평李平이 동관을 몽골에 바치고 투항하자, 몽골군이 바닷물결처럼 계속해서 물밀 듯 섬주 지역까지 엄청나게 공격해 들어갔다. 총수 도단올전이 스스로 선두에 서서 문향의 병사와 남녀노소의 백성들을 이끌고 서남쪽 길로 가다가 큰 산에 들어서니, 백양나무가 엄청나게 무성하고 빽빽하여 앞으로 나아가기가 어

---

7 본문에서는 '총수'를 고유명사로 표기했으며, 납합합윤에 대한 전사를 잘못한 것으로 보인다.

8 '진주(秦州)'와 '남주(藍州)'를 이름.

9 '동주(同州)'와 '화주(華州)'를 이름.

10 『금사』에는 백성들을 동원하여 영보(靈寶)와 협석(硤石)에 있는 관청 창고에 양곡을 실어 나르려고 했다고 언급하고 있다(방기혁 역, 「도단오르덴」, 『금사열전』 권54(e-book), 슬기야단비야, 2015 참조).

렵게 되자, 중군의 장수들이 모두 배반하고 떠나갔다.

이를 몽골군이 듣고 태사 볼로 수하의 한인 장수 자로씨가 수백 명의 민첩한 기마병을 이끌고 추격해 산길로 거슬러 올라가자, 산길에 쌓인 눈이 낮에는 녹고 밤에는 얼어 진흙탕 길이 되어 가기가 매우 어려웠다. 그 길로 도망치는 백성들과 금나라 병사를 따라 달아나는 부녀자들은 수레와 말이 없었기 때문에 병사들에게 버려져 슬피 울며 절규하는 소리가 그들이 있는 길과 산에 가득 이어졌다.

몽골군이 이를 보고 백성들에게 공포하기를 "우리 몽골군의 원수 태사 국왕의 법은 엄중하다. 백성을 범접하지 않을 것이다. 그대들은 어찌하여 이처럼 울며 이유를 알지 못한 채 겁쟁이 벼슬아치들을 따라 스스로 고생을 자초하는 것인가?"라고 하자 백성들이 기뻐 외치는 소리가 산천을 진동시켰다.

그때 몽골의 자로씨 군대가 벌써 철령 고개를 넘어 함성을 지르며 공격해 오자, 그나마 있던 금나라 병사들은 극도로 굶주린 상태였기 때문에 곧바로 싸울 수가 없어 달아났다. 총수 완안중희와 대 선봉장 정의 등이 몽골에 피살되자 금나라 대군 13만 명이 큰 혼란을 일으키며 각기 흩어졌다. 대총수 도단과 대장군 합윤이 30여 명의 기병을 이끌고 몰래 산 계곡으로 도망치다가 몽골의 후렐 부스의 군대에 붙잡혀 모두 죽임을 당했다.

한편 몽골 대군이 며칠 동안 귀덕부歸德府를 포위하고 있었다. 성을 지키던 경력 우석禹錫은 우호적이고 지혜로운 자로 성의 망루에서 온갖 부드러운 말로 울며 사정하고, 또 군량을 끈에 매달아 내려 주어 몽골 병사들에게 식량을 제공하자 몽골군의 성정이 사납고 거칠었지만, 그의 덕스러운 태도를 보고 그의 성을 공격하는 것을 잠시 멈추었다. 우석은 금나라 행성사 석잔여로石盞女魯가 천거하여 기용한 자였다. 이렇게 해서 귀덕부는 우석의 우호적이고 관후한 덕에 의지하여, 성의 모든 백성이 죽음에서 벗어날 수 있었다.

이때 어떤 자들은 금나라 군주에게 다시 문신을 뽑아 승상으로 삼는 것이 옳을 것이라고 했다. 한편 완안새불을 비방하여 학식이 부족하고 세상 만물과 만사를 꿰뚫지 못하기에 사람을 잘 기용하지 못하고, 일의 큰 요체를 이해하지 못하여 대사를 지체시킨다고 고하자, 승상의 지위를 거두고 집에서 지내게 했다. 후에 몽골 승상 수베데이와 태사 볼로, 군왕 다이산다락그치, 촐론 등이 대군을 이끌고 와서 변량성을 포위하자 황제를 위시해 거지에 이르기까지 모두 고통에 신음했다. 그러나 그들 일반 문인, 재상, 승상을 비롯해 일반 서기들 모두 입을 봉하고 아무 말도 하지 못한 채 눈이 튀어나와 조금도 도움이 되지 않았다.

금나라는 원래 병권으로 나라를 얻고 몇 대에 걸쳐 지락을 누려왔는데, 무신의 충정의 뜻을 모두 버리고, 오직 기예와 거짓된 문신들을 기용한 지 오래되었다. 그런데 이제 갑자기 몽골군이 다시 기습해 오자, 그들 헛된 주둥이로 성을 짓는 문신들은 모두 모아들인 창고의 녹봉을 먹고, 재물을 받아 비단옷을 입고 쌀밥을 먹었다. 어떤 간의대부들은 한 치의 도움도 주지 못하면서 만 사람이 이해할 수 없는 계략을 찾았다고 하여 몇십만 병사를 보내면, 출정한 병사들이 모두 몽골군을 만나자마자 곧바로 몽골의 먹이가 되었다. 비록 한두 명의 무신으로 뽑힌 자라도 모두 헛된 탁상공론에서 나온 자들이기에 수십만 병력을 데리고 나가면, 곧 먼저 자기 병사들을 모두 죽게 했다. 또 만약 그가 죽임을 당하지 않고 위기에서 빠져나가면 곧 장수가 스스로 죽게 됨으로써 금나라 군대가 패해 전투가 끝나게 됨으로 전혀 방법이 없게 되었다. 많은 문신들은 집집이 첩과 미녀들과 풍악을 울리며 향락에 빠져, 이미 오늘 성을 빼앗기면 내일 투항하겠다는 생각을 먹고 조금도 대수롭지 않게 여겼다.

그러자 금나라 애종 황제가 전날의 잘못을 크게 후회하며 어쩔 수 없이 능력이 없다고 버려두었던 옛 대신을 찾아 불러 모았다. 능력이 없다고 그만두게 했던 옛 승상 완안새불을 찾아 군대 일에 기용하려고 하자 완안새불이 한숨을 내쉬며 고했다.

"탁상공론의 독이 배와 가슴에 들어갔는데, 제가 나가 어찌하겠나이까? 옛날에 영윤[11] 자공[12]이 세 번 관직에서 물러나고 세 번 그 관직에 봉해져도 얼굴빛이 변하지 않았는데, 제가 겨우 한 번으로 어찌 다른 말을 고할 수 있겠나이까? 다만 그는 세 번이나 물러나도 죽지 않았습니다. 그러나 저는 이 한 번에 곧 끝이 날 것입니다."

11 영윤(令尹)은 관직명. 재상의 일종으로, 춘추전국시대 초나라에 설치되었다. 상국(相國)의 지위에 해당하며 군정을 장악한 최고 관직이다(이병갑, 『중국역사사전』, 학민사, 2006, 296쪽).

12 몽골 현대문으로 옮긴 본문에는 '자공'으로 되어 있으나 실제로는 '자문'으로 언급된다. 『논어』에 자장이 공자에게 묻기를 "영윤 자문(子文)이 세 번 벼슬하여 영윤이 되었으되 기뻐하는 기색이 없었고, 세 번 벼슬을 그만두면서도 서운해 하는 기색이 없어서 옛날 자신이 맡아보던 영윤의 정사를 반드시 새로 부임해온 영윤에게 일러 주었으니 어떻습니까?" 하고 묻는다(『논어』 공야장 제5).

완안새불은 황제의 명에 따라 성을 지키는 많은 병사를 지휘하여 공격하고 수비하는 계략을 가르치고, 몇 번이나 성을 빼앗길 뻔한 위기를 벗어나게 하여 큰 도움이 되었다. 그러자 애종은 그를 예전대로 승상으로 봉하고, 변량성의 백성들 가운데 2만 명을 선발하여 병사로 삼았다. 또 그에게 군대를 지휘케 함으로 성을 빼앗기는 고통을 겨우 모면할 수 있었다.

이때 친왕 톨리의 군대가 또 러시아군의 용병술을 사용하여 백 가지 포를 준비하고, 3월 초에 낙양성을 공격하기 위해 준비했다. 낙양성 가운데는 삼봉산에서 패한 병사 4천 명과 승장 진화상의 충효군 100명 이상이 있었기 때문에 이들로 하여금 낙양성을 지키게 했다. 그런데 이 성의 수장 살합련撒合輦은 등에 종기가 나 싸울 수가 없자, 한을 품고 금수에 뛰어들어 죽었다. 일을 행하지 못해 죽는 것을 무슨 능력삼아 말하는 것이 참으로 이상하다. 낙양성의 임수진은 낙양에 다시 관청을 설치하여 백성의 일을 처리하고, 변량으로 돌아가 하남의 많은 백성들 가운데 강신强伸이라는 한 문무의 능력을 겸비한 자를 찾아냈다. 모두 그를 의로우며 부정하지 않은 자라고 천거하여, 관청의 일과 낙양의 상비군 2천5백 명을 함께 지휘하게 했다.

그리고 사흘 동안 전략을 논의하고 있을 때 몽골의 친왕 톨리의 군대가 당도해 낙양을 3면에서 포위해 공격하며 포와 화살을 쏘아댔다. 성안에 비단과 피륙이 없었기 때문에 승상은 옷과 휘장 등으로 깃발을 만들어 성 위에 적지 않게 세워 신호로 삼고, 자신은 몸소 수많은 병사를 이끌고 성을 지키며 싸웠다. 이밖에 또 많은 병사 가운데 건장하고 우직한 병사 수백 명을 선발해 한 조로 조직하고, 이쪽저쪽으로 다니며 백성들을 도움으로써 성이 상당히 견고해지자 많은 사람들이 평안해졌다. 이렇게 해서 이 부대를 천하무적의 용맹한 부대라고 불렀다. 그 능력이 수만의 사람과 맞먹었다.

이때 병사들의 무기가 다 망가지자 구리 동전을 녹여 쇠를 대신해 무기를 만들었고, 만약 몽골군의 한 개 화살촉을 얻으면 그 촉을 빼서 네 개 화살촉으로 만들어 쏘았다. 아니면 죽통으로 활과 화살을 만들어 쏘았다. 또 수류탄을 만들어 쏘았으나 사람에게 적중을 시키지는 못했다. 또 끈에 돌을 묶어 치는 것을 가르쳐 치게 하자 상당히 잘 해냈으며, 가리킨 곳을 맞추지 못하는 경우가 없었다. 그렇게 해서 강신은 사방을 돌아다니며 살피고 공격하여 싸움을 승리로 이끌었다. 그러자 친왕 톨리가 병력을 더하여 석 달 동안 맹공격을 할 때 성 가까이 접근하기가 어려워 군대를 잠시 거두어 철수했다.

그때 금나라에서 몽골 태종에게 화친을 청하는 사신이 몇 차례 갔는데, 태종 황제가 잠시 더위를 피해 북쪽으로 물러나 지내고 있었다. 그들의 화친에 대해 논할 사신을 양주에서 보내 변량성에 달려가게 해 조서를 전하고, 금나라 애종 황제에게 투항할 것을 권면했다. 또 금나라 한림학사 조병문과 연성공, 공원조 등의 27가호의 가솔과 자신들에게 붙잡힌 이랄포아의 가솔과 처자를 모두 보낼 것, 그밖에 바느질할 손재주 있는 처녀들과 사냥을 위한 새를 길들이는 자들을 요구했다.

이에 금나라 애종 황제 완안수서가 할 수 없이 그의 형 완안수순의 아들 와가訛可를 조왕曹王으로 봉해 인질 삼아 보내고, 상서좌익 승상 이

혜대에게 몽골이 요구하는 모든 것을 부족함 없이 갖추어 보내 화친할 것을 청했다. 또 간의대부 아혼다이 패만을 화친을 협상하는 사신으로 보내기에 앞서 몽골 대장군 수베데이 바타르가 이를 듣고 서둘러 태사 볼로에게 고하자, 볼로가 웃으며 손으로 왼쪽 귀를 눌렀다. 그러자 수베데이가 그 의미를 알아채고 곧 성 아래로 가서 큰 소리로 외쳤다.

"나는 명을 받고 공격해 들어가는 것은 알지만, 그에 대해 아는 것이 없소."

그리고 수베데이가 곧바로 공격해 들어갔다. 포와 무기, 화살과 돌로 성 밖의 참호가 파괴하자마자 성안에 있는 일반 백성, 부녀자들까지 모두 들어가 나무와 돌을 지고 참호를 메꾸었다. 이에 금나라의 평장 백살白撒이 군대를 이끌고 싸우려 해도 서로 화친을 한다고 하여 또 감히 공격하지 못했다. 성안에서는 여전히 시끄럽게 소란이 일었다.

애종 수서가 그 소리를 듣고 10여 명의 기병을 이끌고 서문으로 나가 비를 맞으며 주교 다리를 거슬러 가자, 황제의 수레와 대오가 모두 비에 젖으니 성의 많은 백성들이 놀라지 않는 자가 없었다. 황제가 갑자기 나온 것에 대해 경성 전체가 놀라는 한편 또 기뻐했다. 백성들이 길을 피하고, 신하들이 황제를 맞는 모든 의전이 예에 맞는 것이 없었다. 백성들은 길을 피할 여유가 없어 황급히 길가에 무릎을 꿇었다.

황제가 성을 버리고 가는 것으로 생각하여 늙은이, 젊은이들 할 것 없이 황제를 말리며 절하자, 황제 뒤에서 재상, 승상 등과 측근 태감위 등이 달려와 서둘러 황제에게 비 가리개와 덮는 것을 가져와 비를 피하라고 했다. 그러나 황제는 비를 가리지 않고 말했다.

"짐이 적에게서 피해 달아나는데, 이런 것으로 무엇을 하겠소?"

신하와 병사, 백성들이 모두 함께 황제가 백성들을 두고 가지 말 것을 간청하자 애종이 궁으로 돌아갔다. 이어 성의 서쪽 모퉁이를 지키는 5, 60여 명의 병사들이 달려와 길에서 일행을 맞으며 고했다.

"몽골군이 많은 물이 있는 참호의 반을 흙을 져날라서 막고, 참호의 대부분을 막아가고 있는데, 평장께서는 또 싸우지 말라 하시니 화친이 깨지면 어찌할지 두렵다고 하셨나이다."

그러자 애종이 "짐이 백성들을 가엾이 여겨 몽골에 한 신하라 일컬어 북쪽을 향해 몽골을 섬기고, 공물을 바칠 때 모든 것을 따르며 하나뿐인 자식인 양자를 먹여 키워 사람 구실을 할 수 있기도 전에 인질로 삼게 했소. 그러니 그대들은 잠시 기다리시오. 조왕이 몽골에 가는데 몽골군이 다시 돌아가지 않는다면, 그때 죽을힘을 다해 싸워도 늦지 않을 것이오"라고 하며 조왕을 보냈다.

그런데 몽골 진영의 수베데이 바타르는 상부에서 소식이 오지 않자 병력을 더해 성을 공격하기를 멈추지 않았다. 그러자 금나라 황제는 경덕궁에서 여러 가지 포를 만들게 했다. 또 무쇠로 초롱 모양의 크고 작은 포탄을 만들었는데 모두 무게가 있었다. 그 가운데 화약을 채우고, 또 대포에 넣어 쏘면 포탄이 터지면서 상당히 먼 곳에서 구름 먼지가 일어났다. 그 외에 또 성안에 있는 태호석[13]으로 된 가산假山을 완전

---

13 태호석(太湖石)은 중국의 쑤저우 부근에 있는 타이후(태호) 주변의 구릉에서 채취하는 까무잡잡하고 구멍이 많은 복잡한 형태의 기석. 쑤저우의 정원에서 가장 중요한 것은 가산이며, 이 가산을 구성하는 주요 요소가 바로 태호석이다(https://ko.wikipedia.org-/wiki/태호석).

히 무너뜨리고, 성벽 안을 돌로 쌓고 지키게 했다. 또 성안에 있는 궁전과 병사, 백성의 파손된 가옥이 있는 지역의 돌과 벽돌, 흙, 나무를 져 나르게 해, 밤낮으로 몇십만 명이 성안의 담장을 쌓게 하여 성벽과 일정하게 만들었다.

그러자 몽골이 비록 포를 쏘아도 뚫을 수가 없었다. 또 성 사방 모서리에 또 400대 이상의 포를 준비하여 밖을 향해 쏘았다. 성벽이 몽골군이 쏜 포에 의해 뚫어지거나 떨어져 나가기 때문에 바깥쪽으로 버드나무 가지 끝에 젖은 소가죽을 월계수처럼 늘어뜨리자, 그 위에 포석이 맞아도 뚫지 못했다. 이처럼 여러 가지 방식으로 성을 지키자 몽골군이 성 밖에서 150일 이상을 포위하고 공격했다. 성채가 포석에 맞아 부서졌지만, 참호가 깊고 넓어 성으로 공격해 들어가기가 어려웠다. 참호의 깊이가 2장,[14] 너비가 20장이 되었고, 그 가운데 또 흙더미가 메워져 있었다. 그리고 30, 40보 거리마다 100여 명의 병사가 지키고 있었다. 성벽 아래로 또 한 장 너비의 낮은 담장을 흙으로 쌓아올려 그 위로 몇 사람이 나란히 다닐 수 있었다. 이 담장은 성을 지키는 장군 백사가 지켰다.

이런 상황에서 몽골군이 성문을 공격하기가 매우 어려웠다. 특히 백사가 많은 병졸 가운데서 우직하고 사나운 자 1천 명 이상을 뽑아, 밤에 몽골의 포대를 빼앗으려고 많은 갓등을 신호 삼아 성의 병사들에게 지켜보라고 했다. 몽골의 수베데이 바타르가 그것을 알고 곧 병사를

14 1장(丈)은 3m 정도.

매복시켜 공격하자, 그에 맞서 싸울 수가 없었다. 도리어 금 병사들이 사상을 입어 어쩔 수 없는 상황에 처하자 또 한 가지 특이한 포를 만들었는데, 성의 망루에서 큰 돼지 방광만한 쇠통에 화약을 채우고, 대포에 넣어 몽골군 진영으로 쏘았다. 이 무쇠 포탄이 터지면 또 몇 10장의 거리에서 불타며 떨어지기 때문에 그 이름을 진천뢰震天雷라고 불렀다. 그 포탄이 터지는 소리가 100리 너머에서 들렸다.

한편 몽골의 수베데이 바타르가 소가죽으로 방어할 수 있는 은신처를 만들자, 그 안에 사람들이 숨어서 공격했다. 이에 금나라 병사들이 다급해져 곧바로 진천뢰를 쏘고, 비화창飛火槍이라는 불화살을 쏘아댔다. 이 진천뢰는 10여 리의 먼 곳을 폭파시킬 수 있었기 때문에 몽골군이 성 가까이 접근하지 못했다. 안으로 굴을 파고 들어가려 해도 남쪽으로 물이 많았기 때문에 굴에 모두 물이 차 들어가 전진할 수가 없었다. 대포로 공격해도 이 진천뢰와 비화창은 맞서 공격하기가 매우 어려워, 몽골군이 이 두 가지 무기를 꽤 두려워했다.

그럼에도 불구하고 밤낮으로 줄기차게 16일을 공격하여 성 안팎 양편의 병졸 100만 이상이 전사했다. 몽골 군대 앞에 한인 병사들이 가림막이가 되어 진격했기 때문에 금나라 병사들은 모두 한인들을 죽였다. 여전히 전투가 그치지 않고 있을 때 태사 국왕 볼로에게 태종 황제의 칙령이 전해지자, 볼로가 명했다.

"그들이 화의를 원하니, 잠시 무기를 내려놓고 병사들은 퇴각하라!"

그러자 성안에서 금나라 태후가 황후를 대신해 호부시랑 양거인楊居仁을 의추문으로 내보내 큰 연회를 베풀게 하고, 금은보화, 비단, 옷가지 등 수백 수레를 내어 몽골군에 바쳤다. 그리고 "이미 화의를 하였는데, 어찌 이렇게 급히 몰아세우는 것입니까?"라고 묻자, 태사 볼로가 무어라 하기 어려워 태종 황제를 대신해 온 수베데이 바타르에게 일을 전가했다.

볼로는 금나라 대신을 돌려보내고 다이산다락그치, 수베데이 바타르 등과 상의하여 말했다.

"본래는 이번에 변경을 함락시키고, 황제를 생포하려고 했소. 그러나 이미 폐하께서 죄를 면하라는 조서를 내리셨고, 이제 또 금나라가 순순히 따르니 죄를 면할 것이오."

그리고 병사들을 철수시켜 하락河洛 지역에 주둔시켰다.

이에 금나라에서는 적잔합희赤盞合喜가 모두 성을 지킨 공훈이 있는 많은 신하를 데리고 축하연을 하려고 하자, 황족인 완안사열이 "옛 성가운데 평화맹약이라는 것을 춘추시대에는 부끄럽게 여겼소. 전투를 잠시 멈춘 것을 어찌 축하할 일이라 하겠소?"라고 했다. 그러자 합희가 화를 냈다.

"황제의 사직이 망하지 아니하고, 태묘가 훼손되지 않았으며 폐하께서 고통에서 벗어나시고 백성들은 죽음에서 헤어났소. 그런데 완안 황족은 기쁘지 않단 말이오? 어찌 기쁘지 않다는 것이오?"

합희는 곧 조병문에게 상주문을 쓰게 해 황제에게 올려 자신의 소견을 고하게 했다. 그리고 축하의 예법대로 황제에게 절했다.

그때 애종 완안수서는 단문端門[15]을 나와 대사면령을 내려 보시를 베풀고, 연호를 바꾸어 천흥天興 원년이라 했다. 많은 주와 군을 방어하고 지키는 신하, 장수, 병졸들에게 상을 내리고, 공을 세운 자들을 구별해 직위를 내렸다. 큰 성의 봉구문을 열고 병사와 백성들을 내보내 땔감과 물을 길어와 생활하도록 했다. 또 금나라 애종는 평장정사 완안백사를 관직에서 물러나게 했다.

5월에는 변경 가운데 큰 전염병이 돌아 닷새 만에 60만 명 이상이 죽어 나갔다.[16] 이유를 불문하고 의원醫員들이 얻은 이익 가운데 반이 되는 수만 냥을 나라의 피해가 생긴 곳에 사용했다.[17] 이번에 죽은 자들의 수가 싸움에서 죽은 병사의 수를 넘었다.

또 6월에 금나라 서주徐州 군대를 지휘하는 총령 왕우와 장홍 그리고 도통 봉산이 배반하여 금나라 양식과 풀에 불을 붙여 난리를 일으키자, 이웃 지역을 지휘하는 행성 도단徒單이 서둘러 경성으로 달아났다. 그러자 몽골에 투항했던 이전의 수하 장수인 국안용國安用이 배반하고 군대를 데리고 서주로 들어가 성을 지키던 총령 왕우를 죽이고, 봉선을 원수로 삼아 서주를 다스리게 했다.

이어 7월에는 또 금나라의 비호군飛虎軍의 병사 신복이라는 자를 앞세워 몽골군을 이끌고 온 당경 등의 사신과 30명 이상의 사람을 객사에서 죽였다. 금나라 애종이 그들을 추궁하지 않고 일을 그대로 넘겼는데, 이로써 두 나라는 이전의 화의가 깨지고 다시 화친을 교섭하는

---

15 궁전의 남문.

16 『금사』에서는 "50일간 90만 명이 죽어 나갔다"고 언급하고 있다(방기혁 역, 「애종 수서 이야기 1」, 『금사본기』 권17(e-book), 슬기야단비야, 2015 참조).

17 『금사』에 보면, "질병이 크게 돈 후, 장의사와 승려 혹은 도교도사, 의사 등이 큰돈을 벌었으므로, 담당관에게 세금을 두 배로 걷어 국가재정에 도움이 되게 하라고 지시하였다"라고 언급하고 있다(위의 책 참조).

일은 끝이 났다. 몽골군이 사방에서 다시 움직였다. 이에 몽골을 배반한 국안용이 서주를 쟁취하고, 금나라의 서주에서 동쪽으로 모든 지역을 지휘하는 유안국이 비주의 속주와 현, 그리고 두정의 속주와 현을 모두 가지고 국안용에게 투항하자, 국안용이 서주, 숙주, 비주 등 세 지역을 다스렸다.

몽골의 서부 대원수 아술로가 그 소식을 듣고 크게 노여워했다.

"이 세 주는 우리가 정복한 곳인데, 이 도적놈 국안용이 감히 이곳을 기습해 취했소. 이 배반자 놈을 잡지 않으면 아니 될 것이오."

그리고 곧바로 수하의 한인 장수 장진張進에게 병사를 내어 주어 보냈다. 그때 장진이 느닷없이 서주로 달려와 국안용을 붙잡으려고 하자, 국안용이 달아나다가 병사들을 모아 장진을 공격했다. 장진이 준비 없이 있다가 느닷없이 기습을 당해 국안용의 병사에게 죽임을 당했다.

이에 국안용은 해주를 지키던 원수 전복 등과 연합하여 몽골로부터 확실히 등을 돌린 양묘진을 버려두고, 비주邳州로 돌아가 산동의 여러 주와 합병하여 서주, 비주, 숙주를 쟁취하고, 많은 사람들을 모아 백마와 검은 소를 죽여 맹약했다. 그리고 금나라에 투항하자 금나라 애종 황제가 국안용을 연왕兗王에 봉하고, 자신의 성씨인 완안을 성姓에 넣게 하고, 이름을 용안用安이라 개명케 했다. 그러자 앞서 투항했던 사람들이 그를 보고 망하는 나라에 투항했다고 모두 "푸!" 소리를 내며 흩어졌다.

국안용은 헛된 이름을 받고 갈 곳이 없게 되자, 할 수 없이 덕전의 곁에 가서 유안국과 함께 숙주를 다스리는 중승노重僧努를 만나 자신이 금나라에 투항한 것을 말하지 않고, 곧 그와 우호적으로 지내며 그의 1만이 넘는 군대를 이끌고 해주海州를 공격하러 갔다. 그런데 도중에 그가 금나라에 투항한 일이 들통나 중승노는 병사들을 데리고 모두 돌아갔다. 이에 국안용은 계략이 드러난 것을 알고 곧 금나라 왕의 관복을 입고 관을 쓰고 다시 금나라로 들어가 장군과 병사를 선발하여 모을 때, 이전의 아내 양묘진은 국안용이 배반한 일을 듣고, 몽골 태사가 이를 알까 두려워했다. 그녀는 급히 국안용의 가솔 가운데 노인과 젊은이, 처자를 모두 잡아 죽이고 그 머리를 바치게 했다. 그리고 그 머리를 태사 볼로에게 보내고 벌을 받기 위해 청주로 갔다. 이에 국안용이 그 소식을 듣고 크게 원통히 여기며 혼절하여 쓰러졌다.

그리고 곧 금나라에서 얻은 병사를 이끌고 양묘진을 공격하러 가자, 금나라 애종이 그 소식을 듣고 측근 대신 세영을 보내 국안용과 덕전, 안국 세 사람을 대신으로 봉하고 몽골군을 맞아 싸울 준비를 했다.

8월에 몽골을 배반한 무선이 삼봉산에서 패해 흩어진 병사들을 모아 10만 병력을 얻어 유산留山에 주둔하고 있었다. 당시 변경이 포위되어 있었는데, 금나라 애종이 무선에게 등주 행성사 완안사열과 합세하고, 완안사호와 연합하여 전진해 들어가라고 명했다. 그러자 무선이 황제의 명을 받들어 밀현의 동쪽에 이르러, 몽골군이 미산에 주둔해 있다는 것을 들었다. 완안사열이 말하기를 "우리가 이곳에 잠시 진을 치고 무선이 오는 것을 기다렸다가 함께 진격해 들어가자고 할 수 없소"라고 하며 완안사열은 곧 전진해 변경에 이르렀다. 이에 애종 황제가 또 추밀사 적잔합희[18]에게 명해 대군을 지휘케 하여 무선을 맞도록 보냈다.

완안사열이 경수京水에 이르렀을 때, 느닷없이 몽골군의 우익 원수 아술로가 병사를 이끌고 국안용을 붙잡아 데리고 가고 있었다. 완안사열의 병사들은 혼비백산하여 싸우지도 못하고 모두 흩어져 달아났다. 무선이 이 소식을 듣고 또 크게 두려워하며 서둘러 돌아갈 때 무선의 병사들은 몽골이라는 소리를 듣자마자 흩어져 달아나 또 유산으로 돌아갔다. 그러자 적잔합의는 중모中牟에서 사흘 동안 (더 많은 병력의 합류를) 기다리다가 완안사열의 군대가 적에게 궤멸되었다는 소식을 듣고 크게 두려워하며 병영의 모든 것을 버리고 달아나 도성으로 돌아갔다.

그러자 금나라 애종이 진노하여 합의의 관직을 삭탈하고 징계했다. 합의가 불쾌히 여기며 원한을 품고, 배반하리라 마음을 먹었다. 그는 후에 최립이라는 자에게 죽임을 당했다. 송과 금, 몽골 세 나라가 일시에 싸우는 것을 잠시 언급하지 않으려 한다.

이해 9월 몽골 태종 황제는 거용관 밖 관산官山에 머물다가 가을이 되자 남쪽으로 돌아가려고 했다. 그때 요동에서 사신을 보내 고한 내용은 다음과 같다.

> 고려인들이 몰래 폐하를 배반하여 우리 몽골이 설치한 다루가치 72명을 모두 죽이고, 자신의 군주를 모시고 동쪽 바다섬인 강화도에 들어가 지내고 있

18 원문에는 '적잔'과 '합의'를 두 인물로 되어 있으나 '적잔합의'는 한 인물임.

습니다. 처음에 투항한 고려의 홍복원이 남은 백성들을 이끌고 몽골 대군이 오는 것을 기다리고 있습니다.

그러자 태종 황제가 대노하며, 운두르 세첸의 아들 실릭그트 바르스에게 북로의 10만 병력을 내어주고, 고려국을 정벌하기 위해 보냈다. 이어 금나라에 항복을 권유하려고 보낸 몽골 사신 당경을 죽이는 일이 발생했다는 상주문이 이르자, 태종이 하늘을 찌를 듯이 분기탱천하여 명했다.

"대군은 남쪽으로 들어가라."

태종의 명이 떨어지자 이어서 또 실릭그트 바르스가 대군을 이끌고, 철가鐵哥를 선봉으로 하여 고려국에 들어가 공격하며 빗자루로 쓸 듯이 돌격해 들어갔다. 강화도로 가는 도중 고려 도성 남쪽 편 처인성 안에서 전투를 벌이던 중 생각지 않게 원수 실릭그트 바르스가 병사의 독에 묻은 화살에 맞아 며칠이 지나지 않아 죽었다.[19] 그러자 선봉 철가가 통곡하며 장례를 치르고, 곧 대군을 이끌고 고려를 공격하기 위해 가서 다루가치[20]를 베어 죽이고, 그 뿌리를 근절하고자 했다. 고려의 군주 철왕이 몽골 원수가 죽은 것은 자신의 권한으로 그렇게 한 것이 아니라며 투항했다. 그러자 곧 먼저 투항했던 홍복원에게 고려국의 전체를 총괄케 하고, 사람을 시켜 이를 태종 황제에게 고하게 했다.

---

19 살리타이는 처인성에서 김윤후(金允侯)의 화살에 맞아 사망한다.

20 왜 다루가치를 베어 죽였는지 정확한 의미를 알 수 없다. 몽골 현대문 번역이 잘못된 것으로 보인다. 중국어 번역본에는 '고려 영윤을 잡아 죽였다'로 번역되어 있다.

한편 몽골군이 돌아오자 초겨울 10월 황제의 동생 톨리 친왕이 병이 나 황제 곁에서 별세했다. 태종 황제는 몸소 약과 민간요법으로 간호를 했지만, 몸이 좋아지지 않아 예종 톨리 친왕은 결국 죽음을 맞았다.[21] 그의 나이 46세였는데, 그는 태조 나이 26살 때 태어났다. 그에게서 여섯 명의 아들이 태어났다. 큰아들은 뭉흐이며, 둘째 아들은 줄게, 셋째는 호탁그트, 넷째는 쿠빌라이, 다섯째는 훌렉, 여섯째는 엘벡이다. 큰아들 뭉흐와 둘째 아들 줄게, 셋째 아들 호탁그트와 넷째 아들 쿠빌라이는 홍기라드에서 맞은 호다르가 바타르의 딸 칠게르 에시 태후에게서 태어났다.[22] 다섯째 아들 후렉은 예종 톨리의 둘째 부인 금나라 위소왕 영제의 딸 기국 공주에게서 태어났다. 여섯째 아들 엘벡은 예종 톨리의 첩에게서 태어났다. 톨리를 예종睿宗이라 칭하는데, 그것은 큰아들 뭉흐와 넷째 아들 쿠빌라이가 모두 황제의 보위에 올랐기 때문에 예종이라 추존된 것이다.

그런데 큰아들 뭉흐만이 군대를 따라갔기 때문에 태종 황제는 뭉흐

21 『몽골비사』 제272절에서는 1231년 우구데이가 병이 나서 입과 혀가 마비되자 무당, 점쟁이들이 키타드 사람들을 많이 죽인 연고로 그들 원귀들이 달라붙어 병이 들었다고 했다. 이때 톨리가 형을 대신해 독약을 마시고 죽었다고 언급하고 있다(Ш.Бира бусад, *Монголын нууц товчоо*, Мөнхийн Үсэг, 2005, pp.144~145). 『집사』에서도 우구데이 칸이 병에 걸려 생명이 위태로울 정도가 되었는데, 무당들이 주문을 외고 나무로 된 잔에 담긴 물에 그의 병[명을 적은 글]을 씻었다. 툴루이는 형에 대한 극진한 사랑으로 병을 씻어낸 그 물을 마시고 사망했다고 언급하고 있다. 또 그의 부인 소르칵타니 베키는 항상 "나의 벗이자 소망이던 그 사람은 우구데이 카안의 목숨을 대신해서 떠났고, 스스로 그의 희생물로 바쳐졌다"라고 했다(라시드 앗 딘, 김호동 역, 『칸의 후예들』, 60~61쪽).

22 라시드 앗 딘의 『집사』를 보면 '네 아들을 낳은 부인은 톨리의 첫 번째 부인인 소르칵타니 베키로 케레이트 종족의 군주인 옹 칸의 형제 자아 감보의 딸'로 언급하고 있다(위의 책, 253쪽).

와 예종 톨리의 장례를 치렀다. 황제는 몸소 그의 나라에 큰 공을 세운 자들에게 상복을 입고, 애도를 표하게 했다. 또 유골을 대도에 안치하고 대상을 결정했다. 그러자 광헌황태후가 고령이었기 때문에 친왕들이 먼 나라를 공격하러 갔다는 것을 듣지 못하도록 사람들에게 단단히 입단속을 했다. 다른 이유를 들어 아들들을 대도로 불어와서 장례를 마치도록 하고, 남북에 능묘를 세우도록 했다. 남쪽 몽골에는 기연곡에 능묘를 세우고, 북쪽 몽골에는 보르한 갈돈에 세웠다.

이해 태종 황제에게 양자로 들어간 큰아들 뭉흐의 나이는 25살이었으며, 보통 출정을 했다. 넷째 아들 쿠빌라이 세첸은 막 18살이 되었으며, 아직 태학에서 학업에 힘쓰고 있었다. 여러 황제와 친왕 태자들 가운데 한어와 경서에 깊이 통달한 자는 오직 이 쿠빌라이뿐이었으며, 재주와 기예가 매우 탁월했다. 쿠빌라이는 학자를 좋아하고, 현명한 자를 존경했다. 그렇게 해서 모두 그를 쿠빌라이 세첸[23]이라고 불렀다. 그의 정부인은 관헌황후의 친정 여식이었다.

태종 황제는 동생 톨리의 죽음을 애통해하며 슬퍼하고 있을 때 또 실릭그트 바르스가 고려에서 불의의 사고를 당한 것을 듣고, 비통한 마음으로 탄식했다.

"올해 짐의 오른팔이 잃고 왼손가락이 꺾였도다."

칸은 예종 톨리의 형상을 금으로 주조하고, 그 옆에 실릭그트 바르스의 소상을 세워 사당에서 제의를 드리게 했다. 태종 황제는 비운의

---

23 '세첸'은 '지혜롭다'는 뜻.

일들을 맞아 국가 대사를 잠시 미루도록 했다.

이해 11월 반역자 국안용과 또 금나라의 완안용안 등이 몽골의 서주徐州를 공격했다. 그러나 몽골의 원수 아술로에게 크게 패하고 돌아가다가, 또 태사 볼로에게 베임을 당했다. 많은 병사들이 죽임을 당했으며, 남은 패잔병들은 가까스로 살아서 도망쳤다. 이어 12월에는 송나라의 황태후 양 씨가 죽었다. 몽골은 왕즙을 사신으로 하여 그를 송나라 경호京湖에 보냈다. 왕즙이 금나라 협공을 논의하기 위해 송나라 조정으로 가자, 총신 사숭[24]이 전하기를 "이번에 조정의 신하들이 옛 원한을 씻고자 합니다"라고 하자 오직 한 사람 장군 조범은 불만족스럽게 여겼다.

"이 일은 그다지 바람직하지 않습니다. 늑대를 없애고자 하여 호랑이를 끌어들이는 격이 될 것입니다. 선화년[25] 바닷가에서 몽골과 회맹을 가졌던 일로 인해 우리나라가 가까스로 몽골에 정복되지 않았던 일이 있지 않습니까? 이제 또 연합하면 매우 위험합니다."

그러자 송나라 이종 조윤이 그의 말을 좇지 않았다. 그리고 금나라 공격을 수락하기로 하고, 곧 총신 사숭을 몽골에 회답하기 위해 보냈다.

"우리나라가 합세하여 금나라를 제거하면, 하남 지역을 우리나라에 돌려주시오"라고 조건을 걸자 몽골의 원수가 웃었다.

"그렇다면 그대들은 어찌하여 금나라를 공격하여 하남을 차지하지 않는 것이오?"

---

24 사숭지(史嵩之)를 이른다.
25 '선화(宣和)'는 북송 휘종 때의 연호이나 시기적으로 맞는지 알 수 없다.

이때 금나라 애종 황제 완안수서는 변량성에 곡식과 먹을 것이 떨어지고 힘이 다해 급박하고 불안한 상황이 되자, 조정의 많은 신하를 불러들여 시국을 논의했다. 어떤 자는 황제가 귀덕부 사방에 모두 신성한 물이 있으니, 우리 스스로를 지킬 수 있을 것이라고 했다. 어떤 이는 서쪽 산기슭을 따라 등주로 들어가는 것이 나을 것이라고 했다. 어떤 이는 등주에 들어가서는 아니 된다. 몽골 태사 볼로와 장군 수베데이 바타르가 여주에 있기 때문에 아주 가까이 있어 매우 위험하니, 먼저 진주, 채주를 취하고 나중에 돌아서 등주로 가는 것이 좋을 것이라고 했다.

모두가 설왕설래하며 시끄럽게 입씨름을 하자, 금나라 애종이 마음을 정하지 못하고 유사 낭중 백화白華에게 물으니, 백화가 고했다.

"귀주부는 성곽이 매우 견고하나 식량과 풀이 없어, 그곳으로 들어가서 포위되고 식량이 떨어지면 앉아서 죽음을 자초하는 일이 될 것이니 무슨 일이 있어도 그곳으로 가서는 아니 됩니다. 이제 몽골의 원수 볼로, 다이산다락그치, 수베데이의 계략은 모두 여주汝州에 있습니다. 등주에도 가서는 아니 됩니다. 지금의 계책은 오직 한 마음으로 힘을 합해 몽골에 빼앗긴 여주에 찾아가 일대 결전을 벌이는 것이 최선입니다. 그 외에 길 한 가운데서 적을 맞아 결전을 벌이는 것도 좋을 것입니다. 또 성 가까이 맞아 싸우는 것이 무엇보다 중요합니다. 이제 우리 병사들에게는 또 먹을 식량이 있어야 싸울 힘이 있는데, 만약 도성에서 멀리 가면 병사들이 먹을 식량과 말이 먹을 풀을 공수하기가 매우 어려워 문제가 될 수 있습니다. 어떤 병사도 숨어서 도망쳐 나갈 길이 없이 모두 일심동체로 합세하여 맹렬히 결전을 벌이면, 한 방향으로 살 길을 찾아 나갈 수 있을 것입니다."

그러자 애종이 그의 말을 쫓지 않고, 많은 병사를 모아 대경전大慶殿에 나가 좌정하여 선포했다.

"만약 이 도성의 곡식이 다 떨어지면 짐이 스스로 나가 싸울 것이오."

이렇게 선포하자 여러 장수가 논의해 고했다.

"폐하께서 몸소 나가셔서는 아니 됩니다. 장수들을 내보내시어 싸우게 하는 것이 최선의 방법입니다."

금나라 애종이 포찰관노를 기병의 원수로 삼고, 고현을 보병의 원수, 유익을 부원수로 임명했다. 세 장군이 황제의 명을 받고, 절하고 나갔다.

그러자 참지정사 완안와출完顔訛出이 나와 말했다.

"너희 같은 무지한 백성이 위아래도 모르고 국가 대사를 감히 가볍게 보고 감당하려 드는 것이냐?"

그의 질책에 여러 신하들이 모두 아무 말도 하지 못하고 있을 때 포찰관노 기병 원수가 냉소하며 말했다.

"만약 원래 조정의 재상과 승상들께서 사직을 확고히 보존하실 수 있었다면 우리 같은 무지한 자들을 쓰셨겠습니까? 일이 이미 이 지경에 이르렀으니 이제 참지정사께서 어찌하실지를 결정하십시오."

그러자 애종은 우승상 완안새불과 평장정사 백사, 우익의 부원수 사초, 좌승상 이혜, 또 대원수 좌감군 도단백가 등에게 많은 병사를 앞세워 성을 지키게 했다. 특히 참지정사 완안노신, 개봉 신하 습날아불은 내성의 4면을 지휘하는 총령주과, 외성의 사방을 지키는 대원수이자 동쪽 성을 지키는 파살합, 남면의 성을 지키는 패술로만노를 남겨 지키게 했다. 그리고 창고의 물품을 꺼내고, 내궁의 식기와 궁 안의 의복을 꺼내 많은 장병들에게 상으로 하사하고, 많은 백성들에게 명했다.

"이제 짐이 귀덕부로 갈 것이오. 장수와 병사들의 가솔들은 모두 변량에 남아있게 하면 식량이 떨어져 굶어 죽을 것이니 모두 놓아줄 것이오. 짐의 군대를 따라올 수 있다면 곧 따라오도록 하시오. 짐이 군마의 비용을 수일 동안 지원할 것이오."

그리고 애종은 곧 완안새불을 시켜 명을 전하게 하고, 전날 정찰 나가는 일을 상의하게 한 것을 묻자 백화가 군대 대장이 되어 일정을 바꾸어, 이제 여주를 공격하러 가기로 결정했다고 했다. 애종이 변량을 버리고 가는 상황에 이르자 내궁의 태후, 황후, 비와 빈들과 헤어지는 것을 참지 못하고 통곡해 울었다. 애종 수서의 흘린 눈물이 얼굴을 씻어내렸다. 개봉의 개양문 밖에 이르러 애종은 성을 지키기 위해 남은 많은 장병들에게 용포의 소매로 얼굴을 가리고, 슬피 외치는 소리로 명을 내렸다.

"여러 대신과 장수들은 온 힘을 다해 분투하지 않으면 아니 될 것이오. 만약 한 사람이라도 떠나면 사직 태묘를 지킨 공로가 없게 될 것이오. 진정 도성을 견고히 지킬 수 있으면 짐이 돌아와 10배의 후한 상을 내릴 것이오."

이 명을 들은 모든 장수와 병사들 가운데 눈물을 흘리지 않는 자가 없었고, 마음이 북받쳐 모두가 울었다. 또 같은 날 공창鞏昌[26]의 원수 완안중덕이 군대를 이끌고 와서 금 애종에게 고했다.

"도성에서 서쪽으로 300리 안에 물과 우물, 호수가 발견되지 않습니다. 그러니 진·공의 길로 가시는 것이 나을 것입니다."

그러자 애종이 곧 마음을 결정하고 동쪽을 향해 갔다.

이때 금나라 대원수 완안백살이 황릉하黃陵河 언덕에서 몽골에 투항한 송나라 하삭의 군대를 제압하고, 양 요새를 투항케 했다. 애종은 하삭 등에서 나라를 위해 투항한 장수들의 죄를 모두 면해주고, 관인과 명부를 거두어들였다. 여러 신하가 하삭의 장수들을 반드시 앞장서게 하는 것이 좋겠다고 했다. 그러자 많은 장수들이 민첩하게 움직여 곧 북을 치게 하고, 개주로 들어가 대명부를 취하자, 동평부의 용감한 호걸들이 모두 금나라 주군을 영접하러 나와 절했다.

문손, 장손 등이 고하기를 "태후와 황후, 대신 공주 등이 모두 변량에 계십니다. 폐하께서 북쪽으로 가셔서 만약 마음에 부합지 않으신다면 성군께서 어디로 가실 것입니까? 그러니 귀덕으로 돌아가심이 나을 듯합니다. 만약 북쪽으로 가시면 대여섯 달만에 도성으로 돌아갈 수 없을 것입니다. 그러니 먼저 위주를 취하시고, 도성에 돌아가시는 것이 나을 듯싶습니다"라고 했다.

그러자 대원수 완안백살이 고했다.

"폐하의 옥체가 편치 않으시니 말을 타고 가시는 것이 어렵습니다. 또 몽골군에게 폐하가 있는 곳을 알려서는 아니 되니 이제 폐하께서는

---

**26** 지금의 감숙 농서.

잠시 귀덕에 가 계시면, 신하인 우리가 투항한 장병들을 데리고 동평부에 가서 병사들이 오는 것을 잠시 기다렸다가, 북을 치는 즉시 진격해 들어가면 하삭을 찾을 수 있을 것입니다. 다만 우려되는 것은 하남을 지킬 병사가 없을까 두렵습니다."

그러자 포찰관노가 말하기를 "만약 위주에 식량과 풀이 있으면 성을 지킬 수 있지 않겠습니까?"라고 하자 백철이 "변량성을 지킬 수 없는데, 위주를 지켜 무슨 도움이 되겠소?"라고 했다.

그러자 애종이 마음이 조급해져 한참을 생각하다가 마음을 결정하고, 하삭 지역을 향해 가기로 했다. 몽골의 대원수 볼로와 다이산다락그치 두 왕과 대장군 수베데이 바타르 등은 금나라 애종이 변량성을 버리고 도망쳤다는 소식을 듣고, "우리 뒤통수를 쳤다"고 크게 분노했다. 그리고 군대를 3개 군단으로 나누어 국왕 태사 볼로, 다이산다락그치 등이 다시 변경에 와서 성을 에워싸고, 수베데이와 난사르가 기민한 병사와 준마를 뽑아 금나라 애종 수서의 뒤를 추격했다.

한편 당시 고려의 군주 철왕은 자신이 알았던 한 가지 사실과 속임을 당해 죄를 진 다루가치에게 잘못을 명백하게 하고, 김보정과 조서장 두 태부에게 공물을 보낸다는 조서를 쓰게 하고, 사죄하기 위해 두 사람을 몽골에 보냈다. 이해 말 수베데이 바타르와 부마 난사르 등이 군대를 이끌고 금나라 애종을 수소문해 추격해 갔다. 이 일이 어떻게 되어 갈 것인지는 다음 장에서 보게 될 것이다.

**사관 인잔나쉬의 시 한 수**

선조를 좇아 태종 황제는 몸소 고군분투하며 금나라를 정벌하고
앞장서 분투하는 예종은 목숨을 다해 형의 사직에 충성했네
사려 깊은 태사 볼로는 선친의 뜻을 좇아 지역을 정복하고
물러설 줄 모르는 수베데이 바타르는 죽음을 잊고 변경을 공격했네

제65장

# 흥성하는 몽골의 용맹스런 원수 볼로와 수베데이가 금나라 변량성을 정복했네 국운이 다해가는 금나라의 오만한 장수들과 포찰관노는 군주를 조벽당照碧堂에 유폐했네

계사년癸巳年. 푸른 대몽골국 우게데이 황제 태종 5년, 송나라 이종 황제 조윤 소정 6년, 금나라 애종 수서 천흥 2년이었다. 이해 태종의 나이 48세였다.

초봄에 금나라 군주 완안수서가 신하를 시켜 귀덕부의 총지휘자 석잔여로환石殘女魯歡에게 1천5백 섬의 곡식을 가져오게 하여 많은 병사에게 나누어 주었다. 포성蒲城에 이르러 200척의 배를 남기고, 배에 천으로 된 장막을 만들어 금 군주를 배에 태워 강을 건널 때 심한 바람이 불어 후군이 강을 건널 수 없는 상황이 되었다. 그때 몽골군의 대장 수베데이 바타르 군단의 선봉인 위구르 병사가 이미 남쪽 강가에 당도해 금군을 공격했다.

그때 금나라 원수 완안주이가 사력을 다해 공격하며 맞서고 있었다. 몽골의 수베데이 바타르의 군대가 도착하고, 수베데이 바타르가 선두에서 공격해 들어가 금나라 원수 완안주이를 검으로 내리쳐 말에서 떨어뜨렸다. 그러자 금나라 병사들이 간담이 서늘해져 사방으로 흩어져 달아났는데, 물을 건너던 1천 명 이상의 병사들이 모두 물에 빠져 죽었다. 일이 이 지경에 이르자 도위都尉 장수 완안오륜출이 항복하고, 남은 병사들이 모두 몽골에 투항했다.

그때 금나라 애종 황제 수서는 강 북쪽 연안에 있었는데, 몽골군이 추격해 오자 후방군이 맞서 싸웠으나 패했다. 애종은 대경실색하여 곧바로 구마강 언덕에 진을 치고 있던 완안백살에게 병사를 내어주고, 몽골의 위주성을 공격하기 위해 보냈다. 그리고 금나라 군주 애종은 귀덕부歸德府로 달아났다. 이때 완안백살이 위주 아래 와서 금나라 황제의 신호기로 위주의 백성에게 돌아오라고 기를 흔들며 부르자, 위주 성안의 있는 백성들이 냉소하며 그 말을 따르지 않고 군대를 정비했다. 이때 몽골군이 벌써 그 소식을 듣고 강 남쪽에서 강을 건너 진격해 오자 완안백살이 겁에 질려 달아났다.

한편 몽골 장수 사천택은 위주의 기병을 이끌고 뒤쪽에서 연이어 돌격해 들어가 백공묘에서 전투를 벌여 금나라 군대를 크게 누르고, 계속해서 적군을 추격해 살육할 때 완안백살이 자신의 군대를 버리고 동쪽으로 달아났다. 금나라 원수 유익, 상당공, 장개 등이 많은 난군들에 의해 죽임을 당했다. 금나라 군주가 이 소식을 듣고 급히 달아나 위루촌魏樓村으로 가서 진을 치고, 몽골군을 맞아 결전을 하려고 했다. 오래지 않아 완안백살이 몸에 상처를 입고 도망쳐 와서 군대가 패해 흩어졌으며, 몽골군이 거의 가까이 다가오고 있다고 고했다.

"폐하께서는 귀덕으로 돌아가심이 좋을 것입니다. 몽골군과 맞서 싸우는 것은 쉽지 않습니다."

그러자 금 애종 수서가 크게 놀라, 부원수 합리합 등의 예닐곱 명과 함께 몰래 강을 건너가 배를 버리고 귀덕으로 갔다. 이튿날 금나라 병사들은 군주 애종 황제가 자신들을 버려두고 도주한 것을 듣고, 소스라치게 놀라 모두 흩어져 달아났다.

한편 애종 황제는 서둘러 귀덕으로 가서 술갑, 탑석포를 변량으로 보내 태후와 황후, 비빈 등을 데리고 오라고 보냈다. 이때 금나라의 많은 병사들은 완안백살 군대가 모두 패했다고 분노하며 원한에 사무쳐 소리치자, 금 애종은 어쩔 수 없이 완안백살의 죄상을 밝혀 죽이도록 명하고, 많은 장병의 마음을 진정시켰다.

금나라 군주가 그를 죽인 이유는 무엇일까? 원래 빈하강瀕河江의 뭇 백성들은 금나라 군주가 강을 건넜다는 것을 듣고 크게 술렁였다. 그리고 몽골이 두려워 요새를 구축하고, 문을 닫고, 굴을 찾고 우물을 파서 숨었다. 나중에 금나라의 포찰관노의 한 군단을 엄하게 다스려, 지역이 동요하지 않게 함으로 인가의 부녀자들이 피해 다니지 않았다. 그때 갑자기 완안백살이 위주에 가서 병사들을 풀어 사방을 약탈하게 하자 마을의 곡소리가 산천에 가득했다. 완안백살의 군대가 지나간 지역은 모두 피해를 입어 시체가 동산처럼 쌓였다. 또 완안백살의 한 군단의 음식에 사용되는 비용이 수십 냥에 이르렀다.

그러자 백성들이 배반할 마음을 먹었다. 그러니 위주의 백성들이 어찌 몽골을 등지고 그를 따를 수 있겠는가? 이때 몽골에 마음을 열고 투항한 자가 많았다. 그렇게 해서 완안백살의 군대는 완전히 패하고, 또 죄상이 드러나 백살이 곧 죽음을 맞게 되었다. 이때 변경의 여러 신하, 병사, 백성들은 황제가 몸소 군대를 통솔하여 성을 나간 이후로 날마다 좋은 소식을 들으려고 귀를 기울이고 있었는데, 도리어 군대가 대패했다는 비보가 들리자 대경실색했다.

이즈음 몽골군이 성을 공격하는 것이 어려워지자 수베데이 바타르가 군대를 이끌고 다시 와서 성 주위를 포위하자, 안팎의 소식이 두절되고 성안에서는 한 되의 곡식을 2냥의 은으로도 얻지 못하게 되었다. 그러자 사람들이 크게 겁을 먹고, 굶주려 죽은 자의 시체가 길거리에 종횡으로 늘어져 있었다. 또 벼슬아치의 자식들이 큰 거리에서 밥을 구걸하며 다니고, 일반 백성들은 죽은 처자를 먹는 일이 적지 않았다. 또 굶주림을 면하려고 가죽과 소뿔 등을 굽고 삶아 먹었다. 부잣집에서는 스스로 누각과 궁전 같은 큰 집을 무너뜨려 거기서 나온 것들을 땔감으로 땠다.

이때 또 갑자기 황제가 신하를 보내 3궁 6원의 후와 비들을 데려가기 위해 온 것을 듣고 백성들은 크게 두려워하고, 병사들은 마음을 의지할 데가 없어져 울먹였다. 그러자 서쪽 방면의 원수 최립崔立이 교활하고 음흉했기 때문에 민심이 흉흉한 때를 틈타 반란을 일으킬 음모를 꾸몄다. 좌사 도사 원호문元好問[1]이 습날아불을 향해 말하기를 "폐하께서 도성에서 나오신 지 20일이 넘었습니다. 그리고 신하를 시켜 양兩

---

1 원호문(1190~1257) : 금나라 흔주 수용 사람. 금나라 멸망 당시 원호문은 44살로 좌우사원외랑을 지냈다. 원나라 때는 벼슬을 거부하고 저작을 자신의 임무로 여기면서 문인의 삶을 살았다. 그는 금나라 군신들의 언행들을 수집했는데, 나중에 『금사』 편찬 시 많이 인용되었다(임종욱, 『중국역대인명사전』, 이회, 2010, 1258쪽).

궁의 후비를 데려오기 위해 보냈습니다. 그런 일로 백성들이 모두 폐하께서 도성을 버리실 것이라 하여 민심이 흉흉합니다. 이 같은 상황에서 상공께서는 지금 어찌하려 하십니까?"라고 했다.

습날아불이 말하기를 "어찌하겠소? 이제 우리 두 사람이 죽을 일만 남은 것이겠죠. 달리 어찌하겠습니까?"라고 하자, 원호문이 또 그 말을 받아 말했다.

"죽는 것은 어렵지 않습니다. 진정 사직을 지키고, 백성을 구할 수 있다면 곧 죽음에 의미가 있게 될 것입니다. 그렇지 않다면 붉은 옷을 입은 50명의 병사를 먹이고 한 때 배를 불리면서 그저 한 몸이 죽는 부질없는 일이 될 것입니다. 이것이 무슨 죽음이라 하겠습니까?"

그러자 습날아불이 아무 대답도 하지 않았다. 이때 양궁兩宮의 후와 비들이 성에서 나가 교루에 이르러 보니 성 밖의 두세 지역에서 큰불이 일어나고, 몽골군이라고 의심되는 자들이 허둥지둥 성으로 다시 들어갔다. 이튿날 최립이 갑자기 완안노신과 습날아불 곁에 와서 검을 확 빼어 들더니, 그 두 사람에게 들이대고 소리쳤다.

"도성이 포위되고 망할 위기가 극에 달했거늘 두 공께서는 어찌 이렇게 수수방관하고 있단 말이오?"

그러자 두 승상이 웃으며 말했다.

"그대는 안건이 있으면 좋게 논의하면 될 일을 어찌 이렇듯 성질을 부리시는 것이오?"

그때 최립이 크게 일갈을 하며 수하 병사에게 먼저 습날아불을 죽이게 하고, 이어서 완안노신과 좌사낭중 합덕휘 등 십여 명의 신하를 죽이고, 곧 백성들에게 공포했다.

"내가 두 재상이 문을 닫고 여인들과 즐겁게 지내며, 고통에 직면한 많은 백성을 위해 대책을 강구하지 않기에 죽였소. 이제 그대들 성의 백성 모두를 위해 살 방도를 찾을 것이오."

그러자 백성들 모두가 칭송하며 그를 따랐다. 최립은 곧 병사를 이끌고 궁에 들어가 백관을 모이게 하고, 다시 군주를 세우는 문제를 논의했다.

"위소왕예전의 영제를 이름의 아들 태자 종각과 그의 누이, 여동생이 지금 모두 몽골에서 권력을 얻고, 크게는 친왕의 부인, 작게는 승상의 며느리가 되어 지내고 있소. 또 목하 몽골 대군의 진영에 가서 우리나라를 멸하고, 아버지의 원수를 갚겠다고 여전히 대군의 진영에 있소. 그러니 곧 위소왕 영제의 아들 종각을 황제로 세우면 종각과 태사 볼로와 인척이 되어 일을 논의하기에 쉬울 것이오."

최립은 곧 수하의 한탁을 시켜 태후의 명으로 종각을 불러오게 하여 그를 양왕梁王에 봉하고, 국사를 관장하게 했다. 백관들이 절한 뒤에 최립은 스스로 태사, 도원수, 상서령, 정왕鄭王이 되고, 완안의를 평장정사, 완안간[2]을 전전도점검[3]에 제수했다. 또 자신의 속민을 모두 신하로 봉하고, 원호문을 좌우사원외랑으로 삼았다. 한편 몽골 수베데이 바타

---

2 기록에 의하면 최립의 처는 왕비로, 그의 동생 최의는 평장에, 또 다른 동생 최간은 전전도점검에 제수된다(방기혁, 「최립」, 『금사열전』 권53(e-book), 슬기야단비야, 2015 참조). 완안의와 완안간은 최립의 동생 '최의'와 '최간'으로 아마도 이들이 황제의 성(姓)인 완안을 자의적으로 사용한 듯하다.

3 근위군 대장.

르와 난사르는 태사 국왕 원수인 볼로의 곁에 와서 이러한 상황을 모두 고했다.

그러자 태사 볼로가 이르기를 "투항한 자를 죽이지 않는 것이 나의 일반적인 신조요. 특별히 나의 인척이 되었기 때문이 아니오"라고 했다.

그런 뒤 수베데이의 군대를 먼저 보내고, 이어서 대군을 움직여 진격했다. 수베데이 바타르와 부마 난사르의 군대가 청성青城에 이르자, 금나라 최립이 왕의 의관과 의장대를 갖추어 장군들을 맞으러 나오자 수베데이가 기뻐했다. 곧 연회를 베풀어 대접하고 술을 따라주며 최립을 위로하고 존중해 주자, 최립이 경복하여 수베데이 바타르를 의부로 삼아 절을 올렸다. 그리고 성으로 돌아가 성의 망루를 불태우고 병사의 길을 내어주자, 몽골의 대장군 선봉장 수베데이 바타르와 난사르 등이 크게 기뻐하며 최립이 진실한 마음으로 투항한 것을 알고 마음을 놓았다.

한편 최립은 성으로 돌아가 황제와 신하, 병사의 자녀들을 데리고 가려고 왔다며 여자들을 뽑아 궁에 들어가게 하자, 최립이 몽골에 투항했다며 마음이 편치 않은 백성들은 그가 여러 신하와 병사의 여인들을 더럽히고 금은보석을 집에 가득 모아놓았다고 했다. 어떤 사람은 몽골에 투항하지 않으면 성의 모든 사람이 죽을 것이기 때문에 하늘의 때를 아는 사람들은 최립이 하늘의 때를 알아서 몽골에 투항함으로 변량성 전체를 구했다며 공적비를 세우자고 고했다. 적혁이 상서성 한림학사 왕약허王若虛에게 공적비의 비문을 쓰라고 하자 왕약허가 은밀히 원호문에게 말했다.

"이제 여러 아첨꾼들이 저를 불러 공적비를 쓰라고 합니다. 이를 따르지 않으면 분명 죽음을 면치 못할 것이요, 이를 따르면 제 명예가 실추될 것입니다. 그러니 죽는 것이 낫지 않겠습니까? 그래도 잠시 이치대로 일깨워 보겠습니다."

그리고 적혁을 향해 말하기를 ("승상의 공적비는 무슨 일을 기려 말해야 하는 것입니까?"라고 하자)[4] 적혁이 "승상께서 스스로 오명을 짊지고, 만백성과 황족으로 태어난 모든 자를 죽음에서 구하고, 어려움을 극복케 한 것이 공로가 아니면 무엇이겠소?"라고 했다.

왕약허가 말하기를 "학사가 왕을 위해 공적비문의 초안을 쓸 때, 왕을 대신하여 말을 할 수 있겠지요. 그런데 승상께서는 이미 도성을 취하여 몽골에 투항했기 때문에 백관들이 모두 그 아래 속하게 되었으니, 문에서 나간 신하가 그의 공적을 칭송하고서, 어찌 후대에 오래도록 신뢰를 얻을 수 있겠습니까?"라고 했다.

그 말을 들은 적혁이 고개를 끄덕이며 차갑게 웃었다. 그리고 아무 말도 하지 않고 왕약허를 돌려보내자, 곧이어 뭇 백성들이 모두 모여 승상 최립이 백성들을 구한 은혜에 대해 왕약허에게 다시 공적비를 쓰게 했다. 그리고 승상 최립의 공적비를 세우고 모두가 한결같은 목소리로 칭송했다.

한편 금나라 군주 애종은 귀덕부에 있었는데, 황제의 친위병과 하주와 환주에 흩어진 많은 병사들이 점차 모여들었다. 금나라 장군 석잔

---

4 전사 과정에서 위와 같은 내용이 빠진 것으로 보인다.

여로환은 군대 병사들의 식량이 부족해질 것을 우려하여 황제에게 고해 많은 병사를 성에서 내보내 서주, 숙주, 진주 이 세 주에서 곡식을 찾아 먹게 해달라고 요청하자, 금나라 군주가 또 어쩔 수 없이 그 말을 따랐다. 다만 대원수 포찰관노의 충효군 450명의 기병과 마용의 병사 700명을 남기고 많은 병사를 성에서 내보냈다.

한편 금나라 군주는 포찰관노를 불러 명했다.

"석잔여로환이 짐을 지키는 병사를 이미 모두 성에서 내보내 흩어지게 했소. 그대가 더 힘써 주시오."

그러자 포찰관노가 마음속으로 '마용이라는 자는 원래 귀덕부의 보잘것없는 무인인데, 하루 아침에 득세를 했다.'라고 생각했다. 포찰관노는 사람됨이 가볍기 때문에 애종 황제가 자주 마용만을 불러 국사를 의논하고, 그를 기용하자 포찰관노가 마용을 제거하려고 마음먹었다.

한편 그때 몽골의 투멘테이가 태사 볼로의 지시로 박주亳州를 포위했다. 또 날마다 병사들을 보내 귀덕부를 포위하고, 성의 백성들을 멸시하는 말을 하자 민심이 동요되었다. 그러자 포찰관노가 애종 황제에게 북쪽 강을 건너 잃어버린 땅을 다시 찾자고 고했다. 이에 석잔여로환이 말리자 포찰관노가 속으로 불쾌히 여기며, 은밀히 완안용안과 상의하여 애종 황제를 모시고 해주海州로 가려고 했다.

그러나 애종이 그의 뜻을 좇지 않자, 포찰관노가 화를 내며 원한을 품고 딴마음을 먹었다. 그것을 이혜가 듣고 은밀히 황제에게 고하자, 애종이 심히 근심하며 기마병의 총령 흘석열아리합과 가까운 황족 완안습현 등에게 포찰관노의 동정을 은밀히 살피라고 명했다. 흘석열아리합이 황제의 생각을 포찰관노에게 모두 일러 주었다. 애종은 포찰관노와 마용 등이 서로 모해하며 난리를 일으키는 것을 두려워하여 승상들에게 명해 연회를 준비하게 하고, 포찰관노와 마용을 화해시켰다. 마용이 포찰관노를 해치려는 생각을 그만두고 준비했던 것을 거두었다.

그러자 포찰관노가 틈을 타서 뭇 사람들을 이끌고 마용의 집으로 들어가 마용을 죽였다. 그리고 그대로 있을 수 없는 것을 알고 서둘러 50명의 병사로 황제의 진영을 에워싸고, 조정의 신하들을 도위 모화련의 집에 모이게 하고, 병사를 배치해 지키게 했다. 석잔여로환을 쫓아가 그의 집에 데려가서 숨겨놓은 금은보화, 재물을 모두 꺼내 가진 후 석잔여로환을 죽였다. 그리고 도위 마실에게 갑옷을 입혀 무기를 들게 하고, 또 직근 노산을 끌고 오게 하여 애종 황제 앞에 데리고 갔다. 그러자 애종 황제가 잡고 있던 검을 땅에 던지고, 마실을 향해 "그대는 짐을 위해 원수에게 전해 주시오. 짐 앞에 단 이 한 사람이 있소. 그를 남겨 나를 살펴주게 하라 하시오"라고 하자 마실이 돌아갔다.

그러자 포찰관노가 몇몇 조정의 신하들과 좌승 이혜를 비롯해 300명 이상의 사람을 죽이고, 병사 3천 명 이상이 죽임을 당했다. 밤이 되자 포찰관노가 무기를 들고 궁정으로 들어가 애종 황제 앞에 가서 고했다.

"석잔여로환 등이 배반했기 때문에 신이 죽였습니다. 신은 원래 폐하를 위해 충성을 다해 분투하며 죽겠다고 했습니다. 생각지 않은 사이에 못된 자들이 저와 폐하와의 사이를 멀어지게 하려고 이와 같은 상황에 처하게 했습니다. 오명에서 벗어날 수 없으니 이제 어찌 죽는 것을 두려워하겠나이까?"

그러자 애종이 어쩔 수 없이 석잔여로환의 죄를 열거하고, 포찰관노를 임시 참지정사라 하여 조정의 일을 함께 처리하는 신하로 봉해 대사를 맡겼다.

이제 변량의 일을 언급하려 한다. 이즈음 몽골 태종 우구데이 황제의 대군이 남쪽으로 진격해 들어가 화림和林 지역에 대군을 주둔시키고, 장수들에게 변량을 정복할 것을 재촉했다. 그러자 태사 볼로는 아들과 며느리, 부마 난사르, 장군 수베데이 등을 데리고 변량의 대부분 백성을 투항시키고, 최립을 재촉해 변경의 모든 것을 바치고 투항하게 하라고 요구할 때 수베데이와 난사르가 볼로에게 고했다.

"이 성을 온전히 쟁취할 때 반드시 위엄과 덕을 일정하게 알려야 합니다. 태사께서 덕을 행하시면 우리는 위엄을 행하겠나이다. 우리는 죽이는 것만을 알아서 할 것입니다. 태사께서는 다만 구하기 위해 행하십시오. 그렇게 하지 않으면 좋고 나쁜 것을 전체적으로 알리기 어렵습니다."

그러자 태사 볼로가 수베데이 등에게 "태사는 나라의 동량이요, 장군은 나라의 위엄이니 이에 무슨 두려울 것이 있겠소?"라고 하며 곧 최립을 재촉했다.

그러자 최립이 일이 급히 진행되어 가는 것을 알고 할 수 없이 성안의 일을 거두어 안배할 때, 성의 많은 사람들이 하늘의 때를 알지 못해 최립이 몽골에 투항했다고 모두 그에게 오명을 씌우며 말했다.

"최립은 황제의 관과 용포 그리고 태후와 황후의 장식, 의상을 수베데이에게 보내게 했다. 또 성안에 있는 금은보화를 찾아내 취할 때 많은 사람을 불로 지지고, 물을 뿌리게 해 여러 가지로 고문을 자행했다."

부자와 귀족 집안에서는 그의 못된 행위를 참지 못하고 남몰래 "작년에 성이 포위되고 전염병이 돌고, 몇 달 동안 수만 명 이상이 죽어 나갔는데, 지금 우리는 살아남아 이 고통을 당한다"라고 원망의 말을 했다.

최립이 그 말을 듣고 탄식했다.

"하늘의 때를 알지 못하는 어리석은 백성들, 무슨 말을 하려면 하라지. 나는 내 일신상의 일에 그치지 않고 오명을 쓰면서 백성들을 도탄에서 구해내고, 폐하의 가솔들을 지켜 죽임을 당하지 않게 하면 되는 것이다."

그리고 곧 그의 아내와 궁에 들어가 태후와 황태후에게 죽고 사는 것 중 무엇이 좋은지를 묻자, 모두 죽는 것을 좋아하지 않는다고 했다. 그리고 반드시 살길을 마련하라고 하며 후한 상을 내렸다. 그러자 최립이 은밀히 말하기를 "하늘의 때는 이미 몽골에 돌아갔소. 이를 거역하기는 어렵소. 쓸데없이 하늘을 어겨 죽는 것보다 많은 이의 뜻을 취하여 몽골에 투항해 육신을 보전하는 것이 상책이요. 죽어서 황제를 다시 옹립할 수 없으니 살아서 투항했다가 천천히 생각하는 것이 낫지 않겠는가? 이제 폐하의 유모를 폐하에게 보내 좋은 말로 투항케 할 것이오. 여기에 양왕 종각이 있으니, 궁전의 많은 사람을 잠시 지킬 수 있을 것이오"라고 하고 유모를 애종에게 보냈다.

최립은 태후 왕 씨와 황후 도단 씨, 양왕 종각 또 형왕 수순 그리고 많은 빈과 비 등 황실의 남녀를 총 37대의 수레에 싣고, 그밖에 종실의 500명 이상의 사람과 또 공부자의 손자 공원조, 이름 있는 학자 양척 등을 비롯해 차례로 삼교三敎와 여러 의원, 장인, 상인, 서기 등과 자수와 바느질하는 여인 등 이전의 바친다고 했던 모든 것을 갖추고, 청성靑城에 있는 수베데이 바타르에게 보냈다.

그러자 수베데이가 그들을 맞으러 나와 최립이 보낸 모든 것을 점검하고, 대연회를 베풀어 주었다. 밤 3경이 되어 갑자기 큰 북을 치고, 병사들에게 금나라 사람들을 에워싸게 했다. 양왕 종각과 형왕 수순 등을 위시해 완안 가문의 사람들을 밀어내 등불 아래서 그 모든 사람을 죽이고 시신을 쌓아 올려 태웠다. 그리고 다른 사람들은 모두 태사에게 데리고 가자 태사 볼로와 난사르, 수베데이 등이 크게 칭찬하며 남은 자들을 모두 하라호린[5]으로 보냈다.

그때 회국 공주는 자신의 오빠가 죽임을 당했다는 말을 듣고 애통해하며 울자 밤에 남편인 타스 토고스가 그녀의 오빠 종각을 데리고 왔다. 그를 보니 몸에 모두 일반 백성의 옷을 입고, 모자를 쓰고 있었기 때문에 크게 놀라 그 목을 껴안고 울었다. 회국 공주는 왜 죽지 않았는데 죽었다고 소문을 냈는지 그 이유를 묻자, 타스 토고스가 말하기를

5 '하라호린'은 칭기스 칸이 1220년 나라의 수도로 정했지만 정치적인 문제로 인해 진정한 수도가 되지는 못했다. 우구데이, 구육, 뭉흐 칸시대 나라의 행정, 경제, 종교의 중심적인 도시였다. 하라호린은 몽골의 역사, 문화 발전의 모습을 온전히 보여주는 도시였으며, 서유럽과 동아시아를 잇는 중심 가교였다(Х.Лхагвасүрэн бусад, *Чингэс хааны нэвтэрхий толь,* Чингэс Хаан дээд сургууль, 2004, pp.201~202).

“참으로 어리석구려. 한 나라를 패망하게 하는 것은 특별히 백성들의 마음을 완전히 끊어 버리는 것인데, 그것은 완안 씨족을 죽이는 방법뿐이오. 이미 그렇게 소문이 났으니 변량 백성의 마음을 끊어지게 해야 했던 것이오. 그 외에 당신의 가문 사람 가운데 몇 명을 죽여서 무엇하겠소?”라고 하자 두 왕이 감동하여 울음을 참지 못했다.

한편 남아 있는 모든 사람을 하라호린으로 보낼 때 죽임을 당한 자의 처자들은 울며 괴로워했다. 『강목』에는 예전에 금나라가 송나라 황제 휘종과 흠종을 붙잡아 간 것[6]보다 사람들이 더 애통해하며 울었다고 간략히 기록했다. 한편 태사 볼로는 부드럽게 명해 백성들의 마음을 사고, 수베데이 바타르는 강하게 백성들의 완고한 힘을 누르는 계략을 사용했다. 무력으로 변경의 최립을 항복시키고 말했다.

“우리 군대는 계략과 힘으로 작전을 수행하기 때문에 금나라를 이 상황에 이르게 했소. 이제 그대들이 투항한 일로 군법을 멈추게 할 수는 없소. 원래 어느 성이 저항하면 그 성을 반드시 초토화시켜 저항을 제압했소. 이제 또 그 법대로 황제에게 고하러 사람을 보냈소. 이것은 황제의 은혜를 알려 많은 이를 귀순케 하려는 전략이오. 만약 황제께서 죄를 면해주라는 명을 내리시면 우리는 곧 멈출 것이오. 그대는 이미 우리에게 협조적이지만 나라에 충의가 없으니, 이는 또 우리 군법에 저촉되오. 그대는 서둘러 가솔들을 성에서 전부 내보내고 재물을

---

6 이는 ‘정강의 변’을 이르는 것으로 1126년 북송이 여진족의 금나라에게 패해 수도 변경(개봉)이 함락되고, 송의 황제였던 휘종과 흠종을 포함한 황족들이 모두 금나라에 포로로 잡혀간 사건.

치워놓으시오. 성안의 백성의 마음을 사기 위해 불가피하게 그대 집안을 짓밟아 우리의 군법에 부합되게 하여 많은 이에게 우리의 공정성을 보여 주어야 하오."

최립은 곧 서둘러 집안을 치웠다. 몽골 병사들이 변경을 살필 때, 몽골 병사들이 최립의 집안을 일시에 쑥대밭으로 만들고 값나가는 것을 약탈해 갔다. 최립이 짐짓 수베데이 옆으로 가서 거짓으로 큰 소리로 울자, 태사 볼로가 급히 병사들의 행동을 금하고, 황제의 명을 많은 이에게 공포했다. 원래 몽골 군법에 자신의 군주를 죽인 신하와 저항하는 성을 공격해 정복하고, 반드시 용서 없이 모두 약탈하고 죽인다고 선포했기 때문에 변경을 거의 정복하게 되자 수베데이 바타르는 태종 황제에게 다음과 같이 고했다.

"변량성의 백성이 우리 군대와 2년 동안 저항하며 싸웠으며, 우리 병사들이 상당히 많이 죽었기 때문에 성을 함락시킬 때 반드시 원한을 갚고, 모든 것을 약탈할 것입니다."

황제가 결단을 내리기 전에 그 소식을 들은 야율초재가 서둘러 와서 고했다.

"우리 군대의 폐하를 비롯해 대신과 장수, 병사들이 수십 년을 초원에 누워 차가운 습기에 고생하며 얻고자 분투한 것은 그 지역과 백성들입니다. 그 땅을 모두 얻고 백성들이 없으면 무슨 소용이 있겠나이까? 폐하께서 깊이 감찰해 주시기 바라나이다."

그러자 태종 황제가 짐짓 그 말을 좇지 않는 척하며 "이것은 우리 군이 예전부터 지켜온 법이오. 이 법이 있었기에 이 28년 동안 이런 천 개 이상의 성을 쉽게 함락시켰소. 태반이 모두 이 법을 두려워 투항했소. 이제 밖에 송나라가 있는데, 어찌 이 법을 완전히 끊어버릴 수 있겠소?"라고 했다.

야율초재가 태종이 하는 말을 그대로 믿고, 앞으로 나가 무릎을 꿇으며 고했다.

"모든 종류의 장인들과 천 가지 예물, 만 가지 학자, 수만 종류의 현자들이 모두 변경에 모여 있습니다. 이제 그들을 모두 죽이시면 군대에 필요한 물품들, 기술을 요하는 갑옷과 무기는 나라 안에서 모두 사라지고 말 것이며, 나중에 전승되는 기술을 찾기 힘들 것입니다. 그렇게 되면 힘써 변경을 정복한 것이 허사가 아니겠나이까?"

그러자 태종 황제가 미소를 지었다.

"경의 말씀이 참으로 지당하지만 싸움은 끝나지 않았소. 그러나 이번에 짐의 은혜를 변경에 선포할 수 있소"라고 하면서 곧 완안 황가 이외에 다른 자들은 모두 죄를 사해 주도록 하고, 완안 일족이라 해도 그 일족의 진위를 조사해 밝힌 뒤에 죽이라고 명해 곧바로 사람을 보냈다.

이 명령이 변경에 전해지자마자 완안 일족은 모두 성과 이름을 바꾸어 일반 백성의 옷을 입고, 인가에 완안 일가의 표식을 모두 바꾸었다. 그러자 변경 주위의 백성들 가운데 몽골군을 피해 변경에 들어간 140만 이상의 가호 사람들이 수년 동안 고통을 겪었다. 그런데 이날 갑자기 몽골군이 성에 들어와 황제의 은혜를 선포하자, 이들 수만의 백성들이 투항했다. 한편 늦게 투항한 것을 한스러워했다. 몽골의 태종 황제의 후한 은혜에 감복하며 외치는 소리가 사나흘 밤낮으로 끊이지 않았다.

그러자 볼로 등이 손쉽게 140만 가호의 사람들을 평정하고, 먹고 마실 것을 제공하게 하자 다른 성과 주, 군에서 식량을 운반해 와 변경의 남은 백성들을 먹였다. 완안 일족에게는 모두 이름과 성을 바꾸게 하고, 몇개 성에 나누어 이주시켜 지내게 했으며 그들을 평민으로 삼았다. 이것은 태종 황제와 태사 볼로의 숨은 덕이었다. 이것을 한인 사서들은 사실로 만들어 몽골이 변경의 백성에게는 비록 죽음을 모면하게 해 주었지만, 완안 일족은 모두 멸족시켰다며 몽골을 증오하듯 기록했다. 정말 그렇게 증오스러웠다면 지금 몽골의 황족인 170호쇼의 타이지들이 어찌 살아갈 수 있겠는가?

한편 태사 볼로가 수베데이 바타르를 향해 이르기를 "오늘 우리 부친의 한 가지 유언을 이룰 수 있었지만, 다만 금나라 군주 완안수서를 찾아 붙잡지 못한 것이 아쉽소. 그를 붙잡으면 우리 황제와 부친의 은혜를 갚는 일이 끝날 것이오. 비록 병이 들어도 하늘이 자비를 베푸시어 반드시 살아서 부친께 금나라를 멸하는 것을 보여드리고, 내 몸소 부친 태사의 유골을 북방으로 모셔갈 것이오"라고 했다.

그리고 볼로는 천지에 제의를 올리고, 멀리서 태종 황제를 향해 예를 행한 뒤 곧바로 아들 타스 토고스에게 은밀히 병사를 이끌고 가서 금나라 군주 애종 황제를 반드시 찾아 붙잡아 오라고 먼저 보냈다. 곧이어 자신이 직접 황제를 변경에 모시고, 대연회를 베풀었다. 그리고 황가 완안 일족의 자식들을 며칠 동안 찾게 했으나, 어찌 찾겠는가? 그때 회국 공주의 오빠 종각은 이름을 바꾸어 데려가자 태종이 그에게 '근위후近衛侯'에 봉하고, 그의 자손에게 그 작위를 물려받게 했다. 그리고 그의 조상의 묘를 지키게 하고, 백호후百戶侯로 봉해 황제의 큰 자비를 알렸다. 이것은 그의 누이 기국 공주와 그의 여동생 회국 공주의 은덕으로 된 일이었다.

한편 이해 7월 금나라의 다른 한 갈래는 금나라 애종의 군대가 백송묘 지역에서 몽골의 투멘테이의 군대에 크게 패하고, 포찰관노의 어머니가 몽골에 붙잡혀 있었기 때문에 금나라 군주 애종 황제는 포찰관노와 상의하여 계략을 모의하고, 그의 어머니가 붙잡힌 것을 구실 삼아 거짓으로 투항하자고 했다. 포찰관노가 혼자서 몰래 몽골 장수 투멘테이의 진영으로 가서, 그를 속이며 말했다.

"저희 어머님이 이미 몽골군에 붙잡혔습니다. 하늘의 때가 되었기에 제가 우리 군주 애종 황제를 급히 찾도록 하여 투항토록 하겠습니다."

투멘테이가 곧 그의 어머니를 내어주자, 포찰관노가 밤마다 아래위로 다니며 애종 황제를 투항시킬 것을 상의했다. 어떤 때는 투멘테이와 배에 타고 물결 위에서 술을 마셨다. 달빛에 풍악이 울리는 가운데 노래를 부르고, 즐겁게 지내면서 그 생활에 익숙해져 갔다. 애종은 포찰관노에게 많은 양의 금은 패를 투멘테이에게 바치게 하고, 자주 배에 태워 강에 있게 했다. 아니면 술을 내려 주어 취하게 하고, 그의 병영을 습격하려는 계획을 논의했다. 투멘테이는 정말 낙타처럼 우직한 사람이었기 때문에 포찰관노를 완전히 믿고, 애종 황제가 투항할 것을 기다렸다.

5월 초닷새 애종 황제가 천신제를 지내고, 군대 가운데 화포와 무기를 몰래 준비했다. 그리고 포찰관노에게 450명의 충효군을 이끌게 하고, 박주성 남문으로 몰래 나가 동편으로 돌아 갑자기 북쪽으로 쳐들어갔다. 제방을 지키던 몽골 병사들을 갑자기 습격해 죽이고 곧바로 왕가사王家寺에 있는 투멘테이의 병영을 공격해 들어갔다. 금나라 황제 애종은 박주성의 북문에 배를 연결해 기다리고 있었다. 만약 이기지 못하는 상황에 이르면 서주徐州로 달아나려고 했다.

그날 밤 3경 즈음 양편 병사들이 서로 싸울 때 충효군이 어느 정도 퇴각하다가 갑자기 앞으로 돌격해 들어갔다. 포찰관노는 군대를 반으로 나누어 작은 배에 6, 70명을 태우고, 목책 밖으로 나가 양쪽 편에서 협공을 했다. 포찰관노가 화포를 들고 스스로 앞장서 쳐들어가자 몽골 투멘테이가 이미 대적할 수 없어 대패했으며, 땅에서 죽고 물에 빠져 익사한 자가 3천5백 명이나 되었다.

그러자 포찰관노가 그들이 세운 목책을 모두 불태우고 병사를 거두어 돌아가자, 금나라 군주가 포찰관노에게 정식 좌부원수와 참지정사의 직위를 봉했다. 한편 장습현으로 하여금 많은 병사를 지휘하게 하고, 박주를 지키게 했다. 또 포찰관노는 한번에 몽골군을 궤멸한 후 오만함이 더욱 심해져 금나라 군주 애종 황제를 힘들게 만들었다. 애종을 조벽당照碧堂에 지내게 하고, 일반 대신들에게 출입을 하지 못하게 했다. 또 애종의 심기가 변하는 것을 두려워하여 일반 신하들이 옆에 들어가지 못하게 하자, 애종 황제가 자신이 감금되었다며 가까이 있는 신하에게 말하기를 "예로부터 망하지 않는 나라가 없고, 죽지 않는 사람은 없었다. 다만 짐이 사람을 알아보지 못한 것이 한스럽다. 이 포찰관노 종놈에게 간히는 신세가 되었으니, 이것이 참을 수 없이 괴롭도다"라고 탄식했다.

그러자 내시국령 송규, 봉어奉御 여해열완출, 오고손애실 등의 여러 대신이 포찰관노를 죽일 것을 은밀히 모의했다. 또 황제에게 채주성은 성채가 높고 해자가 깊고, 병사가 많으며 곡식이 풍부하기 때문에 그곳에 가서 군대를 먹이자고 하자, 황제가 그 의견을 좇아 나갈 방법을 논의했다. 바로 그때 식주와 진주, 영주 이 세 주를 함께 다스리는 총수 오고륜이 400말의 곡식을 가지고 귀덕부에 보내와서 황제에게 채주로 올 것을 청하자, 애종이 생각을 정하고 가겠노라고 했다. 포찰관노가 박주에서 돌아왔을 때 애종이 채주로 갈 것을 말하자, 포찰관노가 손을 휘젓고 발을 구르며 그곳으로 가서는 절대 안 된다고 극구 반대했다. 이를 본 여러 신하가 크게 화를 냈다.

포찰관노가 나가면서 "누군가 채주에 간다고 하면 그를 죽여버릴 것이다"라고 선언하자, 여러 신하들이 그가 황제에게 행패를 부리고 군신의 예도가 없다 하여 황제에게 고해 일찍 그를 처치할 계책을 세우자고 했다. 황제가 곧 송규 등과 상의하여 재상을 불러 일을 논의하겠다며 포찰관노를 불러들이고, 여해열완출을 조벽당 문 뒤에 숨어있게 했다. 포찰관노가 들어오자 완출이 갑자기 튀어나와 뒤에서 칼로 찌르니 포찰관노가 갈비뼈를 찔려 크게 비명을 질렀다. 그때 애종이 서둘러 나와 달아나 성 주위를 달리자[7] 완출과 애실 등이 이미 포찰관노를 베어 죽였다.

그때 그에게 소속된 충효군이 이 변고를 듣고, 모두 마음을 바꾸어 서둘러 무기를 들고 싸우겠다고 하자 완출이 황제에게 나가 그들을 달래줄 것을 주청했다. 애종 황제가 쌍문雙門으로 나가 앉아서 충효군에게 사면령을 내리고 위로케 하여 마음을 진정시켰다. 이즈음 금나라 애종은 중경中京을 지키던 강신이 공훈을 세우자 그에게 상을 내리고 직위를 높여 중경 유수로 삼았다. 또 참정내족 완안사열이 남쪽 산에서 10만 이상의 병사를 이끌고 낙양에 들어가자 그의 직위를 높여 행성사에 봉했다.

그러자 유수 강신이 관애 역참 동쪽에 한 당을 짓고, 이름하여 은혜를 갚는 '보은당'이라고 했다. 애종 황제의 명을 비석에 새기게 하고, 사력을 다해 은혜를 갚겠다고 맹약하며 그 내용을 썼다. 그런 뒤 몽골군이 변주에서 완안사열의 아들을 붙잡아 금창부의 동문 밖에 데리고 가 그를 보여주며 사열의 아들을 투항하게 할 것이라고 하자, 사열이 동서 편의 병사들로 하여금 아들을 향해 활을 쏘고 돌아가게 했다. 곧이어 변경의 최립이 반란을 일으켰다는 소식을 듣고, 변경이 이미 빼앗기자 크게 괴로워하며 중병에 걸려 말을 하지 못한 채 죽었다. 그러자 할 수 없이 총수 오림답호토를 그를 대신해 행성사로, 강신을 총수로 봉했다.

---

7 이 부분도 일부 원문이 탈락되어 문장이 잘못된 것으로 보인다. 『금사열전』에는 "애종도 칼을 뽑아 포찰관노를 내리쳤다. 포찰관노는 창상을 입고 계단 아래로 떨어졌다가 일어나 달아나려고 하는 것을 여해열완츄르의 외침에 봉어관 오고손애시르와 납란홀다브가 추격해 죽였다"(방기혁 역, 「포찰관노」, 『금사열전』 권54 (e-book), 슬기야단비야, 2015 참조)라고 언급되어 있다. 다시 말해, 애종이 달아난 것이 아니라 애종이 포찰관노를 칼로 내리친 것으로 언급하고 있다.

그리고 한 달 남짓 되어 성안에 곡식이 떨어지자 많은 병사와 백성들이 흩어졌다. 그때 몽골군이 또 와서 낙양 남쪽 물가에서 대오를 정렬하자, 강신이 물가 북쪽 편에서 대오를 정렬하여 대치했다. 몽골의 한韓 원수가 혼자 말을 타고 수변에 서서 강신에게 이해득실을 따지며 소리쳤다.

"하늘의 때를 좇아 우리에게 투항하면 모든 것을 지켜줄 수 있다."

그러자 강신이 말을 타고 질주해 들어가 활을 쏘자, 원수가 한바탕 크게 웃었다.

"무지한 한인들은 부질없이 작은 것을 중시하고, 크기에 있어 훨씬 큰 것을 깨닫지 못하는 자들이로다."

한 원수는 말을 하고 자기 군사의 대오로 돌아가 몇백 명의 보병을 이끌고 다리를 점령하고 공격하자, 강신이 한 명의 병사에게 기를 들게 하고 혼자서 적을 맞아 싸워 몽골군 몇 명을 죽였다. 또 앞서 공격해 들어간 병사의 목에 자신의 도통都統의 은패를 걸게 하자, 병사의 마음이 기쁨으로 차올라 다시 기백이 크게 고조되었다. 곧 성 밖에 네 모퉁이와 다섯 개 문에 모두 보루를 쌓아 올리고, 그 명칭을 '미혼장迷魂墻'이라고 불렀다.

몽골군 500명의 기병이 그 벽을 공격해 오자, 강신이 200명의 기병을 이끌고 북을 치며 몽골군을 맞으러 진군했다. 그러자 몽골군이 곧 뒤로 퇴각했다. 이에 오림답호토가 몽골군이 강한 것을 보고, 기병 수백 명을 이끌고 채주성으로 달아났다. 응양 도위가 서문을 열고 투항하자, 강신이 성을 지킬 수 없음을 알고 죽음을 불사하고 몇십 명의 병사를 이끌고 동문으로 나갔다. 그러자 몽골군이 그들을 맞아 싸우며 모아들여 둥그렇게 포위하고 강신을 생포했다. 그를 말 안장 위에 옆으로 실어 몽골 태사의 아들 타스 토고스가 원수에게 데리고 가자, 병사들이 강신의 사나움을 보고 일러 말했다.

"운수가 다한 나라에 분투하다 죽은들 무슨 유익이 있겠소? 북쪽을 향해 무릎을 꿇으면 곧 충직함이요, 또 조상을 지킬 수 있을 것이오."

그러자 강신이 그 말을 따르지 않자 병사들이 웃었다.

"금나라, 송나라, 요나라, 서하, 서역, 고려 이들 나라의 여러 황제들과 지체 높은 대신들이 항복한 일은 세상에 다 알려져 있소. 그들 가운데 누가 그대들보다 못한 자가 있겠소? 이미 이같이 된 나라에서 이처럼 행동하며 못된 여자들의 행태를 드러내니 참으로 놀랍기 그지없소."

그리고 강신을 북쪽을 향해 서게 하자 그가 머리를 남쪽으로 돌렸다. 병사들이 웃음거리 삼아 강신을 나무판자에 무릎을 꿇게 하여 포박했다. 또 머리를 북쪽으로 향하게 하여 다시 타스 토고스 앞에 데려다 놓자, 타스 토고스가 그에게 신하의 지조를 다하게 하라며 내버려두게 했다. 그리고 그의 군주를 향해 무릎을 꿇게 한 뒤 죽이도록 하여 그의 충의를 다하게 했다.

한편 금나라 군주 애종 수서는 귀덕부에서 여전히 몽골의 투멘테이에게 포위되어 매우 다급한 상황에 처해 있었다. 또 병사들이 나아갈 길이 끊어지자 원수 왕벽을 남겨 귀덕부를 지키게 하고 곧 채주로 향했다. 이때 여기저기서 비가 계속 내리고 있었기 때문에 수행원들이 모두 매우 지쳐 있었다. 조정의 백관들이 대개가 걸어서 진흙탕 길로 따라갔다. 식량이 없어 푸른 대추를 주워 먹으며 모두 다리가 부어서 갔다.

어느 날 박주에 이르자 황제는 황색 곤룡포 위에 검은 풀로 된 덮개를 걸치고, 허리에 황금 옥대를 띠었다. 그리고 푸르고 노란색의 기를 앞세워 길을 인도하게 했다. 뒤에는 황색 수호기와 황색 보개를 들어 올리고 2, 300명의 사람이 따르고 있었다. 이들 가운데 전체 50명 정도만이 말을 타고 채주로 향해 며칠을 가서 목적지에 도착하자, 채주의 나이든 노인들이 길의 왼쪽에 무릎을 꿇고 일행을 맞았다. 그러자 금나라 애종 황제가 측근 대신으로 하여금 여러 노인들에게 명을 전하여 말하기를 “나라가 그대들을 먹여 살린 지 100년 이상이 되었소. 이제 짐이 능력이 없어 그대들을 도탄에 빠뜨렸소. 참으로 짐이 할 말이 없소. 여러분들은 우리 조상들을 잊지 말기 바라오”라고 하자 많은 백성이 모두 울며 “만세!”를 외치며 절했다.

하루가 지나고 이튿날 남쪽으로 들어가 박주亳州에서 60리 정도 가서 쌍구시雙溝寺에 이를 때까지 비가 내렸다. 황제의 일행이 사원에서 비를 피하고 있을 때 그곳을 보니 사원의 담장이 무너져 내리고, 제단의 작은 울타리에 풀이 자라있었다. 백관들의 옷에 모두 진흙탕물이 묻어 있었고, 황제의 보개와 깃발이 모두 비에 젖어 있었다. 눈을 들어 보니 다북쑥이 초원에 가득하고, 사람의 자취와 그림자도 없자 애종 황제가 길게 한숨을 쉬며 탄식했다.

사직이 망하고 무너져 성을 빼앗기자

수많은 백성이 흩어져 사람의 자취가 없구나
태묘의 제의와 제물이 끊어져 없을 때
서글픈 나를 때 맞춰 태어나게 해 이 죄를 받게 하셨네

**사관 인잔나쉬의 시 한 수**

확고한 의지의 볼로 태사가 부친의 유언대로 변경을 정복하자
용맹무쌍한 수베데이 장군은 주군의 명대로 완안 황족을 모아들였네
상황을 파악한 최립은 자신의 권력을 이용해 변경의 백성을 구하고
자만이 부렸던 포찰관노는 무도하여 귀덕부에서 죽임을 당했네

제66장

# 몽골 태종 황제 우구데이는 공자의 후손을 연성공衍聖公[1]에 봉했네 금나라 애종 황제 수서는 백성의 살로 인유포를 만들게 했네

갑오년甲午年. 푸른 대몽골국의 우구데이 황제 태종 6년. 송나라 이종 황제 조윤 단평端平 원년, 금나라 애종 수서 천흥 3년. 이때 태종 황제는 48세였다.

애종 황제가 사원의 산문에 앉아 일순간 한없이 눈물을 흘리며 비통해하자, 백관들도 모두 통곡하며 울지 않는 자가 없었다. 곧이어 비가 개이고, 황제의 행렬이 움직여 채주 밖에 이르자, 성의 나이든 백성들이 성 밖에 무릎을 꿇고 절하며 일행을 맞을 때 보니, 황제를 따라온 수행원이 고작 100명 정도이고, 의장대가 또 잘 정렬되어 있지 않은 상태로 매우 듬성하고 수가 적어 많은 사람이 줄줄이 울지 않는 자가

1 연성공(衍聖公) : 중국 봉작의 이름으로, 공자(孔子)의 적손이 대대로 세습하던 작위. 당나라 초기에는 포성후(褒聖候)로 봉하였으나 개원(開元) 연간에 공자가 문선왕(文宣王)으로 추증되면서 포성후도 다시 공으로 격상되어 문선공이라 불리게 되었다. 북송 인종(仁宗)은 1055년 문선공을 연성공으로 고쳐 청나라까지 이어지게 되었다(https://ko.wikipedia.org/wiki/연성공).

없었다. 황제를 위시해 백관들이 또 모두 따라 울었다.

한편 완안홀사호를 상서성으로 삼고, 오고륜호를 어사대부에 봉하고 예전과 마찬가지로 총수의 직위를 맡도록 했다. 또 장천강을 임시 참지정사로 삼고, 패출로소유실을 추밀원사로 봉했다. 그러자 완안홀사호는 원래 문무를 겸비한 자였기 때문에 크고 작은 국사와 군대 일을 모두 스스로 처리했다. 또 병사를 뽑고 말을 고르게 하고, 갑옷과 무기를 만들게 했다. 그는 황제를 진·공秦·鞏 지역으로 모시고 가는 것을 한시도 잊지 않았다.

이즈음 황제를 위시해 여러 대신들이 휴양睢陽에서 오랫동안 고생하며 지냈는데, 다행히 여양汝陽에 와서 평안하게 지내게 되자 어떤 이는 처자를 그리워하고, 백성과 신하들은 새로운 처첩을 얻어 살았다. 황제도 새로운 여인을 뽑아 궁에 들이자 모두 진·공 지역으로 이동하기를 원치 않았다. 황제의 옆에서 밤낮으로 서쪽의 진·공 지역이 유익이 되지 않는다며 이동하는 것을 막자, 애종도 이리저리 다녔기 때문에 거칠게 소리를 치며 완안홀사호의 말을 따르지 않았다. 그러자 완안홀사호는 자기 집 골방에 처박혀 홀로 지내며 눈을 둥그렇게 뜨고 길게 한숨을 내쉬며 크게 울었다.

"우리의 사직이 이곳에서 망하게 되었도다."

그때 타스 토고스 원수의 군대가 채주에서 상당히 멀어지게 되고, 적지 않은 상인들이 채주에 모여들자 금나라의 많은 사람이 다시 평안을 되찾았다. 황제는 명을 내려 성 가운데 여인들을 뽑아 궁 가득히 지내게 하고, 특히 견산정見山亭을 수리하고 휴식을 취할 곳을 만들라고 했다. 완안홀사호가 반복해서 말리자 곧 공사를 멈추게 했다. 완안홀사호는 군마를 바친 사람들에게 포상을 내리고, 승진을 시켜주는 법을 정하여 1천 마리 이상의 말을 얻었다. 또 여러 곳에 사신을 보내 병사를 선발하고, 1만 명 이상의 건실한 병사를 얻었다. 그런데 충효군의 제공提控 이덕李德이 10여 명의 병사를 데리고, 말을 타고 승상의 관저에 들어와 한 달 동안 월급 군량이 부족하다고 불평을 했다. 그런데 그 불평이 거의 꾸짖는 정도에 이르자, 완안홀사호가 이덕을 붙잡아 태장을 쳤다.

그러자 금나라 군주가 이르기를 "지금 우리가 그들의 힘을 크게 얻고 있는데, 좀 심하게 징계하는 것이 아닌가?"라고 하자 완안홀사호가 고했다.

"공이 큰 것에 사건도 많습니다. 드러내어 잘못한 것을 감싸주는 것은 폐하의 덕을 드러내는 일이요, 장수와 재상은 그렇지 않습니다. 작은 죄를 짓는 사람을 때려서 징계하고, 큰 죄를 짓는 자를 죽여야 힘있고 거친 병졸들을 하루라도 군법에서 벗어나지 않게 할 수 있나이다. 소인들을 멋대로 하게 내버려 두어서는 아니 됩니다. 만약 그렇게 하면 더욱 교만해지게 됩니다. 사람이 교만해지면 자만하게 되고, 교만하고 자만하면 법을 가볍게 여겨 곧 포찰관노와 같은 일을 또 벌이게 됩니다. 그 포찰관노의 죄는 그를 방치한 상부 대신의 죄라 할 수 있습니다. 이전의 잘못된 전철을 밟지 않고 제거해야만 합니다. 또 용서가 과하면 위엄을 잃게 될 수 있나이다. 폐하께서는 자애로움을 펴시며, 중심을 보고 행하십시오. 신은 위엄을 알리고, 좋은 않을 일을 맡도록 하겠나이다!"라고 하자 병사들이 이를 듣고 감히 법을 가볍게 생각지 않았다.

그때 애종을 수행했던 신하들은 모두 곤핍했기 때문에 병사의 월봉을 담당하는 오고륜호가 월봉을 생각한 만큼 주지 않는다고 모두 원한을 품었다. 또 폐하의 식량을 장부에 적고 내주지 않는다고 황제에게 참언하자, 애종이 오고륜호를 소원하게 대했다. 그러자 오고륜호가 분한 마음의 병으로 몸져누워 일을 처리하지 못하게 되었다.

한편 몽골 태종 우구데이 황제는 금나라의 지혜로운 대신과 처자들에게 덕을 베풀어 살 지역을 주고, 생계를 도모하게 해 주었다. 위왕 영제 위소왕의 아들 완안종각과 형왕 등에게는 우호를 생각하여 인척의 예대로 동쪽 요동 지역의 흑룡강 유역, 명안산 남쪽에 몇백 가호를 주어 치리하게 하고, 선조의 사당을 옮기게 했다. 그 은혜에 금나라 자손들이 마침내 몽골에서 등을 돌리지 못했는데, 어떤 이는 이를 종이 된 것이라고 했다.

몽골 태종 황제는 금나라 학자와 양심적인 대신들을 찾아내다가 갑자기 공부자의 후손인 공원조를 발견했다. 그런 뒤 야율초재를 불러 물었다.

"사직의 네 번째 성인 공부자는 고대 이윤伊尹[2]이나 주공처럼 조정에 모함을 당하거나 구금되고 의심을 받지 않았으며, 약탈적인 곳에 나가

2 이윤(伊尹, ?~?) 은나라 초기 사람. 노예였다가 유신씨의 딸이 시집갈 때 잉신으로 따라갔다. 탕왕의 인정을 받아 등용되었다. 하나라를 멸하고 은나라를 건국하는데 큰 공을 세운 공신. 이로 인해 은나라 재상이 되었다(임종욱, 『중국역대인명사전』, 이회, 2010, 1422쪽).

지 않았소. 말하는 데 있어 비록 때를 얻지는 못했지만, 곤경에 몰려 자신의 군주 보위를 빼앗거나 시해하는 일이 전혀 없었소. 이는 진정 흠 없는 성인이라 할 수 있소. 이런 자를 옛 나라에서 찾으면 주나라 문왕이 그 한 분이요, 대신 가운데 찾으면 공부자가 그 한 분이라 할 수 있소. 이제 금나라에서도 거짓되기는 해도 그의 자손을 높이고, 공부자의 덕을 계승시키고 있지만, 이제 내가 진정으로 원하는 바이니 그의 자손에게 작위에 봉하지 않을 수 없소"라고 하자 야율초재가 고했다.

"이것은 모두 폐하의 지극히 현명하신 판단입니다. 실제 이는 만대의 기념이 될 만한 대사입니다."

몽골의 태종 황제는 명을 내려 공부자의 후손을 연성공에 봉했다. 이를 듣고 많은 한인들이 크게 놀라며, 이는 분명 야율초재가 고한 것이라고 했다. 이제 몽골을 배반한 무선의 일을 언급하려 한다.

송나라는 몽골과 약조하고, 송나라의 이종 황제 조윤이 곧 대장군 맹공孟珙에게 대군과 30만 석의 양곡을 주어 몽골군을 맞으러 가게 했다. 가는 도중 7월에 송나라 대장 맹공이 무선의 군대와 싸워 단번에 승리하고, 무선이 아끼는 장수 유의劉儀를 투항시켰다. 맹공이 그에게 무선 군대의 진위를 묻자 유의가 말하기를 "무선은 진실한 자가 아닙니다. 원래 금나라를 배반하고 몽골에 투항하더니, 이제 또 몽골에서 돌아서 금나라에 투항했습니다. 금나라는 그의 잘못을 생각지 않고, 그를 왕으로 봉했지만 무선은 금나라의 은혜를 생각지 않고 금나라가 이처럼 어렵게 되었는데도 구원하러 가지 않아 제 마음이 변했습니다.

이제 무선의 9개 진영이 있다는 것은 사실이며, 그 9개 진영 가운데 마등산에 있는 가장 큰 요새를 무너뜨리는 것이 중요합니다. 그 마등산 남쪽에 마등, 사와, 호산이라는 세 지역에 3개 요새가 있습니다. 이 세 병영을 무너뜨리면 그의 대군을 무너뜨릴 수 있습니다"라고 했다.

맹공이 알았다며 곧바로 병사들을 보내, 먼저 이금채離金砦를 공격하여 적병을 크게 살상했다. 또 밤에 병사 가운데서 장기라는 우수한 장수를 뽑아 곧바로 왕자산 요새[3]를 공격하라고 명하고, 무선의 요새에 잠입하게 해 금나라 요새를 무너뜨리고, 장수 장해의 목을 베어 가지고 오게 했다. 그리고 곧바로 마등 요새를 포위하고 죽인 시체가 산더미처럼 쌓였다. 거기서 돌아서서 서편에 있는 무선의 군대와 만나 대결했는데, 이곳에서 무선의 군대는 송나라 군대에 크게 패했다. 또 오래지 않아 장기의 장군 탕신이 무선의 대장군 묵후리 진영을 격파시켰다. 하루에 무선의 9개 요새 가운데 7개 요새를 정복했다.

맹공은 유의를 불러 말하기를 "이들 요새를 무너뜨렸으니, 이제 무선의 판교채와 석혈채가 있는 두 진영을 흔들면 그대는 그것을 투항시킬 수 있겠는가?"

그러자 유의가 계략을 제시했다.

"300명의 병사의 아녀자들을 뽑아 거짓으로 도망하는 척하면 정복할 수 있습니다."

맹공이 그 말에 갑자기 무언가를 퍼뜩 생각하고는 "무선의 군대가

---

3 그날 밤 공격한 곳은 '왕자산' 요새인데, 원문에 '정부'로 되어 있어 수정했다.

패하면 반드시 호산岵山 정상에 오를 것이다"라고 하며 번문빈樊文彬에게 군대를 내주어 산 아래 매복하게 했다. 무선의 많은 병사들이 정말 산의 반쯤 올라오면 곧바로 합세해 공격하라고 번문빈의 병사들을 보냈다. 또 유의의 계략을 이용하여 많은 부녀자들을 도망치게 해 무선을 요새에서 나오게 하고, 많은 병사가 함께 공격해 들어가자 정말 무선이 패해 곧바로 산을 반쯤 올라갔을 때 매복해 있던 번문빈의 병사들이 사방에서 일제히 몰려가 총공격을 퍼부었다. 그러자 무선의 병사들이 산천과 바윗돌에 떨어져 죽으면서 돌과 흙을 모두 붉게 물들였다.

한편 맹공의 군대가 무선의 장수 올사야를 죽이고, 병사 730명을 생포했다. 또 거두어들인 무기와 갑옷이 산처럼 쌓였다. 맹공의 병사들이 소수하강에 이른 후에 유의가 말하기를 "무선은 평소에 상주商州에 들어가 험준한 협곡을 차지하고 지킬 것이라고 했습니다. 이제 그 길에서 병사들을 맞으면 어떠하겠습니까?"라고 했다.

맹공은 "진군을 지체해서는 아니 되오"라고 하며, 번문빈 등을 불러 다음 날 석혈채를 공격할 계략을 일러 주었다. 밤에 식사를 하고, 다음 날 일찍 출발해 날이 밝자마자 석혈에 도착한 바로 그때 많은 비가 내리자 번문빈 등이 크게 걱정했다.

그때 맹공이 일러 말했다.

"이는 곧 예전에 밤에 눈이 내릴 때 오원吳元을 붙잡았던 것과 같은 때라 할 수 있지 않겠소?"[4]

---

4 당나라 헌종이 중앙집권체제를 구축하기 위해 지방 절도사의 세력을 제거하는 과정에서 817년 이소가 비와 눈이 오는 때를 이용해 오원제를 제거했던 사건을 이름(https://na

그리고 말에 채찍을 가하여 곧바로 석혈채에 이르러 요새를 포위하고, 군대를 나누어 인시부터 술시까지 맹공격을 했다. 석혈 진영을 파괴하고, 무차별 살육을 자행하며 돌진해 들어가자 무선이 급히 달아났다. 맹공의 군대가 추격하여, 곡우 진영에 이르렀을 때 무선이 상황을 보고 옷을사병의옷으로 갈아입고 달아났다. 그때 마침 몽골과 송나라 군대가 연합하여 금나라 채주를 포위하고 공격하던 태사의 아들 타스 토고스와 마주쳤다. 무선은 금호로산에서 타스 토고스의 대군에 완전히 대패하고, 5, 6명의 기병을 데리고 도주했다. 맹공은 무선의 남은 병사를 데리고 양앙襄陽 지역에서 몽골군이 오기를 기다렸다.

8월에 몽골 전군 도원수 태사 볼로의 아들, 부인 회국 공주 등이 왕즙을 사신으로 하여 송나라 양양에 보내, 금나라 채주를 공격하자고 전하게 했다. 그러자 송나라의 맹공이 곧 사숭지에게 대군을 주어 보내, 몽골의 타스 타고스와 협의해 먼저 금나라의 박주[5]를 공격하기로 했다. 그리고 곧 군대를 연합하여 먼저 등주를 공격하자 금나라 장수 오고론흑한이 맞서 싸우다가 몽골 원수 타스 토고스가 쏜 화살에 맞아 쓰러졌다. 회국 공주가 이미 성 아래 당도해 등주를 투항시키고, 성으로 들어갔다. 송나라의 사숭지는 식주息州 남쪽에 주둔했다.

그러자 금나라 병사들이 날마다 와서 몽골에 투항하는 일이 많아지자, 금나라 식주 자사 오고륜홀로가 두려워하며 애종 황제에게 엄호하

---

mu.wiki/w/헌종(당)).

5 중국어 번역본에는 '당주(唐州)'로 번역되어 있으며, 연이어 나오는 '등주' 역시 '당주'로 되어 있다.

는 지원군을 요청했다. 애종이 참지정사 무백전의[6]에게 추밀원 일을 맡게 하고, 패출로루실에게 500명의 충효군을 내어 주어 보낼 때 애종 황제가 이르기를, "몽골군이 늘 승리를 거두는 것은 북방의 병사와 말이 힘이 있는 데다 또 중원의 기술력과 민첩함, 치밀함을 배워 그처럼 대적하기 어렵게 된 것이오. 또 송나라 군대는 말할 필요도 없이 원래부터 매우 약한 것을 알고 있소. 이제 이때 짐에게 3천 명의 병사가 있다면 송나라 지역을 종횡으로 누빌 수 있는 힘이 있소. 우리 오고륜홀로는 지나치게 겁이 많소!"라고 하며 협곡구주를 대신 보냈다[원주] 주자의 『자치통감강목』에는 늘 해당 나라의 기록이 아니기 때문에 타스 토고스를 볼로의 손자라고 잘못 기록했다. 이러한 것은 모두 오류이다. 오늘날의 문인들은 이것을 주된 자료로 삼지 말기 바란다. 중심된 것은 『원사』가 가장 첫 번째이며, 『강목』에 볼로라는 하는 이름을 '보엘호'라고 기록하고, 타스라는 이름을 '타차엘'이라고 기록했다.

한편 9월 금나라 애종 황제 수서는 여러 신하를 절도사 관청에 모이게 하여 천신제를 지내고, 신하들에게 손수 술을 따라주며 대향연을 벌이며 즐기고 있을 때 정탐꾼이 와서 고했다.

"몽골 대군이 갑자기 성 아래로 진격해 왔습니다!"

그러자 많은 자들이 술기운에 손을 내젓고 발을 구르며 나가서 죽을 힘을 다해 싸우겠다고 했다. 낮에 곧바로 군대를 나누어 성의 사방을 경계하고 지키게 했다. 그때 병사들이 크게 취해 술기운으로 용맹하게 맞서 싸우자, 몽골군이 상당히 멀리 퇴각했다. 타스 토고스가 다시 군

6 중국어 번역에서는 이를 '말연올전(抹撚兀典)'으로 번역했다. 몽골 현대문으로 옮길 때 오역이 있었는지 분명치 않다.

대를 정비하고, 몇백 명의 기병을 이끌고 곧바로 공격해 들어갔다. 성의 동문에 이르자, 금 애종 황제 역시 군대를 내어 맞서 싸우게 해 몽골군을 다시 퇴각하게 했다.

그러자 몽골군이 성 가까이 오지 못하고, 곧 성 아래 긴 고랑을 파고 보루를 쌓아 포위했다. 송나라의 사숭지는 맹공과 강해 두 장수에게 2만 명의 군대를 지휘하게 하고, 30만 석의 곡식을 가지고 몽골군에 보내 지원하게 했다. 그들이 오자 몽골 원수 타스 토고스가 크게 기뻐하며 칭송했다. 또 성을 공격할 무기와 구름사다리, 방책이 있는 사다리 등을 더 만들게 했다. 한편 태사 볼로에게 상황을 고하고, 포를 보내달라고 도움을 요청하게 했다.

성을 공격할 이러한 무기와 사다리, 디딤대를 만들기 위해 나무 베는 소리가 성안에서 들리자, 금나라 애종이 크게 두려워하며 투항하려고 은밀히 논의하는 것을 금나라 재상 완안홀사호가 가만히 듣고, 날마다 나라의 어려운 일과 군신의 대의를 언급하며 많은 군민을 일깨워 마음을 평정케 했다. 한편 적과 싸우고 지키는 것을 자신의 눈으로 보고, 직접 지시하며 집에는 전혀 들어가지 않고, 많은 병사와 함께 있는 힘을 다해 성을 사수할 마음을 먹었다.

이해 11월 몽골과 송나라의 남북 병사들이 성 아래 와서 또 협공을 시작하자, 금나라 애종은 모든 장정을 성에 올라가게 하여 성을 지키게 했다. 병력이 부족해지자 또 성안의 힘센 아녀자들을 모두 뽑아 남장을 시켜 나무와 돌을 져 나르며 성을 지키게 했다. 한편 동문으로 병사를 내보내 싸우게 했다.

그러자 맹공이 돌아가는 길에 그들 몇몇 사람을 붙잡아 데리고 가서 성안의 일을 묻자, 그들이 말하기를 "성안은 이미 사기가 떨어지고, 사람들이 굶주려 죽어가고 있습니다"라고 했다.

맹공이 타스 토고스와 논의하며 "우리가 사수하면서 금나라 병사가 포위망을 뚫고 나가지 못하게 하겠습니다. 원수께서는 주의 깊게 살펴보십시오"라고 약조하고, 남북의 양 병사들이 서로 범하지 않도록 하고, 서로 대항하는 것을 단호하게 금했다.

12월에 몽골 원수 타스 토고스는 장유에게 5천 명의 정예군을 내어주어 성 주변에 주둔케 했다. 금나라 병사들이 두 명의 몽골 병사를 긴 갈고리로 걸어 데리고 갔다. 또 화살을 엄청나게 쏘아대자, 장유가 고슴도치처럼 몸에 화살을 맞았다. 그러자 타스 타고스와 맹공 등의 선봉이 재빨리 가서 그를 구해냈다.

이튿날 타스 토고스와 맹공은 사력을 다해 공격해 들어가 시담柴潭 가까이 이르러 방책을 세우고, 많은 병사에게 시담의 망루를 빼앗게 했다. 금나라 병사들은 모두 시담의 망루의 견고함을 믿고 있었다. 그런데 생각지 않게 시담루의 밖에 있는 여하汝河보다 대여섯 길 높이의 성 위에 금나라의 황금 글자가 있는 망루에 커다란 쇠뇌가 설치되어 있었다. 많은 이들이 그 쇠뇌 아래 장치가 있는 용 같은 사람이 있다며 병사들이 의심쩍어하며 가까이 갈 엄두를 내지 못했다. 몽골 원수 타스 토고스가 송나라 원수 맹공과 여러 장수를 불러 모아 연회를 베풀며 말했다.

"시담루는 천지가 만든 것이 아니오. 그 멀리 숨겨놓은 노포는 먼 것을 쏘는 데 필요하오. 가까이 있는 것을 쏘아 그 아래 있는 것을 맞출 수는 없소. 금나라가 믿는 것은 다만 한줄기 물이니, 이 물길을 끊어내면 그대로 마르게 될 것이오."

그리고 곧 병사들에게 고랑을 파내게 하자, 시담을 둘러 흐르는 물이 정말 모두 여수汝水로 흘러 들어갔다. 몽골군이 물을 여수로 들어가게 하고, 흙 제방을 넘어 채주성의 외성을 공격해 파괴하고, 소문으로 진격해 들어갔다.

그러자 금나라의 많은 백성 남녀노소가 솥이 끓듯 모두 고통스러워하며 절규했다. 금나라 애종은 자기 나라의 노인과 어린아이들을 죽여, 기름에 달여 사람 기름과 화약을 만들고, 그 이름을 인유포라고 했다. 이에 금나라 백성들의 가슴이 무너지고, 그 참상을 보고 견디지 못했다. 밖에 있던 몽골 병사가 이러한 사건을 듣고, 몽골의 원수 타스토고스와 송나라 원수 맹공 등이 성 밖에서 한 도사를 찾아 채주 성안으로 보냈다. 그리고 "백성을 이렇게 죽이면 나라는 더 빨리 함락된다"고 말하게 하고, 그런 행위를 멈추게 하자 성안 백성들의 마음이 대부분 몽골에 기울었다. 다만 병사들에게 억류되어 있어 몽골에 투항하지 못했다.

이에 금나라 총수 패출로루실은 밤에 500명의 정예군을 이끌고 서문으로 나가 풀을 다발로 묶어 기름을 붓고, 몽골과 송 두 나라 병영을 불태우자고 논의했다. 그날 밤 몽골군의 원수가 깜빡 잠이 들었는데, 갑자기 그의 선조부 태사 모훌리가 손에 한 줌을 불을 쥐고 와서 한 손으로 불을 가리키며 "이것을 조심하거라!"라고 말했다. 타스 토고스가 화들짝 놀라 잠에서 깨어나 "분명 불의 위험이 있다"라고 하며 서둘러 성의 모서리마다 견고한 쇠뇌를 잡고 있는 병사를 매복시켜 기다리게 했다.

그때 채주성에서 여러 개 문이 동시에 열리며 금 병사들이 손에 불을 들고 나왔다. 그러자 매복해 있던 몽골군들이 일제히 활을 쏘았다. 금나라 병사들이 느닷없이 공격을 당해 많은 병사들이 상처를 입고, 모두 불을 버리고 달아나며 해를 입고 있는 상황에서 패출노루실은 혼자 달아났다.

이에 몽골과 송나라 양측의 병사들이 함께 협공하여 서편의 성을 빼앗고, 성채를 함락시켰다. 원래 완안홀사호는 이를 경계하여 성안에 두 겹의 요새를 축조해 놓았기 때문에 서쪽 성을 이미 함락시켰지만, 몽골군은 이중의 성채를 뚫고 들어가지는 못했다. 그렇게 성에 방책과 엄호물을 세우고, 완안홀사호는 정예군을 데리고 밤낮없이 사력을 다해 적과 대치하며 싸웠다.

그때 금나라 애종이 좌우 신하들에게 말하기를 "짐이 금나라에 태어나서 10년 간 왕자로 집안의 보배가 되었소. 또 태자로 10년을 지내고, 또 10년을 나라의 황제가 되어 지냈소. 공적인 이 30년의 기간 동안 짐은 큰 과오를 범하지 않았소. 이제 죽는다 한들 무슨 여한이 있겠소? 다만 조상들이 세운 100년 이상의 사직과 보위를 짐에 이르러 끊어지게 하고, 방탕하고 난폭한 고대 군주들과 마찬가지로 사직을 패망하게 한 황제가 된 것이 진정 억울하고 한스러울 뿐이오. 또 한 나라를 망하게 한 군주들 대부분이 여러 가지로 부끄러운 고통을 겪었소. 모릅지기 짐은 그들과 마찬가지로 달아나는 그런 일은 없을 것이오. 진정 경들은 잘 지켜보시오. 짐은 이미 뜻을 굳혔소"[7]라고 했다.

애종은 사용하고 있던 자신의 용기를 병사들에게 상으로 주고, 스스로 평민의 옷과 갑옷을 입고 투구를 썼다. 그리고 병사들을 이끌고 동쪽 성문을 열고 나가 몽골군의 방책이 있는 곳에 이르러, 몽골군을 마주하고 일시에 공격해 들어갔으나 패하고 다시 성으로 돌아왔다. 애종은 말을 죽여 장군과 병사들에게 연회를 베풀어 주었다. 그렇지만 상황은 이미 벗어나기 어려운 지경에 봉착해 있었다.

그때 금나라 서주를 지키던 절도사 곽야려가 원주의 배반한 장수 마종麻琮과 짜고 서주를 몽골에 바치려고 했다. 그러자 서주의 장수와 병사들이 채주 지역의 황제가 포위되었다는 소식을 듣고, 또 몽골군에 압박을 받고 몽골 장수 투멘테이에게 나가 투항하자고 논의했다. 그때 성 전체를 지키던 완안사이붓이 그들의 모의를 은밀히 알아내고, 그들에게 붙잡힐 것을 두려워하여 곧 죽으려고 물에 뛰어들었다. 그를 따랐던 병사들이 그를 물에서 건져내어 기운을 차리게 했으나, 완안사이붓은 크게 상심하여 밤에 목을 매고 죽었다. 마종이 성의 백성들을 이끌고 성문을 열고 나가 몽골 장수 투멘테이에게 투항하고, 대원수 타스 토고스에게 절했다. 옛말에 "불에 죽을 사람은 물에서 죽지 않는다"라고 한 말이 곧 이것이다. 목을 매 죽을 사람은 물에서 죽을 수 없었

---

7 역사 자료에는 "망국의 군주는 죄수처럼 묶여 적의 궁정에 끌려가 치욕을 당하거나 혹은 황량한 계곡에 갇혀 지냈다고 하는데, 짐은 그런 꼴을 보이지 않을 것이다"(방기혁 역, 「애종 수서 이야기2」, 『금사본기』 권18(e-book), 슬기야단비야, 2015 참조)라고 언급하고 있다.

던 것이다. 한편 타스 토고스는 군대의 상황을 태종 황제에게 보고하기 위해 사람을 보내고, 여전히 금나라 채주를 포위하고 있었다.

고려에서 사신이 온 이해 송나라가 연호를 옛 연호인 소정에서 단평端平 원년이라 바꾸었다. 또 동하국의 포선만노는 이전에 몽골에 투항했지만, 또 배반하면서 이랬다저랬다 멋대로 했기 때문에 태종 황제는 큰태자 구육과 조카 부왕 아진다이에게 동로의 병사와 젊은 태부 가운데 8명의 장수들을 임명하여 동하를 토벌하기 위해 보냈다. 또 한편 고려의 군주 철왕에게 그의 다섯 가지 죄상을 밝히는 조서를 보내 과오를 인정하고 절하러 오라고 했다. 그 조서는 다음과 같았다.

> 선황 성무황제 태조 때 우리 군대가 거란국을 제거하여, 그대 나라를 평화롭게 만들어 주었다. 그러나 그대가 한 번도 공물을 바치지 않은 것이 첫 번째 죄요, 후에 짐이 명을 내려 그대를 일깨우기 위해 사신을 보냈는데, 그대는 거짓된 말로 답한 것이 두 번째 죄이다. 또 이어 짐이 두 번째 보낸 사신 고여[8]를 은밀히 죽이고, 거짓으로 포선만노의 도적이 죽였다고 발뺌을 하였으니 그것이 세 번째 죄요, 또 그대에게 군대를 도우라고 명했거늘 당신들은 대항을 하고 동해의 섬으로 들어갔으니 그것이 네 번째 죄이다. 또 후에 비록 투항했지만 백성들의 수를 사실대로 고하지 않고 속인 그것이 다섯 번째 죄라 할 수 있다. 이를 마음으로 분명히 알면서 어찌 뉘우치지 않는 것인가?

이해 말이 되어 여러 지역에서 공격을 하고 전투를 벌였던 군대 대

---

8 '저고여'를 이른다.

장들이 사방에서 돌아왔다. 한편 태자 구육과 부왕 아진다이 등의 군대가 이미 동하국의 포선만노의 군대를 공격하여 세 번에 걸쳐 압승을 하고, 초겨울 나라의 수장 포선만노를 생포하여 대군이 돌아왔다. 또 같은 달 고려 조정에서 적병을 조직해 몽골에 투항한 홍복원[9]이 있는 서경을 급습하여, 그의 집안을 약탈했다. 그때 홍복원은 외부에 있었는데, 그 소식을 듣고 곧 그들을 추격해 일시에 승리를 거두고, 그 정황을 모두 몽골에 보고하기 위해 사람을 보냈다.

이해 태사 국왕 볼로는 군대를 통솔하여 남쪽을 정벌하고, 변량성을 비롯해 면주, 서주, 이주, 위주 등의 4개 성을 점령하였으며 또 많은 지역을 정복했다. 남쪽 4개로 군대 원수 태사 볼로는 다이산다락그치, 부마 난사르, 태사의 아들 타스 토고스, 투멘테이, 수베데이 이 다섯 사람 가운데 투멘테이를 여러 사람을 대신해서 태종 황제의 연말 인사와 신년 의례를 위해 보냈다.

그때 대사 볼로는 황제의 사신 아도호에게 변경을 지키게 하고, 자신은 대군과 수베데이 바타르와 함께 채주에 금나라 애종 황제를 포위하고 공격하기 위해 떠났다. 이때는 추운 겨울이었기 때문에 태종 황제는 변량 부근의 좋은 지역을 둘러보고, 연말에 비로소 성안으로 들어가 대전에 가서 좌정했다. 약간 무너지고 불에 탄 곳을 보수하게 하

---

9 홍복원(1206~1258). 고려 후기 서경낭장으로 필현보와 함께 반란을 일으킨 주모자. 그의 아버지는 1218년(고종 5년)에 인주도령으로 몽골에 투항한 홍대순이다. 홍복원은 1231년 몽골이 침략해 오자 1500호를 이끌고 투항하였고, 그 뒤 고려군민만호에 제수된다. 1233년 서경낭장(西京郎將)의 직함으로 필현보와 반란을 일으켰다. 필현보가 죽임을 당하자 몽골로 도망쳐 몽골로부터 관령귀부고려군민장관에 임명되었다(https://encykorea.aks.ac.kr/Contents/Item/E0064109 한국민족문화대백과사전).

고, 다른 주와 현에서 양식을 가져오게 하여 변경의 피해를 입은 백성들을 먹이고 추운 겨울을 보내게 했다. 그러자 변경의 백성들은 투항을 늦게 했다고 후회했다.

태종 황제는 연말에 송나라가 보내온 공물이 이해 병사들의 식량에 큰 도움이 되었다며, 다음 3년 동안 바쳐야 할 공물을 면제해 주고, 후한 예물을 상으로 주어 사신을 돌려보냈다. 송나라에서 이에 대한 답례를 보내오자 송나라가 이번 약조를 저버리지 않은 것을 칭송하고, 깊이 감사하는 조서를 보내게 했다.

**사관 인잔나쉬의 시 한 수**

지용을 겸비한 홀사호의 언행은 진실되고
반역적인 무선이란 자의 식견은 왜곡되었네
사려깊은 송나라 맹공의 행동거지는 바르고
어리석은 금나라 애종이 하는 말은 수치스럽기 짝이 없네

제67장

# 의로운 볼로 태사가 웃으며 몽골 사직의 시운을 논했네 원한에 찬 애종이 죽고, 금나라는 운수가 다해 멸망했네

갑오년甲午年, 푸른 대몽골의 우구데이 황제 태종 6년, 송나라 이종 황제 조윤 단평端平 원년, 금나라 애종 수서 천흥 3년이었다.

한편 몽골군과 송나라 군대는 5경이 되어 큰 북을 치고 대포를 쏘았다. 그리고 악기를 연주하며 천지에 제의를 드리고, 서로의 황제를 향해 절했다. 병사들은 각각 자신의 대장에게 예를 갖추어 경의를 표하고, 서로 우호적으로 예를 행했다. 그때 갑자기 앞쪽에서 몽골의 국왕 태사 볼로가 대군 앞으로 나오자, 볼로의 큰아들 도원수 타스 토고스가 두 부인을 데리고 볼로를 맞으며 예를 갖추어 절했다. 이어서 송나라 대원수 맹공이 나와 볼로를 맞았다. 두 장수는 서로 인사를 나누고, 우의를 다지며 즐거워했다.

태양이 떠오르자 채주를 포위하고 있는 병영에 와서 많은 악기를 연주하게 하고, 새해 정월 초하루 아침 명절의 의례대로 큰 연회를 베풀고, 몽골과 송 두 나라의 대장들이 서로 한 탁자에 앉아 연회를 즐겼다. 그 아래 병사들이 차례로 연회석에 앉아 남쪽의 악기와 북쪽의 노래를 서로 시작하며, 술을 마시고 담소를 나눴다. 모두가 떠들썩하게 명절을 즐길 때 북과 피리, 노랫가락이 이른 아침 바람결에 실려 성안 사람들에게 들렸다. 사방에서 악기와 노랫소리, 사람들이 떠드는 소리가 울려왔다. 채주성 안에 갇혀 굶주림에 시달리던 병사들은 배 속이 비고 굶주림에 못 이겨 굶어 죽은 병사와 백성의 살을 서로 먹고 있는데, 몽골군의 이 같이 즐거운 잔치를 보고, 모두 한숨을 내쉬며 울음을 참지 못하고 괴로워했다.

그때 송나라의 맹공이 몽골의 태사 볼로와 연회를 즐기면서 아침 햇살에 비친 금나라 채주성을 보니, 성 위에 한 무리의 검은 안개가 덮여 있고, 햇빛이 희미해져 어두워져 있었다. 그것은 옆에서 보면 검은 구름이 가로질러 있는 것처럼 보였다. 그러자 맹공이 몽골 태사 볼로를 향해 물었다.

"태사, 저 기이한 현상을 보십시오. 저것은 무슨 예조이겠습니까?"

그러자 볼로가 슬프게 말했다.

"금나라의 황제가 상황이 다급해지자 죄 없는 백성을 죽여 인유포를 만들고, 또 힘없는 백성을 성에 가두어 굶어 죽게 하는 일이 엄청나게 많아졌기에 수많은 백성의 부당하고 억울한 좋지 않은 기운이 흩어지지 않고 모여 있는 것이지요. 금나라 황제가 어찌 이달을 넘길 수 있겠습니까? 변경성을 공략하는 것에 대해 생각하며 밤마다 보니 성 위에 한 무리의 어두운 안개가 흩어지지 않은 채 덮여 있었는데, 보통의 연무가 아닌 것 같았습니다. 그런지 오래지 않아 변경이 함락되었습니다. 이 성을 지키겠다고 사람을 죽게 하는 것은 좋은 일이 아닙니다. 비록 적군으로 인한 것이지만, 성의 주인이 하늘의 때를 지나치게 어기면 백성들이 혼령이 원한에 사무칠 것입니다. 그리하여 하늘이 예조를 보여 그러한 일을 금하고 있는 것입니다."

그러자 맹공이 그 말을 듣고 퍼뜩 놀라 자신의 나라를 생각하며 서둘러 물었다.

"태사께서는 하늘의 때가 분명 몽골에 있다는 것을 아시는 것 같습니다. 무슨 근거로 그렇게 믿으시는 것입니까?"

볼로가 웃으면서 천천히 말했다.

"확실한 믿음에는 여섯 가지 근거가 있지요. 그 여섯 가지가 무엇이냐 하면 다음과 같습니다. 우리나라가 발전하는 뚜렷한 세 가지 징조가 있습니다. 귀하신 원수께서는 제가 자세히 알려드리는 것을 귀 기울여 들으십시오. 먼저 예로부터 우리 몽골은 남쪽 중원 지역의 황제가 된 적이 한 번도 없는데, 갑자기 우리 지역에 태조 성무황제께서 탄생하시고, 또 생애 50년 동안 중원의 지경을 정벌하여 투항케 하시고, 대송을 비롯해 금나라, 요나라, 서하국, 고려, 거란, 서역과 그 밖에 장군께서 알지 못하는 이역들을 투항시켰습니다. 북방의 대러시아에 이어 서쪽 티베트, 탕구트, 인도, 네팔, 동쪽으로 개머리나라, 여인국, 여목국, 사모국 등의 여러 나라와 서양의 나라들, 시판국, 관흉국, 외다리국, 비목국 등 이러한 여러 나라를 공격해 모두 공물을 바치게 하고, 내방하여 예를 갖추게 함으로 저희 태조께서 진정 성인이라는 것을 알았지요.

그렇게 성조께서 나라를 여시고, 주의 깊게 아래를 보면 첫째, 보위를 이어나갈 자식과 손자들 가운데 성인의 품격을 지닌 자가 태어나 보위를 이으니, 분명 우리 몽골에 하늘의 때가 이르렀음을 분명히 알 수 있지요. 둘째, 저희 나라의 황제께서는 옥체의 편안함과 향락, 음란함을 좇지 않으시고, 모름지기 당신의 몸을 힘들게 하며 몸소 원정을 떠나시기에 병사들은 사력을 다해 분투하였습니다. 또 황제께서는 재능 있는 신하들을 좋아하시어 많은 현사들이 모여들고, 좋은 말로 이끌면서 하는 말이 도의와 합치되니, 그 말을 받아들이지 않을 수 없지요. 이에 사방의 뛰어난 인재들이 모여들어 절하고 따르니, 나라 전체가 현명한 인재들의 일을 자랑스럽게 여기며 본받는 것이지요. 이것이 우리 몽골이 분명 흥성할 것임을 알게 하는 징조라 할 수 있습니다.

특별히 우리 몽골국이 나라의 기초를 세울 때 태조 성무황제께서 황제를 고사하시고 보위에 오를 수 없다고 하셨습니다. 그때 나라 전체가 하늘의 징조를 구하자, 황제의 제단 앞에 길상의 신조神鳥가 날아와서 사흘 동안 아침에 ("칭기스! 칭기스!" 하고) 울어 우리나라에서 태조 성조를 '칭기스'라고 칭했지요. 이 징조는 매우 뚜렷하여 나라를 지배할 운명이 분명하다는 것을 확실히 알게 하는 세 번째 증거가 되었습니다.

또 다른 나라가 반드시 망할 세 가지 징조는 첫째 귀 대송의 태묘가 천둥과 번개에 두 번 무너졌지요. 이것은 분명 패망할 것을 알 수 있는 뚜렷한 예조의 하나요, 또 남방에서는 태양을 군주에 비유하는데, 몽골군이 남하하여 정벌하면서 수년 동안 정월 초하루에 일식이 있었습니다. 이것에 의거해 보면 우리나라는 더욱 흥성할 것이요, 이것이 남방의 나라가 분명 패망하리라는 것을 알 수 있는 두 번째 예조라 할 수 있지요. 또 금나라와 귀 송나라의 백성들은 성읍의 8할이 우리 쪽을 찾아와 투항하고 있는데, 이것은 분명 금나라와 송나라가 패망하리라는 것을 알게 하는 세 번째 예조라 할 수 있습니다. 존귀하신 원수께서 이런 여섯 가지 예조를 신경을 쓰지 않을 리가 있겠습니까? 분명 저를 놀리시려고 물으시는 것이겠지요?"

맹공은 이러한 말을 들으면서 크게 놀라 온몸에 식은땀이 났다. 그는 서둘러 일어나 태사 볼로에게 술을 따라 올렸다.

"대왕께서는 참으로 생각하시는 바가 깊으시고, 논하시는 바가 참으로 치밀하시니 신하된 자가 어찌 감히 다른 뜻을 품겠나이까?"

맹공은 입으로 말을 하고 있었지만, 마음속으로 그의 말이 매우 논리적이고, 천지, 인간의 이치에 모두 부합하는 말이었기 때문에 속으로 은밀히 몽골에 투항할 마음을 먹었다.

그렇게 연회가 끝나고 또 성을 공격할 것은 의논하며, 성 내부 상황을 묻자 측근의 병사들이 고했다.

"성안에 식량이 끊어진 지 3개월이 되었습니다. 뭇 백성이 굶주림에 안장 끈과 깔개 가죽, 구두등, 구두목과 북의 덮개 등을 모두 남기지 않고 불에 굽고, 삶아서 먹었는데, 그것이 다 떨어지자 이제 백성 가운데 굶어 죽은 처자식, 손자, 노인, 어린아이를 먹는 것을 주저하지 않고 서로 바꾸어 먹고 있습니다. 음식과 시신을 전혀 얻을 수 없는 사람들은 가축의 뼈를 빻아 가루를 내서 풀과 섞어 먹고 있습니다. 또 대군

가운데 우리 군대에 상처를 입은 병사를 죽여 자신의 황제를 지키는 병사들을 먹이고 있습니다. 이런 상황에 이르렀기에 병사와 백성들 가운데 투항하려고 하는 자가 상당히 많습니다. 다만 군주는 안 된다 하여 이 지경이 되었습니다."

그 말을 듣고 태사 볼로가 고개를 끄덕였다. 그리고 곧 많은 병사와 밤이 되기를 기다렸다. 사람마다 입에 나무를 물게 하고, 네 가지 구름사다리를 성의 사방에 준비하고 곧 공격을 개시했다. 이때 금나라는 성이 포위되면서 많은 장병들이 싸우다 죽음을 맞았다. 안팎의 장수와 신하들은 살고자 하는 마음이 없어져, 곧바로 많은 병사의 무리 속으로 들어가 위아래로 뛰어다니며, 성 위에 함께 올라가 성을 지켰다. 이때 몽골군이 서쪽 성의 성벽을 무너뜨리고, 구멍을 뚫어서 전체 다섯 개 문을 만들어 성안으로 돌격해 들어갔다. 내성의 바깥을 포위하고 여명이 트면서부터 해가 질 때까지[1] 일제히 찌르고 싸웠다. 다음 날 내성을 공격하겠다고 하자 병사들이 공격을 멈추었다.

그 사이에 금나라 애종 황제가 백관들을 불러모아, 동쪽 원수 완안승린完顔承麟을 불러 자신의 보위를 물려주고자 했다. 완안승린이 비록 금나라 핵리발[2]의 후손이요, 가까운 친척 형 백살의 관직을 계승해 맡고 있었다. 승린은 서둘러 절하며 애종의 명을 받아들일 수 없다고 울며 고하자 애종이 말했다.

---

1 본문에서는 '해가 뜰 때까지'로 되어있으나 문장의 흐름상 '해가 질 때까지'를 잘못 옮긴 것으로 보여, 수정하여 번역했다.

2 핵리발(1039~1092) : 금나라 여진(女眞) 완안부 사람. 금 태조의 부친. 금나라 태종이 추존하여 묘호를 세조라 했다(임종욱, 『중국역대인명사전』, 이회, 2010, 2045쪽).

"경에게 짐의 보위를 넘겨주는 것은 짐이 좋아서가 아니라, 내 몸이 너무 살이 쪄서 달리고 공격하는 데 날렵하지 못하기 때문이다. 경은 몸이 가볍고 용병술이 뛰어나며, 평소에 날렵하여 장군의 자질이 있지 아니한가? 만약 경이 이 위험에서 빠져나갈 수 있다면 우리 가문의 선조의 제의가 끊이지 않을 것이며, 남송처럼 다시 흥기할 것이라 생각하느니라. 경은 다른 말 하지 말기 바란다."

이튿날 완안승린은 할 수 없이 눈물을 흘리며, 황제의 용포와 관, 허리띠, 구두 등 의관을 갖추고, 황제의 보좌에 앉아 나라를 계승하는 황제의 옥새를 받고 보위에 올랐다. 성급하게 즉위식을 했기 때문에 연호를 고치지 못했다. 한편 애종 황제는 황제의 보위를 선위하고 나갈 방법을 생각했지만, 어찌할 바를 알지 못하고 있었다.

그때 송나라 맹공의 군대가 채주성의 금나라 글자가 있는 성문에 이르러 갑자기 구름사다리를 성벽에 걸치도록 했다. 그리고 마의와 조영 두 사람이 몇백 명의 병사를 이끌고 앞서 사다리를 올라가 보니, 이미 성의 3면 성 위에 몽골군이 올라가 내성을 교대로 공격하고 있었다.

이에 송나라 병사는 사기가 팽배해져 금나라 글자가 써 있는 남문을 장악하고 공격하자, 금나라의 남문을 지키는 대장 오고론호가 자신의 소속 장병 200명을 모두 데리고 나와 송나라 군대에 투항했다. 이때 성에서는 새로운 황제가 보위에 오르고, 백관들이 절하며 축하의 의례를 행하고, 곧 바로 나가 적군에 대항해 싸우려고 하자 내성의 남면에 송나라군이, 동서북면에 몽골군이 가득했다. 송나라의 군대 기가 성위에 가득 덮이고, 주위 사방에 송나라, 몽골 두 나라의 큰 북과 바라, 피리, 징이 동시에 울렸다. 그리고 몇십만의 병사들이 지르는 함성에 천지가 뒤흔들리고, 인가와 궁이 들썩거렸다.

그러자 오고론호의 군대가 성의 남문을 열고, 송나라 맹공과 강해의 병사들을 들여보냈다. 북문으로는 몽골의 타스 토고스가 두 부인을 데리고 문을 지키던 목엄련을 베어 죽이고, 성문을 열고 성안으로 들어가자, 완안홀사호가 1천 명의 병사를 이끌고 거리에서 군대를 양편으로 나누어 맞서 대항했다. 그러나 완안홀사호가 대패하자 병사들이 흩어졌다. 그때 금나라 이전 군주 애종 수서가 일이 급박해진 것을 알고 궁 안에 있는 여러 가지 금은보화를 유란헌幽蘭軒에 모아 두고, 주위에 풀을 쌓아 불을 지르기 위해 준비했다. 그리고 측근 신하에게 자기가 죽으면 그것을 불태우라고 명하고 스스로 목을 매 자결했다.

이 소식을 승상 완안홀사호가 듣고 여러 장병들을 향해 말했다.

"우리 군주께서 이미 승하하셨소. 내가 싸운다 한들 무슨 도움이 되겠소. 그러나 나는 난군에 의해 죽임을 당하는 증거 없는 의를 행하지 않을 것이오. 그대들이 보고 있는 가운데 주군을 따라갈 것이오."

그는 죽기에 앞서 "그대들은 좋은 대책을 강구하여 새로운 주군을 모시고, 분투하여 사직을 다시 정비하도록 하시오"라고 부탁하고, 여수汝水에 뛰어들어 죽었다. 이에 많은 장수와 병사들이 통곡하며 울부짖었다.

"승상께서 죽을 수 있으신데 우리가 죽지 못할 일이 무엇인가?"

그리고 참정 패출로루실, 오림답, 북쪽 총수 원지, 왕산아, 흑석열백수, 오고론환단[3] 그리고 500명 가까운 병사가 모두 따라 죽었다. 새로 보위에 오른 황제 완안승린은 많은 병사와 내성을 지키고 있었는데, 이전 황제 수서가 죽었다는 소식을 듣고 서둘러 신하를 데리고 들어가 통곡하며 사람들을 향해 말했다.

"선황께서 보위에 계셨던 10년 동안 분투하시고, 인애로 마음을 쓰시고, 검약하며 백성을 먹이시고, 절약하고 거두어들이며 사직을 재건하려고 애쓰셨는데 생각지 않게 뜻을 이루지 못하셨소. 그 마음이 참으로 애달프기에 황제를 비애의 성군이라 추봉하는 것이 옳을 것이오."

그리고 선황에게 '애종'이라는 묘호를 올렸다. 그런 뒤 제사를 올리기도 전에 내성이 또 함락되고, 몽골군이 쳐들어왔다. 이에 송나라 군대가 먼저 궁에 들어오자 많은 신하들이 불을 지르고, 애종 황제의 시신을 태우려고 했다. 송나라의 강해가 먼저 궁으로 쳐들어가 금나라의 참정 장천강을 생포하고, 애종의 시신이 어디에 있는지 묻자 장천강이 말했다.

"방금 스스로 목을 매 타계하셨소. 시신을 태우려고 불을 붙였소."

이렇게 불을 붙인 이유를 말하자, 송나라 병사들이 서둘러 애종 황제의 시신을 불에서 꺼내 빼앗으려 할 때 몽골의 태사 볼로와 타스 토고스가 들어와 금나라의 이전 군주의 시신과 유란헌의 금은보화를 모으게 했다. 또 그의 새 군주를 찾아 생포해 반드시 그 종족의 뿌리를 제거하여 명을 수행할 것이라며 성문마다 병사들을 세워 지키게 하자, 타스 토고스의 큰부인 회국 공주가 반드시 부친을 죽인 원수를 갚겠다

3 본문에는 흑설렬백수를 '흑석렬', '백수', 오고론환단을 '오고론', '환단'으로 잘못 전사하고 있다. 이를 바로잡아 번역했다.

며 금나라의 새로운 군주 완안승린을 찾아 생포하게 했다. 그러자 완안승린이 크게 당혹하여 성의 무너진 구멍으로 급히 달아나려고 했다. 그때 회국 공주가 성을 순찰하며 찾다가 그와 딱 마주쳤다. 회국 공주가 그를 알아보고 서둘러 화살을 조준하여 한 발을 쏘자, 화살이 그의 목을 관통하여 완안승린이 말에서 떨어졌다. 그러자 병사가 서둘러 그 머리를 베었다. 회국 공주가 그 머리를 몸과 함께 가져오게 하여 시아버지 태사 볼로에게 바치자, 태사 볼로는 며느리를 사랑하는 마음이 더욱 커졌다.

한편 금나라의 남은 신하들은 밤에 사방으로 도주했다. 그때 송나라, 몽골 두 나라는 금나라의 옛 군주 애종의 시신을 나누어 가졌으며, 또 새로운 군주의 시신을 몽골국이 가져갔다. 그리고 성안에 있는 것을 모두 점유하고 뭇 백성들을 안심시켰으며, 다른 성에서 곡식을 가져오게 하여 성의 굶주린 백성들을 구휼했다.

한편 회국 공주는 금나라의 옛 군주 수서의 시신 일부를 취하고, 시아버지에게 청해 1개 군단의 병사를 이끌고 완안홀사호의 시신을 찾아 시체를 땅에서 파내 아버지 위왕 영제의 영전 앞에 가져다 제의를 드렸다. 그리고 홀사호의 자손들을 붙잡고, 위소왕을 죽일 때 공모한 사람 수십 명을 생포해 아버지 영제의 영전에 데려와 산사람을 제물로 바쳐 제의를 드리고, 피를 뿌리며 소지를 했다. 그리고 묵은 원한을 씻고 통곡하며 제의를 드렸다.

이때 태사 볼로의 병이 심해지자 서둘러 전위 군대의 병사들을 이끌고 금나라 군주의 유골을 가지고, 아버지 태사 국왕 모홀리의 영구를 변경으로 모셔와 한 달 동안 애도를 표했다. 그리고 자신의 병을 치료하여 웬만큼 회복되자, 아버지의 유언에 따라 곧 금나라 두 황제의 유골을 앞뒤로 두고, 국왕 모홀리의 영구를 300명에게 지게 해서 옮기게 했다. 그리고 왕의 의전에 따른 대오로 정렬하고, 황제의 명과 부친의 유언에 따라 부왕을 모셔가기 위해 병사들이 출발했다.

이때 금나라 장군 말염올전이 장수와 병사들을 데리고, 날마다 악기를 연주하고 술을 마시며 향락을 즐기고 있었다. 그는 식주를 지키고 있었는데, 갑자기 사람들이 지금 채주가 함락되었다고 하자 모두가 더 술을 마시며 방탕하게 지내자, 많은 병사들도 자신의 백성들을 약탈하고 마음대로 흉청거렸다. 한편 송나라에 투항할 마음을 먹고, 말염올전을 선두로 패출로중루실, 협곡구주 등이 함께 연합하여 많은 사람들을 이끌고 송나라에 투항하겠다는 표문을 전하게 하고, 금나라 황제의 장례를 마치겠다고 하자 송나라 군주 이종 황제 조운은 금나라 애종을 소종昭宗이라 하고, 금나라의 남은 장병과 백성들을 항복케 하여 받아들일 준비를 했다. 이에 식주의 백성들은 말염올전을 승상으로 추대하고 떠나 보냈다.

한편 송나라는 몽골과 감히 채주를 차지하려고 다투지 못하고, 몽골의 태종 황제의 상을 하사받고 곧 애종 황제의 유골을 가지고 돌아갔다. 볼로는 태종 황제에게 복명하고, 자신의 병의 상태를 알리면서 부친의 유언에 따라 먼저 돌아가겠다고 고했다. 그리고 몽골의 옛 한인 신하 유복을 채주로 보내 하남 전체를 다스리는 총관으로 삼고, 그 지역을 지키게 했다. 또 하남의 남로 군대를 총괄하게 했다.

식주의 백성들은 말엽올전 등이 나가자 모두 따라가 곧 식주성의 남문에 불을 지르고 성문을 태웠다. 그리고 금나라 옛 황제 애종 수서에게 제의를 드리겠다며 절하고, 모두 송나라를 향해 갔다. 타스 토고스가 그 소식을 듣고, 서둘러 대군을 이끌고 송나라에 투항하기 위해 가는 금나라의 신하와 백성들을 추격했다. 그리고 대장군 수베데이 바타르와 난사르, 투멘테이가 사방에서 막아서며 말엽올전 등을 추격해 가서, 나산羅山에서 완안호를 비롯해 700명 이상의 사람을 참살하고, 남은 자들을 모두 붙잡아 식주로 데리고 갔다. 그러자 한 사람도 도망쳐 나가지 못했다.

이해 2월 몽골 태종 황제의 명으로 타스 토고스를 부르기 위해 사람이 왔다. 태종은 타스 토고스의 부친 태사 볼로의 병이 중하다는 소식을 듣자 마음이 아파 서둘러 사람을 보냈다. 타스 토고스는 크게 놀라 서둘러 황제의 명대로 다른 병사를 모두 수베데이 바타르와 난사르 부마 등에게 내어주고, 나라에 달려가 태종 황제를 배알하고 곧 부친 곁으로 갔다. 이어서 황제도 태사를 문병하기 위해 가자, 태사의 온 집안사람들이 모두 문밖에서 무릎을 꿇고 황제를 영접했다. 태사 볼로는 이미 몸을 일으키지 못한 채 관복을 걸치고, 허리띠를 위에 놓고, 관모 등을 베개 위에 올려놓고 베개 위에서 눈물을 흘리며 황제에게 절했다.

태종 황제가 급히 태사의 손을 잡고 연민 어린 모습으로 슬퍼했다.

천성적으로 덕이 있고 의로운 충신이여

나라를 위해 분투하며 애쓰다가 지쳐
부지불식간에 병을 얻고
붉은 피를 토하다 이처럼 되었도다

태종이 위로의 말을 하자 태사 볼로가 절하며 고했다.

"신은 지금 죽어도 조금도 여한이 없습니다. 첫째, 눈썹과 속눈썹같이 쉽지 않은 폐하의 적수인 금나라를 멸망시켰습니다. 둘째, 부친 태사의 유언을 수행하여 금나라 변경을 정복하고, 신구 양대 황제를 바쳤습니다. 이것은 신의 큰 행운이었습니다. 수명의 길고 짧은 것은 하늘이 정한 운명이니 무슨 여한이 있겠습니까? 다만 신이 폐하께 한 가지 여쭐 말씀이 있습니다. 먼저 폐하께서는 무슨 일이 있어도 송나라 공격을 지체하지 마십시오. 둘째, 측근 신하가 고하는 말은 무슨 일이 있어도 세 번을 생각하시고 나서 믿으십시오. 셋째, 주색과 여흥은 어떤 상황에서도 정도를 넘어서서는 아니 됩니다. 송나라가 비록 작지만 백성들의 마음을 부추기는 근본이 되오니, 송나라를 변경의 다른 나라와 비교해서는 아니 됩니다."

또 황제 앞에서 큰아들 타스 토고스를 불러 태종 황제에게 고했다.

"신의 큰아들 타스 토고스는 색을 탐하고 향락을 좋아하니 폐하의 은혜를 어찌 오래도록 받을 수 있겠나이까? 이 아이와 저의 어린 손자들도 훗날 폐하께 힘을 바칠 것입니다. 제가 죽었다고 저의 상을 치르느라 국사를 지체시켜서는 아니 됩니다. 그래야 제가 저승에 가서 선황 성무황제와 아버님 태사 국왕께 얼굴을 바로 할 수 있을 것입니다.

아들아, 너는 이를 유념하거라."

그리고는 품에서 서찰 하나를 꺼내 관련 대신인 야율초재에게 주며 일렀다.

"현철하신 대신께서는 나라를 위해 사력을 다하시고, 저의 서한을 은밀히 잘 간수하세요."

이어 태사 볼로는 태종 황제에게 예를 다해 절하고, 주군 앞에서 숨을 거두었다. 그의 나이 49세였다. 태종 황제는 크게 애통해하며 먼저 나라를 세운 태사 국왕 모훌리의 예대로 장례를 치를 것을 결정하고, 집안의 네 친왕에게 명했다.

"영전에 비를 세우고, 금나라를 멸한 것을 앞에 언급하라. 볼로 태사는 나를 선황이신 아버님에게 정면으로 알현할 수 있도록 공훈을 세웠다."

그리고 몸소 술을 떨어뜨리며 제의를 드리고, 아들 태자 구육에게 시신을 내어주고, 시간마다 술을 떨어뜨려 예를 다해 장례를 마치게 했다. 그리고 왕의 직위와 태사의 직위를 타스 토고스에게 승계해 나가게 했다.

그 사이에 몽골 대원수 수베데이 바타르는 나라에 남은 성을 모아들이며 다니다가 금나라의 남은 서주성에 이르렀는데, 서주를 지키던 금나라 신하 완안용안이 나와 투항하지 않았다. 그러나 성안에 있는 백성들은 투항하지 않을 수 없는 상황임을 알고 모두 배반하고 곧바로 문을 열고 나가 투항하자, 완안용안은 일이 급박해진 것을 알고 스스로 목을 베어 자결했다.

5월 몽골군은 배반한 장군 무선을 공격하며 반드시 생포하지 않고는 멈추지 않을 것이라고 하자, 무선이 혼비백산하여 곧바로 남은 병사들을 이끌고 택주로 달아났다. 그러자 수베데이 바타르가 민첩한 병사 수백 명을 이끌고 밤낮으로 추격해 가서 생포하여 먼저 두 다리를 베고, 태종 황제가 있는 대도로 보냈다. 태종이 크게 기뻐하며 많은 한인 장수와 신하들 앞에서 난도질하며 "세 나라를 배반한 종놈"이라고 머리에 죄상을 쓴 기를 꽂아 하남과 하북, 산동, 산서 등지에 조리돌리며 사람들에게 보게 했다.

한편 송나라의 조범, 조규가 상의하여 황제 이종 조윤에게 몽골에 빼앗긴 세 개의 경성을 공격해 수복하겠다고 하자, 이종이 그의 말을 윤허했다.[4] 여주廬州 지부知府 전자재에게 군대 일을 함께 맡아보도록 하고, 그에게 1개 군단을 내어 주어 조범과 조규를 따르게 해 금나라에 빼앗긴 변경을 찾기 위해 보냈다.

이때 최립이 많은 백성을 보호하고 변경을 지키면서, 몽골 황제에게 고하여 사방의 부와 주, 현 지역에서 곡식으로 도와 변량성의 백성들을 구휼하게 하여 어느 정도 배를 채우게 했다. 그런데 갑자기 송나라 적병이 공격해 왔다는 소식을 듣고, 성의 신하와 병사들을 모이게 해 문을 굳게 닫고 망루에 올라갔다. 그리고 어찌하여 몽골을 배반하는지 묻고, 어찌해도 하늘의 때를 만난 몽골을 벗어날 수 없는 이유를 말했다.

---

4 이것은 역사적인 사건으로 '단평의 입락'이라 한다. 1234년 몽골과 송나라가 연합하여 금나라를 멸망시킨 후, 송나라가 동경(개봉), 서경(낙양), 남경을 회복하기 위해 하남에 출병하지만, 이는 몽골의 반격으로 실패하며, 두 나라는 이 사건으로 적대적 관계가 된다.

조범과 조규가 이미 변량성의 금나라 옛 신하 이백연과 내통하여 논의한 상태였기 때문에 밖에서 송나라 조범이 큰 소리로 욕설을 해댔다.

"나라를 팔아먹는 종놈을 빨리 죽여라"

조범이 소리치자 뒤에서 이백연이 최립의 머리를 베고, 변량성의 많은 백성을 이끌고 송나라에 투항했다. 그리고 송나라 우익의 원수 서민자徐敏子의 한 군단의 병사들이 몽골에 빼앗긴 빈 낙양성을 되찾았다. 병사들이 성으로 들어가자 먹을 곡식이 전혀 없었기 때문에 서민자가 크게 놀라 서둘러 초원의 쑥을 곡식 가루와 섞어 병사들에게 먹이고, 수하 장수 양의楊義를 성 밖 동편 30리 밖에 주둔케 하고, 몽골군을 기다리며 동정을 살피게 했다.

그때 몽골 대원수 수베데이 바타르와 부마 난사르가 이미 이 소식을 듣고, 수베데이 바타르가 부마 난사르에게 이르기를 "송나라를 공격할 구실을 찾지 못하고 있었는데, 이들이 스스로 침략하기 위해 왔소. 이는 하늘의 뜻이 분명하며 송나라는 패할 것이오. 변경과 낙양은 모두 비어 있는 성인데, 내가 원래 앞날 일을 대비하여 그곳에 창고의 곡식을 쌓아놓지 않았소. 이제 그대가 곧 곡식과 풀이 높이 자라는 이 시기를 타서 낙양 동편의 큰 산을 넘어가 키 큰 나무숲에 병사를 매복시키시오. 그들은 분명 우리가 동쪽 편으로 올 것이라고 의심하고, 서둘러 병사를 보내 지킬 것이오. 그러면 몰래 나와 공격해 섬멸하시오. 내가 한 갈래 병사들을 이끌고 변량성을 정복하기 위해 갈 것이오. 변량 백성의 무리는 애당초 갇혀 지내 이미 지쳐서 이번에 분명 송나라에 투항하지 않을 것이오"라고 했다.

그리고 군대를 양편으로 나누어 곧바로 눈에 띄지 않게 밤에 몰래 양쪽 편으로 달려갔다. 난사르는 계략대로 낙양 동편 울창한 숲에 매복해 있자, 정말 양의를 위시해 송나라 군대가 그 고개를 넘어와 주둔하여 막 식사를 하려고 했다. 그때 몽골의 난사르의 대군이 느닷없이 나타나 병사들을 포위해 마구 죽이자, 송나라 병사들이 혼비백산하여 두려움에 떨며 공격하지도 못한 채 패해 모두 사로잡혔다. 양의가 일반 병사의 모습으로 변장해 혼자서 성을 향해 도주하는데, 서편에서 갑자기 홍개紅蓋가 나타났다. 양의는 대경실색하여 남쪽으로 달아났다. 이때 살아 남아있던 송나라 병사들이 낙수洛水에 떨어져 죽은 자가 헤아릴 수 없이 많았다. 양의는 혼자서 길에 혼선을 주며 달아나다가, 흩어졌다 모인 병사들과 함께 감히 성으로 들어가지 못하고 자기 나라를 향해 달아났다.

한편 송나라 병사들은 모두 밤을 타서 낙양으로 들어갔는데, 양의의 군대가 몽골 대군에 밀려 패한 뒤 흩어졌다. 양의는 자취도 없이 사라지고, 몽골군이 큰 강의 북쪽 연안을 점령했다고 하자, 낙양의 병사들은 혼비백산하여 전의가 상실되었다.

곧이어 8월 초하루 몽골군이 곧바로 달려와 낙양을 포위하자, 송나라 장군 서민자徐敏子가 격분하여 병사들을 이끌고 죽을힘을 다해 공격하며 접전했는데, 그 승패를 가리기가 어려웠다. 그러나 성안에는 이미 양식이 떨어져 많은 병사들이 말을 잡아먹고 있는 상황이었다. 서민자는 성을 지킬 수 없다는 것을 알고 밤에 서문으로 달아났다. 몽골의 난사르는 이미 길에 병사를 매복시켜 놓고 있었기 때문에 송나라 병사들의 반수 이상이 사로잡히고, 또 반수 가까이 부상을 입었다. 서민자도 몸에 몇몇 상처를 입은 채 흩어졌던 병사들을 이끌고 자기 나라로 도망쳤다.

몽골의 난사르가 낙양을 다시 평정하고 백성들에게 곡식을 나누어 주게 하면서, 백성들에게 하늘의 때를 자세히 설명하고 그들의 마음을 안정시켰다. 변경의 병사들은 사숭지가 식량과 풀을 보내올 거라고 믿고 있었다. 그런데 원래 변경을 정복했었던 몽골의 대원수 수베데이 바타르의 군대가 변경에 이르러 갑자기 큰 북을 치고 성을 세 겹으로 포위했다. 그리고 의자義子인 최립을 죽인 자를 먼저 내보내라고 소리치자, 변경의 백성들이 탄식하고, 하늘을 부르며 울부짖었다.

"이전의 우리 황제께서 스스로 성을 지키지 못해 백성들의 반은 굶주리고, 또 반은 죽임을 당했네. 하늘의 때에 따라 몽골에 투항해 조금 살만 했는데, 잔인한 놈이 하늘을 거역하고 배반하여 올해 또 고통을 불러오고 말았네."

뭇 백성들이 먼저 와서 이백연李伯淵을 붙잡자 송나라의 조규와 전자재 등이 크게 놀라 서로 논의했다.

"우리가 변경을 취한 것은 사숭지가 보내올 곡식을 믿은 것이었소. 그런데 이제 사숭지는 오지 않고, 몽골군이 또 성을 포위했소. 변경의 백성들은 몽골을 뇌리 속, 골수까지 두려워하오. 또 주변의 성이 모두 비어 있고, 우리 군대는 이미 식량이 떨어졌으니 싸우면서 기회를 보아 죽음에서 벗어나 달아납시다."

그런데 이들의 말이 끝나기도 전에 몽골군이 성으로 들이닥쳤다. 변경의 백성들은 최립을 죽인 이백연을 가솔과 함께 몽골의 대원수 수베데이에게 보내자, 수베데이가 크게 기뻐하며 병사들에게 포고하여 백성들을 털끝만치도 건드리지 말라고 단단히 명했다. 그리고 곧 성문을 빼앗아 공격해 들어가자, 송나라의 전자재, 조규 등이 동문으로 빠져나가 달아났다.

그때 몽골군이 이미 황하와 주변 지역 강의 물길을 터서, 모래주머니로 물을 막고 준비를 해놓았기 때문에 곧바로 전자재와 조규 등의 병사 뒤에서 물길을 트자 송나라 병사들이 모두 물에 휩쓸려 들어갔다. 힘 있는 기마병은 말꼬리에 매달려 물을 따라 내려가고, 30, 40리 거리를 가서 겨우 목숨을 건져 나라로 돌아갔다.

그러자 조범은 마음이 조급해졌다. 서민자는 낙양을 빼앗겼고, 전자재와 조규는 변경을 잃었다며 그 죄를 따져 질책했다. 그리고 이를 황제에게 고하자, 황재 조윤이 패한 장수들을 차례대로 처벌했다. 몇만의 병사가 일시에 사로잡히자 사람들이 심히 탄식했다.

12월에 느닷없이 몽골이 왕즙을 보내 송나라에 죄를 물었다.

"송나라는 별일 없이 우호적으로 잘 지내다가, 어찌하여 우리 지역을 느닷없이 공격해 와서 싸움을 일으키는 것인가? 어찌 이전에 맹약을 등지고, 원한을 책동하며 공격할 구실을 찾는단 말인가?"

송나라가 아무런 대꾸를 할 수가 없어 이리저리 둘러대면서 사신 왕즙을 돌려보냈다. 그러자 곧 몽골군은 세 방향에서 송나라 국경을 공격해 들어갔다. 이에 송나라 하회 지역이 한순간도 편히 쉬거나 잘 수가 없게 되자, 백성들은 모두가 하늘을 향해 탄식했다.

"부질없이 금나라의 화를 우리나라가 자초했네."

한편 몽골의 태종 황제는 중하中夏에 금나라를 공격해 평정하자, 경축의 예로 5단 8묘에 제의를 드리고 나라 전체에 사면령을 내렸다. 또 태사 볼로의 장례를 마치고, 아들 타스 토고스에게 부왕의 직위를 잇게 했다. 그리고 곧바로 쿠릴타이[5]에 많은 친왕과 문무백관을 모이게 해 법령을 정하고 시행할 대법령을 선포했다.

나라의 법은 가정에서 시작해 나라를 치리하는 데 사용된다. 법이라는 것은 한 사람에게서 나와 만국을 치리한다. 그렇기 때문에 명을 따라 행하는 것의 하나는 사직의 중대사를 상의하고, 군대나 전투에 관한 급한 용무로 모임을 가질 때 친왕이나 대신 그리고 관리들이 핑계를 대고 모임에 지체하면 녹봉으로 벌할 것이다. 하나, 사람들이 궁전에 드나들 때 남자, 여자가 단독으로 드나들 수 없다. 반드시 가까이에 있는 공인과 함께 오며 일고여덟 내지 십여 명이 함께 다닌다. 이렇게 다닐 때 소란스럽게 다녀서는 아니 된다. 법을 어기는 자는 죄를 물을 것이다. 하나, 병사들은 몽골, 한인의 평민 중에 반드시 열 명에 한 사람의 조장을 두고, 그자가 법규나 법령을 전하여 행하게 하라. 그 조장의 말을 어기면 죄를 물을 것이다. 만약 조장이 밖으로 원정을 나가거나 공적인 임무를 수행하게 되면, 그 사이에 나라를 위해 다른 한 사람으로 하여금 그 일을 살피고 지휘하게 하라. 하나, 몽골과 중원 두 지역인이 인척 관계를 맺어

5 '쿠릴타이'는 칸의 명으로 널리 소집되는 왕공(王公) 및 유력 부족의 수장, 중신으로 구성된 유목국가의 최고 정치 회의를 이름.

모사를 꾸밀 수 없다. 이를 어기면 죄를 물을 것이다. 하나, 공적인 일을 할 때 또는 공적인 일을 보고할 때 만약 조정의 일과 맞지 않게 말하면 첫 번째 뺨을 때리도록 하라. 두 번 잘못하면 손바닥 크기 만한 나무로 치라. 세 번을 그리 행하면 곤장을 치라. 네 번을 그리 행하면 가두어 두고 처형을 기다리게 하라.

하나, 천호장이 만호장 앞을 지나가지 않도록 힘써 조심하라. 송나라 백성들도 역시 십호장 앞을 지나가지 않도록 힘써 조심하라. 만약 이를 어기면 마찬가지로 벌을 면할 수 없다. 하나, 이후에 병영에서 병사가 부족하면 가까운 나라에서 이동시켜 반드시 그 수를 보충해 맞추게 하라. 무슨 일이 있어도 거짓된 이름을 보고하여 병사의 수를 부족하게 해서는 아니 된다. 대소 신료를 비롯하여 일반 병졸, 평민에 이르기까지 집이나 야외에서 큰 소리로 떠들고 소란을 피우는 일을 철저히 금하며, 만약 이를 어기면 죄를 물을 것이다.

또 짐의 나라 가운데 백성과 몽골 남녀 모두 나라의 법도에 맞지 않는 옷을 입거나 장식을 해서는 아니 된다. 특히 아녀자가 동네에 험담이나 불필요한 말을 옮기며 사건에 연루되면 그 염치 없는 아녀자를 안장 없는 소에 다리를 벌리게 하여 태워 이웃을 돌게 하면서 얼굴에 침을 뱉게 하고, 아녀자의 주둥이를 치게 하라. 두 번 그런 짓을 하면 태형을 가하고, 남편에게 다른 여자를 얻어 주라. 위를 다스리려면 반드시 아래에서부터 시작한다. 밖에 것을 다스리려면 안에서 시작해야 한다.[6] 나라 전체가 힘써 행하기를 바란다.

---

6 몽골 현대문으로 옮긴 내용에서는 "위를 다스리려면 아래서부터 시작해야 한다. 밖의 것을 다스리려면 밖에서부터 시작해야 한다"라고 되어있으나 옮기는 과정에서 오류가 있었던 것으로 생각되어, 단어를 수정했다.

이렇게 14개 행성行省에 포고령을 내렸다. 한편 태종 황제는 태사 타스 토고스 등에게 명을 내렸다.

"선황 태조 성무황제 아버님께서 천하에 처음 대업을 일으키신 지 40년이 되었소. 남북이 하나로 평정되고, 중원 지역부터 차례로 양 하夏,[7] 위구르, 고려, 거란, 하남, 하북 등의 나라와 지역의 백관들이 사력을 다해 싸우다가 모두 종으로 투항했소. 다만 남은 나라는 남쪽 송나라를 위시해 동남쪽 남양南洋 지역으로, 이들 나라가 계속 대항하고, 송나라에 울타리가 되어 투항하지 않고 있소. 그렇기에 짐이 직접 대군을 이끌고 가서 공격할 것이오. 그렇게 하면 송나라가 믿고 의지할 데가 없게 될 것이오. 송나라를 정복하는 것은 어렵지 않소. 여러 경들께서는 어찌 생각하십니까?"

그러자 태사 타스 토고스가 무리 가운데서 나와 고했다.

"신은 비록 능력이 없사오나 선조들을 좇아 충성을 다하고자 합니다. 신의 집안은 3대에 걸쳐 폐하의 귀한 은혜를 받고, 큰 지위에 올랐으며 5대에 걸쳐 성군의 비호를 받으며 지냈습니다. 신은 진심을 다해 폐하의 한없는 사랑과 은혜에 보답하고, 미력으로나마 작은 은혜를 갚는 오늘이 될 것입니다. 이를 위해 나라 전체를 움직이게 하시어 폐하의 옥체를 지치게 하셔서는 아니 될 것입니다. 회절淮浙 지역을 신이 맞서 싸워 끝을 낼 것을 원하나이다."

태종 황제가 기뻐하며 그의 뜻을 윤허했다.

---

7 서하와 동하를 이른다. 동하는 1215~1233년까지 존재했던 나라로, 금나라 장수 포선만노가 세웠던 나라.

"태사는 젊은 나이지만 지략과 용기는 선조를 닮았소. 남쪽 군대에 경의 힘을 바치고, 보이지 않는 곳에서 사력을 다한 업적이 짐의 마음에 모두 새겨져 있소. 그러나 이번에 노 태사의 상례를 아직 마치지 않았기에 차마 그대로 보내기가 힘들구려."

그러자 타스 토고스가 다시 절하며 고했다.

"아버님의 상례 기한은 집안일이며, 집에 집안일을 맡을 수 있는 아우와 손자들이 있습니다. 신이 폐하를 위해 부친의 유언대로 출정하고자 하나이다."

그러자 태종 황제가 크게 기뻐했다.

"이번에 만약 경이 출정하면 이 대사에 짐이 이제 조금도 걱정할 일이 없을 것이오. 짐의 아우와 부마 체첵을 함께 출정하게 할 것이오."

태종은 그에게 순금 갑옷과 투구를 비롯해 붉은 옻칠을 한 단단한 활 열 자루, 금제 안장과 옥으로 된 멍에와 안장이 있는 말 10필, 강철을 연단해 만든 허리띠, 그의 선조, 선친이 사용하던 금은으로 된 여러 물건 등을 하사하여 곧바로 남쪽을 공격하기 위해 출정하게 했다.

이때 동쪽 고려국에서 투항해 온 홍복원에게 혼란스러운 고려를 토벌하라는 명이 내려졌다. 홍복원은 곧 태종 황제의 명을 받아 대군을 이끌고, 이전 난리통에 고려의 교활한 자들에게 은밀히 투항한 백성들에게 은혜와 위엄을 함께 드러내고, 덕과 위엄을 사용하다가 이어 큰 덕을 드러냈다. 그러자 고려의 많은 사람들이 원래 홍복원을 천문지리에 통달했다고 우러르고 있었기 때문에 모두 그를 두려워하며 따랐다. 홍복원이 곧 고려의 동경 지역을 빼앗고 성을 점령하자, 원근의 백성들이 그를 찾아와 투항했다.

이렇게 지역이 평정된 것을 고하자 태종 황제가 크게 기뻐하며, 곧 호다르가 바타르를 사신으로 보내 홍복원에게 고려 행성을 지휘하는 권한과 금 인장을 하사했다. 그때 홍복원은 향단을 준비하여 금 인장을 받고, 사신을 융숭히 대접해 보냈다. 그런 뒤 황제 곁으로 가서 후한 은혜에 감사의 절을 하고, 고려의 군주 철왕이 본심이 아니라 간신에게 속임을 당한 사정을 살펴 고했다.

**사관 인잔나쉬의 시 한 수**

> 덕 있는 우구데이 황제가 금나라를 멸하자
> 충직한 볼로 태사가 송나라를 놀라게 했네
> 멍해진 애종 황제가 정신을 놓고 말할 때
> 대책 없는 뭇 신하들의 부질없이 고하는 바가 진정 가소롭구나

다음 장부터 사건이 상당히 많아지기 때문에 이제 이전과 마찬가지로 한 장에 한 해의 사건을 기술하는 것처럼 자세히 묘사할 수가 없다. 만약 그처럼 서술하면 100장 정도의 상당한 분량이 되기 때문에 이제 이후부터 한 장에 2년의 사건을 포함시키고, 사건의 대체적인 내용을 간략하게 기술했다. 이를 보는 독자 제위들은 기록 안에 있는 단어에 함축되어 있는 내용과 앞뒤에 나오는 사건을 표시하여 용의주도하게 살펴보면 그 상세함을 알 수 있을 것이다.

앞쪽 장에서는 몽골의 뿌리를 내리고 새로 흥기하는 시기였기 때문에 너무 간략히 기술하면 독자들이 내용을 파악하기 어렵지 않을까 하여 어쩔 수 없이 비교적 자세히 서술했다. 일단 몽골의 입지가 어느 정도 안정되이 세워지고, 문무의 계책이 어느 정도 갖추어졌으며, 중원의 풍토와 기질에 익숙해지고, 북방의 야생적인 어리숙함이 이미 거두어져 이제 남방 중원의 군대와 동일해졌다. 그렇기에 뒤에는 서사를 간략히 서술할 것이며, 독자 제위들께서는 이를 잘 살피기 바란다.

제68장

# 남아있던 금나라 공성의 왕세현은 태자 구육에게 절하며 투항했네 송나라 면주의 고 소저는 조옥정의 배필이 되었네

을미년乙未年, 푸른 대몽골국의 우구데이 태종 황제 7년, 송나라 이종 황제 조윤 단평 2년. 이해 몽골 태종 황제의 나이 51세였다.

한편 태종 황제는 중요한 국사를 모두 고려의 홍복원에게 명해 맡기고, 고려 철왕의 간신들을 경계할 것을 이르고 돌려보냈다. 남송에서 예부상서 정패를 보내 조서를 올리고, 자신들의 과오를 인정하고 화친을 구했다. 그러자 몽골의 태종 황제는 한숨을 내쉬며 명을 내렸다.

"선황께서는 원래 천하가 투항하는 것을 원하셨고, 22년 보위에 계시면서 작은 여유를 두고, 그 나라를 곧바로 멸망시키지는 않았소. 후에 짐이 성무황제를 좇아 몇 년이 되도록 금나라가 진정한 마음이 조금도 없이 전투를 계속하여, 백성들이 물과 불의 고통을 겪으며 고난을 극복하지 못하는 상황에 빠졌소. 금나라가 계속해서 맹약을 파기하여 짐이 어쩔 수 없이 금나라를 공격하여 섬멸하고, 그 기회에 그대 나라도 깨달아 알라고 본을 보였거늘, 그대들은 어제 맹세하자마자 오늘 배반하고 짐의 적이 되어 싸움을 일으키는데, 짐이 어찌 그대들을 믿고 화친을 하겠는가? 우리 북방에서는 군은 심지가 없는 자를 혐오하고 적으로 여기오. 필요 없으니 돌아가시오!"

그리고 연회를 베풀어 사신을 대접하고 돌려보냈다. 송나라 정패가 크게 놀라는 한편 말이 막혀 그에 대한 답변을 하지 못한 채 부끄러움을 느끼고 자신의 나라로 돌아갔다. 곧 황제에게 이러한 정황을 고하자, 나라 전체가 웅성거리며 크게 두려워했다.

한편 태종 황제는 송나라 사신을 돌려보내고, 2월에 명을 내려 하라호린에 회의소를 더 보충해 짓게 했다. 하라호린은 고대 당나라시대 위구르의 빌게 칸의 옛 성이다. 몽골이 그 성을 새로 개축하여 정비하고, 안에 황제의 여름 궁전인 '만안궁萬安宮'[1]을 축성하고, 주위 5리 한쪽 편에 성을 쌓고, 서편 궁을 회의 장소로 삼았다. 그때 황제가 잠시 쉬기 위해 가서 백관을 모아 의논해 말했다.

"부황 성무황제께서 고군분투하여 얻어 주신 천하를 내 이제 힘쓰지 않을 수 없소. 작금 곳곳에 안정이 되지 않았으며, 정벌이 끝나지 않았소. 규율이 없는 백성들을 제거하지 않으면 혼란을 일으킬 것이 분명하오!"

그리고 태종은 다음과 같이 명했다. 큰태자 규육에게 대장 다하이를 연합시켜 주고, 몽골과 한인 장수 10명을 지휘케 하여 5만 명의 병력으로 촉蜀 지역을 공격하고 송나라로 진격하라. 대장군 투멘테이에게는 5만 명의 병사를 내어줄 것이니, 몽골 장수와 한인 장수 10명을 지

---

1 투멘 암갈란 궁.

휘하고, 한漢 지역을 공격하면서 송나라로 진격해 들어가라. 또 황족 구온불화과 차간을 합세케 하여 몽골 병력 5만을 내어줄 것이니, 몽골 장수 10명을 지휘하여 강회江淮 지역을 토벌하라.

또 양자로 키운 큰태자이자 사촌인 뭉흐에게 울렌 치르비와 부마 체첵, 난사르 등을 합세케 하여 주고, 그 밑에 몽골과 한인 장수 10명을 지휘케 하고 몽골, 한인 병력 10만을 내어줄 것이니, 회회의 국왕 찬친과 숙부 차가타이의 큰태자 아브탈의 병력과 연합하여, 위구르와 서역의 반역한 적들을 정벌하라. 또 장군 보랄의 증손자 타하드 호르츠에게는 몽골, 한인 병사 5만을 내어줄 것이니 몽골과 한인 장수를 데리고, 고려의 홍복원의 병력과 연합하여 섬으로 달아난 고려 군주 철왕을 토벌하라고 각각 명을 내렸다.

그리고 "몽골의 한 조는 10명이고, 한 조에서 한 사람이 나와 서쪽을 정벌하고, 한 사람은 남쪽으로 가서 정벌하라. 영주의 한인 10가호 가운데 한 사람은 남쪽을 정벌하고, 한 사람은 고려를 정벌하고, 또 평정하라"라고 각각 임무를 배정해 명을 내렸다.

그리고 야율초재에게 묻기를 "경께서는 이 가운데 빠진 것이나 잘못된 것이 있는지 생각해 말씀해 주시고, 잘못된 것이 있으면 제거해 주셨으면 하오"라고 하자 야율초재가 고했다.

"다른 것은 다 괜찮습니다. 다만 서역은 조금 멀고, 중원의 장병에게 그 지역의 물과 풍토가 맞지 않을까 염려되오니, 시기를 맞추어 출병케 하십시오!"

황제가 그의 말을 좇아 태자 친왕 바트와 셋째 동생 구육 등의 몽골 군대를 연합하여 주고 토벌하도록 명했다. 그리고 대연회를 베풀고, 후한 상을 내린 뒤 각각 출정하도록 했다.

그렇게 해서 5개로의 대군이 다섯 방향으로 포를 쏘고 북을 치며 출정하는데, 그 모습이 마치 강물이 출렁대고, 바다 물결이 이는 듯 대단한 장관을 이루었다.

한편 7월 초가을에 몽골의 황족 군왕 구온불화의 대군이 송나라 등주를 공격하고, 하태위何太尉를 생포했다. 송나라 장군 전자재 등이 병사를 버리고 달아나자 몽골군이 추격하여 포위했다. 그러자 송나라 조범이 군대로 엄호하며 싸워 전자재를 겨우 구해내 데리고 가며 "그가 말한 대로 몽골의 화가 닥친 것이 아닌가?"라고 하며 슬퍼했다. 그때 금나라의 모든 지역이 함락되었는데, 공창鞏昌을 지키던 왕세현王世顯은 성을 굳건히 지키며 투항하지 않자 뭇 백성들이 크게 두려워했다.

초겨울 태사 타스 토고스의 군대가 송나라 조양棗陽 성을 포위하고, 틈을 주지 않고 맹렬히 공격했다. 사방에서 성을 넘어 호광 지역으로 진격해 들어갔다. 향항 지역과 영현 등지에 이르기까지 모두 정복해 투항시키고, 비로소 군대가 돌아갔다. 한편 몽골 큰태자 구육의 군대는 송나라의 진주秦州 길을 통해 석문관으로 쳐들어가 공창을 포위하자, 공창을 지키고 있던 금나라 옛 대원수 왕세현이 사람들의 마음을 떠보니 모두가 이미 두려움에 떨고 있었기 때문에 몽골군과 맞서 싸울 수 없다는 것을 알았다. 그는 서둘러 큰 종과 북을 쳐 성 전체에 관리와 병사, 백성들을 모아들여 이르기를 "우리나라는 이미 패망했소. 내가 어찌 자신의 한목숨을 아끼며 수만의 사람을 내 손에 매달리게 하여 고통을 겪게 하겠소? 주군의 깊은 은혜와 높은 중직을 받았거늘 어찌 죽음을 두려워하여 몽골에 투항하겠소? 내가 죽임을 당하는 것은 마땅한 일이나 많은 사람을 연루시키는 것은 옳은 일이 아닐 것이오. 그대들에게 무슨 죄가 있겠소? 몽골에 투항하지 않은 것은 모두 내 잘못이오. 그들과 싸워 인적 없는 구렁에서 난군 가운데 죽어, 한 때의 의로운 이름을 얻는 것을 중시하는 것보다 곧장 나가 성의 수만 명을 구하는 것이 최선이며, 그것이 충의요, 덕이라 할 수 있을 것이오"라고 하자 모두가 기뻐하며 환호했다.

그리고 먼저 사신을 보내 자신은 죽임을 당할 것이나 백성의 잘못을 용서해 줄 것을 간청하자, 태자 구육이 나오라고 했다. 성 전체가 소와 가축을 끌고, 술을 지고 나와 투항하자 태자 구육이 왕세현에게 물었다.

"우리 군이 사방을 정벌하면서 40년이 되었고, 이르렀던 지역은 하늘의 때를 따라 바람결처럼 모두 투항했소. 그런데 당신의 금나라가 이미 패망했거늘 그대는 어찌하여 혼자 성을 굳게 지키고 있는 것이오?"

왕세현이 절하며 말했다.

"이전에 신의 주군께서 위에 계신데 신이 어찌 아무런 두려움도 없이 자신의 군주의 은혜를 잊고, 나라를 팔아 먼저 투항할 수가 있겠습니까?"

그러자 태자 구육이 "이전에는 그렇다 해도 후에 금나라가 패망했는데, 어찌 투항하지 않고 누구를 위해 성을 지키고 있었던 것이오?"라고 물었다.

왕세현이 이르기를 "대왕의 천군이 연이어 쳐들어오자 매우 무서웠기에 내 자신이 죽임을 당하는 것을 두려워한 것이 사실입니다. 이제 생각해 보니 두려워도 죽음을 벗어날 수 없고, 백성들을 죽게 하는 일이기에 혼자서 죽음을 택해 많은 이를 구하려고 생각했지요. 그런데 대왕께서 수령들을 죽여도 백성을 건드리지 말라고 하신다 하여 기꺼이 먼저 투항하지 않은 잘못을 인정하고, 죽임을 달게 받아 주군에게는 충직을, 백성들에게는 인애의 두 가지 명분을 얻고자 하여 나왔습니다. 이 은혜를 대왕께서 베풀어 주시겠습니까?"

태자 구육은 그의 하는 말이 세 가지 예도인 인의예에 부합하는 것을 듣고 크게 기뻐했다.

"왕세현 그대는 진정 군자라 할 수 있소. 그대의 이 일련의 언행에는 비록 죽임을 당하지 않아도 예와 의, 지 이 세 가지를 확실히 지킬 수 있을 것이오. 나는 채주에서 자신의 주군을 따라 순국한다는 허명을 갖고, 마침내 자신의 병사에게 죽임을 당할까봐 두려워 목숨을 끊은 이러한 자들을 진정 혐오하오. 그대는 이에 정면으로 맞서 의를 지켰다고 할 수 있소. 그대는 일찍이 투항하지 않았지만 대항한 것도 아니오. 그런 그대에게 무슨 벌을 내리겠소! 우리나라에 쿠빌라이라는 지식이 출중한 아우가 있소. 아우가 그대를 만나보고 대화를 나눈다면 참으로 즐거워할 것이오!"

구육은 왕세연의 포승줄을 풀어주고, 그를 부축해 일으켜 연회를 베풀어 주었다.

그가 투항하자 곧 원래 직위를 다시 맡도록 하고, 서둘러 황제에게 고하기 위해 사람을 보냈다. 그리고 성안에 한 명의 병사도 들어가지 못하게 하고, 그의 지역을 추호도 건드리지 못하게 했다. 그러자 왕세현 부자를 비롯해 일반 백성들에 이르기까지 태자의 깊은 은혜에 감동하여 눈물을 흘렸다. 그 기뻐 환호하는 소리가 공창성을 진동케 했다.

태자는 며칠 동안 지내며 왕세현의 기량을 알게 되자, 곧 그에게 군사를 이끌고 자신을 따라 송나라 가릉嘉陵을 공격하라고 했다. 왕세현의 위아래 사람들이 모두 기꺼이 군대의 앞으로 가서, 단번에 가릉을 투항시키고 대안大安을 향해 진격해 들어갔다. 그리고 행군 도중 군대 무기와 활, 화살, 갑옷과 투구를 상당량 더 만들게 하여 전투를 준비했다.

이때 송나라의 신하 고가高稼가 송나라의 면주관沔州關에 있었는데, 몽골군이 가까이 오고 있다고 하자 주위의 인가와 부, 주, 현의 많은 백성을 겁주며 말했다.

"우리 송나라는 몇 번이나 맹약을 깨고 몽골에 저항했다. 이번에 몽골군이 오면 분명 초목도 남기지 않고 모두 베어버릴 것이다. 그처럼 죽임을 당하기보다 맞서 싸워야 하지 않겠는가?"

그러자 어리석은 백성들이 그 말에 넘어가 노인들을 부축하고 어린 아이들을 안고 업고 면주로 와서 투항한 자가 헤아릴 수 없이 많았다. 연이어 몽골군이 이르러 몇 번 맞서 싸우다가 격퇴를 당해 돌아가자, 송나라는 이를 엄청나게 큰 공훈으로 여겨 조정에 보고하고 이를 기록했다.

그러자 고단과 구육 태자가 봉주에서 서천으로 공격해 들어가자 송나라 군대 동로의 병사들이 대부분 패해 투항하자, 곧바로 돌아서 면주에서 90리 떨어진 지곡성池谷城을 느닷없이 공격했다. 지곡성의 관리와 병사들이 맞서 싸울 수가 없었기 때문에 논의하여 모두 퇴각하여 대안주를 지키자고 했다.

그때 고가가 제치사 조언납을 향해 "이때 해야 할 일은 앞으로 진격해 들어가는 것이지, 뒤로 물러나서는 아니 됩니다. 만약 뜻을 확고히 하여 진격하여 요지에 들어갈 수 있다면, 적군이 뒤쪽을 살피고 정탐하며, 분명 우리 지역으로 깊이 들어오지 않을 것입니다. 우리가 서둘러 병사를 모아 퇴각하여 내지를 지키는 데 힘쓸 때 만약 몽골군이 험한 곳을 상당히 깊이 들어가면 힘든 촉 지역의 길에서 우리 군이 승리할 것이 분명합니다!"라고 했다.

그러자 조언납이 이르기를 "이 일은 원래 우리 뜻에 달린 것이오. 다만 훌륭한 인재를 얻지 못해서 주저했던 것뿐이오! 이제 장군의 뜻에 따르겠소!"라고 하며 떠날 때 고가의 한 군단의 병사를 남겨 면주를 지키게 했다.

한편 고가에게는 아내 빙 씨와의 사이에서 태어난 외동딸이 있었다. 그 딸의 이름은 고금영이라 했고, 태생이 꽃에 비유하면 꽃보다 향기롭고, 달에 비유하자면 달보다 부드러웠다. 그녀는 올해 방년 15세였다. 지혜롭고 영리하며 아름다운 자태가 그 어떤 여인보다 뛰어났기 때문에 부모는 입에 머금으면 녹을 새라, 손바닥에 놓으면 구를 새라 금지옥엽 곱디곱게 키웠다. 그녀는 많은 이 가운데 빼어난 용모를 가졌을 뿐 아니라 글과 가야금, 바둑, 그림 등 못하는 것이 없었다. 또 검무를 추는 모습은 마치 용과 뱀이 꿈틀거리는 듯했다. 고운 아미, 아름다운 곡선의 맵시 있는 어깨, 가는 등허리, 작은 발 등 그녀는 강남 지역의 아름다운 여인들을 압도했다. 그녀의 아름다운 용모는 주변에 유명해져 많은 이들이 그녀를 '고 소저'라고 불렀다.

그때 고 소저는 몽골군이 가까워지고 있어, 죽거나 겪을 고통이 눈앞에 닥쳐오는 것을 보고 아버지 고가에게 물었다.

"소녀가 보니 우리가 지키던 이 면주는 비록 험한 산을 받치고 있긴 하지만, 늘 믿고 지킬 수 있는 성은 아닙니다. 군대에 들어온 몇몇 병사와 백성을 어찌 믿을 수 있겠습니까? 우리에게 백성의 마음을 깊이 얻을 방법이 없습니다. 처음에는 비록 몇 번 적과 대치하여 싸우겠지만, 백성들은 모두 재물과 창고의 곡식을 더 좋아합니다. 이제 재물이 끝나고 창고가 빈 것을 알지 못하라는 법이 있습니까? 어찌 우리에게 속아 몽골군과 죽을힘을 다해 싸우겠어요? 다급해지면 아버님을 붙잡아 내어주면서 몽골에 투항할지도 모릅니다. 이처럼 불안한 상황에 처해 있는데 즐거움에 탐닉해 있는 주군께 충성을 다하느니, 일찍 높은 직위를 버리고 고향으로 돌아가 농사를 지으며 지내는 것이 낫지 않겠습니까?"

그녀의 아버지 고가가 웃으며 말하기를 "어린 네가 나라의 대사를 어찌 알겠느냐?"라고 하자 고 소저가 한숨을 내쉬었다.

"아버님은 이제 연로하셨어요. 그리고 제 위로 오라버니가 없고, 제 밑으로 동생이 있는 것도 아니잖아요. 아버님이 부질없이 누구를 위해 이처럼 목숨을 바쳐 분투하시는 건가요? 게다가 지금 몽골군은 사기가 올라가는 때이고, 금나라가 그처럼 호전적으로 대적하지 못하고 망한 것을 보면 몽골을 결코 쉽게 보아서는 아니 될 거예요!"

그러자 고가가 "이제 이미 뒤로 물러설 수 없는 상황이 되었다. 얘야, 네가 두렵다면 마차를 준비해 놓았다가 정말 우리가 패하게 되면 달아나도록 하거라!"라고 했다.

이때 몽골 태자 구육의 군대가 이미 백수관白水關으로 들어와 육고주에 이르렀다. 이 지역은 면주에서 60리 정도의 거리밖에 되지 않았기 때문에 면주에서는 정탐꾼을 통해 그 소식을 들었다. 고가는 서둘러 북을 치게 하고, 병사들을 모아들여 산마다 높은 정상에 오르게 해 깃발을 수없이 세우고, 몽골측 병사로 의심을 조장케 했다. 촉 지역의 조언납이 와서 총관 양준楊俊과 하린何璘을 불러 함께 연합하여 돕도록 하고, 또 1천 명의 정예군을 뽑아 왕선에게 주어 지원하게 했다.

그때 몽골 태자 구육이 면주의 산을 지킨다는 소식을 듣고, 가까운 장수들에게 말했다.

"면주의 고가는 높은 산을 지키는 능력은 있지만, 귀가 잘 들리지 않고 마음도 막혀 있소. 우리 군대가 험준한 지형의 성을 함락할 때 평평한 지역으로 가는 것같이 하며, 30년 사이에 1천 개 성을 정복한 것을 그는 듣지 못했단 말인가?"

그리고 병사의 구두 뒤축에 높은 징을 대고, 발끝에 얇은 걸쇠를 묶어 공격하라고 명하고 병사를 잠시 멈추게 하여, 곧바로 징을 만들게 했다. 그리고 갑자기 한밤중에 회군하라고 명하자 병사들이 돌아가 50리를 가서 설영했다. 밤에 또다시 돌아서 공격해 들어가는 것을 익히게 했다. 이튿날 밤에 병사들을 배불리 먹이고, 이틀 동안 마른 비상양식을 가져가게 했다. 해가 지자마자 병사들에게 하무[2]를 물리고, 돌격해 들어가 하린의 군 진영으로 쳐들어갔다.

이때 하린은 "몽골군이 우리 군대가 두려워 도망쳤다"라고 크게 자만하고, 면주에 사람을 보내 이 사실을 고했다. 그리고 많은 장병과 함께 연회를 베풀어 술을 마시고 대취하여, 이내 잠에 곯아떨어졌다. 한밤중에 느닷없이 몽골 대군이 쳐들어 와 병영에 불을 붙이고 공격해 들어가자, 하림이 홑겹의 옷도 걸치지 않고, 안장을 얹지 않은 말을 타고 달아났다. 병사들이 반 이상이 해를 입고, 진영과 식량을 모두 빼앗겼으며, 남은 병사들은 하림을 뒤쫓아갔다.

그때 몽골의 전위 부대가 멈추지 않고 돌격하여 면주에 이르렀는데, 면주의 고가는 몽골군이 물러갔다는 하린의 소식을 듣고, 그것을 의심 없이 크게 믿고 관문을 열고 많은 백성을 내보냈다. 밤 1경이 되기 전에 몽골군이 돌격해 들어와 산의 관문을 빼앗고, 대군이 밀려 들어와 크게 소리쳤다.

"수장 고가를 내어주면 백성의 목숨을 살려줄 것이며, 병사를 한 명도 죽이지 않을 것이다!"

그러자 병졸들은 이미 극복할 수 없는 상황에 이른 것을 보고, 모두 목숨을 구하려고 모여들어 고가를 붙잡아 밀어내며 싸우라고 몸을 때리자, 고가가 크게 진노했다.

"이 종놈들이 되지도 않을 난리를 치는구나."

2 예전에 행군할 때 병사들이 떠드는 것을 막기 위해 입에 물리던 가는 나무 막대기.

그가 위엄을 갖고 그들을 누르려고 크게 소리쳐 꾸짖었다. 그러자 많은 병사들이 도리어 웃으며, 고가를 밀치며 데리고 나갔다. 그때 상황이 크게 다급해지자 딸 고금영이 곧바로 검을 가지고 뒤쫓아 나와서, 반역을 획책한 몇몇 병사를 베어 쓰러뜨렸다. 그리고 아버지를 그들의 손아귀에서 구해내 데리고 가려는 순간, 몽골 대군이 물불을 가리지 않고 난도질하면서 공격해 들어왔다. 금영이 일이 제대로 되지 않자 서둘러 집으로 돌아가 어머니 빙 씨를 시종 몇 명과 함께 준비한 말에 태우고, 북문으로 나가 서북 계곡으로 거슬러 올라가 도망쳤다.

이때 송나라 면주의 병사들은 고가를 몽골군에 데려다주고 투항하는 이유를 말하기도 전에 몽골군이 이미 송나라 병사들을 포위하고 베어버려, 고가와 그를 붙잡았던 병사들이 모두 함께 죽임을 당했다.

그때 태자 구육이 이튿날 아침 백성을 위무하며 진정시키고, 10명의 젊은 장수들에게 병사는 단속하되 백성들은 건드리지 말라고 명해 보냈다. 투항한 금나라 공창의 총수 왕세현의 셋째아들 왕옥진은 외모가 매우 수려하고 빛이 나며, 문무에 모두 능했다. 그의 나이는 17세로 지혜롭고 날렵하며 많은 이 가운데 뛰어났다. 얼굴은 맑게 씻은 달처럼 환하고, 손가락은 잘 씻긴 파처럼 가지런했다. 그가 하는 말은 친근하고 온화했으며, 행동거지는 세련되고 품위가 있었다. 참으로 옥의 바람결 같고, 얼음 위의 이슬같이 깨끗하고 맑고 수려했다. 태자 구육은 첫째, 그의 지혜롭고 맑고 세련된 모습 때문에 둘째, 그의 아버지의 마음을 받아들이기 위해 셋째, 부드럽게 인질로 삼기 위해 그를 의자로 삼아 절하게 했다. 왕세현 일가가 태자를 의지하고 존숭하자, 왕옥진은 정이 들도록 살갑게 굴며 태자에게서 떨어지지 않았다. 그리고 곧 병사를 이끌고 투항해 오자, 그를 장군으로 삼고 서북쪽을 순시하도록 보냈다.

이때 고금영 모녀는 이미 병사에게 붙잡혀, 무지한 병사가 그녀를 다른 사람에게서 떼어내 욕보이려는 순간 고 소저는 죽을 수도 없는 상황이 되자 하늘을 향해 가는 목소리로 울었다. 바로 그때 왕옥진을 만났다. 그는 검을 빼어들고 병사를 꾸짖으며 멀리 물러서게 했다.

고 소저가 머리를 들어 왕옥진을 보니, 하늘의 마법사인 듯한 자가 그곳에 있었다. 그 옥같이 수려한 젊은이는 금제 갑옷을 입고, 백마를 타고 있었는데, 그 모습은 마치 나타哪吒[3] 화신과도 같았다. 둥근 은빛 거울 같은 얼굴에 눈과 눈썹이 비할 데 없이 반짝였다. 두 남녀는 눈빛이 부딪치는 순간 서로 간의 헤아릴 수 없이 깊은 연정이 교차했다. 왕옥진은 견딜 수 없어 말에서 내려 무슨 일인지 상황을 물었다. 고 소저는 무릎을 꿇고 진정으로 울며, 손을 뻗어 그의 옷자락을 잡고 연유를 말했다.

그 가엾은 사연을 들은 왕옥진은 참지 못하고 눈물을 흘리며 모녀를 데리고 가서 태자 구육에게 고하자, 태자 구육이 또 그녀의 사정에 가슴 아파했다. 태자 구육은 곧바로 고 소저를 의녀로 삼아 절하게 하고, 부친의 시신을 거두어들여 장례를 치르게 하여 그녀의 효심을 다하게 하자 면주 백성들이 탄복하며 투항했다.

---

3 중국 도교에서 추앙하는 신으로 원래는 불교의 호법신 중 하나. 도교에서의 정식 명칭은 중단원수(中壇元帥)이다(https://ko.wikipedia.org/wiki/나타).

그리고 빙 씨와 고금영을 가까운 인척에게 보살피게 하고, 군대가 회군할 것을 기다리라고 하고 준비를 마친 후 대군은 남쪽으로 향했다. 왕옥진과 고금영이 옥같이 고운 손을 잡고, 수정 같은 눈물을 글썽이며 이별할 때 고금영 소저는 할 말이 가슴 가득한데 한마디도 할 수가 없어, 자신의 머리카락을 잘라 그에게 주었다. 그러자 왕옥진은 마음 깊이 감동하며, 자신의 옥대를 풀어 옥대에 붙은 거울을 조각냈다.

"우리 중 누군가 마음이 변하면 곧 이처럼 될 것이오!"

고 소저가 그의 말을 듣고 그의 마음이 진정임을 알게 되자 마음 깊이 감동이 일며 두 눈에서 줄에 낀 구슬 같은 눈물이 가슴 위에 떨어졌다. 옥대의 조각난 거울을 받고서, 얼굴을 가리고 흐느껴 울며 작별을 고했다.

한편 조언납은 면주가 함락되고, 고가가 죽었다는 소식을 듣고 크게 두려워했다. 그는 청야원靑野原으로 달려가 설영을 하기도 전에 느닷없이 몽골군이 또 나타나 그들을 포위했다. 그러자 그 소식을 송나라 장군 조우문이 듣고, 수하 장수들에게 "청야원은 촉 지역의 목구멍이니, 지체해서는 아니 될 것이오"라고 하며 한밤중에 돌격해 들어가, 일제히 맹공격하여 청야원의 포위를 풀게 했다.

이에 몽골 선봉 왕세현이 대안을 공격하자, 조우문이 또 이를 다시 회복하기 위해 가서 명을 내리기도 전에 몽골 대군 50만 명의 병사들이 갑자기 들이닥쳤다. 조우문이 적군을 맞아 사력을 다해 싸우자 몽골군이 퇴각했다. 조우문은 병사들을 이끌고 선인관仙人關을 굳게 지켰다.

선인관의 사건을 잠시 접어두고, 고 소저의 일을 자세히 말하려 한다. 고 소저는 어려서부터 생각이 남달랐으며 비범했다. 하늘의 때를 잘못 만나 이날 느닷없이 병사들에게 해를 당해 아버지가 살해되고, 집안이 풍비박산이 났다. 악의적인 병사들의 손에서 나락으로 떨어질 뻔한 순간, 뜻하지 않게 왕옥진의 구원의 손길을 만나 정절을 지키고, 모녀가 집으로 들어갈 수 있었다. 그러나 아버지가 이미 난군에게 화를 당해 말할 수 없이 비통했지만, 왕옥진의 따스함과 몽골 태자 구육 친왕의 관대함으로 아버지 고가의 시신을 거두어 충신의 예로 장례를 치를 수 있었다. 또 왕옥진의 정분을 떠올리며 태자 구육의 은덕에 깊이 감사했다.

아버지의 원수를 쫓을 길이 없어 원통해하고 있을 때 갑자기 또 하나의 변고가 일어났다. 조언납의 군대 진영에 있는 소장 범귀范貴라는 자가 예전에 고가에 원한을 갖고 있었다. 이제 고가가 지키던 면주를 빼앗기고, 고가가 죽어 그의 딸이 그의 시신을 찾아 송나라 충신의 예로써 장례를 치르고, 몽골이 놓아준 것을 보고 딴생각을 품었다. 그는 이 기회에 말을 지어서 거짓 소문을 퍼뜨렸다. 즉, 고가가 원래 몽골과 내통을 하였으며, 지금 거짓으로 죽었다고 했다. 가짜 시신을 만들어 장사 지내고, 가족들을 데리고 몽골에 투항하여 은밀히 우리 조정의 정황을 주시하면서 큰 사건을 일으키려 한다는 것이었다. 그리고 고가의 아름다운 딸 고 소저의 미모와 지성이 출중한 것을 눈으로 직접 보았기 때문에 그 여인을 데려다가 황제에게 올려 총애를 얻고자 마음먹고 곧 방법을 모색해 소문을 냈다. 즉, 고가를 나쁘게 모함하여 조언납과 조범 등에게 험담을 하고, 한편 자신의 마음인 듯 자기 심복을 몽골 병사처럼 꾸며 고 소저 모녀에게 먼저 가서 북쪽 연경으로 보낼 것이라고 속였다.

그러자 고 소저의 집안 전체가 가짜 인장에 속아 울며 어쩔 수 없이 가마에 앉아 하루 동안 길을 가다가 보니, 가마는 남쪽으로 가고 있었다. 북쪽으로 가지 않자 고 소저가 미심쩍어하며 "북쪽으로 가야 하는 것이 맞거늘 어찌 남쪽으로 가는 것이오?"라고 하자 따라온 사람이 거짓으로 말했다.

"우리는 몽골 사람이 아니오. 우리는 조 원수님의 수하인이오. 고 장군께서 해를 당하셨다는 소식을 듣고, 부녀가 몽골에 의해 나쁜 일을 당할 것을 두려워하여 방법을 모색해 이렇게 모셔가고 있는 것입니다!"

그러자 고금영이 일이 미심쩍게 흘러간 것을 알고 물었다.

"우리 조 원수께서는 양양에 계시는데, 우리를 양양에 데리고 가면 될 것을 어찌 어긋나게 길을 가는 것이오? 참으로 이상한 일이오."

모녀가 은밀히 상의하여 말했다.

"이 일은 참으로 의심스러워요. 첫째는 우리나라의 조원수께서 우리를 구하려고 하신다면 우리를 곧바로 양양으로 데리고 가는 것이 마땅할 거예요. 그런데 어찌 우리를 서쪽의 촉 지역으로 데리고 가는 걸까요? 둘째로 몽골군이 이미 촉 지역으로 들어갔고 셋째, 몽골의 왕옥진과 태자 친왕은 우리 부녀에게 특별한 은덕을 베풀었고 넷째, 조언납은 우리의 가까운 인척이 아니니 우호적일 리가 없지요. 우리처럼 성을 빼앗긴 신하의 처자 가운데 누구를 이처럼 찾아서 데리고 갔었나요?

제 생각에는 우리 아버님에게 원한이 있는 범귀의 소행일 듯해요. 그는 조 원수의 군 진영에 있다고 해요. 그놈이 한평생 우리 아버님을 쓰러뜨릴 수가 없었는데, 이제 또 몽골이 선친을 송나라의 충신의 예로 장례를 치러주지 않았어요? 그래서 이 일로 범귀 그자가 우리를 곤경에 빠뜨릴 작정으로 몽골에 투항해 반역한 신하의 처자를 붙잡았다고 하여, 공로를 취하고 딸인 저를 괴롭히려고 하는 것인지 몰라요. 잘 살피지 않으면 아니 될 거예요. 여기 온 사람의 말이 일관되지 않아요!"

그리고 아랫사람을 시켜 자신들을 데리고 가기 위해 온 사신의 부하 가운데 어떤 자에게 술을 먹이고, 일이 어찌 된 것인지 물었다. 그에게 범귀가 사건을 일으킨 내력을 자세히 들어 알게 되었다. 고금영은 크게 놀라 어머니를 향해 울었다.

"일이 잘못되었어요. 우리는 송나라와 몽골에 모두 들어갈 수 없게 되었어요. 몽골은 은덕을 잊었다고 할 것이고, 송나라는 반역한 대신의 처자라고 할 거예요. 이제 어쩌면 좋아요?"

그러자 어머니 빙 씨도 어찌할 방법이 없어 살아갈 길이 망막했다. 밤에 딸 고금영이 등불 아래서 어려움에서 벗어날 방도를 생각하다가, 생각지 않게 잠이 와 깜빡 졸았다. 그때 갑자기 죽은 아버지 고가가 등불 그림자에 서서 말했다.

"내가 우리 딸의 말을 듣지 않아 일이 이렇게 되었구나. 지금 나의 원수인 범귀가 너희 모녀를 속여 데리고 가는 것이다. 그의 올무에 걸리면 은인 왕옥진을 만나기가 어렵게 될 것이다. 또 너에게 좋지 않을 것이니, 서둘러 피하는 것이 상책이다. 이제 곧바로 몽골군의 진영을 찾아가는 것이 좋을 것 같다!"

그때 고 소저가 잠에서 깨어났는데 어머니도 딸과 같은 꿈을 꾸자, 모녀는 심히 의심쩍어했다. 이제 어찌하면 좋을지 의논할 때 고 소저에게 갑자기 한 가지 계책이 떠올랐다. 그날 밤 그녀는 사신의 검을 몰래 훔쳐 그를 베어 죽이고, 남은 병사를 위협하여 곧바로 몽골군의 진영으로 갈 때, 서둘러 남장을 하고 말을 타고 검을 찼다. 그리고 가마를 그대로 두고 어머니도 말을 태우고 달려갔다. 그때 몽골 진영의 소식을 들으니 몽골군이 양양성을 향해 진격한다고 하자 양양을 향해 달려갔다. 그때 이미 큰 난리가 일어나 길거리에는 상점도 숙소도 없었다. 백성들이 자신의 집과 지역을 자신이 알아서 할 수 있는 때라 민가를 빌려 하루를 보내고, 이튿날 양양을 향해 길을 떠났다.

그 사이에 또 하나의 사건을 여기 끌어다 언급하려고 한다. 그것은 앞의 55장에 언급한 대로 태조 칭기스 칸 20년, 송나라 태자 조횡趙竑이 폐위되고, 송 이종 조귀성趙貴誠이 나중에 황제에 오르자 곧바로 제왕 조횡을 독살했다. 그때 그의 아들 조옥주와 딸 조옥정은 5, 6세로 모두 어렸다. 제왕에게는 40여 명의 비와 100명의 가녀歌女가 있었는데, 그들은 모두 수도 항주로 갔다.

그 가운데 절봉이라는 한 작은 비가 아이들의 유모와 상의하기를 "제왕을 죽였으니, 아들 조옥주에게 해가 이를 것은 자명한 일이오. 무슨 일이 있어도 그의 자식을 남겨 후대에 원수를 갚을 씨를 남기지 않을 것이라 하니, 일찍 피해서 아이들을 숨겨 손을 대지 못하게 해야 할 것이오"라고 했다.

그리고 절봉 부인과 진파 등 몇 명의 심복 환관 등이 상의를 하여, 조옥주의 성과 고향을 바꾸고, 귀한 물건 등을 모두 챙겨 잘 지니고 달아났다. 그렇게 아이들을 외가로 보내 몰래 키우면서 10년이 되자 조옥주와 조옥정 남매가 성장하여, 옥주는 18살이 되고, 옥정은 15살이 되었다. 두 남매는 꽃이 부끄럽고 달이 스스로 수치스럽게 여길 만큼 아름답게 성장했다. 옥 같은 얼굴에 얼음같이 맑고 어엿한 용모, 귀하디귀한 소저가 되었다.

그리고 11년 동안의 오랜 세월이 지나고 아이들이 살아있다는 소문이 나자, 송 이종 조귀성이 반드시 두 남매를 죽이라는 밀명을 내렸다. 조옥주와 조옥정, 온 집안사람들이 이를 듣고 크게 두려워 울며 비통해 했다. 이런 와중에 어찌할 것인지 서로 상의를 했지만, 그의 할아버지, 할머니는 집안에 아이들을 지킬 사람이 없었기 때문에 황제가 집안사를 세밀히 조사하여 아이들을 잡아갈 것을 두려워했다.

하지만 전혀 방법이 없자 절봉과 진파가 두 남매를 데리고 선인관을 나갔다. 그때 촉 지방 어귀 가까이에 있는 숙부 조언납이 황제에게 중히 쓰임을 받고 있었기 때문에 그 아래 숨어들어 목숨을 보존하려고 길을 찾아갈 그때 몽골 태자 구육 친왕의 대군에 의해 길이 막혀 길을 갈 수가 없었다. 그래서 도중에 양옥보라는 인가에 매씨 성의 원외의 집을 얻어 지내면서, 오빠 조옥주는 말을 타고 혼자 조언납 원수를 찾아갔다.

한편 이때 고가의 부인 빙 씨와 소저 고금영은 조언납 수하의 못된 장수 범귀의 심복에게 속임을 당하고, 그를 죽이고 도망쳐 나와 양양성을 향해 갔다. 그때 범귀는 수하 부하가 한참 동안 돌아오지 않자 분명 일이 잘못되었음을 알고 100명 이상의 병사를 보냈다. 고가의 친인척 등이 또 몽골군으로 가장하여 가짜 신호용 화살을 잡고 달려갈 때 고금영을 쫓아갔으나, 그녀를 알아보지 못했다.

"아름다운 저 여인을 우리는 본 적이 없소. 아마 지금쯤 저 나이가 되지 않았을까?"

이 말에 고금영이 크게 두려워하며 자신의 인척을 멀리서 알아보고 서둘러 어머니를 데리고 길에서 멀리 달아났다. 고금영이 민가에 부탁해 하룻밤을 지낼 그때 조옥주가 묵은 바로 그 집으로 들어갔다. 조옥정[4]이 보니 윤기 있는 손은 잡을 수도 없이 옥과 같고, 수정같이 멋진 공자[5]가 한 노파를 부축하고 몇 명의 수행원들을 데리고 들어와 그 집에서 묵었다. 그들의 모습을 보니 송나라 사람의 모습이었고, 몽골인의 상은 아니었다. 그 수려한 공자가 들고나는 것을 보면서 옥정은 정말 그를 마음에 들어 했다.

밤이 되어 문을 닫은 뒤 조옥정이 밖에 나와 그 집의 창 아래 이르러 안에서 나는 소리를 들으니, "우리가 조 원수에게 가면 어려움에서 벗어날까요? 아니면 몽골의 태자 친왕 아버님에게 가면 이 화를 피할 수 있을까요? 그렇지 않으면 양쪽 모두에 해를 당할 거예요!"라고 했다.

---

4 몽골 현대문으로 옮긴 본문에는 '조옥주'로 되어있으나, 조옥주는 묵는 집에서 나가고 없는 상태며 고금영을 보고 있는 자는 조옥정이라, 이름을 바로 잡아 '조옥정'이라 했다.

5 이 단어 역시 본문에는 '공주'로 되어있으나, 문맥상 '공자(지체 높은 집안의 아들)'로 해야 적합하다. 고금영은 남장을 한 상태이기 때문이다. 전사에 오류가 있는 것으로 보인다.

그러자 조옥정과 절봉, 진파가 깜짝 놀라 서둘러 집으로 들어가 말했다.

"이 화에서 피할 수 있다니 참으로 이상한 사람들이오. 어찌 송나라와 몽골 모두에 도움을 받을 수 있단 말이지? 또 몽골의 태자 친왕 구육이 그의 의부라는 것은 대체 무슨 말인가? 이 일에는 분명 무슨 내막이 있지 않겠어요? 우리가 몽골을 두려워하여 피하는 때인데 이 사람과 사귀면 아마도 우리에게 도움이 될 거예요."

그리고 집주인 매원외에게 말하기를 "우리도 마찬가지로 송나라로 인한 화를 피해 가고 있는 사람들이오. 우리의 성과 이름을 숨기지 않겠소. 우리는 태자 제왕의 부인과 소저요. 우리 공자는 몽골군을 피해 조 원수를 찾아갔소. 이제 들으니 저들이 몽골의 태자와 조 원수 중 어느 누군가를 만나더라도 모두 어려움에서 벗어날 것이라고 말하는 것을 보면 우리가 서로 도움을 주고받을 수 있지 않을까 하오. 송나라의 화는 우리가 막을 수 있을 것이고, 몽골의 화는 그들이 막을 수 있을 것이오. 그러니 우리가 서로 만나 인사를 나누는 것이 어떨까 합니다"라고 하자 집주인 매원외는 살아있는 두 보석을 얻은 것처럼 크게 기뻐했다.

그는 서둘러 고금영의 창 아래 와서 "공자, 좀 나와 보세요!"라고 하자 고금영이 깜짝 놀라 밖으로 나와 인사하며, 무슨 이유인지를 듣고 다시 들어가 어머니와 상의했다. 고금영은 자신의 친인척들을 조언납이 모두 군대에 데리고 있다면 이를 이유 삼아 서로 만나 안면을 트려고 곧바로 큰방으로 들어가 인사했다. 그리고 자신의 진짜 이름을 말하고, 자신의 사정을 모두 이야기했다. 그렇지만 자신이 여자라는 것은 말하지 않았다.

조옥정은 고금영 공자를 보면 볼수록 더 멋지고 수려해 보였다. 하는 말이 분명하고 용모가 단정했으며, 그를 보면 참을 수 없이 마음이 즐거웠다. 그러나 그를 응시했지만, 한마디도 할 수가 없었다. 절봉과 진파 두 사람이 가고, 옥정이 말하기를 "오늘 몽골 태자의 의자義子를 만났습니다. 당신의 일가를 구할 방법이 우리에게 있으니, 그대는 몽골의 위험에서 우리를 구해 주십시오"라고 했다. 그리고 서로 이야기를 나누다가 헤어졌다.

밤에 절봉과 진파 두 사람이 말하기를 "고금영 공자께서는 참으로 수려하기 그지없습니다. 얼굴에 복덕이 가득하고, 용모에 참으로 귀티가 흐르고요. 그 수려함으로 몽골 태자의 의자가 된 것이겠지요. 우리 옥정에게 이 같은 사람을 얻어주면 헛되지 않을 거예요"라고 했다.

그러자 절봉이 말하기를 "나도 그렇게 생각은 하지만, 이러한 때 어찌 사람을 함부로 믿고 인척 관계를 맺을 수 있겠소? 나는 또 군주[6]의 친엄마가 아니지 않는가? 다만 이전의 왕의 사랑을 받은 것을 생각하여 그의 자녀와 고락을 함께 하는 것이오. 엄마인 그대가 군주에게 물어보시오. 군주가 좋다고 하면 이번 일은 만나기 쉽지 않은 좋은 기회가 될 것이오"라고 했다.

절봉의 말을 조옥정이 듣고 크게 기뻐했다. 그때 정말 유모인 진파

6 여기서 군주가 무엇을 뜻하는지 알 수 없다. 다만 문맥상 조옥정을 이르는 것으로 생각된다.

가 들어와 이 문제를 상의하자 조옥정이 한참을 생각하고 때를 어긋나지 않게 하기 위해 곧 얼굴을 가리고 말했다.

"이미 때가 이르러 이런 기회를 만났으니, 일이 성사될 수 있도록 만전을 기하는 것이 옳을 것입니다. 모두가 우리 남매를 위해 이처럼 애를 쓰시고, 상의하시는 것을 어찌 아니 된다고 하겠습니까? 그 공자도 귀한 집안의 자제일 것입니다. 제가 밀어내지 않을 것입니다!"

그러자 절봉과 진파가 크게 기뻐하며, 10냥의 금을 내어서 집주인에게 주고 그를 매파로 삼자 고금영이 이를 듣고 깜짝 놀라 어머니에게 말했다.

"이것은 있을 수 없는 일이에요. 어찌하면 좋죠?"

그러자 그녀의 어머니가 "아, 네가 정말 사내라면 우리 친척들이 모두 이 사람의 도움을 받아 화에서 벗어날 수 있으련만!" 하고 아쉬워했다. 고금영이 어찌할 방법이 없어 고심하다가 갑자기 한 가지 방도를 생각해냈다.

"아주 쉬운 방도가 있어요. 지금 곧 어머니가 가셔서 우리가 가져가는 물건 가운데 은전 100냥을 예물로 삼아 서로 예물을 교환하자고 하세요. 다만 지금 우리 아이는 아버지의 상을 치르고 100일이 지나지 않았으니, 혼사는 천천히 이야기하자고 하세요. 그렇게 하면 이 일로 우리 친인척들이 모두 생명을 보존할 수 있을 거예요."

그녀의 어머니가 크게 기뻐하며 곧바로 100냥의 은전을 내어 정혼을 하고 상이 끝나는 것을 기다리자고 하자 상대편에서 "예물은 생각지 않습니다. 다만 곧바로 혼인을 할 수 있었으면 합니다. 다른 것이 아니라 전시의 혼란한 때라 정황이 어떻게 흘러갈지 몰라서요"라고 하며 혼사를 서둘렀다.

빙 씨는 난감해져 딸 고금영과 이 일을 상의하자, 고금영이 눈살을 찌푸리더니 한 가지 방법을 생각해냈다.

"이 일은 그렇게 어려운 일은 아니에요. 혼인을 맺자 하고 수락하세요. 그러면 제가 아버님의 상이 끝난 다음 대례를 마치자. 먼저 천지에 절하고 예를 올리자고 하면 일은 끝나요."

어머니 빙 씨가 생각하니 매우 중요한 때라 가능할 듯했다. 곧바로 딸이 말한 그대로 말하고 이튿날 마침 길일이었기 때문에 다음 날 매원의 집을 빌려 혼례를 치렀다. 두 사람은 천지에 절하고, 천지신명께 고하며 부부가 되었다.

이때는 아직 한겨울이었기 때문에 고금영은 귀가 얼었다고 고약을 붙여주고, 밤에 또 조옥정을 꽉 안고, 자신의 아버지의 100일 상이 이제 한 달 남았다고 하며 온갖 애정 어린 모습을 보이자 조군주[7]는 온몸이 저릿하며 구름을 타고 나는 듯 욕정의 물과 천국의 불을 누를 길이 없어 서로 껴안기 시작했다. 다만 고금영이 발에 구두를 벗지 않고 아버지의 상을 핑계대면서 조옥정을 이틀 동안 속였다.

그러는 한편 송나라와 몽골 편의 병사의 소식을 알아보았다. 하루는 문밖에 깃발이 해를 가리고, 열예닐곱 정도의 나이로 보이는 젊은 장

7 고금영의 상대를 '조옥주'로 했기 때문에 '조군주'로 나타나는데, 잘못된 것으로 생각된다. 아래 보면 조옥주는 조언납을 만나러 가다가 몽골군에게 잡혀 매를 맞는 장면이 나온다.

수가 나타났다. 그 용모는 옥으로 이루어진 산이요, 금으로 된 강같이 위풍당당했다. 그가 집으로 들어와 한 무리의 사람들을 보더니, 자세히 살펴 조사하고 모두 포박하게 했다. 이 사람은 누군가? 그는 몽골의 선황 태조 황제의 일에 시와 때를 보는 만진의 다섯째 아들로 하얀 모습으로 태어나 차간[8] 장수라고 했다. 이제 태종 황제의 명으로 태자 구육에게 상으로 내린 것들을 가지고 가다가 이 인가가 좀 크기 때문에 머물려고 들어와 이 한 무리의 사람들을 붙잡았던 것이다.

고금영 소저는 곧 자신의 아버지가 면주에서 죽었으며, 태자가 은덕을 베풀어 의자로 삼은 일을 고하자, 그 수려한 차간 장군이 서둘러 손수 포박을 풀어 주었다. 그는 고금영에게 가솔에 대해 물으며 좌우 부하에게 차를 올리게 했다. 그런데 갑자기 바깥마당에서 누군가 큰 소리로 울었다. 고금영과 조옥정이 그를 보니, 옥정의 오빠 조옥주가 붙잡혀 매를 맞고 있었다. 조옥주는 길에서 일이 잘못되어 이들에게 붙잡힌 것이었는데, 조옥정이 큰 소리로 울자 고금영이 급히 이유를 물었다. 그리고 차간 장군에게 이를 말하자, 차간 장군이 서둘러 포박을 풀어 데려왔다.

남매가 서로 만나 모두를 데리고 양양을 향해 가서, 태자 구육을 만나 절하고 도중의 있었던 일을 자세히 고했다. 그러자 태자가 크게 흥미를 느끼며 놀라 말했다.

"알고 보니 일이 그렇게 된 것이구려!"

---

8 '차간'은 '희다'는 뜻.

태자 구육이 고금영을 불러들이자 그녀가 가서 구육을 만나 울며 처음부터 끝까지 사정을 모두 말하자, 태자 친왕이 크게 진노하며 면주를 더욱 단단히 지키라고 명했다. 한편 또 이들 부부와 가솔을 양양 가까운 곳에 살게 하고, 군대가 돌아갈 것을 기다리라고 했다. 그리고 곧 양양을 섬멸하고, 고금영의 친인척을 구해 줄 것이라고 했다. 이 이야기가 어떻게 전개될 것인지는 다음 장에서 보게 될 것이다.

제69장

# 원수元帥 조범은 시부와 풍류에 탐닉하다 성을 잃었네 대신 야율초재는 충언을 고해 백성들의 과세를 경감해 주었네

병신년丙申年. 푸른 대몽골의 우구데이 태종 황제 8년, 송나라 이종 황제 조윤 단평 3년. 이해 태종 황제 우구데이 황제의 나이 52세였다.

한편 조우문이 선인관을 철통같이 지킨 것을 잠시 말하려고 한다. 지난해 섣달 초사흘에 대송국의 맹장은 몽골의 대군을 방비하고 양양성의 부호를 의지하여, 분명 몽골의 왕세현이 선인관 밖에서 조우문의 군대에 막혀 들어올 수 없다고 생각하고 있었다. 그때 수하 부장副將 왕민과 이백연, 번문빈, 황국필 등이 이미 하늘의 때를 알고 논의했다.

"우리 대원수 조범께서 내외의 권력을 혼자서 잡고 있습니다. 그러나 이 사람을 보면 시부 이외에 다른 것으로는 그의 능력을 내세울 만한 것이 없습니다. 둘째, 몽골은 이미 하늘의 때를 얻고, 위세가 대단하니 우리가 일찍 존립할 곳을 준비하는 것이 최선일 것입니다. 지금 우리의 대원수는 선인관의 조우문을 믿는 마음이 적지 않습니다. 이 기회를 이용해 그를 시부詩賦로 취하게 하여, 우리 자신의 대업을 이루는 것이 최선일 것입니다!"라고 하며 마음을 정했다.

다음 날 양양의 풍광 좋은 정자를 찾아 많은 문인을 불러 모으고, 광경포라는 넓은 정원의 회랑과 고각, 화원, 물가에 지은 정자, 복숭아와 대나무에 비친 창 모두에 붙여 새로운 시를 짓게 하고, 호숫가 나무의 껍질에도 시를 써 붙이게 했다.

그러자 대원수 조범이 원래 문인 집안 출신이었기 때문에 이 광경포 봄의 흥취에 회포를 풀고자 수하 장수들의 초대에 가서, 이들의 시를 보다가 술을 취하도록 마셨다. 이러한 흥취가 더해지며 하릴없이 보름 동안 잔치가 계속되자, 즐겁지 않은 군사 일에서 꽤 멀어져 갔다. 시와 음주의 맛은 색욕의 쾌락을 넘어서는 것이었기에 조범의 강철 같은 심장과 용맹함은 이미 상당히 유연해졌다. 그리고 곧 가무에 능한 창기들이 연회에 일제히 모여들자 시부에 능한 자들을 군대 공훈자들 사이에 이름을 섞어 진행하고, 시부로 작위를 사고파는 데 이르게 되었다. 그러자 요설가들이 대거 참여하여 숲처럼 모여들자, 노랫가락과 화답하는 말, 찬시, 헌시 등 연회의 금상첨화가 되는 것들이 더해져 매우 풍성한 연회 자리가 마련되었다.

조범은 시우들과 더불어 이미 흥에 취해 군대 일과 이 세상사에서 멀어져 갔다. 좋은 시에서 좋은 술을 탐하고, 좋은 술에서 흥취 있는 가락, 흥취 있는 가락에서 아름다운 여색으로, 이름난 6가지 쾌락에 빠져 군사에 관련된 일에서 완전히 멀어졌다. 왕민, 이백연, 번문빈, 황국필 등은 시부에 능해 일반 장수들에 비할 바가 아니었기 때문에 정갈한 정원, 맑은 시, 향기로운 과실주, 아름다운 가락, 유려한 목소리를 가진 여색에 기울어져 있어 쇠와 돌을 견디기 어려웠다.

조범은 자신이 쾌락에 이미 경도된 것을 알고 있었지만, 한때의 흥취를 견디지 못해 향락을 좇는 데서 이미 헤어나기 어려웠다. 이것은 실로 "달무리가 지면 반드시 바람이 불고, 마음이 어수선하면 뜻하지 않게 과오를 범한다"라는 말처럼 조범은 대장군이면서 작은 쾌락에 기울어져 일을 그르치고 말았다. 새해가 되어 봄의 풍광과 흥취에 대해 잠시 말하지 않으려 한다.

이해 정월 초하루 아침의 의례대로 몽골에 많은 이방의 친왕과 대신들 그리고 종친 대신들이 예물을 보내오고, 내방을 하여 황제에게 절을 올렸다. 또 만안궁이 완공되어 낙성 기념일에 맞추어 대연회를 베풀 때 칸은 옛 공신과 친왕들, 종친 대신들에게 손수 술을 하사했다. 그리고 많은 나라에서 새로 투항한 신하들을 환대할 때 모든 사람 가운데 가장 먼저 야율초재를 불러 우구데이 칸이 손수 술을 하사하며 말했다.

"우리 선친 성무황제께서 온갖 신고를 함께 한 노 공신들을 언급하시며, 남쪽의 많은 나라에서 투항해 온 백관 가운데 야율초재 대신은 선황께서 유조로 천거하신 일이 있소. 이에 더하여 우리의 조심스러운 노 국왕 태사 모홀리께서도 경에 대해 깊이 아시고 천거하셨소. 이처럼 위로 승상과 아래로 백관에 이르기까지 모두 마음에 부합한 것은 진정 경께서 충정이 있기 때문이라 할 수 있소. 짐이 경을 깊이 믿는 것은 이 세 가지가 합치하기 때문이오.

경께서는 밤낮으로 짐의 사직을 위해 생각하고, 같은 지위의 관리들이 그릇되이 행하는 것을 두려워하며 모름지기 만대에 이름을 남기고자하는 현명한 대신이오! 모름지기 몇 번이나 과감히 법에 어긋나게 행하면 그 행동을 막아 주었소. 그것은 주군의 은덕을 잊지 않고 아첨하거나 편향됨이 없는 충정을 드러낸 것이라 할 수 있소. 또 올해 붙잡혀 온 병졸들을 가두고, 살려 달라고 애걸하는 곳마다 모두 죄를 논하여 길거리에 죽은 사람으로 가득하니 야율초재께서 고하여 이 명을 금하고, 또 진주와 공주의 백성을 죽음에서 벗어나게 해 주었으며, 또 20여 개의 성을 투항시켰소.

이러한 것은 모두 자신이 잘못될 수 있는데도 불구하고, 그러한 위험을 회피하지 않고 사직을 위하는 지극한 충정에서 비롯된 것이오! 또 공무를 행하는 관리들이 일을 할 때 공공연히 횡령하고 부정을 행하는 것을 조사해 내서 벌하고, 그 죄의 최소한의 한계를 매우 분명히 정할 때 짐은 경의 진실함을 비추어 보며 참으로 기쁜 마음을 금할 수 없었소. 그리하여 나는 명령을 단호히 할 것이며, 경께서는 짐의 명을 전하고 알리는 일에 대해 권한을 갖고 알아서 처리하도록 하세요.

과인이 남쪽의 붉은 한인들을 평정케 하고, 중원을 안정시키며, 한인 지역의 세 개 성省을 평화롭게 지배하면서 궁에서 편히 자고, 전투로 초원에 있어도 마음이 평안한 것은 모두 경이 지역의 화합을 살펴 내게 모든 것을 사실대로 고한 덕분이오!"

태종은 좌우 신하들에게 명해 신년하례를 위해 온 서역, 탕구트, 위구르, 회회 등의 여러 나라, 또 남쪽 대송과 고려 등의 사신들과 많은 대신을 궁에 오르게 했다. 그리고 이들에게 전하는 명을 듣게 하고, 다시 손짓하여 가까이 오르게 하여 태종이 직접 그들에게 야율초재를 손으로 가리키며 외국 사신을 향해 물었다.

"그대 나라에는 우리 야율초재와 같은 대신이 있소?"

그러자 여러 사신이 절하며 고했다.

"우리의 비루한 나라에 참으로 이와 같은 대신은 없습니다. 신들이 천국의 백성들이 말하는 것을 들으니, 이는 진정 천신과 같은 대신이 틀림없습니다. 범인은 아닙니다. 신들이 어찌 감히 입을 열어 고하겠나이까?"

태종 황제가 은근히 미소를 지었다.

"그 말은 지당한 말씀일 것이오. 짐도 그렇게 생각하오. 분명 흥하는 나라의 지혜로운 신하를 망하는 나라의 선비와 어찌 비견할 수 있겠소! 만약 그러한 사람을 패망하는 나라에서 쓰면 분명 나라를 망하게 하지 않을 것이오!"

태종은 좌우의 친왕과 대신들을 바라보며 미소 지었다. 외국의 신하들이 이 말을 듣고 모두 크게 놀랐다. 태종 황제는 야율초재에게 손수 술을 따라주며, 많은 사람 앞에서 대국에서 상을 내리는 것을 보여 주었다.

한편 이해 3월 남쪽 양양을 공격하는 태자 구육이 그곳에서 승전 소식을 전하기 위해 붉은 깃발을 들고 달려왔다.

양양성을 어떻게 함락시켰을까? 원래 대송국의 조범이 양양에 있었는데, 몽골을 경계하고 맞서 싸우는 장군 왕민, 이백연, 번문빈, 황국필이 서로 의기투합하고 의견을 같이하여, 몽골에 성을 바쳐 공으로 삼을 것을 생각하고, 아침저녁으로 떨어지지 않고 상하의 구분을 생각지 않았다. 조범은 시와 음주, 가무의 패거리에 파묻혀, 백성의 송사와 변방의 일을 전혀 처리하지 않고, 원수와 장수가 상하 위계를 구분하지 않게 되었다. 남북의 군대가 서로 대치되어 싸우는데, 조범이 진압하고, 가려내고, 지키고, 지원하는 일을 하지 못하자 왕민과 이백연 등이 먼저 날을 정해 몽골 태자 구육의 병영에 몰래 사신을 보내, 양양성 가운데 불을 피워 올리는 것을 신호로 삼았다.

그러자 몽골 병사의 반을 문인, 농부, 장인, 상인 등으로 꾸미게 하여, 10개 조로 나누어 양양성으로 들어가게 했다. 군대 무기와 갑옷, 투구, 그 위에 마대를 올려 장사하는 수레에 싣고 성으로 들여보냈다. 남은 병사들은 곧바로 작은 길로 양양을 향해 밤낮없이 달려가 양양 가까이 이르자마자 말의 종을 풀고, 병사의 입에 하무를 물렸다. 그리고 등불을 켜자마자 몽골군이 돌격해 들어가 양양성에 이르자, 먼저 도착한 투멘테이 장군이 800명의 병사를 이끌고 네 개 성문을 빼앗아 문을 열고 나머지 병사들을 맞았다.

송나라 백성들이 알기도 전에 몽골군이 성에 들어갔는데, 이때 조범은 여전히 복숭아나무가 있는 정원에서 시우들을 불러 연회를 베풀고 있었다. 10월이 되어 붉은 복숭아나무 숲에서 몇천 개의 수정 등불을 밝히고, 맑은 과실주에 신선한 시모임을 가졌다. 운율 있는 아름다운 시의 풍류를 즐기고, 풍악이 은은히 연주되기 시작하며 연회를 벌이고 있을 때, 갑자기 가는 노랫가락과 아름다운 화음 너머로 전투를 알리는 북소리가 요란하게 울리고, 병사들의 외치는 소리가 천지를 진동했다.

그러자 조범이 손에 쥐고 있던 아름다운 여인의 옥 같은 손을 놓치고, 입에 머금었던 향기로운 과실주에 목이 막혀 입으로 뿜어냈다. 그 때 네 개 성문에 이미 큰불이 피어올랐다. 조범이 비로소 뭔가 이상한 낌새를 느끼고, 좌우의 신하를 큰 소리로 부르자 정원 안에서 부리는 자들도 모두 무기를 들고 있었다. 그제서야 조범이 큰 반란이 일어난 것을 알고, 서둘러 옥으로 된 가야금을 들고 정자의 모든 등불을 껐다. 또 많은 창기의 무리에 섞여 들어가 맵시 있는 여인의 진주 술 장식이 있는 모자를 빼앗아 쓰고 목걸이를 걸었다. 또 한 여인의 델을 벗겨 뒤집어쓰고, 여인네의 무리에 섞여 밤에 성을 빠져나갔다.

한편 왕민王旻과 이백연, 번문빈, 황국필이 양양의 창고와 신하, 백성 모두 4만 7천 가호의 사람들을 이끌고 몽골에 투항했다. 놀랍게도 귀중품과 곡식 몇백만 섬 이외 군대 무기 30만 점 이상과 금은보화와 술, 소금, 비단, 주화를 모두 가지고 투항했다. 그러자 조범과 함께 했던 수하 병사들이 돌아섰다. 또 남쪽 군대 대장군 이호도 왕민을 따라 배반하여, 양양성을 바람이 풀을 말 듯이 완전히 다 말아 가지고 가서 몽골에 투항했다.

몽골의 입장에서는 이 지역을 지키려 해도 상당한 힘이 들기 때문에 텅 빈 성에 불을 질러 파괴하고, 촉 지역을 향해 달려갔다. 예전에 악비는 이 양양시를 요나라에서 빼앗아 많은 백성을 모아 교화하고 통합했다. 또 성을 높게 쌓고 해자를 깊게 하여 대송의 서부 지역의 요새로 삼았었다. 그런데 하루아침에 이처럼 폐허가 된 것은 참으로 아깝기 그지없다! 한 아름답고 풍요로운 성이 한순간에 잿더미가 되었다. 이에 송나라 이종 황제는 명령을 내려 조범을 위시해 조언납과 조우문 등을 삭탈관직했다가, 원래 직위에 다시 앉히면서 공을 세워 속죄하도록 했다.

한편 연燕 지역에서 경사스러운 소식이 이르자 몽골의 우구데이 태종 황제는 크게 기뻐하며, 후한 상을 내릴 것이라는 조서를 보냈다. 4월 초하루 몽골과 한인의 조정 대신들에게 신구 몽골, 한인 신하와 병사, 백성의 공로를 구별하여 살펴 고하라는 명을 내렸다. 또 같은 달 태사 국왕 타스 토고스는 송나라 영주, 형문군의 군대를 차례로 격파하여 적진을 뚫고 들어갔다.

한편 공로에 대한 보고가 이르렀음을 고하자 상을 내려보냈다. 이어 여러 신하들이 상의하기를 원래 중원의 병사를 모두 장군에게 나누어서 총괄하게 하자 많은 군민이 각자 자신을 책임진 주인만을 따르고 나라에 힘을 쓰지 않자, 노왕老王 호드라가 바타르에게 전체를 지휘하도록 했다. 그리고 곧 주, 현에 흩어져 살게 하고, 장정 한 사람으로 한 가호의 세금을 부과하려고 했다.

그러자 야율초재가 고했다.

"그것은 아니 될 일입니다. 세금이 조금 무거워지면 반란의 근원이 될까 두렵습니다!"

그때 여러 왕들이 따지듯 말했다.

"우리나라는 티베트나 탕구트를 차례로 평정해 온 대국으로 나라의 옛 법을 버리고, 어찌 망한 나라의 법을 따른단 말입니까!"

야율초재가 "옛날부터 중원을 지배했던 자들은 모두 많은 백성 가운데 장정의 수로 한 가호의 세금을 걷는 법이 없었습니다. 이제 정말 이대로 정하면 오래지 않아 백성들이 모두 도망치고 사라져버릴 때가 올 것입니다!"라고 했다.

그러자 태종 황제가 야율초재의 조언을 받아들였다. 한편 호드라가 바타르가 백만 백성의 호적을 조사하여 올리니, 전체가 104만 가호 이상이 되었다. 이 가운데 1할을 여러 친왕과 공훈 있는 가문의 대신들에게 차와 음식의 비용으로 상을 내리겠다며 논의하여 고하라고 했다.

그러자 야율초재가 고하기를 "백성을 나누어 사유화하면 여러 왕의 삶에 도움이 되지 않을 뿐 아니라 백성들도 버려져 사직에도 도움이 되지 않습니다. 모든 것을 합쳐서 세금을 걷고, 왕과 대신들, 공신들에게 금과 비단을 적지 않게 주는 것이 나을 듯합니다. 그렇게 하면 둘 모두에게 온전하며, 은혜를 드러내게 될 것입니다!"

그러자 태종 황제가 "짐이 전날 그들에게 이미 약속을 하였으니 어찌하겠소!"라고 하자, 야율초재가 고했다.

"그 명은 그들로 하여금 백성들의 세금을 부과하게 하려는 것이었습니다. 백성을 주어도 이익이 되기 위해 준 것이니, 그것은 마찬가지입니다. 반드시 부와 주, 현에 개별적인 관련 신하를 두어 폐하를 대신해 관리하도록 하면, 어떠한 백성의 일에도 그들 마음대로 세금을 걷어갈 수 없을 것입니다. 필히 나라에 명을 기다려야 합니다. 만약 많은 왕에게 사유화하도록 주면 나라를 전체적으로 다스리지 못하게 되어 훗날

난이 일어날지도 모릅니다. 폐하께서는 깊이 헤량하시어 결정하시기 바랍니다."

태종 황제가 그 말을 옳게 여기고 공물과 세금의 정한 바를 보니, 야율초재가 올린 상주문에 고한 내용은 다음과 같았다.

> 백성 2가호에서 견사 1근을 받아 공관에서 사용한다. 또 5가호 가운데서 1근의 견사를 받아 여러 친왕과 공신들의 상으로 사용한다. 또 최상급지 논에서 한 마지기마다 곡물 5되를 받고, 상급지 논에서 3되 반, 중급지 논에서 1마지기마다 2되 반, 하급지 논에서는 1마지기마다 2되로 한다. 또 상거래세는 30분의 1, 은 한 냥의 소금에서 40근의 값을 세금으로 하며, 이것을 상시적인 세금으로 정한다.

태종 황제가 조정의 대신들에게 명하여 이를 논의하게 하자 많은 신하들이 세금이 조금 가볍다고 했다. 그러자 야율초재가 고하기를 "마침내 은밀히 이익을 탐하는 자들이 세금을 더하다가 나중에는 세금이 무거워질 수 있어 이를 경계한 것인데, 어찌 이를 가볍다고 할 수 있겠나이까? 폐하께서 이를 신중히 살펴 결정해 주시기 바랍니다"라고 했다.

태종 황제가 그의 말을 옳게 여겨 야율초재의 견해를 따라 그대로 정하고, 백성을 가엾이 여기는 태도를 보이라고 명했다. 한편 우구데이 태종 황제는 어려서부터 남쪽 나라의 경서를 좋아했기 때문에 먼저 남쪽 나라의 병사 가운데서 문인의 재주가 있는 자를 뽑아 오도록 했다. 일찍이 태조 성무황제 칭기스 칸 시절에 금나라의 서주를 함락시키고 병사와 백성을 조사할 때, 서주의 물품 이자에 관련해 일할 수 있는 오양吳揚이라는 한 작은 신하를 찾아냈는데, 그가 문헌 지식에 능하자 그에게 관직을 내려 몽골 대신의 자제들에게 한자를 가르치고, 나이만의 다다통가가 했던 일을 이어서 하게 했다.

이번에 태자 구육은 남송을 정벌하기 위해 갈 때 오양이 남쪽 지역의 풍토와 사람들의 성정을 안다 하여 그를 데리고 갔다. 그리고 조양棗陽을 공격해 점령하자 태자 구육의 부장군인 투멘테이가 "이들 한인들이 자주 반역을 꾀하는데, 그것은 모두 간사한 유생들 가운데서 이런 부정적인 계략이 생겨나기 때문입니다. 이들을 잘 살피지 않으면 아니 될 것입니다"라고 했다.

그렇게 해서 그들을 조사하다가 10여 명 이상의 이름 있는 유생들을 발견했다. 그 가운데 우두머리는 성이 조씨요, 이름은 부, 호는 강한 선생이었다. 이들 십여 명을 압송해 가자 강한 선생 조부가 이미 죽을 마음을 먹었다. 밤에 오양이 그를 자신의 숙소에서 지내게 하면서 백 가지로 설득해 말했다.

"귀형께서 죽어 한 때의 의를 이루는 것은 쉬운 일이나, 배운 지식을 쓸모없게 만드는 것은 쉽지 않은 일입니다. 한 인간이 죽는 것은 아깝지 않으나 만대의 학문이 버려지는 것은 안타까운 것입니다. 몽골인들은 학자를 혐오하지 않습니다. 진정으로 우리 한인들보다 문사를 더 아낍니다. 이제 몽골의 조정에 이름 있는 학자들이 숲처럼 모여들었습니다. 저와 같은 사람도 귀한 관리로 쓰는 것을 보면 알 수 있을 것입니다."

그러자 조부가 할 수 없이 무릎을 굽히고 절하며 투항하자, 구육이 크게 기뻐하며 곧 그와 더불어 찾아낸 10여명의 문인들을 오양으로 하여금 연 지역의 북경으로 보내게 했다. 그때 태종 황제는 그들을 알현케 하여, 서로 이야기 나누는 것을 보고 그들이 진정 학자임을 알았다. 태종은 곧 명을 내려 연경에 편수소編修所[1]를 두고, 조부 강한 선생을 스승으로 삼고, 몽골 대신들의 자제들 가운데 100명을 뽑아 그의 제자로 삼게 했다. 그리고 '사서'와 '오경'을 가르치게 했다. 그 외에 또 뛰어난 학자 양척, 왕만경 두 사람을 함께 협력하게 하여, 자색이 지은 『구경九經』[2]을 자세히 해석하게 하고, 황제 앞에서 그것을 읽게 했다. 그러자 태종이 그 내용을 구별하여 풀이하자 조부 등은 천자의 타고난 지성에 놀라움을 금치 못했으며, 속으로 남몰래 탄복했다.

이에 태종 황제의 손자 쿠빌라이 세첸이 이때 스물두 살이 되었고, 학식이 크게 성장했다. 그는 많은 학자를 모이게 해 경전에 대해 묻고, 논평하고 토론할 때 송나라와 금나라의 이름난 문사들이 모두가 할 말을 잃고 놀라움을 금치 못했다. 또 조부를 만나서 배우고 물어 학식이 더해지고, 시비를 따지고 분별하는 능력이 매우 대단해지자 숙부인 태종 황제는 그를 '세첸'[3] 친왕이라고 칭하고, 녹봉을 배로 더해 주었다.

한편 태상사太常司를 세우고 예악을 변별하게 했다. 또 평양부에 경적

---

1 야율초재는 이름난 유학자들을 찾아내 유학 9경전을 번역해 황태자들에게 강의하게 하고, 대신들의 자손을 모아 경전을 해설해 주어 성인의 도리를 배우게 했다. 그리고 연경에 편수소를 두고, 평양에는 경적소를 두어 이때부터 학문 진흥의 기운이 일어나기 시작한다(방기혁 역, 「야율초재」, 『원사열전』 권33(e-book), 슬기야단비야, 2015 참조).

2 지은이와 책의 서지가 정확하지 않음.

3 '세첸'은 '지혜롭다'는 뜻. 지혜가 탁월한 자에게 내리는 칭호.

所經籍所라는 관청을 세우고, 경서와 사서 등의 정책을 크게 발전시켰다. 성인 공부자의 사당을 모두 새로 보수하고, 또 연경에 천기를 살피는 사천대司天臺를 더해 지었다. 이러한 것에 모두 세첸 친왕 쿠빌라이의 안목과 생각이 반영되었다. 이로써 세첸 친왕 쿠빌라이의 관부에 이름 있는 학자들이 숲을 이루어 모여들었다. 강한 선생이 연경 지역에서 크게 이름이 났던 것은 모두 쿠빌라이 세첸 친왕의 지덕에 의한 것이었다. 이로써 세첸 친왕 쿠빌라이는 조부와 연합하여 몽골 조정에 학문을 발전시켰다. 이에 대해서는 잠시 언급하지 않으려 한다.

이때 금나라의 황족 완안환이라는 자가 자신의 성을 바꾸어 두환杜環이라 하고 태종 황제에게 투항하자, 황제가 그의 학문적 능력이 뛰어나다며 가까이 두었다. 그런데 두환은 특히 야율초재를 시기하여 황제에게 야율초재의 권한이 너무 크다고 고했다.

황제가 말하기를 "그는 진실하고 충직하며, 간언하는 데 있어 자신을 생각지 않소!"라고 하자, 두환이 "그는 폐하의 대략적인 것을 보고 그에 맞추는 것입니다. 폐하께서 만약 엄하게 명하시면 그가 분명 아첨하듯 하면서 옳지 않은 일인데도 금하지 않을 것입니다. 올해는 궁의 여인을 선발하는 해입니다. 폐하께서 엄히 명하시어, 야율초재에게 천하의 미녀를 모두 뽑도록 하십시오. 또 천하의 부유한 백성들의 말 가운데 준마 가격을 정해 모두 뽑아 사들여, 공훈을 세운 여러 친왕과 대신, 황족의 태자들에게 상으로 줄 것을 준비하십시오. 무슨 일이 있어도 착오가 있거나 지체되어서는 아니된다 하고 곧 야율초재에게 긴급히 명을 내리십시오. 그리고 그가 어찌하는지 보십시오!"라고 했다.

태종 황제가 "그대는 보도록 하시오. 야율초재는 분명 극구 막으며 간언을 할 것이오. 그대가 믿지 못하겠다면 내가 엄히 내릴 명령의 초안을 그대가 쓰시오!"라고 하며 두환에게 명령문을 쓰게 했다. 야율초재가 혹시 그 명의 뜻을 알지 못할까 봐 마지막에 손수 "힘써 간언하여 조정의 신하들을 탄복케 하시오"라고 써서, 측근의 대신을 시켜 야율초재에게 전하게 했다.

야율초재가 서한을 펼쳐 보고 곧 황제의 저의를 알아채고, 자신이 뜻과 부합하자 마음속으로 크게 기뻐했다. 그리고 어명을 사흘 동안 가만히 눌러두고 있자, 어느 날 아침 조정에서 황제의 명이 내려졌다.

"짐의 여인과 말을 뽑는 일은 어찌 되었는가?"

야율초재가 무리 가운데서 앞으로 나와 무릎을 꿇고 상주문을 올렸다. 태종 황제가 가까이 있던 두환에게 그것을 읽게 했는데, 그 내용인 즉, "우리 몽골은 성무황제 태조 황제께서 개국하신 이래로 지금까지 여섯 가지 탐욕의 그릇된 쾌락에 조금도 빠지지 않고, 이제 겨우 세상의 거의 모든 나라를 평정하였습니다. 성군께서 나라를 얻으실 때 선조의 신고를 좇아 행하시며, 사직의 대업을 이루시는 것이 중요할 것입니다. 궁전에서 부리는 여인에 대해 폐하께 논의를 삼는 것은 무의미하다 할 수 있습니다. 또 내지는 나무를 키우고 거두는 곳인데, 어찌 말과 가축을 키운단 말입니까? 폐하께서는 부디 이를 밝히 헤량하여 주시기를 바라나이다"라고 했다.

그러자 태종 황제가 기뻐하며 야율초재가 충직하다며 상을 내리고, 조정의 많은 대신을 탄복하게 했다. 한편 두환은 크게 부끄러워하며 돌아갔다.

가을 마지막 달 태자 구육 친왕이 송나라의 서부 촉 지역으로 들어갈 때 선인관을 공격해 들어갔다. 송나라의 선인관을 지키던 두 대장군 조조의 후손인 조우문과 조우만 두 형제가 이를 정탐꾼에게서 들으니, 몽골국의 태종 황제의 둘째 태자 구육 친왕이 티베트와 서역, 탕구트 그리고 몽골, 한인 병사 총 50만을 이끌고 공격해 오고 있다고 했다.

그러자 조우문과 조우만 형제가 의논하기를 "우리 군대는 약한 데다 병사의 수가 적다. 몽골군은 힘이 강한 데다 그 수도 많다. 우리가 어떻게 저항하며 싸울 수 있단 말인가? 그렇다고 우리가 어찌 이 상황을 피해 도망칠 수 있겠는가? 나라가 평안할지 불안할지는 모두 이 한 번의 거사에 달려있다! 이제 우리가 나가 매복해 있다가, 밤에 은밀히 후방을 치면 성을 지킬 수 있을 것이다!"라고 했다.

그때 송나라의 대원수 제치사 조언납이 대안을 지키고 있었는데, 몽골군이 송나라의 무휴관을 지키는 도통 이현충이 방귀를 뀔 정도로 짓누르고, 무휴관을 뚫고 들어가 차례로 흥원을 토벌했다. 그리고 곧장 대안군을 향해 돌격해 들어가자, 대안군을 지키던 제치사 조언납이 크게 두려워하며 곧바로 대안군을 버리고 달아났다. 조운문이 그들 맞아 정황을 물었다. 조언납이 촉 지역의 입구를 지키기 위해 간다고 하자 조우문이 그를 막았다.

"대원수께서 이 지역을 그냥 두고 가셔서는 아니 됩니다. 반드시 이곳에서 적군을 맞아 싸우는 것이 옳을 것입니다. 만약 대군을 이끌고 가시면 이곳은 위험에 처하게 될 것입니다. 대안이 무너지면 촉의 입구를 지키기도 어려울 것입니다. 그리고 촉 지역의 성 역시 무너지는 것은 어렵지 않을 것입니다!"

조우문은 무슨 일이 있어도 막아보려 했지만, 조언납이 그의 말을 듣지 않고 가자, 조우문이 길게 한숨은 내쉬며 그를 보냈다. 할 수 없이 조우만에게 병사를 나누어 주고, 계관산 협곡 입구에 보내 매복케 하고, 자신은 1만 병력을 이끌고 밤에 몰래 강을 건너 싸울 전략을 논의하여 결정했다.

"만약 몽골군이 이르면 안에서 북을 치고 큰불을 피워올리는 것으로 신호를 삼으라. 밖에서 우리가 소리를 지르며 적을 죽일 것이다."

이윽고 몽골의 남쪽 대군이 계관산에 이르자 협곡 입구에 매복해 있던 조우문이 곧바로 적군을 맞아 싸우자, 몽골의 선봉 보가르지 왕의 손자 바타르와 또 오요트 세첸의 아들 오란 자돌 두 부장군이 평지에서 1만 기병을 이끌고 공격하고, 산지에서 보병으로 공격했다. 두 장군은 사력을 다해 공격하며 쳐들어가 송나라 군대를 종횡으로 뚫고 들어갔다. 이에 송나라 병사들이 맞서 싸우지 못하고, 고지를 빼앗기고서 있을 수가 없어 달아날 때 몽골군의 화살과 돌이 사나운 비처럼 쏟아져 내렸다.

몽골군이 뒤로 연이어 공격해 들어가자, 조우만이 몸의 여러 군데 창과 화살에 찔려 상처를 입었지만 지치고 기진맥진한 몸을 이를 악물고 견뎌냈다. 그는 곧 명을 내려 북을 치게 하고, 불을 붙여 올리게 했다. 형 조우문이 신호를 받고 서둘러 자신의 대군을 세 군단으로 나누어 대오를 정렬하고, 몽골군을 향해 진격해 들어가 공격을 개시했다.

조우문은 몸소 3천 정예군을 이끌고 앞서 들어가서 동생 조우만이 포위된 곳에 이르러, 앞에 가는 통령統領 유호에게 5백 명의 병사를 내어주고, 몽골의 남쪽 군단을 뚫고 들어가 공격하라고 단단히 일렀다.

몽골군의 군법이 엄격하고 병사들이 용맹했기 때문에 조금도 흔들리지 않자, 조우문이 크게 당혹해했다. 또 3백 명의 정예군을 협곡 입구의 길옆에 매복시키고, 스스로 돌아가 유호의 한 군단 병사의 입에 하무를 물리게 하고, 말의 종을 풀고 몽골군을 향해 돌진해 들어가는 바로 그때 하늘이 몽골군을 돕는 것인지 송나라 병사 쪽으로 태풍이 불고 큰비가 쏟아져 내렸다. 병사들이 눈을 뜰 수가 없어 싸우지 못하자, 송나라의 여러 장수들이 조우문에게 대책을 강구하며 고했다.

"비가 억수같이 내려 멈추지를 않습니다. 흙탕물이 끊이지 않고 아주 빠르게 흘러 진흙탕이 깊습니다. 우리 병사의 발이 진흙으로 범벅이 되어 도무지 대적해 싸울 수가 없습니다. 싸움을 잠시 미루고 내일 아침 싸우는 것이 어떻겠습니까?"

그 말을 들은 조우문이 크게 꾸짖었다.

"우리가 싸우지 않고 시간을 지체하면 몽골군이 우리 병사들이 매복해 있는 것을 알 것이고, 그러면 우리의 계략이 모두 들통나 일이 수포로 돌아가지 않겠소?"

조우문이 엄히 명해 많은 병사를 이끌고, 모두를 연합시켜 함께 쳐들어가 계관산 맹위부[4]로 겨우 들어가 밖에서 북을 치고 함성을 질렀

---

4 다른 자료에서는 용미두(龍尾頭)에 들어갔다고 언급하고 있다.

다. 그러자 창과 화살촉에 찔린 동생 조우만이 신호를 받고, 밤 5경에 갑자기 징을 치며 뚫고 나가 형제가 만나 서로 울었다. 곧 안팎으로 함께 공격하며 몽골군과 맞서 싸웠다.

그때 몽골의 태자 구육 친왕의 대군이 진격해 와서, 송나라의 지친 병사를 향해 50만 대군으로 돌격해 들어가자, 송나라의 두 개 군단의 죽은 병사의 피가 범람하는 물과 합쳐져 붉게 흘러넘쳤다. 또 송나라의 이 두 개 군단의 병사가 모두 남쪽의 유약한 일반 백성들이었기 때문에 무쇠 갑옷을 입는 것을 감당치 못해 모두 섬유를 덧댄 옷을 갑옷 대신 입고 나갔다. 그러자 비에 이미 하나로 엉겨 붙어 다리와 팔에 감겼는데, 더욱이나 진흙탕을 걸어서 싸우는 것이 너무도 어려워져 어찌할 줄 모르고 있을 때 이윽고 날이 밝아왔다. 몽골군은 말에 모두 쇠갑옷을 입혔기 때문에 많은 비가 왔음에도 조금도 지치지 않았다. 기병과 보병이 사방팔방으로 펼쳐져 송나라 군대를 포위하고, 용기의 고리처럼 둥글게 포위하며 공격했다. 송나라 군대가 이미 나아갈 수 없는 상황에 이르자, 많은 병사들이 울부짖으며 절규했다.

그때 조우문이 말 위에서 하늘을 향해 "내가 죽는 길밖에 없다. 많은 병사 가운데 누군가 몽골에 투항하자고 하면 그를 이 말처럼 선 채로 베어버릴 것이다!"라고 하며 타고 있던 말의 목을 베어 버리고 병사들을 향해 외쳤다.

"우리 형제는 반드시 이 핏빛 전쟁에서 전사하여 주군의 은혜에 보답할 것이다."

그리고 사력을 다해 싸우자, 몽골의 선봉 바타르와 자돌이 송나라 군대를 향해 돌진해 들어가 조우문을 단번에 베어 쓰러뜨리고, 자돌이 말을 몰고 달려 들어가 조우문을 네다섯 번 공격하자, 형 조우문이 쓰러졌다. 그때 조우만이 곧바로 돌아서 달아나려 하자 자돌 장군이 갑자기 번개처럼 일갈하며, 조우만을 또 창으로 찔러 말에서 떨어뜨렸다. 그러자 병사들이 조우문 형제의 머리를 들고, 여러 병사들이 그가 병사들을 매복시켜 자신들을 괴롭혔다며 "그의 시신을 가루 내고, 그의 처자들을 몰살시켜 제거합시다!" 하고 소리쳤다.

태자 구육 친왕이 말하기를 "저항했으니 죽이면 그만이오. 저자처럼 넌더리나도록 저항하는 것은 마땅한 처사가 아니오. 그는 자신의 군주에게는 충직한 신하일 것이오! 우리가 이미 그를 죽이고 땅을 차지했으니 끝났소. 무슨 깊은 원한이 있단 말이오? 특히 의로운 백성을 포상하면 많은 사람이 우러를 것이오!"라고 하고 그들 형제의 시신을 계관산의 백성에게 내어 주었다. 송나라의 의로운 장군이라고 사람들에게 작은 사당을 지어주게 하고 제사를 지내도록 했다. 오늘날까지도 그 산에 조씨 두 장군의 사당이 있다고 한다.

한편 조씨 형제가 죽자마자 많은 병사들이 함성을 지르며 몽골에 투항했다. 이제 또 그 두 장군이 자기 군주에게 충의를 다했다고 의로운 자로 추봉하자, 병사들이 감동하여 바람결처럼 몽골군을 맞아 투항했다. 이로써 몽골군이 위엄과 덕을 갖추고 백성들이 자발적으로 투항하는 일이 빈번해졌다. 북소리가 울리자 몽골 대군은 걸리는 것 없이 곧바로 촉 지역의 입구를 관통해 들어갔다. 단 한 달 사이에 촉 지역의 성도成都에 이어 이주利州, 동주洞州 이 3로에 속한 부, 주, 현의 관, 협곡의 역참 지역을 하늘이 진동하듯 일시에 모두 공격해 함락시키고, 모두 몽골의 손아귀에 넣었다.

그 사이 몽골의 큰태자 뭉흐 친왕과 태사 국왕 타스 토고스의 대군이 당주를 지나 기주로 공격해 들어가자, 기주를 지키던 관리 순질은 서둘러 금은, 비단 50수레와 군량 100수레를 싣고, 광주 사람에게 부탁해 몽골 진영으로 보내고, 많은 백성을 가엾이 여겨달라고 했다. 또 "우리 송나라가 귀 나라에 공물을 바친 지 벌써 1년이 되었습니다. 우리에게 좀 여유를 주십시오"라고 청했다.

타스 토고스가 그의 부탁을 수락하고 "나라를 얻는 것은 공물을 얻기 위해서요"라고 하며 잠시 5개월의 말미를 주고, 백성을 동요시키지 않고 지나갔다.

그리고 북을 두드리자마자 부 지역과 노남현, 초가채 등을 공격하여 함락시키고 이를 조정에 보고하기 위해 사람을 보냈다. 그리고 몽골의 장유안이 영주郢州를 공격해 함락시키고, 현과 부 주위의 여러 흩어진 부족민을 모아들였다. 한편 왕세현 부자로 하여금 여러 장수와 병사에게 후한 상을 내리게 하고, 서둘러 이 상황을 고하기 위해 전령을 보냈다.

10월 바람이 불자 구육 친왕은 또 대군을 정돈하여 성도를 정복하고, 군사를 남겨 공성을 지키는 것에 어려움을 생각지 않고, 곧바로 성도에서 나와 문주시로 진격해 들어갔다. 그러자 문주文州를 지키던 지주 유태 특히 통판 조여향, 이들 두 사람은 성을 굳게 지키고, 한 달 동안 몽골군과 대항해 싸웠다. 이때 송나라에서 지원병이 오지 않자 이미 패망에서 벗어나기 어렵게 된 것을 알고, 가솔들 모두에게 독약을 마시게 해 죽게 하여 시신을 모아 놓고, 공적이고 사적인 재물 금과 비단류, 인장과 공문서 등을 모두 불태웠다. 그리고 첩과 자녀들에게 독이 든 술을 주었다. 그의 집안의 가풍은 예를 존중했기 때문에 유태의 여섯 살된 셋째아들 유단이 절을 하고, 독이 든 술을 받아 마시고 죽었다. 그러자 성 사람들이 그것을 보고 참을 수 없이 가엾이 여기며 통곡했다.

이때 몽골군이 이미 성을 넘어 들어와 성이 함락되자 난군에 의해 죽은 백성을 위시해 유태는 두 아들을 데리고 큰방에서 목을 베어 죽었다. 조여향은 그의 수하 병사에게 죽임을 당했다. 이들과 함께 죽은 백성이 거의 1만 명가량 되었다. 태자 친왕 구육은 성을 정복하고 백성을 안정시킨 후 정황을 살피게 하고, 문주의 백성들을 향해 웃으며 말했다.

"그대들의 이 유태는 자신의 비좁은 마음으로 죽었다. 또 주군을 위해 죽었다는 이름을 얻으려 한 것은 어찌 된 것인가? 참으로 못나고 속좁은 종이라 할 것이다. 어찌 왕세현은 혼자서 벌을 받고, 백성을 구원했다는 것인가? 어찌 면주의 고가는 홀로 싸우다 죽음에 이르렀는가? 한 성의 백성을 재난에서 구할 수 없으면서 가솔 수백 명을 속여 독살한 것은 참으로 속 좁은 소인배의 행동이 아니겠는가? 어찌 대의를 행하는 자라 하겠는가?"

이어 몽골 서로西路의 대원수 촐론 친왕의 셋째아들 후헨부흐가 한 군단을 이끌고 송나라 회서淮西 지역을 뚫고 쳐들어갈 때 도중에 있는 서주와 광주 등지를 지키던 신하가 모두 흩어져 달아났다. 그러자 송나라 이종이 명하여 사숭지에게 조규와 진국을 대동하여 회서 지역의 군대를 이끌고 적을 맞아 싸우라고 하자, 사숭지가 신양信陽에서 군대를 이끌고 왔다. 조규는 회동에서 군대를 이끌고 진군하고, 진국은 화주에서 군대를 이끌고 움직였다.

그렇게 해서 몽골의 후헨부흐의 3개로의 병사를 겨우 대적해 멈추게 하고, 회서의 많은 병사를 지켜냈다. 이로써 사숭지와 조규, 진국 세 장수가 명성을 크게 떨치자, 송나라 사람들은 모두 놀라움을 금치 못했다. 한편 사숭지는 회서에서 후헨부흐의 군대를 맞서 싸울 수 있었고, 금나라를 정복했던 맹공을 보내 강릉 일대를 경호하고 지키게 했다. 그런데 바로 그때 구육 친왕의 수하 장수인 투멘테이가 한 갈래의 병사들을 이끌고 강릉으로 돌격해 들어갔다.

그러자 맹공이 수하 장수에게 몽골을 의심케 하는 전략을 일러주며, 그를 선봉으로 먼저 보냈다. 이어 스스로 대군을 이끌고 들어가 병사들을 군단별로 나누어 날마다 옷과 깃발을 바꾸게 하고, 밤에는 강 가운데 십여 리에 연이어 있는 배에 등불을 켜고 돌면서 몽골을 미혹시켰다. 그러자 후헨부흐가 이 상황을 그대로 믿고 의심쩍어 하며 아무 행동도 개시하지 않자, 맹공이 또 조무 등을 보내 장순에게 힘을 보태게 했다. 맹공 자신은 밤에 협곡 입구와 하구를 지키고, 북을 쳐 적군을 놀라게 하며 습격했다.

그러자 후헨부흐는 3개 부의 2만 이상의 사람과 24개 진영을 이동시킬 새도 없이 군대를 퇴각시켰다. 이에 맹공은 송나라의 20만 이상의 백성들을 다시 찾고, 많은 장수들을 향해 말했다.

"몽골의 태사 국왕 볼로가 죽은 이후 몽골군이 상당히 해이해졌소. 볼로라는 자는 참으로 일세의 지략과 용맹함을 갖춘 인물이었소. 그가 살아있었다면 내가 어찌 승리할 수 있었겠소?"

한편 몽골 태자 차간이 공을 세우자, 태종 황제가 공을 세웠다 하여 그에게 한 갈래의 군단을 내어 주어 송나라 진주眞州를 공격하게 했다. 진주를 다스리는 지주는 구악丘岳이었는데, 진주성을 공고히 지키는 데 있어 엄격하고 분명했다. 몽골의 차간 장군이 여러 성을 공격하여 쉽게 정복하자 마음이 자만해져 경계를 늦추었다. 진주의 구악이 그런 차간 장군을 일시에 제압하고, 승리의 여세를 몰아 스스로 용맹하고 민첩한 병사들을 이끌고 공격해 들어가 서포교 다리 아래 병사들을 매복시키고, 몽골의 차간 장군의 신호용 수호기를 잡은 병사를 화살로 쏘아 쓰러뜨렸다. 그러자 차간 장군의 병사들이 신호를 받지 못하고, 사방으로 흩어져 퇴각했다. 차간 장군이 나이가 아직 젊었기 때문에 조심성이 없어 여기서 일시에 패하고 말았다.

그때 몽골군은 40리를 퇴각하여 주둔했다. 진주의 지주 구악이 뭇 사람들을 향해 말했다.

"몽골군은 어떠한 면으로도 우리 군대보다 만 배나 우세하다. 우리가 그들과 계략이 아닌 힘으로 싸울 수는 없다. 그래서 나는 포를 숨겨 공격함으로써 비로소 승리를 거두었다. 다시 오면 또 화포로 싸울 것이다!"

밤이 되어 또 성의 서편에서 전투가 벌어졌는데, 몽골군이 또 패했다. 구악의 병사들이 연이어 두 번 불로 공격하자. 몽골 진영이 불타 병사들이 퇴각했다.

그렇게 해서 송나라 군대는 빈 성도를 되찾았다. 2만 명 이상의 백성을 송나라가 되찾아 데려간 이 큰 난리 속에서 고금영 소저와 조옥주, 조옥정 등이 어찌 되었는지 알 수 없다. 이를 읽는 독자 제위들이 서둘러 그 내용을 알기 원하면 곧 다음 장에서 보게 될 것이다.

## 참고문헌

### 1. '몽골 현대문 역자 서문' 참고문헌


Булаг, *Арван долдугаар зууны Монгол түүхэн уран зохиол*, Өвөр Монголын хэвлэлийн хороо, 1987.

John Gombojab Hangin, *Klke Sudur(THE BLUE CHRONICLE) : A Study of the first Mongolian Historical Novel by Injannasi*, O. Harrassowitz, 1973.

Дамдинсүрэн.Ц, *Монгол уран зохиолын дээж зуун билиг оршвой*, УБ, 1959.

*Дундад сургуулийн хэлбичгийн багшийн гарын авлага*, Тунляо. 1994.

Дэлгэрсан.Т, *Инжаннашийн шүлгийн судлал*, Өвөр Монголын Ардын Хэвлэлийн хороо, 1987.

Дэсрайжав, *Их зохиолч Инжаннаши*, Бээжин, 1993.

_________, *судар хийгээд арван анги судрын харьцаа*, Өвөр Монголын соёлын хэвлэлийн хороо, 1991.

Жамсранжав.Г, "Ванчинбалын Инжаннашийн романуудын тухай", *Монголын уран зохиолын тойм* III, Улаанбаатар, 1968.

Залгаа, *Инжаннашийн оны бичиг*, Өвөр Монголын Ардын Хэвлэлийн Хороо, 1995.

Инжаннаши, *Хөх Сударын нөхвөр дэвтэр*(Содбилэг харгуулав), Хөх хот, 2002.

Эрхлэн найруулагч Сайшаалт.Н, *Монголын уран зохиолын түүх*, Ляонин, 1995.

Сүх.В, Буянтогтох, Буянцугла нар голлон найруулав, *Монголын уран зохиолын түүхийн мэдлэг*, Өвөр Монголын Ардын Хэвлэлийн Хороо, Тунляонийн, 1997.

Нагуусайнхүү·Нарийнголхүү, *Тэмгэтийн намтар*, Улаанхад, 1989.

Намжил.Г, *Чингис хааны засаг ба бичиг*, Хайлар, 1990.

Эхийг харьцуулан хөрвүүлж, тайлбар хийсэн Чоймаа.Ш, *Оюун түлхүүр*, Улаанбаатар, 2002.

Төвгэрэлт, "Инжаннашийн шүлэг зохиолын сонирхол", *Сувд тана бутран сацарсан уянга*, Хөх хот, 1992.

Хишигтогтох.Ч, *Монгол сурвалж бичгийн судлал*, Бээжин, 2003.

Цэрэнсодном.Д, *Монголын уран зохиолын тойм*(XIII~XX зууны эхэн), Улаанбаатар, 2002.

Цэрэнсодном.Д, *Чингис богдын дурсгалын түүвэр*(Хөрвүүлж тайлбарын хамт хэвлүүлсэн Пүрэвжав.Э),Улаанбаатар, 2000.
*Чингис хааны цэдиг*, Бээжин. Монгол бичгийн хороо, 1925.
Чоймаа.Ш, *Монгол судлалын өгүүлүүд*, Улаанбаатар, 2003.
________, *'Монголын нууц товчоон' Лувсанданзаны 'Алтан товч' эхийн харьцуулсан судалгаа*, Улаанбаатар, 2002.
________, *Хаадын үндсэн хураангуй алтан товч*, Эхийн харьцуулсан судалгаа, судалгааны оршил, галиг, үгийн хэлхээ, эх текст, Улаанбаатар, 2002.

## 2. 국내 저서

강정만, 『송나라 역대 황제 평전』, 주류성, 2021.
김경한, 『인물 삼국지』, 북오션, 2014.
김옥자·김영옥, 「송원대의 과학에 대하여 II」, 『한국수학사학회지』 v. 28, 2015.
김정희·송정수·정면·김유철·박지훈·송미령, 『중국 정사 외국전이 그리는 '세계'들』, 역사공간, 2016.
김희영, 『이야기 중국사』, 청아출판사, 2000.
라시드 앗 딘, 김호동 역주, 『칭기스 칸 기』, 사계절, 2003.
________________________, 『칸의 후예들』, 사계절, 2005.
________________________, 『부족지』, 사계절, 2016.
마르코 폴로, 『동방견문록』, 김호동 역주, 사계절, 2006.
박지원, 김혈조 역, 『열하일기』 2, 돌베개, 2017.
소준섭, 『중국사 인물 열전』, 현대지성, 2018.
예태일·전발평 편저, 서경호·김영지 역, 『산해경』, 안티쿠스, 2009.
유리리, 「배역에 따른 중국 경극 의상과 분장의 표현 특성－조씨고아 사랑탐문 목계영괘사 사례를 중심으로」, 서울대 석사논문, 서울대학교, 2012.
유원수 역, 『몽골비사』, 사계절, 2004.
이병갑, 『중국역사사전』, 학민사, 2006.
이상각, 『열정과 자존의 오백 년 고려사』, 들녘, 2010.
이안나, 『몽골인의 생활과 풍속』, 첫눈에, 2005.
______, 『몽골 민간신앙 연구』, 한국문화사, 2010.
임종욱, 『한국역대인명사전』, 이회, 2009.

임종욱, 『중국역대인명사전』, 이회, 2010.
저자 미상, 김장구 역, 『몽골 황금사』, 동북아역사재단, 2014.

### 3. 몽골 저서

Ч.Аръяасүрэн, *Монгол ёс заншлын их тайлбар толь* III, Урлах эрдэм, 2000.
____________ · Х.Нямбуу, *Монгол ёс заншлын дунд тайлбар толь*, Сүүлэнхүү хүүхдийн хэвлэлийн газар, 1991.
____________________, *Монгол ёс заншлын их тайлбар толь тэргүүн боть*, Сүүлэнхүү хүүхдийн хэвлэлийн газар, 1992.
Ш.Бира бусад, *Монголын нууц товчоо*, Мөнхийн үсэг, 2005.
Л.Болд бусад, *Монгол хэлний дэлгэрэнгүй тайлбар толь*, Монгол улсын шинжлэх ухааны академи, 2008.
Д.Дагвадорж, *Монголын шашин суртахууны тайлбар толь*, АУИС-ийн хэвлэлийн товчоон, 1995.
Ц.Дамдинсүрэн, *Монголын уран зохиолын тойм* III, БНМАУ-ын Шинжлэх ухааны академи, 1968.
Л.Жамсран бусад, *Монголын түүхийн бага нэвтэрхий толь* I, Орбис, 1998.
______________, *Монголын түүхийн бага нэвтэрхий толь* II, Орбис, 2000.
______________, *Монголын түүхийн бага нэвтэрхий толь* III, Орбис, 2002.
Лувсанданзан, *Алтан товч*, УБ, 1990.
Д.Лувсандорж бусад, *Уран зохиол соёмбо нэвтэрхий толь*, Соёмбо пресс, 2012.
Х.Лхагвасүрэн бусад, *Чингис хааны нэвтэрхий толь*, Чингэс Хаан дээд сургууль, 2004.
А.Очир бусад, *Монгол улсын түүх* II, Адмон компани, 2003.
Х.Сампилдэндэв бусад, *Монголын уран зохиолын лавлах толь*, Бемби сан хэвлэлийн газар, 2001.
О.Сүхбаатар, *Монгол харь үгийн толь*, УБ, 1997.
Д.Цэрэнсодном, *Монгол ардын домог үлгэр*, Улсын хэвлэлийн газар, 1989.
______________, *Монголын нууц товчоо*, Мөнхийн үсэг, 2000.
Ш.Шагдар, *Монголын газарзүйн нэрийн товч толь бичиг*, Старт лайн, 2007.
Д.Цэрэнсодном, *Монгол уран зохиолын товч түүх*, Монгол улсын шинжлэх ухааны академи, 2002.

4. 중국 저서
尹湛納希, 黑勒·丁師浩 譯,『青史演義』上·下, 內蒙古人民出版社, 1985.
新蒙漢詞典 編纂委員,『新蒙漢詞典』, 商務印書館, 1999.

5. e-book
방기혁 역,「칭기스 칸 이야기」,『원사본기』 권1(e-book), 슬기야단비야, 2015.
________,「우구데이 황제 이야기」,『원사본기』 권2(e-book), 슬기야단비야, 2015.
________,「무칼리」,『원사열전』 권6(e-book), 슬기야단비야, 2015.
________,「야율초재」,『원사열전』 권33(e-book), 슬기야단비야, 2015.
________,「사병직, 사천예」,『원사열전』 권34(e-book), 슬기야단비야, 2015.
________,「장유소」,『원사열전』 권34(e-book), 슬기야단비야, 2015.
________,「석천응」,『원사열전』 권36(e-book), 슬기야단비야, 2015.
________,「야율유가」,『원사열전』 권36(e-book), 슬기야단비야, 2015.
________,「장덕휘」,『원사열전』 권50(e-book), 슬기야단비야, 2015.
________,「선종 오도보 이야기 2」,『금사본기』 권15(e-book), 슬기야단비야, 2015.
________,「선종 오도보 이야기 3」,『금사본기』 권16(e-book), 슬기야단비야, 2015.
________,「애종 수서 이야기 1」,『금사본기』 권17(e-book), 슬기야단비야, 2015.
________,「애종 수서 이야기 2」,『금사본기』 권18(e-book), 슬기야단비야, 2015.
________,「완안승휘」,『금사열전』 권39(e-book), 슬기야단비야, 2015.
________,「최립」,『금사열전』 권53(e-book), 슬기야단비야, 2015.
________,「도단오르덴」,『금사열전』 권54(e-book), 슬기야단비야, 2015,
________,「포찰관노」,『금사열전』 권54(e-book), 슬기야단비야, 2015.

6. 인터넷 DB
https://mn.wikipedia.org/wiki/Солоон,_Солонгод
https://mn.wikipedia.org/wiki/Харчин
https://mn.wikipedia.org/wiki/Хиймoрь
https://mn.wikipedia.org/wiki/Хотон
https://wordrow.kr/의미/연감유함
https://kangxi.fandom.com/wiki/페르디난트-페르비스트
https://blog.naver.com/bhjang3/140201007630

https://blog.daum.net/ersan.tisory.com/58
https://namu.wiki/w/위무자
https://namu.wiki/w/진사
https://namu.wiki/조간자
https://ko.wikipedia.org/wiki/공자
https://ko.wikipedia.org/wiki/구처기
https://ko.wikipedia.org/wiki/금나라
https://ko.wikipedia.org/wiki/나타
https://ko.wikipedia.org/wiki/뇌진자
https://ko.wikipedia.org/wiki/류큐국
https://ko.wikipedia.org/wiki/문창제군
https://ko.wikipedia.org/wiki/시헌력
https://ko.wikipedia.org/wiki/십악_(불교)
https://ko.wikipedia.org/wiki/야율직로고
https://ko.wikipedia.org/wiki/연성공
https://ko.wikipedia.org/wiki/왕세충
https://ke.wikipedia.org/wiki/유태공
https://ko.wikipedia.org/wiki/유표
https://ko.wikipedia.org/wiki/적로
https://ko.wikipedia.org/wiki/정릉
https://ko.wikipedia.org/wiki/조논
https://ko.wikipedia.org/wiki/조운_(촉한)
https://ko.wikipedia.org/wiki/주_목왕
https://ko.wikipedia.org/wiki/태호석
https://ko.wikipedia.org/wiki/홍문연
https://encykorea.aks.ac.kr/Contents/Item/E0049085(한국민족문화대백과사전)
https://encykorea.aks.ac.kr/Contents/Item/E0064109(한국민족문화대백과사전)